U0755695

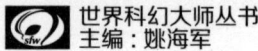
世界科幻大师丛书
主编：姚海军

穿墙猫

[美] 罗伯特·海因莱因 著

李克勤 译

四川科学技术出版社

The Cat Who Walks Through Walls

Copyright: © 1985 by Robert A. Heninlein

This edition arranged with The Lotts Agency Ltd.

through Andrew Nurnberg Associates International Limited.

Simplified Chinese edition copyright:

2015 SCIENCE FICTION WORLD

All rights reserved.

图书在版编目(CIP)数据

穿墙猫 / [美]海因莱因　著；李克勤　译.

–成都：四川科学技术出版社，2016.5

（世界科幻大师丛书）

ISBN 978–7–5364–8329–3

Ⅰ.穿…　　Ⅱ.①海…②李…　　Ⅲ.科学幻想小说 – 美国 – 现代

Ⅳ.I712.45

中国版本图书馆CIP数据核字（2016）第071225号

图进字21 – 2012 – 78号

世界科幻大师丛书

穿　墙　猫

出 品 人	钱丹凝
丛书主编	姚海军
著　　者	[美]罗伯特·海因莱因
译　　者	李克勤
责任编辑	宋 齐　姚海军
封面设计	李　鑫
版面设计	李　鑫
责任出版	欧晓春
出　　版	四川科学技术出版社
	四川省成都市槐树街2号出版大厦　邮政编码:610012
开　　本	140mm×203mm
印　　张	14.5
字　　数	330千
插　　页	2
印　　刷	成都金龙印务有限责任公司
版　　次	2016年5月成都第一版
印　　次	2016年5月成都第一次印刷
定　　价	38.00元

ISBN 978–7–5364–8329–3

■ **版权所有·翻印必究** ■

■本书如有缺页、破损、装订错误，请寄回印刷厂调换。

厂址:四川省郫县现代工业港北区蜀新大道北一段356号　邮编:611730

罗伯特·海因莱因——首席科幻大师

姚海军

作为美国科幻的代表性人物,罗伯特·海因莱因(Robert A. Heinlein, 1907～1988)头上戴着数不清的桂冠:"美国现代科幻小说之父""美国科幻空前绝后的优秀作家""美国科幻黄金时代四大才子之一"……然而,这位备受推崇的世界级科幻大师之所以能走上科幻之路,却缘于一次偶然。

那是在1939年,当时的美国经济因第二次世界大战而陷入萧条,正在费城美国海军实验站担任工程师的海因莱因也被债务压得抬不起头来。恰在此时,一家科幻杂志刊出了一则科幻小说征文比赛的启事,奖金五十美元。于是,从小就是科幻迷的海因莱因写出了他的第一篇作品,并最终把它寄给了可能会给他更高稿酬的著名科幻杂志《惊奇故事》。《惊奇故事》的主编——大名鼎鼎的坎贝尔——慧眼识珠,当即以七十美元的价格买下了这篇名为《生命线》(Life-Line)的短篇杰作。

科幻史上有很多改变科幻文坛面貌的偶然,针对海因莱因的这一次,美国著名科幻评论家詹姆斯·冈恩曾这样评价:"海因莱因在三十二岁时找到了自己的职业;与此同时,坎贝尔则找到了他的明星作家。"

海因莱因的早期作品,主要是"未来史"丛书。他著名的《未来史丛书纲要》于1941年发表后,曾为许多科幻作家所仿效。以此为基础,他创作了大量的"未来史"故事,这些故事在20世纪50年代集中收录在《出卖月球的人》(The Man Who Sold the Moon)等中短篇集里。这些集子一版再版,至今仍然热销。

二战结束后,海因莱因开始在美国一流文艺刊物《星期六晚邮报》上连载他"未来史"系列的重要作品——《地球上的绿色山丘》(The Green Hills of Earth)。这次连载可算是美国科幻的一个历史性事件,它标志着科幻小说从廉价的三流读物向高级的娱乐作品的跃升。

海因莱因还写了很多少年科幻故事,其中,《"伽利略号"火箭飞船》(Rocket Ship Galileo, 1947)的构思为1950年的科幻电影《目的地:月球》所采用,而这部电影正是20世纪50年代科幻电影走向繁荣的起点。海因莱因随后又连续出版了《滚石太空家族》(The Rolling Stones, 1952)、《星球人琼斯》(Starman Jones, 1953)、《星兽》(The Star Beast, 1954)、《银河公民》(Citizen of Galaxy, 1957)等一系列少年科幻故事,在少年科幻小说领域赢得了受人尊敬的地位。

20世纪50至60年代是海因莱因科幻创作的鼎盛期,他连续出版了《傀儡主人》(*The Puppet Masters*, 1951)、《进入盛夏之门》(*The Door into Summer*, 1957)等一系列高水准的科幻长篇,其中,《双星》(*Double Star*, 1956)、《星船伞兵》(*Starship Troopers*, 1959)、《异乡异客》(*Stranger in a Strange Land*, 1961)和《严厉的月亮》(*The Moon in a Harsh Mistress*, 1966)为海因莱因赢得了四座雨果奖奖杯。

海因莱因一生创作了十多部短篇科幻小说集、三十多部长篇科幻小说,其中,《异乡异客》仅在美国就卖出了七百万册;1946年、1961年和1976年,海因莱因三次受邀担任世界科幻大会的主宾;英国科幻与奇幻作家协会从1974年起开始不定期颁发"科幻大师奖",海因莱因是第一个荣获"大师"称号的科幻作家。

1988年,海因莱因逝世。美国华盛顿特区为表彰他的杰出贡献,特别为他颁发了"杰出公民勋章"。

目　录
CONTENTS

第一部

冷漠的诚实

1

"无论怎么做，你都会后悔的。"

——阿兰·麦克里奥·格雷①（1905-1975）

"我们要你杀一个人。"

这个陌生人紧张兮兮地四下张望。我觉得，热闹的餐厅并不是讲这种话的好场合，嘈杂的人声能提供的掩护总归是有限的。

我摇摇头，"我不是职业杀手，杀人只能算是我的一项业余爱好。吃过饭了吗？"

"我不是来吃饭的。听我说——"

"喂，别这样。一定得吃。"我很恼火。本来可以和一位令人愉快的女士享受这个夜晚，却被这个不速之客扫了兴。逼他吃饭算是我的报复吧。对不懂礼貌的家伙不能轻松放过。报复是必需的，彬彬有礼且坚定不移的报复。

那位女士名叫格温·诺瓦克，刚才去洗手间了。无名氏先生随即现身，不请自来，一屁股坐下。我正准备请他开路，可他说了个名

---

①阿兰·麦克里奥·格雷(1905-1975)，波兰作曲家。——以下如无特别说明，均为译注。

字:沃克·伊文斯。

沃克·伊文斯这个人并不存在。这个名字只是——应该是——一声"招呼"。它来自六个人中的一位:五个男人、一个女人。它是个暗号,提醒我欠下的一笔旧债。要求我杀死某一个人,作为这笔债务的一期偿付——这种可能性是存在的。有这种可能,尽管可能性很小。

但是,让我为了一个陌生人而杀人,仅仅因为他提到了那个名字——这种可能性完全不存在。

我可以继续听下去,但我并不打算由着他毁掉这个晚上。既然他在桌边坐下了,他就得拿出点真正的客人的样子来。"先生,不想吃正餐的话,尝尝小吃吧。这儿的加料烤阉兔烤的恐怕是耗子,但由他家的厨子做出来,味道好极了。"

"可我不想——"

"请一定试试。"我抬头迎上侍者的目光,"莫里斯。"

莫里斯立即闪到我身旁。

"请来三份加料烤阉兔,还有,让汉斯替我挑一瓶干白。"

"好的,埃默斯博士。"

"等女士回来再上菜,好吗?"

"遵命,先生。"

侍者离开后,我说道:"我的客人很快就会回来。你只有很短的时间可以跟我单独聊天,说明来意。请开始吧,先告诉我你的名字。"

"我的名字不重要。我——"

"快说,先生! 你的名字,请吧。"

"人家告诉我,只要说出'沃克·伊文斯'就行。"

"这个名字管用,可你不叫沃克·伊文斯,而我不跟不说出自己名字的人打交道。告诉我你是谁,再附上一张身份证,和你的名字对得上的那种。"

"可是——上校,要紧的是说明要杀的是谁,以及杀他的人为什么非得是你,这比我的名字重要得多。你必须承认这一点!"

"我什么都不用承认。你的名字,先生!还有身份证。另外,请不要称我'上校'。我是埃默斯博士。"我不得不提高嗓门,压过一轮鼓声——晚间表演即将开始。灯光变暗了,一束聚光灯照在节目主持人身上。

"好吧,好吧!"这位不请自来的客人把手伸进口袋,掏出个钱包,"但托利弗周日中午必须死,否则我们全都会送命!"

他翻开钱包,给我看一张身份证。一个小小的黑点蓦地出现在他的白衬衫前胸。他露出吃惊的表情,接着轻声道:"我很抱歉。"然后向前一倾。他好像还想多说点什么,嘴里却冒出了鲜血。他的脑袋栽在桌布上,不动了。

我立即起身,绕到他的右侧。莫里斯出现在他的左侧,动作几乎跟我一样快。或许莫里斯打算帮他一把;可我没这打算——已经太迟了。四毫米口径的飞镖弹入孔很小,没有出孔。它在体内炸开。只要击中躯干,死亡转瞬即至。我要做的是搜索人群,外加一点琐碎小事。

在我努力找出杀手的当儿,侍者领班和一个酒吧招待赶到莫里斯身边。这三人动作飞快,麻利无比,让人觉得客人被杀死在桌边是他们每天晚上都会处理的日常事务。他们抬走尸体,既利落又不引人注目,活像在中国戏剧舞台上切换布景的舞美工作人员。第四个人唰地叠起桌布,把它跟银餐具一块儿收好,眨眼间便换上了一张新桌布,摆好两份餐具。

我坐了下来。我没发现杀手,甚至没发现有谁行为古怪,假装对这张桌旁发生的一幕完全没有好奇心。大家都朝这边张望,但尸体一挪走，他们就不再张望，将注意力转向舞台上的表演。没有尖叫，也没有惊恐的表情。看到这一幕的人似乎认为仅仅是某个顾客急病发作，或者喝醉了。

死者的钱包现在到了我上衣的左边口袋里。

格温·诺瓦克回来时，我重新起身，帮她挪开椅子。她笑着道谢，问道："我错过什么节目了吗？"

"没错过什么。你出生之前就有的老笑话，还有些尼尔·阿姆斯特朗出生之前就有的老老笑话。"

"我喜欢老笑话，理查。听老笑话，我才知道该什么时候笑。"

"你可算来对地方了。"

我同样喜欢老笑话。我喜欢各式各样老的东西：老朋友、老书、很久之前的诗、很久之前的戏。我们共度的这个夜晚的开场就是一出我最喜欢的老戏：哈利法克斯芭蕾剧团的《仲夏夜之梦》。卢安娜·保琳饰演泰坦尼娅。低重力芭蕾，真人出演，加上全息幻影，塑造出一个准能赢得莎士比亚欢心的仙境。相比之下，新鲜玩意儿完全没意思。

音乐响起，很快便淹没了节目主持人那很有些年头的俏皮话。合唱队的队列从舞台延伸到舞池，队形摇曳起伏，在半个重力的环境中显得无比优美。烤兔和酒来了，吃完以后，格温邀我跳舞。我的腿脚有毛病，好在这里只有半个重力，我还能对付着跳点儿老式慢舞：华尔兹、贴面滑步、探戈等。格温偎在我怀里，温暖、灵动，又那么柔弱；与她共舞是无上的享受。

愉快的夜晚，完美的收场。那个陌生人当然是个问题。在我的桌边被人干掉，这家伙的品位实在太差了。既然格温看样子没发现这段令人不快的插曲，我乐得把它藏在心里，留待以后处理。不用说，我也打起了精神，随时准备迎接肩膀上的一拍……但与此同时，我享受着美味、美酒和佳人的陪伴。人生充满悲剧，如果让它们占了上风，你就再也无法体会同样存在于人生中的那些美妙时刻了。

格温知道我的腿脚不好，不能长时间跳舞。一曲终了，她便领着我回到桌边。我示意莫里斯拿账单来。他变戏法似的拿出电子账单，我输入自己的信用码，标准小费之外又加了百分之五十，然后指纹确认。

莫里斯道谢，"再来一杯睡前饮料吗，先生？或者白兰地？女士或许愿意来一杯利口酒？本店请客，算在'彩虹尽头'账上。"这家餐厅的老板是个埃及老家伙，总是那么客气——或者说对老主顾很客气。我不清楚他对来自地球的观光客是什么态度。

"格温？"我问道，等着她拒绝。格温饮酒很有节制，只在就餐时喝一杯。一杯为限。

"一杯君度甜酒好了。正好我想多待一会儿，听听音乐。"

"女士，君度甜酒。"莫里斯记下，"博士您呢？"

"'玛丽之泪'。莫里斯，再加一杯水。"

莫里斯离开以后，格温轻声道："我需要点时间好问问你，理查。今晚你想去我那儿睡吗？别想歪了，你一个人睡。"

"我对一个人睡觉可不那么热心。"我的脑子咔咔作响，揣摩着各种可能性。她要了一杯她并不想喝的酒，以便向我提出一个并不恰当的邀请。格温的个性是有话直说。我觉得，如果她想跟我睡，她会径直说出来，不会玩欲擒故纵的把戏。

那么，她之所以请我去她那儿睡觉，是因为她认为我睡在自己的床上不明智，或者不安全。也就是说——

"你看见了。"

"远远看见。我等了一会儿，等场面平静了才回来。理查，我不太清楚发生了什么事，不过，如果你需要个地方避避风头——欢迎去我那儿。"

"哎呀,太谢谢你了,亲爱的!"不问缘由便伸出援手,这样的朋友是无价之宝,"不管去不去,我都欠你一份人情。唔,格温,我跟你一样摸不着头脑。一个完完全全的陌生人,正打算跟你说点儿什么,却被人干掉了——老套,太老套了。我们这个时代,如果我编出这么个俗烂故事,我的行会准会开除我。"我冲她笑笑,"按照这种老套路编下去,杀他的人肯定是你……真相大白的一刻当然会来得很慢,这之前,你会假装帮助我寻找杀手。经验比较丰富的读者一看开头就知道你是真凶,可身为侦探的我却怎么都想不到,哪怕真相就像你脸上的鼻子一样清楚明白。更正一下,这个鼻子现在贴到我脸上了。"

"哦,我的鼻子没什么可看的。男人忘不了的是我的嘴。还有,理查,我没想帮你查出我这个真凶,只是给你个地方躲起来。那个人真的被杀了?我没大看清。"

"嗯?"莫里斯端着酒来了,让我没有脱口而出,他离开后,我才答道,"之前我没想到有别的可能性。格温,那个人不是受伤。或者当场被杀,或者全是演戏。有可能是演戏吗?当然。有了全息影像,完全可以实时造假,只需要一点点道具就行。"我回想着事件过程。餐厅的人清理得未免太快、太熟练了。为什么?还有,为什么到现在都没有人拍我的肩膀?"格温,我接受你的邀请。如果检察官想找我调查,他们总会找到我的。我想跟你仔仔细细讨论一下这件事。这里不行,无论咱们把嗓门压多低都不行。"

"好。"她站起身,"我去去就来,亲爱的。"她朝洗手间走去。

我也站起身来。莫里斯把我的手杖递给我。我撑着手杖,跟着她走向洗手间。手杖我其实用不着。能跳舞的人,还需要这个?但有根手杖挂着也好,让我那条不得劲儿的腿别太劳累。

从男洗手间出来以后,我来到前厅,等着。

等着。

她早就该出来了。我找到餐厅领班,"托尼,能否请你安排一位女员工检查一下女洗手间,看看诺瓦克女士的情况?我担心她可能发病了,或者遇上了别的麻烦。"

"是您的那位客人吗,埃默斯博士?"

"是的。"

"她二十分钟前就离开了呀。还是我送她出门的呢。"

"真的?我一定误会了她的话。谢谢你,再见。"

"再见,博士。希望您再次惠顾本店。"

我离开"彩虹尽头",在外面的公共廊道里站了一会儿。这里是30环,二分之一重力层,方位270,顺时针一侧,衬裙巷。虽然已是子夜一点,这个区域仍旧人来人往,十分热闹。我四下望了望,看有没有检察官等着抓我。说不定还能看见已经被他们扣下的格温。

没看见。行人倒是多得很。从穿着、举止上看,大多是来度假的地球佬,加上招徕客人的、闲逛的、导游、扒手和传教士。整个人类系统都知道,在天条生态区,一切皆可买卖。这种声誉并非空穴来风,衬裙巷的众多销金窟就是证明。如果你想从事的是要求头脑清醒的业务,顺时针方向九十度外便是针线街。

看不见检察官,也看不见格温。

她说好在出口等我。嗯,她是这么说的吗?不,不准确。她的原话是:"我去去就来,亲爱的。"照我的理解,她应该是打算和我在餐厅的临街出口碰头。

我知道那些形容女人的陈词滥调,什么女人如天气呀、女人善变呀,等等。我压根儿不相信。格温不是突然间改变了主意。出于某种理由——某种很好的理由——她没等我就独自走了,希望我能赶去她家。

总之,我是这么告诉自己的。

托尼说"二十分钟前",如果她乘的是轻便车,这会儿应该到家了;走路的话也快到了。30环和衬裙巷交叉口有个轻便车亭,我找到一辆空车,输入105环、方位135、十分之六重力层。这是公用轻便车能抵达的最接近格温住处的地点。

格温住在格雷特纳绿区,就在阿皮安路与黄砖路交叉口过去一点的地方。对于没来过天条生态区的人而言,这种描述没有任何意义。某些公共关系"专家"认为,如果周围都是来自地球的熟悉名字,太空生态区会更有家园的感觉。这儿甚至还有一个(别反胃)"小熊维尼之家"。我输入的是主环区的坐标值:105、135、0.6。

轻便车的大脑位于10环附近的某个地方。它接受了这组坐标,等着。我输入信用码,然后蹲坐就位,靠在加速缓冲垫上。

那个白痴大脑花了很长时间才最终判定我的信用还行,时间长得有点侮辱人格。接着,车子用一张网罩住我的身体,收紧,关闭车盖。呼!砰!梆!上路了!高速悬浮飞行三公里,从30环到了105环。然后是梆!砰!呼!我到了格雷特纳绿区。轻便车打开车盖。

我觉得这种公交服务还行,值那个价。但经理警告大家说,这两年来,这个系统没挣着什么钱。或者提高使用轻便车的次数,或者提高单次使用费。不然的话,他们就要收回硬件,把这个系统占用的空间重新租出去。我希望他们能想出个解决办法,有的人很需要这项服务。(行,行,我知道,对于这类难题,拉弗曲线①总会提出一高一低两个费率。但某些情况下,这一理论会宣布两个收费标准同样行不通。公交服务恐怕正是这种情形。也许以目前的工程技术水平,在太空生态区使用这种轻便车系统确实太过昂贵了。)

①一种经济理论,与税收、公共服务费率有关。

从这里到格温的公寓小间只有一小段路,走起来很轻松:下楼梯到0.7重力层,再"前行"五十米就是她的门牌号。我按了门铃。

她的房门回答道:"这是格温·诺瓦克的录音。我已经上床了,而且,我希望,已经安然入睡。如果你的来访确有紧迫原因,请用你的信用码支付一百克朗。如果我认为你确有恰当的理由应该叫醒我,我会把这笔钱退还给你。要是我不认可,呵呵,我会用它买酒喝,同时把你关在门外。如果你没什么要紧的事,请在听到我的尖叫声后录下来访事由。"

接下来是一声刺耳的尖叫,然后骤然中断,仿佛一个不幸的女人被活活掐死。

我的来访有紧迫原因吗? 值一百克朗吗? 我想了想,觉得其实算不上紧迫,于是我开始录音:

"亲爱的格温,这是你忠实的追求者理查。咱们不知怎么岔了线,没什么,明天就能理顺。醒来后能往我那儿打个电话吗? 爱你,吻你。你的狮心王理查。"

我颇有点怏怏然,只是尽量别让话里带上这种情绪。我觉得自己被狠狠捉弄了一回。但在心底,我仍旧坚信格温不会故意耍我。这肯定是个误会,尽管我现在还不知道这个误会是怎么来的。

打道回府。呼! 砰! 梆! ……梆! 砰! 呼!

我的公寓是个豪华间,卧室和起居室各自分开,独立专用。我进了房间,在终端上查了查留言(没有),把房门和终端调到睡眠模式,挂好手杖,走进卧室。

格温在我床上,睡着了。

她的睡态是那么宁静,惹人怜爱。我蹑手蹑脚退出卧室,悄没声儿地脱掉衣服,走进清洗间,关上房门。这是一扇隔音门。我不是说过吗? 豪华配置。但我进行睡前清洗时还是尽可能小声,因为所谓"隔音",更多的只是一种可能,而非确定的事实。达到雄性无毛猿类在非手术条件下所能实现的最大限度的洁净无臭状态之后,我轻轻回到卧室,小心翼翼上床。格温翻了个身,没有惊醒。

夜里某个时候,我起来关掉了起床闹钟。可膀胱没法儿"关掉",所以我还是在平常起床时间醒来了。起床,解决膀胱问题,洗漱,决定继续活下去,套上一件连身裤,轻轻走进起居室,打开食品柜,琢磨里面的内容。特别的客人,特别的早餐。

我让起居室与卧室之间的门敞开着,好随时留意格温的情况。她醒了,估计是被咖啡的香味唤醒的。

见她睁开眼睛,我喊道:"早上好,美人儿。起床刷牙,早饭好了。"

"人家一个小时前就刷过了。回床上来。"

"花痴。橙汁还是黑樱桃汁?或者两样都要?"

"嗯……两样都要。别转移话题。过来,像个男人一样,直面你的命运吧。"

"先吃饭。"

"孬种。理查是个胆小鬼,理查是个胆小鬼!"

"彻头彻尾的孬种。华夫饼你能吃多少片?"

"哎呀呀……如何抉择是好!你就不能一次只解冻一片,吃完再说吗?"

"这些华夫饼可不是冷冻货。几分钟前它们还活蹦乱跳、又唱又叫呢。我亲手宰的,亲手剥皮。说话,不然我自己全吃了。"

"唉,悲哀啊,羞耻啊!男人宁愿要华夫饼也不要我。尘世无所留恋,只好找个庙去。两片。"

"给你三片。应该说'庵'。"

"就那个意思呗。"她起床进了清洗间,一会儿就出来了,穿着我的一件浴袍,这里那里地露出部分格温,真是赏心悦目。我递给她一杯果汁,她大口喝下,只在中间停顿了两次,发出两声"咕咚"。"哎呀,真好喝。理查,咱们结婚以后,你会每天早晨给我做早餐吗?"

"这个问题包含一个隐含前提,可我还没有确定——"

"人家这么信任你,把一切都给了你!"

"但是,即使关系并未确定,我还是愿意做出让步:我将愉快地为两个人烹制早餐,正如之前为我一个人一样。喂,你凭什么说我会娶你? 打算给我什么好处? 华夫饼这会儿吃吗?"

"喂,先生,不就是让你娶个老奶奶吗,值得这么大惊小怪?! 别的男人可不像你这样。想娶我的人多着呢。对,这会儿吃。"

"盘子递过来。"我朝她咧嘴一笑,"去你的。想当奶奶,除非你第一次来月经就怀上。还有,你的孩子下小崽也得跟你一样快才行。"

"这两个条件,我一样都不符合。但我的确是奶奶。理查,我想给你说清两件,不,三件事。首先,如果你真心接受,我愿意嫁给你。这话是认真的。如果你不想结婚,我也会养着你,把你当个宠物,做早餐给你吃。其次,我真是个当了奶奶的人。最后,如果你不顾我年龄大,想跟我生孩子,告诉你,我的生育能力没问题。这是现代微生物学创造的奇迹,我脸上没什么皱纹也是这个奇迹的一部分。想让我怀上很容易,不会让你操劳太久的。"

"操劳一阵子我还受得了。这是枫糖浆,这是蓝莓糖浆。嗯,我是不是昨晚已经大功告成了?"

"日子不对,差了一周……如果我说的是'中标了',你会说什么?"

"别开玩笑了,吃你的华夫饼吧。这一片也好了。"

"你这个施虐魔,还是个畸形魔头。"

"不是畸形。"我抗议道,"这只脚是截了肢,不是一出生就没有。我的免疫系统顽固极了,坚决拒绝移植,所以只好这样了。我住在低重力区,这也是原因之一。"

格温一下子郑重起来,"我亲爱的,我说的不是你的脚。噢,天哪!你的脚完全不相干……只是知道以后,我会更留神一些,别让你累着。"

"抱歉。咱们从头来过。既然不是这只脚,刚才你为什么说我'畸形'?"

她马上恢复了娇俏可喜的本来面目,"你还问!把人家拧过来扭过去绕麻花,换个正常男人都没法儿下得了手。现在又不想娶人家了。咱们回床上去。"

"咱们还是先吃完早餐,消化掉再说。放我一马,好吗?我没说不想娶你……也没绕什么麻花。"

"可耻的谎言!黄油递过来,谢谢。一点儿没错,你是个畸形魔。你那个大瘤子,里面有根骨头那个,它到底有多大?二十五厘米?更长些?直径多少?让我先看一眼的话,我绝不会冒那个险。"

"得了吧!还不到二十厘米。我既没有把你拧过来扭过去,大小也不过是个中号。你真该瞧瞧我乔克叔叔的家伙。添点咖啡?"

"好的,谢谢。还说没扭人家!嗯……你乔克叔叔比你还大?我是说局部?"

"大多了。"

"嗯……他住哪儿?"

"吃你的华夫饼吧。还想跟我上床吗?或者想给我乔克叔叔写个字条?"

"就不能来个两全其美吗?对,加一点点培根,谢谢。理查,你真是个好厨子。我没打算嫁给乔克叔叔,只是好奇。"

"单是好奇的话,别让他亮家伙给你看,除非你想来真的……他可是一贯来真的。十二岁就勾搭上了他童子军教练的老婆,跟她一块儿跑了。她怎么都不肯离开他。为这个,还在南爱荷华引起了不小的风波。那是一百年前的事儿了,那时候的人对这种事看得很重,至少爱荷华人看得很重。"

"理查,你是说乔克叔叔已经一百多岁了,而且还是那么活跃、那么壮?"

"一百一十六岁,仍旧孜孜不倦地搞朋友的老婆、女儿、老妈,还有牲口。他自个儿有三个老婆,《爱荷华州老年同居法案》准许他这么干。其中一个老婆——我的西西婶婶——还在念高中呢。"

"理查,有时候我觉得你这个人不大靠谱,说话喜欢夸张。"

"女人,不许用这种态度跟你未来的丈夫讲话。你身后就是一台终端机,输入'爱荷华州格林内尔',乔克叔叔就住在那个镇子外头。想给他打个电话吗? 你要能把他哄高兴了,没准儿他会把他的傲人之物、喜悦源泉亮给你瞧瞧。怎么样,亲爱的?"

"东拉西扯,以此逃避跟我上床。"

"再来一片华夫饼?"

"别想贿赂我。嗯,或许来半片。你一半,我一半?"

"不,咱们一人一整片。"

"万岁,我可算找到坏榜样了! 咱们结婚以后,我准会发胖。"

"你这么说,我很高兴。我原本想提来着,又有些犹豫:我觉得你稍稍偏瘦了一点点。动作一猛,身上马上青一块紫一块。垫点肥肉就好了。"

格温接下来的话,在此我就略过不提了。那些话相当形象,热情奔放,只是(就我看来)不大淑女。本色状态下的她是不会那么说的,所以我们就不记录了。

我回答道:"你说得对,这些不重要。我喜欢的是你的智慧、你天使般的心灵、你美丽的灵魂。肉体方面,咱们就别再提了。"

再一次,我不得不删除她的回答。

"你想要这个的话。"我说,"好吧！上床去,集中注意力于肉体方面。我先去关上华夫饼烤盘。"

一段时间之后,我说:"你想在教堂举办婚礼吗？"

"太棒了！我应该穿白色婚纱吗？理查,你平时上教堂？"

"不。"

"我也不。我觉得你和我不是上教堂的那种人。"

"我同意。那你打算怎么办婚礼？就我所知,在天条,没有其他途径可以结婚。经理定下的各种规定里面找不到。这里没有法定的婚姻登记处。"

"可是,理查,很多人都结婚了呀。"

"怎么结的,亲爱的？我知道许多人结了婚,可如果不在教堂结婚,我不知道他们是怎么结的。我也没机会了解。去月城结婚？或者去地球？他们到底是怎么结的？"

"想怎么结就怎么结呗。租个礼堂,请个大人物,让他当着一大帮子客人敲定这件事;完事之后放音乐,开个大派对……或者在家里办,只请些朋友。或者介于两者之间。你决定,理查。"

"噢,不,不,不是我,你决定。我只消照你的吩咐行动就行。至于我,我觉得婚礼最好能让女人紧张兮兮、不知所措,这时候的她最迷人。让她提心吊胆,你觉得呢？哎哟,别！"

"那就别惹我发火。小心点,不然的话,让你在你自个儿的婚礼上叫唤得像女高音。"

"再这么搞我,婚礼告吹！亲爱的,你想要哪种婚礼?"

"理查,我根本不需要什么结婚仪式。我不需要证人。我向你保证,一个妻子能给丈夫的一切,我都会给你。"

"真的吗,格温?别仓促决定哟。"可惜呀,女人在床上许下的诺言没什么约束力。真该死!

"我没仓促。我一年多以前就决定嫁给你了。"

"你说真的?哎呀,这可真是——喂,咱们认识还不到一年呢。我记得是在纪念日舞会上,7月20日。"

"没错。"

"可这——"

"'可这'什么,亲爱的?咱们还没见过面,我已经决定嫁给你了。你有意见吗?我没意见。现在没意见,当时也没意见。"

"唔,有些事情我最好还是跟你说实话。过去,我做过些不那么光彩的事。算不上邪恶,只是不怎么体面。还有,我出生时不叫'埃默斯'这个名字。"

"理查,我会非常高兴地被人称为'埃默斯太太'或者'坎贝尔太太',科林。"

我什么也没说。没说出声。"你还知道什么?"

她镇定地注视着我的眼睛,脸上不再带着笑意,"我需要知道的,我全都知道。科林·坎贝尔上校,被部下称为'杀手坎贝尔',特遣分队的人也这么称呼他。对于帕什瓦尔·劳威尔学院的学生来说,他是营救他们的天使。理查,科林,我的大女儿就是那些学生之一。"

"我可真是个大笨蛋。"

"我觉得不是。"

"你要嫁给我,就因为这个?"

"不,亲爱的。这个想法一年前才出现。现在,跟你相处好几个月之后,我真正认识了英雄传说背后那个有血有肉的男人。嗯,昨天晚上,我把你拽上了床,但咱们谁也不会单单因为这个结婚。你想知道我那些不堪回首的往事吗?只要你问,我会告诉你的。"

"不。"我望着她，握住她的双手，"格温多琳①，我希望你能成为我的妻子。你愿意接受我作为你的丈夫吗？"

"我愿意。"

"我，科林·理查，接受你，格温多琳，为我的妻子。我将拥有你、怀抱你、爱你、珍惜你，直到你离开我的那一天。"

"我，赛蒂·格温多琳，接受你，科林·理查，为我的丈夫。我将关心你、爱你、珍惜你，直到我生命结束的那一天。"

"啊！我看这样就成了。"

"对。只差一点：你还没吻我呢。"

我吻了她，"'赛蒂'又是怎么回事？"

"赛蒂·利普西茨，我家给我起的名字。我不喜欢，所以改了名。理查，现在咱们得把这个消息公布出去，这样就正式了。我想趁你晕晕乎乎的时候来个大局已定、悔之晚矣。"

"好吧。怎么公布？"

"我能用你的终端吗？"

"我们的终端。你再也用不着征求我同意了。"

"'我们的终端'。谢谢你，亲爱的。"她起身走到终端前，调出电话簿，打给《天条先驱报》，找社会新闻部编辑，"请记录：理查·埃默斯博士和格温多琳·诺瓦克女士高兴地宣布，他们已于本日结为夫妻。请勿寄送礼物和鲜花。请确认。"她关掉终端。对方马上打了回来，我接了电话，确认了这一消息。

她叹了口气，"理查，急急忙忙催你结婚，我是有理由的。现在，无论到哪里，无论面对哪个司法部门，他们都不能要求我作证指控你。我想帮你，尽我的全部力量。亲爱的，请告诉我，你为什么杀了那个人？你是怎么杀的？"

---

①"格温"是"格温多琳"的昵称。

2

"要弄醒一头老虎,你得用一根很长的棍子。"

——毛泽东①(1893－1976)

我若有所思地打量着我的新娘,"真是个仗义女人,我的爱。你不愿作证指控我,我很感动。但你刚才引用的那条法律恐怕在这儿不适用。"

"可这是一条普适条文啊,理查。不能强迫妻子作证检举她的丈夫,所有人都知道。"

"问题在于:经理知道吗?公司坚称,天条生态区只有一条法律,那就是天条。它说,经理制定的种种规定仅仅是对天条的阐释,纯实用性质的。它们不过是条文罢了,随时可以更改,甚至可以在审理过程中更改,而且具有回溯效力——只需经理一声令下。格温,照我看来,经理的手下完全可以拿你当他们的明星证人。"

"我不会作证! 绝不会!"

"谢谢你,我的爱。但咱们还是先看看你能提供什么证词吧。唔,这应该是个什么案子呢? 这么说吧,假设我被控致……致这个,

①该语录可能出于作者的杜撰。

19

呃,X先生于死命……X先生就是昨晚你去洗手间时来到我们桌边的那个陌生人。假定你是此案证人,你看见了什么?"

"理查,我看见你杀了他。我看见了!"

"起诉方会要求你提供更多细节。你看见他来到我们桌边吗?"

"没有。我出了洗手间,朝咱们那一桌走时才看见他……看见我的位子上坐了一个人,我还吃了一惊呢。"

"好的,把时间再往前推一点,把你当时看见的一切都告诉我。"

"嗯,我出了女洗手间,向左转,朝我们的桌子走。你的后背冲着我,你肯定记得的——"

"别管我记得什么,只说你记得的情况。你当时离桌子多远?"

"我不太清楚,十米吧。我可以再回去一趟,仔细量量。这一点很重要吗?"

"如果以后发现这一点很重要,再量也不迟。这么说,你从大约十米外看见了我。我当时在做什么? 站着,坐着,还是在移动?"

"你坐在位子上,背对着我。"

"我背朝着你。那儿的灯光并不亮。你怎么知道是我?"

"这——理查,这是鸡蛋里挑骨头。"

"对,因为法庭上就是要鸡蛋里挑骨头。你怎么认出是我?"

"呃——是你呀,理查。我能从后颈认出你,跟认出你的脸一样。还有,你站起来以后,我还真看见你的脸了。"

"我接下来做的就是这个吗? 站起来?"

"不,不。我看见你在咱们那张桌边,接着马上站住不走了,因为我又看见你对面坐着个人,坐在我的位子上。我就站在那儿,远远看着。"

"你认识那个人吗?"

"不认识。我之前从来没见过他。"

"描述一下他的长相。"

"嗯,我不会,描述不好。"

"矮个儿? 高个儿? 年龄? 有没有连鬓胡? 种族? 穿着?"

"我没看见他站起来。他不是个年轻人,但也不算老。好像没留连鬓胡。"

"小胡子?"

"我不知道。"(我知道。没胡子,三十岁左右。)

"种族?"

"白人,反正是浅肤色,但不是瑞典人那种白肤金发。理查,我没来得及看清所有细节。他拿着什么武器威胁你,你开枪打了他,那个侍者过来时你跳起来——然后我就退回去了,直到他们把他抬走,我才出来。"

"他们把他弄哪儿去了?"

"我说不准。我退进了女洗手间,门自动关上了。他们或许把他抬进了过道对面的男洗手间。但过道尽头还有一扇门,标着'员工专用'。"

"你说他用武器威胁我?"

"对。然后你朝他开枪,跳起来夺过他的武器,塞进你自己的口袋,就是侍者跑到他另一侧的那会儿。"(原来如此!)

"我把夺来的东西放进哪个口袋了?"

"我想想。得在脑子里让我自己转个身。你的左边口袋,左边上衣口袋。"

"我昨晚穿的什么衣服?"

"晚礼服,咱们直接从芭蕾剧院过去的。白色翻领,褐红色上衣,黑裤子。"

"格温,昨晚你睡在卧室,我只好在起居室脱衣服,暂时把衣服挂在入户门旁边的衣橱里,打算之后再收拾。请你打开衣橱,找到我昨晚穿的上衣,从左边外袋里拿出你看见我放进去的那件'武器'。"

"可是——"她没说下去,绷着脸,照我的话做了。

她很快回来,"口袋里只有这个。"她把那个陌生人的钱包递给我。

我接过钱包,"这就是他用来威胁我的'武器'。"我朝她亮出右手食指,"他用钱包指着我,而我朝他开火的武器——就是这个。"

"我不明白。"

"亲爱的,犯罪学家更相信环境证据,而不是目击证人的证词,这就是原因所在。说到目击证人,你是最理想的:聪明、正直、愿意合作,而且诚实。但你的证词混合了你真正看见的东西、你以为你看见的东西、就在你眼前而你却没有注意的东西以及你的大脑根据逻辑自行创造出来的东西——以填补存在于你真正看见和你以为看见的东西之间的空白区域。现在,这一大团混合物牢牢占据着你的脑海,成了真正的记忆。亲身在场的目击证人的记忆。但它并不是事实。"

"可是,理查,我真的看见——"

"你看见那个可怜家伙被干掉,但你并没有看见他威胁我,也没有看见我朝他开枪。某个第三者朝他打了一发飞镖开花弹,杀死了他。当时他面朝着你,飞镖弹的命中部位是前胸,所以那一枪一定来自你那个方向,从你身边飞过。你当时注意到附近有什么人吗?"

"没。哦,有侍者,来来往往的,还有招待,还有领班,客人们站起来、坐下。我是说,我没有特别注意到什么人,更没看见有谁拿把枪开火。是把什么枪来着?"

"格温,它看上去并不一定像一把枪。它是一件隐蔽性很强的武器,能在短距离发射飞镖——它可以伪装成任何东西,只要它的某个部分大约有十五厘米长就行:女士钱包、相机、剧院望远镜……这个单子可以无休无止地列下去,全是外表无害的清白物件。我背朝那个方向,你又没发现什么异常,这条线索是个死胡同。那一镖大概来自你身后。算了,还是看看遇害者是谁吧,或者看看他的掩护身份是什么。"

我把钱包所有夹层里的东西都掏了出来,包括一个隐藏得很拙劣的"隐蔽"夹层。最后这个夹层里有几张苏黎世银行颁发的金卡,大致相当于一万七千克朗。看样子是他的应急逃命款。

还有一张身份证。每个抵达本生态区轴心入口的人,天条都会给他一张这种证件。它只能表明该证件"持有者"有这么一张脸,以及他声称自己叫什么名字,还有国籍、年龄、出生地,等等。总之,他怎么说,证件上就怎么写。这种证件还能证明此人已经向公司预购了一张回程票,或者在公司存入了与机票等额的现金,并且预缴了九十天的空气呼吸费。最后这两条才是公司真正在意的项目。

如果有谁钻了什么空子,既没有买离开此地的机票,也没有预缴空气费,公司会不会把他扔进太空?我不能说公司一定会这么干,无法确知。也许他们会让他签一份卖身契?但我不敢打这个保票。反正我不会冒这种风险,被人扔出去呼吸真空。

根据公司颁发的这张身份证,持有者名叫恩里科·舒尔茨,年龄三十二岁,伯利兹公民,生于卡斯特罗城,职业会计。证件上的照片正是那个在过于显眼的场合纠缠我,然后被干掉的可怜家伙……我再一次心想:他为什么不先给我打个电话,然后私下见面呢?"埃默斯博士"明明列在电话簿里呀。只要提到"沃克·伊文斯",我会听听他要说什么的——在私密场合。

我让格温看那张身份证,"是咱们那位伙计吗?"

"我觉得是,不敢肯定。"

"我敢,我毕竟跟他面对面好几分钟。"

舒尔茨的钱包最奇怪的地方是钱包里没有的东西。除了瑞士金卡,里面还有八百三十一克朗,加上那张天条身份证。

就这些。

没有信用卡,没有机动车辆飞行许可证,没有保险卡,没有工会卡行会卡,没有其他能证明身份的卡片,没有会员卡。什么都没有。男人的钱包就像女士的手袋,里面会渐渐积攒起无关紧要的照片、票根、购物清单,许许多多诸如此类的零碎,必须定期清理。但每清理掉一样,就会塞进十来样别的。当代男人离了这些玩意儿过不了日子。而这位舒尔茨朋友却什么都没有。

结论:他并不急于把真实身份公之于众。

推论:天条生态区的某个地方一定藏着他的真实身份文件。另一张身份证,上面是另一个名字;一份护照,几乎可以肯定颁发当局不是伯利兹;加上其他物品,可以让我顺藤摸瓜,发现他的背景、他的动机。或许还能发现他为什么会说出"沃克·伊文斯"这个名字。

能找到这些文件吗?

还有件事,虽然无关紧要,却让我有些不爽:金卡里的那一万七千克朗。如果它不是应急逃命款呢?难道他指望用这么一笔小钱雇我杀死那个托利弗?真要这样的话,那可太小看我了。我宁肯这么想:他希望劝说我免费杀人,作为一个公益项目。

格温问:"你想和我离婚吗?"

"啊?"

"我硬逼着你结的婚。我的动机是好的,真的! 没想到这是犯傻。"

"啊,格温,我从来不在同一天既结婚又离婚。绝不。真想甩掉我的话,明天再跟我提。其实吧,我觉得,你应该跟我过一段时间,这样才公平嘛。试用我三十天,至少两周。这段时间里,也请你允许我试用你。到目前为止,我对你的表现是很满意的,无论直立状态还是水平状态,表现都很好。如果我对你的哪种状态不满意了,一定让你知道。这样够公平吧?"

"够公平。不过你少跟我耍嘴皮子。要比这个,我能把你揍个落花流水。"

"把丈夫揍个落花流水是每位太太的特权,前提是必须在私下场合行使。别吵吵啦,亲爱的。没看见我有大麻烦了吗?为什么要杀托利弗?你能想出什么理由吗?"

"罗恩·托利弗?想不出来。但我同样想不出为什么允许他活着。那个人实在太粗鄙了。"

"他是那种人,一点儿没错。如果他不是公司合伙人之一的话,人家早就吩咐他拿上回程票滚蛋了。但我说的并不是'罗恩·托利弗',只是托利弗。"

"还有其他托利弗吗?但愿不会。"

"咱们来瞧瞧。"我走到终端旁,调出电话簿,翻到"托"字。

"罗恩森①·H.托利弗,罗恩森·Q——这是他儿子。他老婆在这儿,斯特娜·M.托利弗。嘿!瞧这儿,'另见托利亚弗罗'。"

"这是最早的拼法。"格温说,"但它同样可以读作'托利弗'。"

"你肯定吗?"

"肯定。早些时候,在地球的梅森和迪克西线②以南,如果把这个姓念成'托利弗',表明说话人是个不会拼写的穷白佬。发长音,把每个字母都念全,表明说话人是移民未久的北方洋基客,以前叫

---

① 罗恩的全称。
② 十八、十九世纪划分美国南北方的分界线。

'利普西茨'之类的名字。而拥有种植园、抽黑奴操女仆、根正苗红的贵族老爷呢,他们按长音写,照短音读。"

"你的话让我很伤心。"

"为什么,亲爱的?"

"因为电话簿里按长音拼写的有三男一女,托利亚弗罗。我一个都不认识。这下子,我连该杀谁都不知道了。"

"你非得杀一个不可吗?"

"我不知道哇。唔,该说说迫在眉睫的事务了。你是不是愿意继续当我的妻子,至少十四天?"

"当然愿意! 十四天,再加上剩下的一辈子! 你这个大男子主义臭猪!"

"本人乃是该臭猪俱乐部终身会员,一辈子的会费都预付了。"

"还是个缠人的鼻涕虫。"

"我觉得你也很可爱。想回床上去吗?"

"先弄清你打算杀谁再说。"

"那可就得耽搁一阵子了。"我向格温叙述了一遍我和那个以"舒尔茨"为名的人的短暂见面经过,尽可能详细,就事论事,不带倾向,不夸张。"我知道的就这些。来不及深入了解他,这伙计死得太快了,在身后留下数不清的问题。"

我转身回到终端前,键入命令,切换到文字处理模式,建立一个新文件——惊悚大作,开始设定。

历险记——拼错名字的人

需要回答的问题:

1. "托利弗"还是"托利亚弗罗"?

2. 为什么托某某必须死?

3. 如果托某某周日中午不死的话,为什么"我们全都会送命"?

4. 这具自称"舒尔茨"的尸体究竟是谁?

5. 为什么非得由我出手干掉托某某?这其中的逻辑是什么?

6. 真的有必要杀死托某某吗?

7. 那个知道"沃克·伊文斯"的小团体中,究竟是谁干了这等好事,让一个笨手笨脚的废物来联系我?为什么?

8. 杀"舒尔茨"的是谁?为什么?

9. "彩虹尽头"的职员怎么会趟这摊浑水,把杀人事件遮掩起来?

10. (连带问题)为什么格温要在我之前离开餐厅?为什么她来这里,而不是回她自己的家?她是怎么进来的?

"这些问题得按顺序回答吗?"格温问,"我答得出的只有第十题。"

"这个是我临时加进去的。"我回答道,"至于前面的九个,我觉得,如果我能回答三个,就能推导出其余的。"我继续输入文字,显示在屏幕上。

可能采取的行动:"面对危险或者不知所措时,拐着弯儿跑,兜圈子,尖叫,加上放声大喊。"

"管用吗?"格温问。

"保命绝招!每个老兵都知道。现在,咱们看看具体采取什么措施,按这些问题的顺序,挨个儿来。"

问题一:给电话簿里的每个托利亚弗罗打电话,了解他们是怎么念这个名字的。划掉每个字母都发音的人。

问题二:深入了解剩下的人的背景,先从《天条先驱报》的档案着手。

　　问题三:处理问题二时,打听周日中午有什么安排,预计发生什么事。

　　问题四:如果你是那个死鬼,来到天条太空生态区以后,你想把自己的身份文件藏起来,又必须在离开时拿得到护照和其他文件——你会把它们藏在哪里? 提示:调查这个死鬼来到天条的时间,然后调查旅馆、储物柜、寄存服务、邮局留局待取件,等等。

　　问题五:先放一放。

　　问题六:放一放。

　　问题七:电话联系"沃克·伊文斯"小团体,尽可能联系上所有人。尽力追查,直到某人说话。(注:有些笨蛋也许会不知不觉间说漏嘴。)

　　问题八:莫里斯、餐厅领班、那个招待,这三人中,有人——或某两人,或全部三人——知道是谁杀死了舒尔茨。他或他们事先已经料到了。找到他们每一个人的薄弱点:酒、毒品、钱、性(不是这一桩就是那一桩)。朋友,你在地球时叫什么名字? 有什么地方在通缉你吗? 找到这个薄弱点,戳下去。对三个人都要这么办。再调查他们的说法,看是不是对得上。每个橱柜里都藏着一具骷髅①,必然如此。要做的就是找出他们每一个人藏着的骷髅。

　　问题九:为了钱(假定如此,直到证伪)。

　　(问:追查下去会花我多少钱? 我承担得起吗? 反问:不追查的后果,我承担得起吗?)

　　"有个问题我一直不明白。"格温说,"我插手这件事的时候,我还以为你有大麻烦了。可你显然如鱼得水。我的问题是,我的丈夫,你为什么非要做这些事呢?"

---

　　①西方谚语,意为每个人都有不为人知的阴暗秘密。

“我得杀了他。”

“什么？可你连要杀的是哪个托利弗都不知道！也不知道他为什么得死。也许他压根儿不该死呢。”

“不，不，我说的不是托利弗。当然，调查一番之后，说不定会发现他的确该死。不，亲爱的，我说的是杀死舒尔茨的那个人。我一定要找到他，然后杀了他。”

“啊？哦，我明白他该死：他是个谋杀犯。可为什么非得由你做？无论受害者还是杀人者——你并不认识他们呀。说真的，这根本不该是你的事，对吧？”

“这是我的事。舒尔茨——不管他真正的名字叫什么——他是作为我的客人坐在我的桌边时被杀死的。这种做法实在太没礼貌了，我不能容忍。格温，我的爱，如果任由这种行径得逞，接下来会一发不可收拾，咱们这个可爱的生态区会堕落成Ell-5那种贫民窟：粗野嘈杂，充斥着污言秽语。我必须找到干这件事的混蛋，向他说明他犯了什么过错，给他一个道歉的机会，然后杀了他。”

3

"应该原谅敌人——在绞死他们以后。"

——海因里希·海涅①(1797—1856)

我美丽的新娘瞪着我,"你要杀死一个人,就因为他没礼貌?"

"你有更好的理由吗?你希望我对粗鲁的行径视而不见?"

"不,可是——我能理解处决一个谋杀犯,我不反对死刑。但这种事不是应该留给检察官和管理层吗?为什么非得由你动私刑呢?"

"格温,我刚才没把话说清楚。我的目的不是惩罚,而是根除,拔掉毒草……加上获得打击粗鄙行为所带来的道德上的满足感。这个不知其名的杀手或许有非常好的理由,必须杀死那个自称舒尔茨的人……问题是,还有其他人正吃饭呢,你把他杀了,这就太失礼了,其程度相当于两口子在大庭广众之下吵架。最可恶的是,这个蠢货干掉的是我的客人。有这一条,消灭此人就成了我的义务,同时也是我的权利。"

我继续道:"我关心的不是涉嫌谋杀。但是,如果把这个问题交

---

①海因里希·海涅(1797—1856),德国著名诗人。

给检察官和管理层处理,他们就必须有一些禁止谋杀的规定。有吗?你知道这种规定吗?"

"什么?理查,这种规定肯定是有的。"

"我从没听说过。我估计经理会从这个角度定罪:谋杀是对天条的冒犯——"

"当然是!换了我是经理,准会这么想。"

"是吗?我向来不知道经理会怎么想。格温,我亲爱的,杀人并不一定是谋杀。事实上,杀人经常不是谋杀。如果这桩杀人案最终上达天听,引起了经理的注意,他也许会把它裁决成合理杀人——不该这么做,但也并不违反道德观念。"

"话说回来,"我转身走向终端,"经理说不定已经解决了这个问题。咱们看看《天条先驱报》怎么报道吧。"我再次调出这份报纸,这一次输入本日索引,选择本日重要数据。

滚动显示的第一项是"婚姻:埃默斯-诺瓦克"。我停止滚动,让其显示详细内容,打印,撕下打印纸,递给我的新娘,"寄给你的孙辈,证明他们的奶奶不再继续生活在非婚同居的罪孽中了。"

"谢谢你,亲爱的。你可真是个高尚的人儿啊——或许是吧。"

"而且会做菜。"我滚动屏幕,来到讣告栏。平日里,这是我最先阅读的部分。这里常常会有能让我开开心心过一天的条目,机会相当大。

但今天没有。没有我认识的名字,特别是没有"舒尔茨"。没有身份不明的陌生人,也没有"一家很受欢迎的餐厅"里的死亡事件。什么都没有,只有通常的悲伤的名单,列出一个个自然死亡的陌生死者,加上一起意外身故。我键入命令,调出生态区新闻,滚动显示。

什么都没有。哦,日常琐事当然还是有的,无穷无尽,从飞船开抵、驶离到最新的130-140环宣布开始旋转。后者是今天最大的新闻。如果一切按计划进行的话,这些新环将被向内弯转过来,于六天后的0800①时融入主环区。

但是,没有任何与"舒尔茨"有关的消息。没有提到托利弗或者托利亚弗罗,也没有不明身份的尸体。我又转回报纸主索引,键入命令,查找下个周日安排了什么大事。下周日中午只有一个研讨会,参加者来自海牙、东京、月城、Ell-4、天条、特拉维夫和阿格拉,将以3D影像出席会议。会议主题是"信仰危机:处于十字路口的当代世界",由人道组织主席主持。我祝他们好运。

"到目前为止,咱们什么都没有,零,鸭蛋,两手空空。格温,如果要向陌生人打听他们怎么念自个儿的名字,有没有什么比较委婉客气的办法?"

"交给我吧,亲爱的。我会这么说:'托利弗太太吗?俺叫格罗莉亚·米德,正从萨凡纳②给您老打电话哩。您老在查尔斯顿可有个亲戚,叫斯黛西·迈克的?'如果她纠正我的念法,我就道个歉,挂机。如果她或他接受了这种发短音的念法,只是说不认识斯黛西·迈克,我会说:'俺当时也纳闷呢。她是怎么说来着?托利-亚-弗罗……俺懂,她那是念错字儿了。'接下来怎么办,理查?继续唠嗑争取约见,还是电话'故障'掉线?"

"可能的话,约见。"

"赴约的是你,还是我?"

"你。到时候我和你一块儿去。或者把见面地点定在你那儿。还有,我得先买顶帽子。"

---

①一种不用":"区分小时和分钟的24小时制计时方式,始于0点,即0000点,一直走到2359点,即23:59,然后重新回到0000点。由于主要在军队中使用,亦常被称为军用时间。

②和下文的查尔斯顿一样,都是美国南方城市。格温在此模仿美国南方土话。

"帽子?"

"一种顶在头上的、傻里傻气的盒子。如果你在地球,脑袋上或许会扣个这玩意儿。"

"我知道帽子是什么!我跟你一样,是地球上出生的。但我猜地球之外根本没人见过帽子,你上哪儿买去?"

"我不知道,机灵姑娘,但我可以告诉你这顶帽子的用处。有了它,我就能彬彬有礼地碰碰帽檐,说道:'先生(或者太太),请告诉我,为什么有人希望你在周日中午一命呜呼?'格温,有件事让我很头疼:讨论这种事,应该怎么开头?几乎所有请求,从请求跟一位贞洁的已婚女士通奸,到索取贿赂,都有公认的、客气的模式。可眼下这个问题,该怎么开口才好呢?"

"你就不能这么说吗?'别回头,但有人正准备杀你。'"

"不行,这么说,出发点就错了。我不是要警告此人有人打算给他一枪;我的目的是找出为什么。找出原因以后,我说不定会衷心赞同这个方案,然后袖手旁观,以此为乐……我甚至可能大受启发,然后亲手满足已故的舒尔茨先生的遗愿,为全人类的福祉做出贡献。

"或者相反,我也许会打心眼儿里不赞同杀死此人,于是自告奋勇,用我的行动和生命执行一项神圣使命:阻止这一起刺杀。当然,如果目标是罗恩·托利弗,我是不大可能这么做的。不过现在选边还为时尚早。我需要先弄清这究竟是怎么回事。格温,我的爱,在杀人这个行当里,绝不能先下杀手再问问题。这么干会惹大家不高兴的。"

我转向终端,没碰键盘,只是望着它,"格温,咱们打本地电话之前,我想我应该先打六个有时间延迟的长途电话,打给那几位知道沃克·伊文斯的朋友。那六个人中,有人给了他这个名字……那个人应该知道舒尔茨为什么会慌里慌张地送掉性命。"

"'时间延迟'？他们都不在这个生态区,离得很远?"

"我不知道。有一个人应该在火星,另两个大概在小行星带,还有一两个甚至可能在地球上,但跟我一样,用的是假名。格温,从前出过一场乱子,正是它让我放弃了甜蜜的军旅生涯,也让我的六位战友跟我结下了鲜血凝成的友谊……唔,公众不大喜欢那件事的味道。我敢说,媒体记者绝不可能理解它,除非他们身在现场,亲眼看见事件发生。我可以真心实意地说,考虑到当时的情况,时间、地点、环境,我们的做法是正确的。我可以——算了,亲爱的,总而言之,我那帮兄弟现在都藏起来了。把他们一个一个找出来,这可是件既花时间又无聊的苦活儿。"

"可你只需要跟一个人接上头就行,对吗? 跟这个舒尔茨接触的人。"

"对,问题是我不知道是六个人中的哪一个。"

"理查,更简单的办法是从舒尔茨入手,反查回去。这总比找到六个销声匿迹的人容易吧? 这些人散布在整个太阳系,甚至可能到了太阳系之外,其中有些用的还是假名。"

我想了想,"或许吧。可我怎么从舒尔茨开始反查? 你有灵感了吗,亲爱的?"

"灵感倒是没有。但有件事我的确记得。我来天条的时候,他们在轴心入口盘问我,问我以前住哪儿,还核对我的护照。他们又问我是从哪儿来天条的,然后核对我的签证章。我是从月城来的,几乎所有人都是从月城来的——但他们问的不光是这个,还问我是怎么到月城的。他们没问过你吗?"

"没问过。我当时拿的是月球自由邦的护照,上面说我出生在月球。"

"我还以为你出生在地球呢。"

"格温,出生在地球的是科林·坎贝尔。'理查·埃默斯'生在月球香港——护照上明明写着。"

"哦。"

"但在着手寻找那六个人之前,我的确应该反查舒尔茨。如果发现舒尔茨的来处不是很远,我就应该先在附近找找:月球、地球,还有月球和地球轨道上的所有生态区。而不是先搜索小行星带或者火星。"

"理查,假如这件事的目的其实是……算了,这个想法太傻了。"

"什么想法,亲爱的? 别管傻不傻,先说出来试试。"

"嗯,假如这件事——不管它是什么事——姑且把它当成一个阴谋吧。假如这个阴谋根本不是针对罗恩·托利弗或别的托利弗,它会不会是冲着你和你那六个朋友去的? 为了对付'沃克·伊文斯'小团体? 先引诱你大动干戈,跟其他人取得联系,让你带着他们——不管他们是谁——找到你们全体七个人。会不会是仇杀? 会不会有什么事让人想报仇雪恨,消灭你们七个?"

我感到肚子里一阵发冷,"是的,仇杀的可能性是有的。但具体到这件事,我觉得不像。用这个理由解释不了舒尔茨的死。"

"我说过这个想法太傻了。"

"等等。舒尔茨当真死了吗?"

"啊? 咱们俩都看见了呀,理查。"

"是吗? 之前我以为我看见了。但我也承认过,这种事是可以伪造的。我看见的,表面上是舒尔茨死于爆炸性飞镖弹,但是——这只需要两件小道具,格温。一件在他的衬衣上弄出一个小黑点,另一件是个小塑料袋,盛着假的血液,他含在嘴里,在恰到好处的那个瞬间咬破袋子,让'血'从嘴里流出来。剩下的就是表演了……莫里斯和其他酒吧职员的奇怪表现同样是表演。那具'尸体'当然得赶紧弄走,抬进那扇'员工专用'门,在里头给他一件干净衬衣,带他从旁门溜之大吉。"

"你觉得这就是当时发生的事?"

"唔。不,该死的。我觉得不是这么回事!格温,我见过死亡,见得多了。这一次就发生在我面前,跟你现在离我一样近。我觉得不是演戏,我确实看到一个人死了。"我对自己很恼火。这种最基本的东西,我会不会弄错了?

当然有这种可能!我又没有透视心理的超能力。要说当目击证人,我跟格温一样,完全有可能弄错。

我叹了口气,"格温,我真的不知道。我觉得他像是挨了飞镖弹,被炸死了。可如果是演戏,人家演的本来就是被飞镖弹炸死。事先计划的假死的确可以解释事后的迅速遮掩,不然的话,'彩虹尽头'员工的行为就很难说通了。"我沉思着,"机灵姑娘,我现在什么事都拿不准了。人家该不会是打算把我绕晕逼疯吧?"

她把我的这个问题当成修辞性质的自问自答。确实是这样——但愿如此,千万别是真的。"那么,咱们现在该做什么?"

"唔,先试试调查舒尔茨。做完这一步之前,先别操心下一步。"

"怎么查?"

"贿赂,亲爱的。谎言加金钱。撒大谎使小钱——除非你是个富婆。对了,这个问题结婚前我忘问了。"

"我是不是富婆?"格温瞪大了眼睛,"可是理查,我跟你结婚就是为了你的钱啊。"

"真的吗?女士,那你可真上当了。你打算找律师吗?"

"我看应该找。他们能不能按'诱奸罪'办你?"

"不行。'诱奸'得看谁诱谁……但我向来搞不明白这一点有什么要紧的。再说这个生态区也没这个罪名。"我转向终端,"这会儿你是想找律师呢,还是咱们开始查舒尔茨?"

"嗯……理查,这个蜜月过得实在太古怪了,咱们还是上床吧。"

"床的事可以先等等。我查舒尔茨的时候,你可以再来块华夫饼。"我再次调出电话簿,翻到"舒尔茨"这个姓。

我找到十九个"舒尔茨",但没有"恩里科·舒尔茨"。不出所料。其中有一个读音相近的"亨德里克·舒尔茨",于是我键入命令,显示详细内容:

"尊敬的神父亨德里克·哈德森·舒尔茨博士,理学学士,经济学硕士,牙科博士,D.H.L.,K.G.B.,前皇家占星学会大师。以合理价位提供以下服务:科学占星、婚礼庆典、家庭问题咨询、综合心理治疗、投资理财。全天按赛道赔率接受下注。地址:衬裙巷95环,蓬皮杜夫人娱乐城隔壁。"这上面还有他的3D照片,满面笑容,嘴里不断重复着广告词:"我是舒尔茨神父,您紧急时刻的朋友。大小问题包办,保证。"

保证什么?这位亨德里克·舒尔茨的长相活脱脱就是圣诞老人,只是少了一把大胡子,一点儿也不像我的朋友恩里科。把他清屏时我还挺舍不得的,这位尊敬的神父博士让我有点找着同类的感觉。"格温,电话簿里没有他,或者他登记的名字跟天条身份证上的不一样。他是从来没登记过呢,还是昨晚尸体还没凉下来,有人就把他的名字从电话簿上抹掉了?"

"你要我回答吗,或者只是心里琢磨时说出了声?"

"都不是,没什么。咱们的下一步是查询轴心入口,对吗?"我在电话簿上找了找,然后给轴心的移民处打电话,"我是理查·埃默斯博士,我想在本生态区找一个名叫恩里科·舒尔茨的人。你能告诉我他的住址吗?"

"为什么不在电话簿里查?"(这个声音跟我的三年级老师一模一样——这可不是恭维话。)

"电话簿里没列出来。他是个游客,不是本地居民。我只想打听他住在天条的什么地方,饭店、寄宿宿舍,有个地址就行。"

"啧,啧! 你明明知道我们不会提供个人信息,就算是公众人物的信息都不行。如果他没列入电话簿,那他就是没列入。你也不想我们随便透露你的信息吧。己所不欲,勿施于人。"她挂机了。

"怎么办? 现在上哪儿打听?"格温问道。

"同一个地方,同一张办公椅上的人。但要备好现钞,面谈。格温,终端机通话是很方便,但用它搞低于十万的贿赂就是另一回事了。只要要求不是很过分,现钞加面谈更实际。一起去吗?"

"你以为能甩掉我? 这可是咱们的婚礼日啊。有种你就试试看,小子!"

"要不,加件衣服?"

"我这身打扮让你难堪了?"

"一点儿也不。咱们走。"

"好,好,我投降。等会儿,我找找拖鞋在哪儿。理查,咱们能先回我的小公寓一趟吗? 昨天看芭蕾时,我觉得那条裙子高端、大气、上档次;可在公共廊道,又是这个钟点儿,那一身隆重得过分了。我想换衣服。"

"女士,你的任何愿望都是对我的命令。但你提醒我了另一件事。你想搬到这儿来一块儿住吗?"

"你想让我搬进来吗?"

"格温,根据我的经验,婚姻有时能够挺过两张各自独立的床,但几乎不可能挺过两个各自独立的地址。"

"你没有明确回答我的问题。"

"被你发现了。格温,我有一个很糟糕的习惯,跟我住在一起可能会很困难。我写作。"

可爱的姑娘迷惑不解,"你跟我说过。可你为什么说它是个坏习惯呢?"

"呃……格温,我的爱,我不会因为写作向你道歉,就像我不会因为少了只脚向你道歉一样。说实话,这两者有因果关系,因为这个才有了那个。没法儿操枪弄炮以后,我总得干点什么混饭吃。问题是除了操枪弄炮,我没学过别的。小时候送过报,可我那条运营路线早就被另一个小孩接管了。而写作这个工作可以让我合理合法地不干工作。它既不用我下手偷东西,又不需要任何天赋或者训练。

"但是,写作的本质是远离社会。它是个体的、私密的,跟手淫一样。如果贸然打扰一位沉浸在创造的痛苦中的作家,他很可能掉过头来,啊呜一口,直咬进你的骨头里,而且咬了以后还没意识到自己干了什么好事。发现这一点时,许多作家的妻子或丈夫都曾震怖不已。

"还有——格温,认真听讲!——没有任何办法可以驯服一位作家,让他变成一个文明人。这种疾病无可救药。一户人家,只要多于一个人,其中之一又患上了写作这种恶疾——科研表明,唯一的办法就是给患者提供一个孤立、隔绝的房间,疾病发作时让他在里面独自打熬;这期间的食物用一根长棍子捅给他好了。如果你在他发病时打扰患者,他或者会号啕大哭,或者狂性大发,又或者干脆听不见你在说什么……这种时候,如果你摇晃他,他会咬你。"

我亮出我最有魅力的笑容,"别担心,亲爱的。眼下我没写小说。而且,在咱们协商一致、给我安排好写作用的隔离间之前,我也不打算开始一篇新作品。这间公寓不够大,你的也不够。唔,去轴心之前,我想给经理办公室打个电话,看还有没有大一些的公寓。另外,我们需要两台终端。"

"为什么要两台?我很少用终端。"

"但你需要的时候,你就会用到一台。而我用的终端很可能长期处于文字处理模式,不能用作他途:报纸、邮件、购物、编程、电话……统统不行。相信我,亲爱的,我患上写作病已经很多年了,我知道怎么应付。给我一个小房间、一台终端,让我钻进房里,然后你封死房门——这之后,这个家庭就会跟那些丈夫头脑正常、身体健康的家庭一样了。你完全可以假装你的丈夫每天早上去了办公室,在那儿做些男人在办公室里通常做的事儿。至于具体是什么事儿,我压根儿不知道,也完全没兴趣了解。"

"行,亲爱的。理查,你喜欢写作吗?"

"没人喜欢写作。"

"我以前还不知道呢。那么,我必须告诉你,之前我说嫁给你是为了你的钱,这话不完全是事实。"

"我也没有完全相信,咱们扯平了。"

"对,亲爱的。其实我真的可以把你当个宠物一样养起来。噢,没到给你买游艇的程度,但我们可以在这儿住得更舒服一点儿,尽管天条在太阳系中不算个便宜地方。你用不着写作。"

我亲吻着她,很投入也很认真,"真高兴我娶了你。但我还是得写下去。"

"可你并不喜欢写作呀。我们用不着靠你写作挣钱,真的用不着!"

"谢谢你,我的爱。不过,我刚才还没有向你解释写作更凶险的一面:你停不下来。写作者会不停地写下去,哪怕从财务方面说早就用不着写了……原因是:不写更难受,写起来还好过些。"

"我不明白。"

"我也一样。迈出那致命的第一步时——是个短篇——我真的以为想戒的话随时能戒。算了,亲爱的,再过十年你就明白了。我哼哼的时候别理我就行。没什么大不了的,只是毒瘾发作罢了。"

"理查,心理治疗有用吗?"

"不能冒那个险。我认识个作家,他就试过这一招。治完之后,写作倒是停下来了,但没法儿根除写作的需求。最后一次见他时,他缩在墙角里,浑身直哆嗦。这还是状态好的时候。只要让他看见一台文字处理器,哪怕只是瞥见一眼,他马上就会抽风、吐白沫。"

"嗯……有点夸张了吧?"

"什么?格温!信不信我带你去见他,把他的墓碑指给你看。不说了,亲爱的,我得给经理的房管代表打电话了。"我转向终端,就在这时,那东西一下子亮得像棵圣诞树,报警铃音大作。我啪地打开应答开关,"我是埃默斯!怎么回事,生态区翻船了?"

语音响起,与此同时,文字唰唰出现在屏幕上,打印机不待吩咐便径直开始打印——我讨厌它这样。

"当局致理查·埃默斯博士:分配给你、由你使用的715301公寓,管理部门另有紧急用途。现通知你立即搬出该公寓。剩余房租已返还至你的账户,另有五十克朗,以补偿给你带来的不便。此令由经理的房管代表阿瑟·米德尔盖夫签署。祝你愉快!"

4

"我不停地工作,恰如母鸡不停地下蛋。这两者的动机完全相同。"

——H.L.门肯[1](1880-1956)

我的眼睛瞪大了,"哎呀呀! 整整五十克朗。天哪! 格温,你总算嫁给阔佬了!"

"你还好吧,亲爱的? 光昨晚你买的那瓶酒都不止五十克朗。真是太可恶了,简直是侮辱人。"

"当然,亲爱的。它的目的就是激怒我,同时附送一个小麻烦:逼我搬家。所以我不会。"

"不会搬?"

"不,不,我马上就搬。有很多办法可以对抗市政当局,但拒绝搬家不是办法。经理的房管代表可以切断电力、空气和水,停掉清扫服务,所以我不能不搬。不,亲爱的,这个通知的目的是激怒我,破坏我的判断力,引诱我去威胁别人,却又无法把这些威胁付诸实施。"

---

①H.L.门肯(1880-1956),美国记者、作家。

我对我的爱侣笑道："所以我不会发火，而且会马上搬出去，乖得像只小羊羔。至于内心深处的怒火，我会让它待在那儿，不让别人发现，用得上时才让它爆发出来。再说，搬家对我其实没影响，我反正打算申请一套更大的公寓，至少再多一间房，咱们俩一块儿住。所以我还得给他打过去，给这位亲爱的米德尔盖夫先生回个电话。"

我不知道房管处的号码，于是键入命令，打算再一次调出电话簿。我按下"执行"键。

屏幕显示"终端停止服务"。

我盯着屏幕，心里默数十个数。倒着数，梵文。亲爱的米德尔盖夫先生，或者经理本人，或者别的什么人，总之，这个人看来真的想激怒我，用力挺猛的。所以我绝不能让他得逞，这是最重要的。镇定，像睡在钉床上的苦行僧一样，想点宁静祥和的事儿。当然还可以想想找出是谁使坏以后，怎么把他的蛋蛋油炸了当午饭。蘸酱油吃还是配蒜味黄油，略加一点点盐？

思考烹饪问题让我平静了一点，所以当屏幕文字发生变化时，我既不吃惊，也没有怒气冲天。"终端停止服务"变成了"电力及电力相关服务将于1300终止"。接着，文字变成了很大的计时数字：1231。我刚看到它，它就变成了"1232"。

"理查，他们在干什么呀？"

"我估计还是那个目的，想逼我发火呗。但我们不会上当。相反，我们要用接下来的二十八分钟——不，二十七分钟——整理五年里攒下的杂物，来个扫地出门。"

"遵命。想让我做什么？"

"真是个好姑娘！这里的小衣橱，还有卧室的大立柜——把里面的所有东西扔床上。大立柜架子上有个行李袋——大号伞兵袋。把所有东西塞进去,越紧越好。别耽搁时间分门别类。把你穿着吃早饭的那件袍子摊开,当成包袱皮,塞不进行李袋的东西全部打进包袱里,用袍子腰带系紧。"

"卫生间里的东西呢?"

"啊,对。橱柜里有卷筒塑料袋,把卫生间里的东西装进口袋,和包袱捆一块儿。宝贝,你准能当个最棒的老婆!"

"一点儿没错,亲爱的,这是长期反复练习的结果。寡妇是最好的老婆人选。想听听我以前那些丈夫的事儿吗?"

"想听,但不是现在。等哪天你头疼、我又太累不想工作,漫漫长夜无可消遣时再聊这个。"

打包工作的百分之九十都交给了格温,我着手处理最困难的那百分之十:我的业务档案和文件。

作家大都有收藏癖,舍不得扔东西,而职业军人却大都习惯轻装上路。这两种水火不相容的性格本来会害我精神分裂,幸好现在有了电子文档。对作家来说,自打一头带橡皮的铅笔出现以后,再没有比电子文档更棒的发明了。

我用的是索尼百万级芯片,每片宽两厘米、厚三毫米,能容纳五十万个单词。这么一个小东西,竟能塞进如此之多的信息,简直让人难以想象。我在终端前坐下,取下我的假肢(你要是愿意的话,管它叫"木腿"也行),打开上面的一端,又从终端拔下所有的记忆芯片,塞进充当假肢胫骨的那根长筒里,扣好,然后重新装上假肢。

做我这一行所需要的全部东西都在里头了:合同、商务信件、我的版权作品的拷贝、普通信件、通讯录文件、还没开始创作的作品笔记、税务记录,等等等等。在电子文档出现之前的时代,记录这些材料的纸张得有一吨半重,装在半吨重的钢制文件柜里,占据好几立方米的空间。现在却不过几克重,只有我的中指大小——多达两千万个单词的文件就储存在这点东西里。

所有芯片都塞进了那根"胫骨"，不会被盗，不会遗失，不会损坏。谁没事干去偷别人的假肢？而瘸子绝不会忘记装上自己的假腿——晚上会解下来，但起床后的第一件事就是伸手够它。

就连强盗都不会把注意力放到别人的假肢上。以我为例，绝大多数人甚至没发现我装了假腿。只有一次我和它分开：一个熟人（不是朋友）因为生意上的事跟我起了点争执，把我关了一晚上，还拿走了我的假腿，免得我逃跑。但我还是设法单腿蹦跶着逃出囚室，用拨火棍燎光了他的头发，然后拿回我的假腿和一些文件，走掉了。写作这一行基本上是伏案工作，但也有比较激烈的时刻。

终端上的计时数字变成"1254"的时候，我们已经差不多收拾完了。我只有几本书（我指的是印在纸上装订起来的那种书），我的那点所谓研究工作都是通过终端进行的。格温已经把那几本书塞进了用袍子打的包袱。"剩下还有什么？"她问。

"我看就这些了。我再赶快检查一遍，把落下的东西扔到走廊，等他们拉闸断电以后再慢慢盘算怎么处理。"

"那棵盆景树怎么办？"格温望着我那盆长了八十年却只有三十九厘米高的糖枫。

"那东西没法儿打包，亲爱的。再说它一天得浇几次水。明智的做法是把它留赠给下一任房客。"

"绝不，小子。你抬着它，搬到我的小公寓。我在后面拖这些行李。"

（其实我的下一句本来就是："但我这个人向来不够明智。"）"咱们去你那儿？"

"还能去哪儿，亲爱的？咱们当然需要一套大一些的公寓，但眼下最紧急的是随便找个房顶罩在头上。看天色，太阳下山时恐怕会下雪。"

"哎呀,还真是! 格温,记得提醒我告诉你:我真高兴想到了跟你结婚这个好主意。"

"不是你想到的。男人从来不会想到结婚。"

"真的?"

"真的。放心吧,我会提醒你的。"

"一定别忘了。我很高兴你想到了跟我结婚,我很高兴你跟我结了婚。还有,请向我保证,从今往后,一定要阻止我做所谓'明智'的事。"

没等她做出保证,灯光连闪两下。我们当即忙碌起来。格温把所有东西搬到走廊,我则飞也似的最后巡查一遍。灯光再闪,我一把抓起手杖,奔出门去,险险地抢在房门自动关闭之前。"呼!"

"别紧张,老大。放慢呼吸,数十下再吸气,然后慢慢吐出来。"格温拍着我的后背说。

"吓死人了,吓死人了。咱们早该逃到尼亚加拉瀑布去。我早就跟你说过,早就跟你说过!"

"别打趣了,理查。你拿盆栽,行李袋和包袱都交给我。在这个重力下,我一人就行,一手拎一个。直上零重力层?"

"对。盆栽我拿,行李袋也归我。手杖可以系在行李袋上。"

"别硬撑大男人架子,理查。这会儿忙死了,别拿它添乱。"

"'大男人'是个贬称,格温。再这么叫我一次,打你屁股。叫两次,我用这根手杖揍你。大男人架子,哼,我想什么时候撑就什么时候撑,管得着吗?"

"是,长官。你是泰山我是简①,你说什么是什么。能否请您把盆栽拿上?"

最后我们各让一步,终于达成一致。我拿行李袋,一只手挂着

_____

① 在《人猿泰山》中,简是泰山的女朋友。

手杖;格温一手拎包袱,一手拿着那棵盆栽糖枫。她两手的重量不大平衡,那个包袱只好不断换手。我承认,格温最初的安排更可行。这种重力下,重量其实无所谓;再说我们是向上前往零重力层,所以还会越走越轻。我觉得心里挺不自在的,还有点惭愧……唉,瘸子总是忍不住想证明自己跟没瘸时一样,什么都能做——特别是当着女人的面。真傻,因为人人都能看出瘸子并没有这个本事。其实我平常没这么傻,基本上能克服这种冲动。

总算来到了零重力的轴心区域,我们飘浮起来,一路沿着轴线前进。行李只消系在身上,它们便飘飘荡荡地拖在身后,那棵小树则由腾出双手的格温牵着。到达她住的环区后,格温把所有行李都拿了过去,这次我没有跟她争。走这一趟花了不到半个小时。要是预订货柜,这会儿我们恐怕还在等它呢。所谓"节省劳力的装置"常常名不副实。

格温放下行李,对她的门说话。

门没有打开。

它回答道:"诺瓦克女士,请立即致电经理的房管处。最近的公用终端在105环、方位135、0.6重力层,紧靠人员运输系统。您使用那台终端的通话费用将由天条支付。"

不能说这种情形完全出乎我的意料,但我承认,我极其失望。无家可归的感觉和饥饿感类似,或许更可怕一些。

格温却像没听见这个让人沮丧的通知似的,对我说道:"坐在行李袋上,理查,别担心。马上就好。"

她打开她的手袋,从里面掏出一个指甲挫,还有一小截钢丝。我觉得本来应该是枚回形针。她嘴里哼着一支不成调的小曲,开始动手对付公寓房门。

我能提供的帮助就是不发表任何意见,一声不吭。这很难,但我还是做到了。

格温不哼小曲了，直起身来。"成了！"她宣布。房门大开。

她拿起我的盆栽糖枫——我们的盆栽糖枫。"进来吧，亲爱的。最好暂时用那个行李袋挡着门，免得它自动关上。小心点，里面黑。"

我跟着她进去。里面唯一的亮光来自她的终端，上面显示着一行字：所有服务均已终止。

她没理会那些字眼，只管在手袋里掏呀掏，最后掏出一个微型手电筒，用它照亮，拉开食品柜的一只抽屉，从里面取出一把又细又长的螺丝刀、一把可以自动合拢的镊子，以及一件看不出名堂、估计是自制的工具，还有一双跟她的纤手尺寸相配的厨房防烫手套。

她想够到的那块面板位置很高，在微波炉上头，锁死了，上面还装饰着通常那些警示用语，警告房客不得正眼相觑，更别说碰它了。咒语如下："危险！不得私自调整。必要时通知维修人员。"诸如此类。格温爬到高处，坐在微波炉上，一伸手便打开了面板。它的锁显然早就被撬开了。

接下来，她开始工作，静悄悄地，除了嘴里哼着刚才那支小曲，另外偶尔要我动动小手电，照亮某个特定的地方。有那么一会儿，她捣鼓出了好一大股电火花，于是她小声责备道："坏家伙，坏家伙，以后不许你这么对格温。"之后她接着干活，动作大大放慢了。然后，小公寓的灯亮了，随之而来的是供人居住的房间都会发出的低低的嗡鸣，来自流动的空气、种种小型电机，诸如此类。

她关上面板，"扶我下来，亲爱的。"

我伸出双臂把她抱下来，搂定不松手，吻了她一下才罢。她仰头朝我微笑，"谢谢你！哎呀，哎呀，结婚的这些个好处我都忘光了。咱们应该多结几回。"

"现在就结？"

"不,现在是午餐时间。早饭很丰盛,可这会儿已经十四点过了。想吃饭吗?"

"的确应该从事这一活动。"我赞同地说,"'邋遢乔'怎么样,阿庇安路靠近105环那家? 或者去个更高档的地方?"

"'邋遢乔'就行。亲爱的,我吃饭不挑剔。可我觉得咱们不该出去吃,说不定回来时再也进不了这扇门了。"

"怎么会呢? 不过是换了一组密码而已,你随手就能解决。"

"理查,下回说不定就没那么轻松了。他们还没发现这把锁挡不住我,等发现的时候,他们甚至能在门上横着焊一块钢板——如果他们觉得有那个必要的话。当然,不会闹到那一步。我跟你一样,不会硬顶着拒绝搬家。先吃午饭,吃完我打包行李。你想吃什么?"

格温从我的食品柜里抢救出不少美食,有的是冷冻食品,有的是无菌包装。稀奇古怪的食物我存了不少。深更半夜埋头创作的时候,说不定你会突然间向往一份蛤蜊圣代。这种事谁事先也料不到,对吧? 手边备好各种材料,这不过是谨慎周到,不值得大惊小怪。不然的话,你或许会抵抗不住诱惑,只好停下工作,离开你僧院似的隐居处,四处搜罗,非把你的渴望之物搞到手不可——并由此走上破产之路。

格温摆好饭菜,其材料源自她的藏品和我的存货。应该说"我们的"。我们一边吃,一边讨论下一步行动。行动是必需的。我告诉她,我打算一吃完午饭就给亲爱的米德尔盖夫先生打个电话。

她若有所思地说:"我最好先打包行李。"

"想打就打吧。为什么?"

"理查,咱们显然已经成了麻风病人。估计是因为舒尔茨被杀的事,但还不能确定。不管原因是什么,把脑袋探出去冒风险之前,我最好还是跟你一样，把自己的东西收拾好。说不定这一去就再也回不来了。"她朝终端点点头，那上面仍旧显示着"所有服务均已终止"。"那东西没法儿拧几个螺丝就搞定。它只是个终端，计算机在别的地方。没有终端，我们没法儿在公寓给米德尔盖夫先生打电话。总之，咱们得先把需要在公寓做的所有事都做好，然后才能走出那扇门。"

"你在这儿收拾行李，我出去给他打电话。"

"想走？从我尸体上迈过去！"

"啊？格温，讲点道理嘛。"

"我正是在讲道理。理查·科林，你是我新鲜出炉的新郎，我还打算熬你很多很多年呢。至于眼下，这个麻烦没解决之前，我不会让你离开我的视线。说不定你会跟舒尔茨先生一样，眨眼间就没了。我的爱，如果他们要开枪打死你，得先打死我才行。"

我努力跟她讲道理，可她抬手堵住耳朵。"不跟你争，听不见，什么都听不见啦！"她放下双手，"过来帮我打包，请。"

"遵命，亲爱的。"

格温打包的时间比我还短些，我的贡献主要是别碍手碍脚。我不太习惯和女性共同生活。军旅生涯跟家庭相克，所以我一直回避婚姻，只和我那些雄赳赳的女战友签些短期合约。调防命令一下，婚约自动解除。升官以后还跟女勤务兵有过三四五六回。但我估计这些关系和平民婚姻完全不是一回事。

我想说的是，尽管我用上百个女性笔名以成千上万个单词写过所谓真实事件爱情小说，但我其实不怎么懂女人。初学写作这一骗术的时候，我跟编辑谈起过这一点。此人名叫埃弗林·芬格哈特，阴郁的谢顶中年人，面部痉挛，雪茄不离口。他买了我的好几篇小说，里面净是孽情、苦情、忏悔之情。

他哼了一声，"别想着了解女人，会妨碍你写作。"

"可我写的这些小说全都声称以真实事件为依据啊。"我反驳道。

"它们都是真事，每一篇上面都有一句指天发誓的宣言：'本故事根据真实事件改编'。"他一翘大拇指，点了点我刚交给他的那摞手稿，"比如这篇，你在上头夹了一张纸片，说明了它源自什么'事实'。你想告诉我纸片上的话全是瞎编的？你不打算拿稿费了？"

我想拿稿费。我心目中的文学最高典范是一个最优雅不过的半拉句子："为购买该作品，现支付——"我忙不迭地回答道："当然这一篇不存在这个问题。里面的女人我本人不认识，但我母亲把她的所有情况统统告诉了我——我母亲小时候跟她是同学。这姑娘并没有正式嫁给她母亲的弟弟，孽情暴露的时候，她已经怀孕了……于是面临可怕的选择。正如我在作品中描述的那样：或是犯下堕胎的罪过，或者悲惨地生下乱伦婴儿——这孩子说不定会长两颗脑袋、没有下巴。全是真事儿，埃弗林，我不过是在讲述时作了点剪裁而已。最后才发现贝丝·卢其实跟她的舅舅没有血缘关系——我正是这么写的。哦，她的孩子跟她的丈夫其实也没有血缘关系，这部分我删掉了。"

"那就重写一遍，把这部分写进去，删掉其他部分。记住把姓名、地点变个名字，我不想惹麻烦。"

过了一阵子，我按他的要求做了，把重写之后的故事卖给了他。我一直没有告诉芬格哈特的是，这件事并没有发生在我母亲的任何同学身上。它是我从我的艾比姑姑的一本书里抄来的：瓦格纳《尼伯龙根的指环》的剧本。说起瓦格纳，他真该一门心思搞音乐，另找个类似W.S.吉尔伯特[1]之类的人替他写剧本。老瓦的写作水平

---

[1]W.S.吉尔伯特（1836－1911），英国剧作家、歌剧剧本作家。

实在太挫了。

可他那些瞎编乱造的情节正好适用于这类爱情写真——当然，得把调门稍降一降，别那么恶心。不用说，还得变换一下姓名、地点。这个不是剽窃，至少不是严格意义上的剽窃。版权保护期限都过了嘛，它们已经是公有财产了。再说，瓦格纳也并非原创，这些情节原本就是他下手偷来的。

我本来可以凭着瓦格纳的桥段舒舒服服地过日子，可我对那些情节渐渐有些厌倦了。后来芬格哈特退休了，在土耳其买了个牧场，于是我退出了爱情写真的行当，开始写打仗的故事。后者比爱情写真还难写，有一段时间我差点儿饿死。原因在于打仗的事我还真的懂点儿。正如芬格哈特所说，这一点妨碍了我的写作。

过了一阵子，我学会了如何把我对军事的了解压制下去，别让它们干扰小说。创作爱情写真的时候，这个问题从来不是问题。因为无论是我、芬格哈特还是瓦格纳，对女人都是完完全全地一无所知。

更别说了解格温了。从前某个时候，我不知怎的，认定女人旅行时至少需要七头骡子驮行李，或者需要负荷量相当的大行李箱。还有，女人天生做事乱七八糟、没条理。对这些观念，我一直坚信不疑。

格温的行李是一大箱衣物。箱子比我那只伞兵袋还小点儿，里面的所有衣物折叠得整整齐齐。还有另一只小行李箱，装的是……呃，非衣物的东西。

她把我们的动产排成一行：伞兵袋、包袱、大行李箱、小行李箱、她的手袋、我的手杖、盆栽树。她打量着它们，"我觉得可以想个办法把这些东西一起带走。"她说，"只靠咱们俩。"

"我看不行。"我表示反对，"咱们每人只有两只手。最好还是订个货柜。"

"你想订就订吧,理查。"

"这就订。"我转向她的终端,又停了下来,"呃——"

格温的注意力集中在我们那株小糖枫树上。

"呃——"我重复了一遍,"格温,你还是得先放我一马,让我溜出去,找到最近的公用终端,很快就能回来。"

"不行,理查。"

"啊?转眼就能——"

"不行,理查。"

我重重地吐出一口气,"那你打算怎么办?"

"理查,什么办法我都能接受,前提是咱们俩不分开。所有东西留在公寓,但愿以后还能进来——这是一个办法。所有东西放门外,咱们去别处订货柜,给米德尔盖夫先生打电话——这是另一个办法。"

"咱们走了,东西全不见了怎么办?你敢说这附近就没有两条腿的耗子吗?"我的口气有些尖刻。所有太空生态区都有专门在夜间出没、鬼鬼祟祟的家伙。这些夜行者是生态区的隐身居民,没有钱,所以无法光明正大地居住,却又想出了办法没被遣送回地球。在天条,我猜管理部门只要抓住这类人,就会把他们扔进太空。还有更加阴森的传说,让我从此拒绝食用任何形式的猪肉馅。

"还有第三种办法,完全可以让我们带上这些行李抵达那个公用终端亭。不过到那儿就是极限了,之后就得等着房管处给咱们分配新公寓。有了新地址以后,咱们可以打电话叫个货柜,在那儿等着就行。

"终端亭离这儿很近。早些时候,你说你一个人就能背上这个大袋子加包袱,把手杖系在口袋上。这么短的距离,我觉得你做得到。

我的两只行李箱我自己搬，一手一个。手袋的背带放长，斜挎着。

"难办的只有这棵小树。理查，你在《国家地理杂志》上见过头顶包袱的土著姑娘的照片吗？"没等我回答，她已经拿起小树顶在脑袋上，松开双手冲我笑了。她蹲下身去，只弯膝盖，上身直直地挺着，两手抓起两只行李箱。

她在公寓迈步走起来，直走到底，然后转身面对我。我鼓掌喝彩。

"谢谢。还有一件事：走廊里有点挤。如果有谁撞到我，我就会这样。"她假装被撞了个趔趄，撒手扔下两只箱子，一把接住掉落的盆栽，接着把它重新放回头顶，再次拾起行李箱，"像这样。"

"而我会扔下口袋、包袱，抓起手杖痛打那个撞你的混蛋。不会打死他，只给他个教训。"我补充道，"前提是这个坏蛋身为成年男性。如果是其他人物，我会视情形给予适当的惩戒。"

"对此我确信不疑，亲爱的。不过我想不会有人撞到我，因为你会走在我前面，替我开道。行吗？"

"没问题。对了，你应该脱个光膀子，赤裸上身。"

"真的吗？"

"《国家地理杂志》里的照片上，这种女人全都是光膀子扮相，这样才能上杂志。"

"你说行就行。只可惜我没人家那种本钱。"

"别变着法儿捞取赞美，女人。你有本钱。不过这种本钱不能给一般人看，他们不配。所以你还是穿着衣服吧。"

"你让我脱我就脱。我不介意，真的。"

"脱衣服你总是这么主动。你爱怎么做就怎么做吧，但我没有——重复一遍，没有——鼓励你这么做。所有女人都是裸露癖吗？"

"没错。"

　　这番对话被打断了。房门响起信号声。她有些吃惊。我说：
"我来。"我走到门边，按下语音按钮，"什么事？"

　　"来自经理的信息！"

　　我松开语音按钮，望着格温，"开不开门？"

　　"恐怕非开不可。"

　　我按下开门按钮，门打开了。一个身着检察官制服的男人走进
来。我关上房门。他递给我一块书写板。"在这里签字，参议员。"又
抽回书写板，"对了，你是标准石油的参议员，对不？"

5

"对他那种人来说,死亡是对现状的极大改善。"

——H.H.芒罗①(1870－1916)

我说:"你弄反了。应该先说你自己是谁。你的身份?"

"啊?如果你不是参议员,那就没事了。我弄错了地址。"他向后退,后背撞在门上,吃了一惊,接着转头伸手,摸索开门按钮。

我啪地打开他的手,"叫你说明身份!这身戏装并不说明你的身份,我要看你的身份证件。格温,瞄准他!"

"是,参议员!"

他的手伸进后屁股兜,飞快地向外一抽,却被格温一脚踢飞。也不知他抽出来的究竟是什么东西。我一掌砍在他的左侧脖颈。书写板飞了,他则以低重力区域才有的那种奇异优雅的姿势缓缓倒地。

我在他身边跪下,"继续瞄准他,格温。"

"稍等,参议员——盯紧他!"我退后一点,等着。她接着道:"现在好了。注意别挡着我的开火路线。"

---

①H.H.芒罗(1870－1916),英国小说家。

"明白。"我的眼睛始终盯着那位软瘫在地的客人。那种别扭的姿势说明他应该是昏过去了。不过仍有一丝做戏的可能:我那一掌并不是特别重。所以我用大拇指在他腹部左下侧猛按下去;如果他醒着,这一家伙能让他放声惨叫、抓挠地板。他一动不动。

我这才开始搜身。先搜后面,再翻过来搜前面。他的裤子跟上身衣服不大般配,裤线位置没有检察官制服裤子的穗状镶条,上衣也不合身。口袋里有几克朗的纸币、一张彩票,还有五发子弹:斯科达六点五毫米长型弹,弹头没有套子,裸着弹芯。这种子弹可以用于手枪、冲锋枪和步枪——几乎在所有地方都被列为非法。没有钱包,没有证件。别的东西什么都没有。

他需要好好洗个澡。

我把他翻过去,站起身来,"瞄着他,格温。估计是个夜行者。"

"我也这么想。我看着他,你瞧瞧这个。"格温指了指地板上的那把手枪。

把那东西叫"手枪",实在太抬举它了。这是一件自制的杀人凶器。这种尺寸,传统上归为"微型枪械"一类。我没碰它,只用眼睛尽可能仔细地检查。枪管是金属的,管壁太薄了,我怀疑它压根儿没有发射过。枪柄是塑料的,打磨或者切削成型,适合单手抓握。内部构造被金属蒙皮包裹着,看不见,可蒙皮本身居然是用橡皮筋固定的! 不骗人。就凭这副模样,这把枪肯定只能单发。那么薄的枪管,估计它这辈子也只能开一枪。照我看,这东西真要用起来,对它的主人和目标恐怕同样凶险。

"危险的小玩意儿。"我说,"简直跟里面埋了颗地雷似的。我不想碰它。"

我抬头望向正用另一把枪指着来人的格温。格温的是一把宫古九连发,跟那把自制枪同样要命,却充分体现了现代枪械制造者的精良工艺。"他冲你拔枪的时候,为什么不开火?非要冒险下他的枪,这么干完全可能送命的。"

"因为……"

"因为什么?有人拔枪对付你,做得到的话,当场杀掉他。"

"我做不到。你让我瞄准他的时候,我的手袋在那儿,不在身边。我只好用这个瞄准他。"她的另一只手上亮光一闪,一时间显得像个双枪将。接着,她把左手里的东西别回胸袋。一支钢笔。"当时实在是措手不及。对不起,老大。"

"哦,这种错误连我都免不了!向你嚷嚷瞄准他的时候,我其实只想分他的心。我不知道你带着枪。"

"已经说了对不起了。一拿到手袋,我马上就掏出了这个最有说服力的东西。可我先得解除他的武装才行啊。"

如果哪个战场指挥官手下有一千个格温这样的士兵,真不知道他会打出多么辉煌的战绩。她的体重只有五十公斤左右,个子不比一米五高多少——光脚也就一米六吧。块头真的不重要,歌利亚老早以前就醒悟了[①]。

可话又说回来,像格温这样的,上哪儿也找不出一千个。也许还是这样更好。"你昨晚手袋里也带着这把枪吗?"

她有些迟疑,"如果我带了,造成的结果咱们恐怕不会喜欢。你说对吗?"

"我收回这个问题。咱们的朋友好像醒了。端枪瞄着他,我来看看他是不是真醒了。"我又用大拇指戳了他一下。

他发出一声尖叫。

"坐起来。"我说,"别起身。坐地上,两手放在头顶。你叫什么名字?"

---

①源自《圣经》,巨人歌利亚被少年大卫击败。

他对我说了一番话,大意是要求我做出一些绝无可能的下流勾当。"啧,啧。"我责备地说,"咱们别这么粗鲁好吗? 哈德斯特女士,"我望着格温,"你愿不愿意朝他稍稍开几枪,弄点皮肉伤出来? 够让他懂点礼貌就好。"

"遵照您的吩咐,参议员。现在就开枪吗?"

"这个嘛……咱们还是应该允许他犯一次错误。但绝不再给他机会。尽量别打死,咱们还希望他开口说话呢。朝大腿上肉多的地方来一枪,别打在骨头上。做得到吗?"

"我只能试试。"

"我不苛求。就算打中骨头,我相信你也不是有意想出一口恶气。好了,咱们这就重新开始。你叫什么名字?"

"嗯……比尔。"

"比尔,你姓名的其他部分呢?"

"哦,只有'比尔',没别的。我就叫比尔。"

格温说:"参议员,我建议给他添一处小小的皮肉伤,强化他的记忆力。怎么样?"

"或许吧。比尔,你希望是左腿好呢,还是右腿?"

"都不要! 听我说,参议员,'比尔'真的就是我的整个名字。求求你,让她别用那东西指着我。"

"指着他,哈德斯特女士。比尔,只要你乖乖合作,她不会开枪打你的。你的姓呢? 你姓什么?"

"我从来没有姓。在圣名儿童救济院,我是'比尔六号'。那地方在地球,新奥尔良。"

"我明白了。开始明白了。你来这里的时候,你的护照上是怎么写的?"

"从来没护照,只有一张合同工的用工卡片,上面写的是'威廉-

无中间名-约翰逊'。可它只是招工的人瞎写的。喂,她拿枪朝我比画!"

"那你最好别做任何惹她生气的事。你也知道女人的脾气。"

"我知道! 根本不该让她们拿武器!"

"很有趣的想法。说到武器,我希望把你那把枪的子弹退出来,可又害怕它在我手里爆炸。所以我们最好用你的手去冒这个险。别起身,转过来,后背对着哈德斯特女士。我要把你这把脾气不好的手枪推过去一点,让你能够到它。让你动之前不许动,我吩咐之后,你可以把手放下来,退出子弹,再重新把双手放回脑袋上。下面的话请你听好:

"哈德斯特女士,比尔转过身去以后,瞄准他脖子下面一点的脊柱部位。只要他稍有异动——打死他! 不用等我下令,绝不给他机会。不是给他添一处皮肉伤——直接杀死他。"

"乐于从命,参议员!"

比尔发出一声呻吟。

"好了,比尔,转过身去。不准用手撑着转,用你的意志力好了。"

他屁股坐在地上,用脚后跟扒拉着转过身去。我赞赏地看到格温换了个握枪把位——换成了更稳定的双手握枪法。我这才用手杖把比尔的自制枪推到他面前,"比尔,动作别太快,放下双手,从枪里退出子弹,让枪膛敞开,把子弹放在旁边,再把双手重新放回头上。"

我的手杖也准备好了,随时可以支援格温。我屏住呼吸,看着比尔一丝不差地照我说的做。如果需要杀死他,我不会有任何犹豫。我相信,只要他举枪对准我们,格温会当场打死他。

问题是尸体不好处理,所以我并不想让他死。除了战场上、医院里,尸体总是件麻烦事,很难向人解释。只要涉及尸体,管理层那儿是很难通融的。

好在他总算完成了交给他的任务,再一次把双手放上头顶。我舒了一口气。

我伸出手杖,杖柄朝前,将那把恶毒的小手枪和它的唯一一颗子弹钩过来。我把子弹放进衣兜,脚跟在枪管上一碾,压扁了枪口,彻底毁掉了这件伪劣火器,这才对格温说:"现在你可以放松一点了。这会儿不用杀他,返回皮肉伤状态吧。"

"遵命,参议员。这就给他皮肉伤吗?"

"不,不! 只要他老老实实就不用。比尔,你会老老实实的,对不对?"

"我还不够老实吗? 参议员,至少让她关上保险吧!"

"喂! 首先,你自己的枪连个保险都没有;其次,你没资格谈条件。比尔,你弄翻的那个检察官,你最后把他怎么了?"

"什么?!"

"哦,省省吧。你上得门来,一身检察官的装扮,衣服不合身不说,裤子跟上衣还不配套。我要求看你的证件,你掏了把枪出来。还是把土铳,圣彼得啊! 而且你没洗澡——多长时间来着? 自己说。但先告诉我,你把这身衣服的原主怎么了? 他死了吗? 还是打昏了塞进哪个衣橱? 快说,不然我叫哈德斯特女士给你来点记忆强化剂。他现在在哪儿?"

"我不知道! 我没干。"

"哎,哎,亲爱的小伙子,别对我撒谎。"

"真话! 以我母亲的名誉起誓,是真话!"

我很怀疑他母亲的名誉,可逼问这类事情总显得不大绅士,特别是眼前这个可怜虫的母亲。"比尔,"我和和气气地说,"你不是检察官。至于我是怎么知道的,你非要我向你解释吗?"(检察长弗兰科为人严格得要命。如果他的哪个手下早上点名时是这一位这副德行,更别说还臭烘烘的,那个倒霉蛋最轻也会落个遣返地球的下场——这已经是天大的运气了。)"当然,如果你坚持的话,我会让你明白的。有一种办法你听说过吗?把一根针插进指甲下面,再加热它的另一头。对改善记忆很管用。"

格温热心地说:"最好换成地雷的保险针,参议员。更粗、更吸热。我正好有一根。我能下手吗?"

"你的意思是,'允许我下手吗?'对不对?不,好姑娘,我要你好好盯着比尔。有必要采取这种做法时,我不会要求一位女士替我动手。"

"嗯,参议员,到时候您会狠不下心,到他就要开口的关头却放他一马。我不会!不信您瞧着——求您了!"

"这个嘛……"

"让这个心狠手辣的婊子离我远点儿!"比尔尖叫起来。

"比尔!马上向这位女士道歉。不然的话,我就让她对付你,爱用什么手段都随她。"

他哀叫道:"女士,我道歉。对不起。我胡说八道,都是被你吓的。求你别拿保险针出来。我知道有个人受过这种刑,知道多惨。"

"哦,还有更惨的呢。"格温高高兴兴地说,"十二号铜丝传热性能好得多。再说男人身上有的地方比指甲底下更要命。有效得多,见效也快得多。"她若有所思地说,"参议员,我那个小箱子里有些铜丝。您帮我拿着枪,我取过来。"

"谢谢你,亲爱的,不过没这个必要。比尔好像准备说点什么了。"

"不麻烦的,先生。我觉得最好还是先做好准备。"

"或许吧,咱们先看看再说。比尔? 那个检察官,你把他怎么了?"

"我没有,我根本没见过他! 两个兄弟说他们给我找了个活儿,能搞到现钞。我不认识那俩人,以前没见过,不是我们一伙的。不过随时都有新人入伙,'指头'说这两个人没问题。他——"

"等等。谁是'指头'?"

"嗯,他是我们胡同的老大。"

"请说得详细些。你们胡同是什么意思?"

"是人就得找个地方睡觉,对不? 你这样的大人物住公寓,房子外面有你的名字。我要有那个运气就好了! 有地方睡觉就是有了家,你说是吧?"

"我想你的意思是你的胡同就是你的家。这个胡同在哪儿? 哪一环? 什么方位? 哪个重力区?"

"呃……用这些说不明白。"

"比尔,别胡搅蛮缠好吗? 只要那个地方在主环区,不是哪个偏僻的附属地区,我说的那几条都能指明它的地点。"

"也许是吧,可我不能像这样指明方位,靠这几样也到不了那儿。我是不会带你去的,因为——"极度的绝望让他的脸皱成一团,他好像一下子老了十岁,"别让她拿针扎我,一枪一枪慢慢折腾我。求你了! 给我个痛快的,扔进太空——行吗?"

"参议员?"

"什么事,哈德斯特女士?"

"比尔害怕的是,如果你折磨他,他会受不住刑,说出藏身窝点。重要的是,还有别的夜行者也在那个窝点睡觉。我猜那些人会千方百计找到他。天条虽大,却再也没有他可以藏身的地方。只要他把那个睡觉的地方说出来,他们一定会杀了他,而且多半不会让他痛痛快快地死。"

"比尔，这就是你死不开口的原因吗？"

"我已经说得太多了。把我扔进太空吧。"

"你活着的时候不行。你知道一些事，我也想知道这些事。我打算无论如何都要把它们从你嘴里撬出来，哪怕需要用上铜丝，或者哈德斯特女士的其他奇妙手段。不过，刚才我问你的那个问题，或许我并不需要答案。如果你把胡同的位置告诉我，或者带我去，你会出什么事？"

他过了好一会儿才回答，我没有催他。最后，他低声说："六七个月前，探子抓住了一个兄弟，撬开了他的嘴。幸好不是我那个胡同的兄弟，感谢耶稣。他的胡同是个维修厂，在110环，全重力区。

"接着，那些探子用毒气熏了那个地方，不少兄弟死了……可那个招供的，他们把他放了。这个忙帮得不怎么样。不到二十四小时，他就被抓了，跟一大堆耗子关在一起。饿急了的耗子。"

"我明白了。"我瞟了格温一眼。

她咽了一口唾沫，悄声道："参议员，别提耗子。我见不得耗子。"

"比尔，我收回刚才那个问题，不打听你那个胡同、那个窝点的地址了。我也不逼你指认其他夜行者。但我希望你详尽、迅速地回答我的其他问题。不许拖延，不浪费时间。你同意吗？"

"同意，先生。"

"从头说起。两个陌生人给了你一件活儿。说说经过。"

"呃，他们只是随便给我讲了几分钟，没什么不对劲的。让我穿上这身衣服，扮成探子，来这儿敲门找你。'来自经理的信息'，我只需要说这个。接下来我要怎么做，你都知道了。我说'嗯？你不是参议员！到底是不是？'这个时候，他们原本应该冲进来抓住你。"

比尔责备地瞪着我，"可你把事情全搅和了。搞砸了的人是你，不是我。该你做的，你一样都没做。你关上了门——本来不应该的。而且你还真的是那个参议员……而且你身边还有她。"说到格温的时候，他的语气尤其气愤。

我理解他的怒气。犯罪对象不配合，这让一个真诚的、兢兢业业的罪犯怎么在他那一行里出人头地？几乎所有犯罪活动都有赖于犯罪对象的合作。如果该对象拒绝扮演指定给他的角色，罪犯的处境就十分不利了。不利程度往往严重到银铛入狱、全靠法官怜悯的地步。我坏了规矩——我居然反击了。

"你确实挺倒霉的，比尔。咱们现在来瞧瞧你送来的'来自经理的信息'究竟是什么。瞄准他，哈德斯特女士。"

"我能把手放下来吗？"

"不行。"那个书写板躺在格温和比尔之间的地板上，大致冲着我。我可以够到，不会挡住她的开火路线。我拾起了书写板。

夹在板子上的是一张证明信息送抵的收据，我或者别的某个人需要在空白的地方签名。夹在收据旁边的是一个蓝色信封。我打开信封。

信息是五个字母一组的密码，一共大约五十组。连地址都是密码写就。地址上方是一行普通文字："参议员坎特，标准石油。"

我一言不发地折好这张纸，放进口袋。格温用询问的眼神看我，我假装没有看见，"哈德斯特女士，我们应该怎么处理比尔呢？"

"刷他！擦他！"

"嗯？你是想说'干掉他'吧？要不然就是自告奋勇帮他擦背？"

"老天，不！对，哎呀，不是那么回事。我是说，我们应该把他塞进清洗间，把他关在里头，直到他洗干净。洗个澡，热水加上大量肥皂水、洗发香波。手指甲和脚趾甲统统弄干净。从头到脚。臭味洗掉之前别让他出来。"

"你肯让他用你的清洗间?"

"看这个架势,估计我再也用不上这间公寓的清洗间了,参议员。那股臭气我实在受够了。"

"唔,此人的确让人联想起墨西哥暖流带来的酷暑天气里的腐烂土豆。比尔,脱光衣服。"

无论在哪个社会里,犯罪团伙都是最保守的团体。比尔极度抗拒当着一位女士的面脱光衣服,态度之坚决,不亚于方才咬牙不吐露同伙的藏身窝点。我居然提出这么不体面的要求,这已经够让他震惊了,更让他震怖的是女士竟然附和。换成昨天,我说不定会心有戚戚焉;但现在,我知道格温绝不是个会被轻易吓倒的人。说实话,我觉得她甚至挺享受这一幕的。

剥了衣服的比尔赢得了我的少许同情。他看上去像一只拔了毛的鸡,配上那一脸苦相就更像了。脱到脏成灰色的裤衩时,他停了下来,望着我。"脱光。"我干脆利落地说,"然后钻进清洗间开工干活儿。活干得不漂亮就再来一遍。三十分钟之内胆敢把鼻子伸出来的话,我压根儿不会检查你的工作,只会把你重新塞回去。脱掉内裤——快!"

比尔转过身去,背对格温,脱掉裤衩,侧着身子慌里慌张蹩进清洗间,竭力想维持住一点点体面,不过全是白费功夫。他在身后关上了清洗间的房门。

格温把手枪收进手袋,一开一合地活动着手指,"握枪握得手都僵了。亲爱的,子弹给我成吗?"

"什么?"

"你从比尔那儿缴获的。六发,对吧?身上五发加枪里卸下的一发。"

"没问题,想要拿去好了。"我该告诉她其实我也想要这些子弹吗?不,这类数据应该遵循"非必要人士不得与闻"的原则,严格限制其扩散范围。我取出子弹,递给格温。

格温检查了一番,点点头,再一次掏出她那把可爱的小手枪,卸下弹夹,把缴获的六发子弹压进去,重新装上弹夹,推弹上膛,关上保险,然后把枪重新收进手袋。

"听听看我说错没有。"我缓缓地说,"我第一次朝你呼叫增援的时候,你拿一支笔指着他。接着,你下了他的枪,用一把空枪指着他。我说得对吗?"

"理查,事情来得那么急,我没别的办法呀。"

"我不是批评你。恰恰相反!"

"一直没机会问你,"她说,"亲爱的,你能贡献一条裤子加一件衬衣吗?你那只行李袋最上面就有几件。"

"我看没问题。给咱们那位倒霉孩子的?"

"对。他那身脏衣服从垃圾滑道送进垃圾箱好了,等着回收吧。搁在这里,臭烘烘的熏死人。"

"那就扔掉。"我把比尔的衣服塞进滑道,只留下他的鞋,然后我在橱柜旁边的水龙头上洗了洗手。"格温,看样子从那个笨蛋那儿打听不出什么了。咱们走吧,给他留几身衣服。或者……径直开路,不留衣服。"

格温吃了一惊,"可检察官马上就会抓住他的。"

"正是。亲爱的姑娘,这小子注定是个悲剧,反正用不了多久,他就会落到检察官手里。他们这段时间怎么收拾夜行者?你听说过什么吗?"

"除了天方夜谭,没听说什么确切消息。"

"我看不会是遣返地球。请他们坐船,公司亏大了——本地对

'天条'的阐释严禁这种行为。天条这个地方没有拘留所,也没有监狱,所以比尔可能的结局屈指可数。那么,咱们拿他怎么办?"

格温看上去很不安,"你描述的这些可真不中听。"

"这还不是最糟的。出了那扇门,附近哪个看不见的地方很可能躲着几个想对咱们不利的恶棍,唔,至少想对我不利。比尔离开这里,又把他雇主吩咐的活儿搞砸了,他会落得个什么下场? 那些人会不会拿他喂耗子?"

"呕,恶心!"

"没错,'恶心'。我叔叔常说:'别把流浪猫抱回家……除非你下定决心把自个儿这一辈子交给它。'格温,怎么说?"

她叹了口气,"我觉得他是个好孩子。我是说从前有人关心他的话,他本来可以成为一个好孩子。"

我也陪着叹了口气,"唉,只有一个办法能验证你的话正确与否。"

6

"谷仓被盗以后就别上锁了。"

——哈特利·M.鲍德温[①]

通过终端讨论问题,你很难一拳揍在对方的鼻子上。即使你不打算采用这么直接的说服手段,通过计算机终端讨论也很可能得不到让你满意的结果。对方只消一按按键,就能把你彻底关掉,或者转交给某个下级。但是,如果你身在他的办公室,他再怎么据理力争,你照样可以稳如泰山。办法很简单:只要你比他更蠢、更固执就行。牢牢坐着不挪动,说"不";或者什么都不说。这样一来,他只剩下两种选择:要么答应你的要求(哦,多么合理的要求啊),要么把你的身体扔出办公室。

我设想的"对方"大约不会采取后一种做法——跟他的公众形象太不般配了。有鉴于此,我决定不给米德尔盖夫先生或者房管处的其他人打电话,而是直取经理的办公室,亲身前往。我是不可能说服米德尔盖夫先生的,他显然是按上头的指示办事。官僚机关,公事公

---

①罗伯特·海因莱因所著长篇小说《星期五》(*Friday*)和中篇小说《海湾》(*Gulf*)中的虚构人物。

办,不掺杂任何个人感情(还"祝你愉快"呢!)。成功说服经理的可能性很小,但至少有一个好处:如果经理拒绝,我也就不用费事再找什么上级了。天条生态区是一家私人公司,没有取得任何主权国家的特许经营权(也就是说,它的主权完全属于它自己),任何机构的权威都无法超越经理。跟经理相比,全能的上帝连个小合伙人都算不上。

手握经营权的大合伙人完全可以随心所欲地做出决定,但这些决定照样是最终裁决。裁决一经做出,你不可能纠缠多年打官司,也没有更高一级法院推翻这些裁决。地球民主国家里所谓"法律的拖延"在这里不可能存在。住在这儿的五年里,我只记得几例死刑判决。每一次都是经理充当法官,被处以死刑者在判决当天就被扔进了太空。

在这种体制下,误判之类的问题变得毫无意义。

还有,在天条,法律这个行当跟卖淫一样,从未获准,也从未禁止。于是,这里的司法体系全然不同于地球上那种源自案例和传统,叠床架屋如巴比伦神殿的所谓"公平法制"。天条的法律之神就算不是彻头彻尾的瞎子,也是严重散光。但它却有一个好处:来得快。

我们把比尔留在经理办公套间的门厅里,跟我们的行李待一块儿,计有:我的伞兵袋和包袱、格温的行李箱、糖枫(离开格温的公寓前给它浇了水)。给比尔的指示是:坐在伞兵袋上,用生命保卫那株糖枫(格温的原话),盯着其余的几个大件。我和格温则走了进去。

进去之后,我们各自在前台留下自己的姓名,找位子坐下。格温从手袋里掏出一个卡西欧游戏板,"想玩什么,亲爱的? 象棋、克里贝奇[①]、双陆棋、围棋,还是别的?"

---

①一种纸牌游戏。

"你觉得要等很久吗?"

"对,除非我们在这儿放把火,让拉车的骡子动弹动弹。"

"说得对。你觉得这把火该怎么放?我是说,催催骡子可以,别把骡车点着了。嗐,去他的!放火,连大车一块儿烧。可是,怎么放?"

"老话怎么说的?'丈夫什么都知道',另一句是'老婆灵机一动'。咱们得在这个基础上来点变化。问题是,基本情节老套得白胡子一大把,所以咱们的变化必须够新够奇才行。"她说,"要不,我假装当场临产?这一招总能吸引眼球。"

"可你的样子不像怀孕呀。"

"想打个赌吗?到现在为止,还没有人仔细打量过我。我只要在对面那个女卫生间待上五分钟,保证一副怀孕九个月的模样。理查,这一招还是我多年以前在保险公司当调查员调查骗保的时候学会的。随便什么地方,只要使出这一招,准能让人混进去。"

"很有诱惑力。"我承认,"你的表演肯定非常有意思。可我们的目的不光是进去,还得让里面那个伙计认真倾听我们的要求。"

"埃默斯博士。"

"有事吗,埃默斯太太?"

"经理不会认真倾听我们的要求。"

"请进一步阐释。"

"你想直奔最上层,我举双手赞成,因为这样做省事、省工夫,不用大费周章、眼泪汪汪——所有坏消息一下子全收到。发生在我们身上的事再清楚不过地说明了一点:我们患上了麻风病。经理不光想逼我们搬家,他是想把咱们一脚踢出天条。原因我不知道,我们也用不着知道——结果反正明摆着。明白这一点以后,我就踏实了。等你也明白这一点以后,我亲爱的,咱们就可以着手计划、安排了。去地球,或者月球,或者应许之地、Ell-4、谷神星、火星——你想去哪儿都行,我的爱。'无论你去向何方——'"

"去月球。"

"嗯?"

"眼下先去那儿。月球自由邦是个不错的地方,目前正处于由无政府状态变为政府统治的转型期。但那儿的政府控制力还不强,没有全盘管起来。只要你知道怎么跟政府打交道,没有什么不现实的想法,那里的自由还是不少的。月球上还大有转圜空间,或者应该说月球'里'①。对,格温,我们必须离开这儿。早些时候我就有这个想法,现在更是确信不疑了。这里只剩下一件事,办完以后咱们直奔太空港。我是说,我还是想见经理一面。该死的,我想亲耳听听他那张撒谎的嘴巴怎么说!那之后,我就可以毫不内疚地打开我的毒药瓶子了。"

"你想毒死他吗,亲爱的?"

"只是个形象的说法。我打算把他放进我的黑名单,他就等着遭报应吧,快得很。"

"哦,报应这种事,我可以帮帮忙。"

"没这个必要。只要上了我的黑名单,他们挺不了多久。"

"可我喜欢再推他们一把。'上帝说,复仇权柄操于我手。'可在改进版本里,上帝是这么说的,'复仇权柄操于格温之手……如果格温还有玩剩下的,那就操于我手。'"

我咯咯地笑起来,"之前是谁劝我别动用私刑来着?"

"我那会儿说的是你,没说我自己,一个字都没说。我喜欢让迅猛的报应来得更加迅猛,这是我的小小嗜好。"

"我亲爱的,我很高兴地说:你可真是个坏透了的小姑娘。你打

①月球城市位于月球地下。

算怎么杀他？让他得荨麻疹、指甲上长倒刺还是让他打嗝噎死？"

"我想的是让他无法入睡而死。亲爱的，只要症状够严重，缺乏睡眠比你列出的那儿条可怕得多。早在呼吸停止之前很久，受刑者的思维能力便已荡然无存。幻觉会不断折磨他，他所恐惧的一切仿佛都变成了现实。他会死在一个专门为他订制的地狱里，永世无法逃离。"

"格温，听上去你好像真的用过这一招。"

格温不作评论。

我耸耸肩，"无论你想怎么收拾他，我都会帮你。指点我应该怎么帮就行。"

"我会的，先生。嗯，其实我更想把他闷死在毛虫堆里，问题是不知道上哪儿弄那么多毛虫，除非从地球空运过来。可是——还是失眠吧，这个好安排。到了最后阶段，只要作点暗示，罪人自己会把毛虫幻想出来的。"她打了个寒噤，"呸呸！绝不用耗子，理查。绝对不行，连幻觉中的耗子都不行。"

"我甜蜜温柔的新娘啊，真高兴知道你总还有底线。"

"我当然有底线！你说过，举止粗鲁的人应该绞死，当时我真是太震惊了。单是举止粗鲁，何至于此呢。我个人觉得邪恶的人才应该被这么处理。恶行理当受到惩罚。上帝在这方面的安排来得太慢，我认为恶行应该当场受罚。比如绑架，一抓住绑架犯，就应该把他当场吊死。纵火犯应该在他犯罪的火场里被烧死，前提当然是火还没灭。处决强奸犯则应该——"

我没听见格温希望强奸犯享受哪种复杂精致的死法，因为一个文质彬彬的职员（男性、灰发、头皮屑、程式化的笑脸）来到我们面前，说道："埃默斯博士？"

"我是埃默斯博士。"

"我叫蒙格森·费茨，调查统计助理，希望能帮到您。您肯定知道，经理办公室这段时间忙得不可开交：新环区刚刚启动，那么多人需要暂时搬迁，日常工作全打乱了。但这一切都是为了一个更大、更好的天条生态区。"他朝我绽放出一个足以赢得人心的微笑，"您希望见到经理，对吗？"

"是的。"

"太好了。我的工作就是在目前的紧急状态中继续为客人们提供天条一贯的高水准服务，直至这一过渡阶段结束。我被授予了全权，代行经理的职责。您可以把我视为他的化身……从各个意义上讲，我就是经理。这位小个子女士——她是和您一起的吗？"

"是的。"

"非常高兴认识您，女士，这是我的荣幸。好了，朋友们，请跟我来——"

"不。"

"抱歉？"

"我希望见到经理。"

"可我刚刚解释过——"

"我等他。"

"您没明白我的意思。请跟我——"

"不。"

（发展到这一步，费茨应该一把揪住我，把我扔出去摔个屁股蹲儿。这一手用在我身上当然不太容易，我学过格斗术。但他的确应该这么办。不过，社会风气、个人习惯和这里的政策束缚了他的手脚。）

费茨停了下来，不知所措，"呃——可你必须跟我走，你知道的。"

"不,我不知道。"

"听我说——"

"我想见经理。他跟你说过应该怎么接待坎特参议员吗?"

"参议员?我想想,他是来自,呃,来自——"

"你连他是谁都不知道,怎么可能知道怎么接待他?"

"这个,请您稍等片刻,我查一查。"

"我们和你一起去。看来,在这个重大问题上,你并没有被'授予全权'。"

"这个……请在这里稍候。"

我站起来,"不,我还是打道回府吧。参议员说不定正在找我呢。请告诉经理,这件事我办不了,很抱歉。"我转向格温,"走吧,女士,别让他等我们。"(不知蒙格森有没有注意到,"他"这个代词没有提供任何可资参考的信息。)

格温站起身来,挽住我的胳膊。费茨慌忙道:"别,朋友们,别走! 呃,跟我来吧。"他连哄带赶地把我们弄到一扇没有标记的门边,"千万等一等,一会儿就好!"

他离开了不只一会儿,但也不算久。回来的时候,他拧出一脸假笑(真的是"拧"出来的)。"这边请。"他领着我们走进那扇门,走过一条短短的走廊,进入经理的里间办公室。

经理从办公桌后抬起头,审视着我们。这时的他不再是一脸父亲般的慈祥。通过每一台终端上频繁出现(实在过于频繁了)的通告,《经理的话》,大家对那种表情再熟悉不过了。但现在,西索斯先生的表情与"慈祥"正好相反,仿佛他刚在自己的麦片粥里发现了什么恶心的脏东西。

我没理会他冷冰冰的态度,挽着格温走进门去,等着。从前我养过一只爱挑剔的猫(有不爱挑剔的猫吗?),只要给它的食物不是百分之百合它的胃口,它就会站立不动,神态宛如出自一位受了冒犯、正努力克制自己的贵人。那张毛脸竟能做出这种表情,真是令人叹为观止。当然,其神态主要是通过身体语言表现出来的。我现在对西索斯先生展示的正是这一姿态,办法是心里想着那只猫。我站着,等着。

他瞪着我们……终于起身,微微一鞠躬,道:"女士,请坐。"

得了这句话,我们两个都坐下了。我方得一分。没有格温的话,这一分别想得到,幸好有她帮忙。既然我的屁股已经落在了椅子上,他别想再让它抬起来——除非我的要求得到满足。

我坐着不动,不说话,等待着。

西索斯先生的血压达到了阈值,他开口了:"好了,你闯进了我的办公室。'坎特参议员'这套胡说八道是怎么回事?"

"我希望你能告诉我。你把我太太的公寓分配给了坎特参议员吗?"

"什么?开什么玩笑。诺瓦克女士只有一套一居室,一等公寓中最小的。如果那位标准石油的参议员来到天条,不用说,肯定是豪华套间。"

"就是说占用我的啰?你把我赶出家门的目的就是这个?给参议员腾房子?"

"什么?别把你的话塞我嘴里。参议员根本没来。我们不得不要求包括你在内的某些客人换房,因为新环区,你知道。新环融入之前,130环附近所有公寓、所有空间的居民都要撤离。为了安置这些人,我们必须腾出房间让他们挤进去。我查过,你的公寓会住进三家人。当然,只是临时性的。"

"我明白了。这么说,没通知我搬去哪里,这只是个疏忽?"

"啊,肯定通知你了。"

"肯定没有。你能把我的新住址告诉我吗?"

"博士,你不会以为我把搬迁方案都记在脑子里吧? 去外边等着,有人会替你查查,然后告诉你。"

我没理睬他的建议–命令,"对,我的确相信你把搬迁方案都记在脑子里。"

他哼了一声,"这个生态区的居民超过十八万。这类细节我交给助理和计算机处理。"

"我完全相信。但你给了我十分明确的证据,表明你清楚地记得这类细节——只要它们引起了你的兴趣。我举个例子:我没有向你引见我太太,蒙格森·费茨也不知道她的名字,所以没法儿告诉你。可你却知道。你知道她的名字,知道她住哪套公寓——我是说,以前住哪套公寓。现在你让人把她锁在门外了。这就是你对天条戒律的理解吗? 把你的客人踢出门去,连起码的礼节都没有,事先连声招呼都不打?"

"博士,你是想挑事吗?"

"不,只是想知道你为什么骚扰我们、欺负我们、迫害我们。你和我都明白,这跟新环开始旋转、融入主环区所造成的临时动迁毫无关系。这一点确切无疑……因为新环区已经建了三年多,至少一年前你就知道它会何时启用、开始旋转;可你把我赶出公寓时只给我留下了不到三十分钟的准备时间。我太太的待遇甚至更差——被锁在门外完事,事先没有任何提醒。西索斯,你让我们挪地方不是为了新环区。真要那样的话,至少一个月前就会通知我们,同时会告诉临时住址、迁入新居的时间。不,你是想把我们轰出天条生态区,而我想知道为什么!"

"滚出我的办公室。我会让人牵着你们的手,领你们去新的——临时性的——公寓。"

"没这个必要。告诉我坐标值和公寓号就行。你查吧,我等着。"

"上帝啊,我看你是想被踢出天条!"

"不,我在这里住得很好。我会很高兴地继续住下去,只要你告诉我,我们今晚睡哪儿……再分配给我们新的、永久性的公寓。我指的是新环区融入、加压以后我们可以居住的地方。我们需要一套三居室,以补偿我之前的两居室和我太太的一居室。还有两台终端,每人一台,和之前一样。低重力区,最好0.4个重力,最多不超过0.5。"

"您的啤酒里还想添个鸡蛋吗?要两台终端干什么?还得多设一套线路。"

"多设就多设,我出钱。我是个作家,需要一台终端用于文字处理、资料查询;另一台给我太太安排家务用。"

"啊!你打算把住宅用于商务目的。那样的话,就要按商用标准收费,而不是家庭住宅。"

"费率多少?"

"这要计算以后才知道。不同的商务用途有不同的收费标准。零售、餐馆和银行之类,每立方米大致比住宅高三倍。工厂比零售低些,但有加收项目,风险费之类。仓储的标准只比住宅稍高一点。随口说一句,我觉得你这种情况应该比照办公空间的费率,住宅的三点五倍。当然这得由主办会计师计算以后才能决定。"

"经理先生,我没听错吧?新房租是我们两人之前房租总和的三点五倍?"

"大致是这样,低的话也许只有三倍。"

"哈,哈。我是个作家,我从未隐瞒过这一点。护照上明明白白写着,你的目录里也是这么登记的,五年来一直如此。告诉我,为什么直到现在,你才突然间意识到了用终端写家信和写作的区别?"

西索斯笑了一声——勉强算是笑吧,"博士,天条是一家以营利为目的的企业,我的经营理念就是为我的合伙人谋利。没有谁被迫在这里居住,也没有谁被迫在这里营业。只要我能实现合伙人的利益最大化,没有谁限制我从居住者、营业者那里收多少钱。这方面完全由我判断。不喜欢的话,你可以另找地方开业。"

他的火力比我猛,我准备转移对话方向。可就在这时,格温说话了:"西索斯先生?"

"有什么问题吗,诺瓦克女士? 埃默斯太太。"

"你的第一桶金是不是靠给你的姐妹拉皮条赚来的?"

西索斯的脸憋成了某一品种的茄子色。他好不容易才控制住自己,道:"埃默斯太太,你是有意侮辱我吗?"

"显然是这样,对吧? 其实我不知道你有没有姐妹,不过我觉得那种生意对你一定很有吸引力。首先,你平白无故地伤害我们。然后,我们来到这里,要求你对我们所遭受的不公正待遇做出补偿。你的回应却只是搪塞、谎言和无关紧要的细枝末节,加上新一轮的敲诈勒索,还扔出一套堂而皇之的自由市场企业利润的大话。你那时候给你姐妹定的什么价? 你在中间挣多少? 一半? 一多半?"

"女士,我请你离开我的办公室……还有这个生态区。我们这里不欢迎你这种人。"

"我很高兴离开这里。"格温安详地回答道,"请尽快结清我的账目,还有我丈夫的。算完账就走。"

"滚……滚出去!"

格温伸出一只手,掌心向上,"先还钱,现钞,你这个长不出胡子的骗子手。我们户头上的余额,加上来这儿时预存的返程机票钱。拿不到的话,你再怎么祷告都救不了你。你还钱,我们走,第一班去月球的航班。可你得先还钱,马上!想让我住嘴吗?除非你把我扔进太空。满嘴喷粪的家伙,敢叫你的打手,我会叫唤得让这个地方塌下来。先给你个样本听听。"格温向后一仰头,发出一声让我牙根发酸的尖叫。

西索斯的感受显然跟我相同——我瞧见他畏缩了一下。

他瞪了她很久,最后按了一下书桌上的某个按钮,"伊格拉提乌斯,结清理查·埃默斯博士和格温多琳·诺瓦克女士的账户,呃。"只迟疑片刻,他便说出了我和格温的两套公寓的号码,正确无误,"马上把相关手续送到我的办公室:给他们的现金、打印盖章的收据,不要支票。什么?你给我听着,十分钟之内不送过来,我们就要对你的部门来一次全面检查,看看谁该被开掉,谁只是降级了事。"他关掉话筒,目光避开我们。

格温掏出她那个小小的游戏板,调出井字棋。这个游戏比较适合我此时此地的智力水平,可她还是连赢了我四盘,其中两盘还是我的先手。究其原因,还是怪她那声超声波尖叫,害我一直头疼。

我没注意准确时间,大约十分钟吧,一个人拿着我们的账户材料进来了。西索斯看了一眼,递给我们。我的户头似乎是这个数没错,我正准备签收据,格温说话了:"这笔钱是以前存的,利息呢?"

"啊?你说什么?"

"我的返程票钱。你们当时不肯打借条,一定要现钞。你这里的银行给私人的贷款利率是百分之九,所以这笔利息至少应该按活期账户的标准,复利。按说应该比照定期的。我来这儿已经一年多了,所以……我算算看——"格温拿起我们玩井字棋时用来计分的袖珍计算器,"你还欠我八百七十一克朗的利息。这是按克朗的平价兑换率换算,如果是瑞士金——"

"我们付克朗,不用瑞士钱。"

"好吧,就付我克朗。"

"我们也不为返程机票钱支付利息。这笔钱是托管,不是储存。"

我猛地反应过来,"不付利息?亲爱的,计算器借我用用。咱们来算算:十八万人……加上乘泛美或澳航去毛依的单程游客,游客共有——"

"七千二百名。"格温回答道,"周末和节假日另算。"

"对。"我把数字输进去,"哎呀,超过十亿克朗!'1296'后面加上六个'0'。太有意思了!发人深省啊。西索斯,我的老伙计,哪怕只把我们这些笨蛋的这笔钱存进月城货币基金,你一年也能挣一亿多的油水,还不用上税。但我猜你不会只靠吃利息,至少不会把这笔钱全部存起来。我猜你这个企业完全是靠别人的钱在运作,而且这些'别人'并不知情,更没有授权。我说得对吗?"

那个送交账户资料的小喽啰(是叫"伊格拉提乌斯"吗?)竖起耳朵听着,专心极了。

西索斯咆哮道:"签了收据,然后滚蛋!"

"哦,我会的!"

"但你得付利息。"格温补充道。

我摇摇头,"格温,咱们拿捏不住他。换到其他任何地方,我们都可以起诉他,但不是这里。在这个地方,他既是法律又是法官。可话又说回来,不付这笔利息也无所谓,经理先生,因为你给了我一个上好的题材,可以写一篇畅销文章。发在《读者文摘》上,或者《财富》也行。哦,我给它起的题目是《天上的馅饼》,或者叫《如何用别人的钱致富:私营太空生态区的生意经》。光是天条生态区,一年就能从公众手里骗取一个亿,诸如此类的内容。"

"敢发表的话,我会告得你倾家荡产!"

7

"你无法欺骗一个诚实的人。受骗者之所以上当,首先是因为他的胸膛里有一颗贼心。"

——克劳德·威廉·杜肯菲尔德[①](1880-1946)

出门一看,比尔仍旧坐在我的伞兵袋上,怀里抱着那株小糖枫。他站起来,表情变幻不定,好像拿不准该用哪一种。但格温冲他露出了笑容,于是他也咧嘴笑了。我说:"遇上什么麻烦没有,比尔?"

"没有,老板。呃,有个兄弟想买这棵小树。"

"为什么不卖给他?"

他吃了一惊,"啊?可这是她的呀。"

"说得对。如果你把树卖了,知道她会怎么收拾你吗?她会把你闷死在毛虫堆里,真的。你很聪明,知道不能惹她。毛虫,不是耗子。只要你跟她在一起,你永远不用担心耗子的事。对吗,哈德斯特女士?"

"对,参议员。没耗子,永远不会碰上耗子。比尔,你没受诱惑,

---

①克劳德·威廉·杜肯菲尔德(1880-1946),美国喜剧演员、作家。

我很为你骄傲。但我希望你说话别再'兄弟''兄弟'的。嗯,被别人听见的话,人家或许会以为你是个夜行者。我们不希望发生这种事,对吗?别说'兄弟',说'一个男人'。"

"呃,其实,那兄弟是个果儿。嗯,妞儿。听懂了吗?"

"是的。不过咱们重新说一遍。说'一个女人'。"

"好吧。那兄弟是个女人。"他露出怯生生的笑脸,"你说话跟教我们的那些修女一模一样。我是说在地球的时候。"

"你这话,我就当它是好话吧。比尔,我会不断地挑剔你的语法、发音和措辞,比那些修女更挑剔,直到你说起话来跟这位参议员一样优雅为止。很多年前,一位愤世嫉俗的智者证明,对一个人来说,最重要的是他怎么说话,出色的言谈会让他在世上游刃有余。你听明白我的话了吗?"

"呃,半拉吧。"

"你不可能一下子什么都学会,我也没指望你能这样。但是比尔,只要你每天浸泡在正确的语法之中,这个世界就会认为你是个成功人士,并用成功人士的待遇对待你。所以我们要不断努力。"

我说:"努力的同时,要紧的是离开这个鬼地方。"

"参议员,正确的言谈也同样要紧。"

"是啊是啊。不是有那句老话吗?'训练小狗宜早不宜迟',我懂。但咱们实在该动弹起来了。"

"是,先生。直奔太空港?"

"先不去太空港。顺着埃尔卡米诺大道一直走,沿路检查每个公用终端,看有没有投币式的。你有硬币吗?"

"有一些,也许还够打个短电话。"

"好,但还是要留意硬币兑换机。咱们的信用码现在已经注销了,只好用硬币。"

我们再次拿起行李，出发。格温悄声说："这话我不想让比尔听见……但终端其实很好骗，即使你的输入不对头，也能让它觉得这是正确的密码。"

我同样压低嗓门回答道："到了当老实人不管用的时候再用这一招。我亲爱的，你到底藏着多少小花招？"

"先生，我听不懂你在说什么。前方一百米——右边那个终端亭是不是挂着黄标？接受投币的公用终端为什么这么少啊？"

"因为老大哥①想知道谁在打电话、打给谁。输入信用码的话，你简直等于哭着喊着把自个儿的秘密透露给他。没错，那是黄标。凑凑硬币。"

尊敬的神父亨德里克·哈德森·舒尔茨博士马上用他的终端接听了电话。那张圣诞老人的面孔瞅着我、掂量着我、计算着我钱包里的钞票。

"舒尔茨神父？"

"正是本人。能为你效劳吗？"

我没有答话，抽出一张一千克朗的钞票举在脸前。舒尔茨博士看着它，扬起两道寿眉，"你引起了我的兴趣，先生。"

我拍拍耳朵，同时左右扫视，接着做完了那三只小猴子的全套动作②。他回答道："啊，对了，我正想出门喝杯咖啡，愿意跟我做个伴儿吗？稍等——"

很快，他举起一张纸。上面用大写字母打印着一行字：麦大叔农场。

"'无忧'烧烤店如何？就在衬裙巷，我的工作室街对面。十分钟后，怎么样？"说话的时候，他的手指不断戳着纸上那行字。

---

①出自乔治·奥威尔的小说《1984》，指喜窃听的统治者。

②一只捂眼表示不看，一只捂耳表示不听，一只捂嘴表示不说。此处意为保密，以防窃听。

我回答:"好哇!"然后挂机。

我不常去乡下农场,这条残腿受不了全重力,而农场必定是全重力。不,这话不对。在这个星系,许多太空生态区在只有一点点重力的环境中开辟农场,爱种什么就种什么(都是人工培育的变异作物),依靠自然阳光和标准重力的反而是少数。应该是这样,可能吧。天条走的是自然阳光加全重力的路子,它的新鲜食物大多是这么来的。这里也有一些空间靠人造阳光和其他手段培植作物,至于数量我就不知道了。但从50环到70环的广阔空间全是开放的田地,一片片紧挨着,此外只有一排排支柱、减震器和连接主廊道的人行通道。

在这片二十个环区、半径八百米的范围内,方位0-60、120-180、240-300是阳光曝晒区,农场区位于60-120、180-240和300-0。其中,50环至70环之间的180-240扇区就是麦大叔农场。

这个农场相当大,大得能让人迷路,加上地里种的玉米比爱荷华州种的还高,让人更加分不清东南西北。舒尔茨博士觉得我到了之后肯定知道和他在哪儿见面,真是很看得起我。好在我没有辜负他的期望。这里有一家很出名的露天饭馆加酒吧,叫作"乡村厨房",位于60环、方位210、全重力区(这是自然),矗在大片田地中间,显得相当突兀。

要去饭馆,我们得先往前走,下楼梯到50环,再掉头步行至60环(全重力区,妈的!)。这段距离是四百米。不长,呵呵,大致相当市里的四个街区。但你靠一条假腿走走试试,别忘了这条假腿今天已经走了太多的路程、承着太重的行李。

格温觉察出来了。可能是通过我的声音,或者我的脸色,或者我的步态,或者别的什么。要不就是她能读出我的心思——我可真不敢担保说她没这个本事。

我停下脚步，"有问题吗，亲爱的？"

"有，参议员。放下包袱，我把小树顶在头上，你再把包袱给我。"

"我没事。"

"对，先生，你什么事都没有，而我希望你能继续保持这种状态。你想什么时候展示你的大男子气概都可以，这是你的权力……我的权力则是随时展示女性的柔弱、伤感和蛮不讲理。我马上就要晕倒了，就现在。我会一直昏迷不醒，直到你把包袱给我。想揍我也行——包袱给我以后。"

"唔。什么时候才能轮到我吵架赢一回？"

"过生日的时候，先生。但今天不是你的生日。包袱给我，请。"

说实话，这次争吵我不想赢。我交出了包袱。比尔和格温走在我前面，比尔当先开道。这里的路况远远不如廊道地面，但格温头上顶的东西还是十分稳当。这是一条土路——真正的泥土。这种炫耀其实全无必要，费力不讨好。

我跟在后面，一瘸一拐地走着，体重压在手杖上，几乎不让假腿承重。来到那家露天饭馆时，我已经觉得差不多恢复过来了。

舒尔茨博士倚在吧台上，一只手肘撑着台面。他认出了我，却装着不认识。我走近他，"舒尔茨博士吗？"

"啊，是你呀！"他没问我叫什么，"咱们找个舒服地方，好吗？我喜欢那边的苹果园，安静。我让这儿的老板在树林里安排一张小桌子、两把椅子，如何？"

"好。请安排三把椅子，不是两把。"

格温走了过来，"不是四把？"

"不，我想让比尔像上次那样看着咱们的动产。那边有张空桌，让他把行李放那儿，堆上桌子，围着桌子。"

我们三人很快便在挪到树林里的那张桌边坐下。商量一番之后,我为尊敬的神父和我自己点了啤酒,给格温点了可乐,又告诉侍者招待和行李在一块儿的那个年轻人,他想点什么就给他什么,啤酒、可乐、三明治,什么都行。(我突然想起,比尔今天很可能还没吃过饭呢。)

侍者离开后,我从口袋里掏出那张一千克朗的钞票,递给舒尔茨博士。

钞票眨眼间便从他手中消失不见,"先生,你要收据吗?"

"用不着。"

"绅士的信用,对吗? 好! 现在,我应该如何为你效劳?"

四十分钟后,舒尔茨博士已经知道了我们的全部遭遇。我什么都没瞒着他。依我看来,只有全面了解情况以后——我自己知道的全部情况——他才能帮上忙。

"你是说罗恩·托利弗挨枪子儿了?"[①]他终于说话了。

"我没亲眼看见,只是听检察长这么说。更正一下:说这话的人听声音像是检察长,从经理和他对答的态度看也像检察长。"

"这就够了。听见马蹄声,理当假定来的是马,而不是斑马。但我来的这一路上,什么风声都没听见,这家饭馆里也没有什么兴奋迹象。刺杀或企图刺杀生态区第二大股东,这种事肯定会让大家兴奋起来。你来之前,我已经在酒吧待了几分钟,可连一个字都没听说。有什么新闻的话,酒吧总是最先知道的。这是这种地方的特点。无论什么时候,酒吧里总有一台屏幕会调到本地新闻上。嗯……经理能不能把这个消息压下去?"

"那条骗人的毒蛇什么事都干得出来。"

"我说的不是他的道德水准,这方面,我的评价跟你一样。但我

---

①前文没有提及这一情节,应该是作者的疏忽。

指的仅仅是他有没有这个能力。掩盖枪击事件没那么容易。血、枪声、或死或伤的被枪击者。你说还有目击者——哦，是弗兰科说的。话虽如此，考虑到西索斯控制着唯一一家本地报纸，还有终端和检察官。没错，只要愿意花工夫，他肯定可以把这事儿压下去一阵子，相当长的一段时间。我们只好等等看。等你到了月城，这件事我同样会向你报告。"

"我们也许不在月城，我会给你打电话的。"

"上校，这么做恐怕不明智。咱们只在吧台那儿聚了几秒钟，这么短的时间，有关方面不大可能把我们联系起来，我们的结盟应该可以保密。你和我过去从来不认识，这真是好运气，别人不可能通过我查到你，或者通过你查到我。你当然可以给我打电话……但我们必须假定我的电话有人监听，我的工作室也可能被人装了窃听器，或者干脆两个地方都有人窃听——而且早就被窃听了。所以，除非发生最紧急的情况，我建议用邮件联络。"

"但信件也可能遭人打开。对了，请叫我'埃默斯博士'，别叫'坎贝尔上校'。差点儿忘了——和我们一起的那个年轻人，他只知道我是'参议员'，埃默斯太太是'哈德斯特女士'。从我们闹的那场小别扭起到现在一直是这样。"

"我会记得的。人生如此漫长，足够充当好几个角色。从前我还是'帝国海军陆战队的一等兵芬尼根'呢，你相信吗？"

"我完全可以相信。"

"只是打个比方而已，我从来不是什么一等兵。但我的确涉猎过许多不同寻常的行当。你说得不错，信件可以被打开。但如果我赶在一架航班正要离开本地太空港的时候把邮件送上飞船，它就几乎不可能落到有兴趣偷拆信件的人手里。如果你给我写信，请寄给亨丽埃塔·范·鲁恩，由蓬皮杜夫人转交，邮编是'衬裙巷20012'。邮件很快就会转给我。蓬皮杜夫人是一位可靠的老太太,许多年来始终以极其谨慎的态度对待他人的隐私。我发现了一个道理:一个人终究还是得信赖他人,关键在于挑选信任的对象。"

"博士,我发现我信得过你。"

他咯咯地笑起来,"我亲爱的先生,只要你把帽子忘在我桌上,我会高高兴兴地把这顶你自己的帽子再次卖给你。但从本质上看,你说得没错。既然我已经接受你为我的客户,你可以百分之百地信任我。当双面间谍是个苦活儿,会招来胃溃疡……身为美食家,我绝不会做出任何可能破坏本人饕餮之福的事。"

他沉吟片刻,又补充道:"我能再瞧瞧那个钱包吗?恩里科·舒尔茨的。"

我递给他,他取出里面的身份证,"你说这张照片很像他本人?"

"非常像。"

"埃默斯博士,想必你也知道,我对'舒尔茨'这个名字很敏感。有件事你可能还不知道:我所从事的各项业务要求我留意抵达这个生态区的每一个新人。我每天都要读《天条先驱报》,其他部分全都跳过不看,只关注跟人物有关的内容。我可以毫不含糊地说:这个人进入天条时用的名字绝不是'舒尔茨'。别的名字我还可能一时大意,可要说我连自己的姓氏都疏忽过去了?不可能。"

"可看上去,抵达时他报的正是这个名字。"

"你这个说法很精确:'看上去'。"舒尔茨审视着身份证,"只要在我的工作室里干上二十分钟——哦,半小时吧——我也可以弄出一份印着这张脸的身份证,品质跟这张证件一样好,只不过上面打印的名字是'阿尔伯特·爱因斯坦'。"

"你是说咱们无法通过这张身份证查他?"

"等等,我没那么说。你说这张照片跟他本人很像。说到线索,一张拍得很像的照片比打印出来的名字更有用。肯定有很多人见过这个人,其中肯定有些人知道他到底是谁;后者中间,肯定有为数不多的几个人知道他为什么被杀——如果他真的是被杀的话。这个方面,你很谨慎地没有把话说死。"

"这个嘛……我之所以怀疑,主要是由于他被杀之后紧跟着上演的那场精彩的帽子戏法。我是说如果他真的被杀的话。那四个侍者的行动简直跟事先排练过一样。"

"这个疑点我来探究吧,用胡萝卜加大棒的办法。一个人只要心里有鬼,或者贪得无厌——大多数人二者兼备——总有办法把他知道的情况挤出来。好了,先生,看来方方面面都谈到了。估计今后没有机会当面磋商,所以咱们还是要最后确定一下:你追查'沃克·伊文斯'这条线,你那张单子上的其他条目交给我。有什么进展互相通告,尤其是涉及天条的进展。还有什么事吗?啊,对了,坎特参议员的密码信息。你想查查吗?"

"你有什么建议?"

"我建议你带上它,拿到月城,麦凯的办公室。如果那儿的人识别出了这套密码,剩下的只是钱的问题了。你交钱,他们破译,管它非法合法。弄清信息内容之后,你自然知道我这儿用不用得着它们。麦凯帮不上忙的话,你还可以交给伽利略大学的雅可布·拉斯科波。他在计算机科学系工作,是个解码专家。如果连他都破解不了,我就想不出办法了,只好为你祈祷。我本家恩里科的这张照片给我行吗?"

"当然。不过请你寄给我一份复印件,我查'沃克·伊文斯'这条线时说不定需要。唔,肯定需要。博士,我还有件事,之前没跟你提过。"

"请讲。"

"跟我们一起的那个年轻人,他见不得光,神父,是个夜行者。现在恐怕曝光了。我们想保护他。你知道谁能搞定这种事吗?而且要快。我们想搭下一班航班走。"

"等会儿!你是说,你的这个脚夫,看行李的那位,就是假扮检察官的那个恶棍?"

"刚才我不是说得很清楚了吗?"

"可能我有点迟钝,没反应过来。好吧,尽管十分吃惊,我想我还是明白你的意思了:你想让我给他弄一套证件,这样他就能在天条自由来往,用不着担心被检察官抓起来,对吗?"

"不完全是这样。我想要的比这还多一点。一份护照,好让他离开天条,前往月球自由邦。"

舒尔茨博士嘟起下嘴唇,"他去那儿干什么?不,我收回这个问题。这是你的事,跟我不相干。或者说是他的事。"

格温说:"我想把他训出个人样儿来,舒尔茨神父。他得学会剔干净指甲,说话别吊儿郎当;他还需要挺直脊梁做人。我打算给他提供一根脊梁骨。"

舒尔茨若有所思地打量着格温,"是啊,我看你的脊梁骨够硬,足够分给他一根。女士,请允许我这样说:虽然我无意以你为榜样,但我实在非常非常钦佩你。"

"不过是不想看到有人虚掷人生罢了。我猜比尔二十五左右,可说话、做事却像只有十岁或者十二岁。但他并不笨。"她学着比尔的腔调,笑道,"哪怕把那鳖孙脑袋拧下来,老子也非得把他收拾出个模样来不可。"

"祝你好运。"舒尔茨又加了一句,"可如果发现他真是天生的笨蛋,无论如何都成长不起来,怎么办?"

格温叹口气,"估计我会哭一小会儿,然后给他找个能遮风挡雨的地方,让他做些力所能及的事儿,能成什么样就成什么样,过上舒适、有尊严的生活。神父,我不能把他送回泥坑,忍饥挨饿、担惊受怕——更别提害怕喂耗子了。那种日子比死还可怕。"

"是啊。你说得对,死其实不可怕——它是最后的慰藉。到头来,我们都会明白这一点的。好吧,给比尔弄一份再逼真不过的护照。我得去找某位女士,看她能不能接一件急活儿。"他皱起眉头,"要赶在下一班航班起飞之前,恐怕很难。他还得有张照片。该死的! 就是说还得回我的工作室一趟,这又要耽搁时间。拖得越久,你们俩的风险越大。"

格温的手伸进手袋,掏出一台微型瑞士相机。没有执照的话,持有这玩意儿在绝大多数地方都是非法行为。但经理的各项规定似乎还没有涉及这个领域。"舒尔茨博士,我知道这东西拍的照片太小,不够用在护照上。但能不能放大一下,弄成护照相片?"

"当然可以。嗯,这相机真不错。"

"我很喜欢它。我从前为一家——呃,机构工作,那里用这种器材。辞职的时候,我不知把它放哪儿了,最后只好自掏腰包赔钱。"她露出了顽皮的笑容,"后来才找到。原来一直都在手袋里,不过搁在最底下,跟杂七杂八的东西混在一块儿。"她说,"我这就赶去给比尔照相。"

我急忙道:"别用彩色背景。"

"我有那么傻吗? 放心吧,马上回来。"

几分钟后她就回来了。照片正在显影。

一分钟后,照片清晰了。她递给舒尔茨博士,"这样行吗?"

"干得漂亮! 问一声:背景是什么?"

"酒吧的毛巾。弗兰基和胡安妮塔帮我在比尔脑袋后面抻着。"

"'弗兰基和胡安妮塔',"我重复了一遍,"他们是谁?"

"酒保头儿和经理。好心人。"

"格温，没想到你还是这儿的熟客。我担心会出问题。"

"我不是什么熟客，亲爱的，以前从没来过。我经常光顾的是'查克大车'，在慢八拍广场，方位90。那儿有舞池。"格温向上望去。阳光直射下来，让她眯缝着眼睛。缓缓旋转的生态区刚刚转过一个弧度，正好让太阳位于麦大叔农场的正上方。她直直地向上一指——嗯，也不算太直，六十多度吧，"就在那儿，看，'查克大车'，舞池就在它上方，太阳那一边。那些人正在跳舞吗？我看不见，有根柱子挡住了。"

"隔得太远，我看不清。"我承认道。

"是在跳舞。"舒尔茨博士说，"像是得克萨斯星舞。没错，是那个舞步。啊，青春啊青春！我已经不再跳舞了，但'查克大车'有时请我过去客串主持。我在那儿见过你吗，埃默斯太太？我觉得没有。"

"我觉得见过你。"格温回答，"那天我戴着面具。你主持得很棒，博士。很有洛伊德·肖①的神韵。"

"真是至高无上的赞美啊。'戴着面具'。你当时穿的是不是一条白底绿条纹长裙，裙摆很宽大？"

"不只是宽大。舞伴拉着我转圈的时候，那条裙子简直波翻浪滚。大家都说看了有晕船的感觉。你的记性真是棒极了，阁下。"

"你的舞跳得才棒呢，夫人。"

我有点不悦地打断了话头，"旧识重逢的话就别提了，好吗？要做的事还有很多，而且我还想赶上二十点的那趟班机呢。"

舒尔茨摇摇头，"二十点？不可能，先生。"

"为什么？离现在还有三个小时。我一想到乘再下一班就不舒

_____

①美国舞蹈教育家。

服：弗兰科说不定会派他的手下来抓我们。"

"你自己提出要为比尔准备一份护照。埃默斯博士，即使最拙劣的赝品，制作时间也不止三个小时。"他顿了顿，看上去不大像圣诞老人了，更像一个精疲力竭、忧心忡忡的老头。"不过，你的主要目的是把比尔弄出这个生态区，让他去月球，对吗？"

"是的。"

"能不能让他以你的契约奴仆的身份随你去月球？"

"什么？你不可能带一个奴隶去月球自由邦。"

"对，同时又不对。你可以带着奴隶去月球……但只要他的脚踏上月球，他就自动恢复了自由人的身份，从此再也不是奴隶了。当年那些奴隶奋斗之后恢复了自由，从那以后，他们就定下了这条铁律。埃默斯博士，我可以赶在傍晚那次班机之前为你提供一份比尔的人身买卖合同，这个我有把握。我有他的照片，还有空白的官方公文——是真东西，非正规途径弄来的。剩下的时间足够我把文件做旧。说真的，这么做比匆匆忙忙赶制一份护照安全得多。"

"我尊重你的专业判断。我怎么拿到这份合同？时间、地点？"

"唔，不能在我的工作室。紧邻太空港有家很小的小酒馆，0.1重力区、方位300。你知道它吗？名叫'太空人的寡妇'。"

我正准备说不知道，但总能找到。这时格温说话了："我知道那个地方。绕到梅西货栈背后才看得见，外面没有店招。"

"没错。其实它是一个私人会所。我给你一张会员卡，你们在那儿休息一阵子，吃点东西。没人会来打扰。那儿的客人全都埋头做自己的事，没有谁多嘴多舌。"

（因为他们干的事不是走私就是同样见不得光的营生——这话我没说出口。）"对我们挺合适。"

尊敬的神父博士掏出一张卡片，准备在上面写点什么，又停下来，"名字?"

"哈德斯特女士。"格温张口就来。

"很好。"舒尔茨博士郑重地说，"小心驶得万年船。参议员，你姓什么?"

"不能是坎特。说不定会碰上哪个当真认识坎特参议员的。嗯，就叫'哈德斯特'怎么样?"

"不行。她是你的秘书，不是妻子。'约翰逊'吧。叫'约翰逊'的参议员最多，不会引起怀疑。再说，它正好和比尔的姓一样……说不定会有用。"他写好卡片交给我，"酒馆老板名叫'老虎近藤'，业余时间还向别人传授各种有用的小窍门。这个人靠得住。"

"谢谢你，先生。"我瞥了眼卡片，收好，"博士，要不要再多付一点定金?"

他快活地笑起来，"得了，得了! 我暂时还没想好刀子下多深呢。我的座右铭是'让对方尽可能多出点血'——但绝不会让凯子患上贫血症。"

"有道理。那就以后再说。咱们最好别一起离开这儿。"

"我同意。我的活儿估计十九点就能弄好。亲爱的朋友们，很高兴与你们结识，不胜荣幸。还有一件最重要的事:女士、先生，祝你们白头到老、幸福安康，愿你们的生活中永远不缺少爱。"

格温踮起脚尖吻他，两人的眼睛里都噙着泪水。嗯，我也一样。

8

"饼干和糖浆的比例永远不可能恰到好处。"

———拉撒路·朗①（1912-　　）

在格温的带领下，我们径直来到"太空人的寡妇"。跟她说的一样，这个小酒馆藏在梅西货栈背后。天条生态区的圆筒状结构形成了许多奇奇怪怪的小角落，"太空人的寡妇"就在这样一个角落里。如果你事先不知道它在哪儿，大概永远别想找到它。和我们刚刚见识过的轴线一端太空港的喧嚣人流相比，这个地方的僻静显得尤为宜人。

一般情况下，轴线这一端供载客飞船使用，货运飞船全都挤在轴线的另一端。但新区的即将启用让所有飞船都转向了月亮一端，即前端。之所以称之为"前"，是因为天条够大，大得形成了一点点潮汐效应。新区合并、启用之后，这种效应还将更加明显。所谓的潮汐效应不是指每天都有涨潮落潮，不是这样。天条的潮汐效应主要表现在——

（你可能觉得我的解释太啰唆。啰不啰唆要看你跟这些太空生

---

①罗伯特·海因莱因著名长篇《时间足够你爱》中的主人公，是世上最长寿的人。

态区的关联紧不紧密。这部分内容与正文无关,完全可以跳过去。)

潮汐效应主要表现在天条锁定了月亮:它的前端永远正对着下方的月球。如果天条只有一艘往返飞船大小,或者像Ell-5一样离得太远,这种情况是不会发生的。但天条的长度超过五公里,它的运行轨道所环绕的天体距离它只有两千公里多一点;于是,平方反比律①加上没有摩擦力,得出一个恒定不变的结果:它锁定了月亮。地球对月亮也有类似的潮汐锁定,其作用力只比天条的大四倍。考虑到月亮是个网球似的圆球形,而天条的形状像一根雪茄,地月锁定与天条-月球锁定的作用力差别其实还要更小些。

在运行轨道方面,天条还有一个与众不同的特点:它不断地以两极之间的连线为轴旋转——这是句废话,大家都知道,抱歉——而其自转轨道平面(一个接近正圆的椭圆形)面向太阳。换句话说,轨道所形成的平面永远正对太阳;与此同时,月亮在它下方转动。这种情形很像傅科摆②和监视地球的间谍卫星。

更直观地说,天条死死盯着月球的明暗分界线,不停地转呀转呀转呀,从不转到月球的阴影中。(非要鸡蛋里挑骨头的话,月食的时候,天条也会被阴影笼罩,但仅有那种时候。)

这种情形只能算是亚稳态,达不到绝对的稳定。无数天体拉扯着它,包括土星和木星。但天条有一台小小的导航计算机,别的什么都不干,一心确保这个生态区的运行轨道永远面向太阳——麦大叔农场里的好庄稼就是这么来的。轨道的保持甚至不需要多少动力,只要稍有偏离时轻轻推一下就行。

我希望你跳过了上面的段落。轨道技术这门学问很枯燥,只有

①此处指天体之间的引力作用。

②指仅受引力和吊线的张力作用、在惯性空间固定平面内运动的摆。法国物理学家傅科(1819-1868)于1851年做了一次成功的摆动实验,证明了地球的自转,"傅科摆"由此而得名。

真要用到它的人才会感兴趣。

近藤先生是个小个子，显然是日裔，非常文雅，消瘦的肌肉让他看起来活像猎豹——行动举止也很像。就算舒尔茨博士没有提醒我，我也知道最好别在黑巷子里碰上这位"老虎近藤"，除非他上那儿是为了保护我。

他的房门最初只开了一部分，我亮出舒尔茨博士的卡片以后，他才敞开大门，随之而来的是热情、庄重的欢迎。里面地方不大，上座率只有一半，主要是男人。女宾只有寥寥几位，我猜不是这儿男客人的太太，但也不是妓女，给人的感觉像是男客的同行。酒馆主人掂量了我们一番，觉得不应该让我们去熟客用餐的大厅，而是把我们领进了旁边的一个小房间，或者小隔间。大小足以容纳我们三人加行李，但也只是刚刚够。接着老板问我们来点什么，我问这里是不是提供正餐。

"是，又不是。"他回答道，"有寿司，还有由我大女儿在客人桌边现煮的寿喜烧，也可以要汉堡和热狗。还有冷冻比萨——不是本店做的，我们也不推荐客人点它。这里首先是一家酒吧。我们也卖正餐，但并不要求客人非在这儿用餐不可。你们完全可以整晚玩围棋、象棋或者扑克，什么都不点。"

格温拉拉我的袖口，"我来，行吗？"

"好的。"

她跟他说了好一会儿，我一个字都没听懂，只看见老板笑逐颜开。他鞠了一躬离开了。我问："说了什么？"

"我问他能不能像上次那样……上次我没具体点什么菜，只让妈妈桑看着办。说了这话以后，他才承认他知道我以前来过，可要不是我先说出来，他是不会说的——因为上次我是跟另一个男人来的。他还说他从来没在日本之外见过哪棵盆栽比得上咱们那株糖枫。我请他在我们离店时给它喷点水,他答应了。"

"你跟他说我们结婚了吗?"

"用不着。我提到你时的说话方式,他一听就明白了。"

我想问她什么时候学的日语、怎么学的,又忍住了没开口。想告诉我时,格温自然会说的。(企图知道配偶的"一切"——这种渴望毁掉了多少婚姻啊。倾听过无数忏悔故事的我可以向你保证:无法控制的、对丈夫/妻子往事的好奇心必定导致家庭悲剧。)

我转而对比尔道:"比尔,这是你最后的机会。如果想继续留在天条,你现在就该离开我们了——我是说吃了饭以后。我们饭后就去月球,你可以跟我们一起走,也可以留下。"

比尔吃了一惊,"我可以选吗? 她说过这话?"

格温厉声道:"你当然可以选择! 可以跟我们走……那样的话,我会要求你时时刻刻像个体面人。你也可以留在天条,回你的老窝去——然后告诉'指头'你把他交代的事办砸了。"

"我没办砸! 是他。"

"他"指的是我。我说:"那就这样了,格温。他恨我,我不想让他跟着,更别说资助他了。说不定哪天晚上他会偷偷朝我的汤里下毒药。"

"哦,比尔不会这么做的。对吗,比尔?"

我说:"不会吗? 瞧瞧,他没回答。格温,就在今天早些时候,他还想朝我开枪呢。我干吗非得受他的气?"

"理查,别这样! 你不能指望他一下子就变好。"

这番没什么意思的对话被打断了。近藤先生回来收拾桌子,准备上餐。他还带来了固定我们那棵小树的夹子。十分之一个地球标准重力足够让食物安放在盘子里不飘动,也能让我们的双脚搁在地板上。如果你觉得不放心,座位还配了安全带。我没系上,但切割很硬的牛排时,这玩意儿还是能派上用场。这里的酒杯和茶杯都有盖子,还有吸管通进去。最后这项改装最有价值。在十分之一个重力的环境中端起一杯滚烫的咖啡,烫伤是非常容易发生的——咖啡几乎没有重量,又没有任何力量抑制端起它时产生的惯性……它会泼出来,浇你一身。

近藤先生替我放下刀叉匙箸,在我耳边悄声道:"参议员,您是不是参加过索利斯拉科斯的空降战斗?"

我热忱地说:"那是当然,伙计! 你也是?"

他鞠了一躬,"有幸在场。"

"哪个部队的?"

"全力以赴,'瓦胡'。"

"老'瓦胡'啊,"我肃然起敬,"有史以来授勋最多的部队。骄傲啊,朋友,值得骄傲!"

"我代表我的战友谢谢您。您呢?"

"我在……'坎贝尔的杀手'。"

近藤先生倒吸一口气,"啊,是这样! 您才应该骄傲呢。"他再鞠一躬,快步走进厨房。

我闷闷不乐地盯着餐盘。被发现了——近藤认出了我。但这么说吧,如果有哪一天,我连自己的战友都不敢认了,那我肯定已经是个彻头彻尾的废物:别费心检查脉搏,连火化都不必,直接把我扔进泔水车里拉走得了。

"理查?"

"啊? 什么事,亲爱的?"

"我出去一会儿行吗?"

"当然。你还好吧?"

"很好,谢谢你。只是去办点事。"她离开餐桌,朝通向休息室和出口的过道走去,步态飘逸,更像舞蹈,而非步行。十分之一个重力的环境里,真正的步行必须借助磁性锚爪或者别的装具,另一种办法是长期苦练。近藤先生没用锚爪,行动起来却像猫一般流畅自如。

"参议员?"

"嗯,比尔?"

"她生我的气了?"

"我觉得没有。"我很想加一句:你要是缠着我们不放,生气的人就是我——可又在脑子里闭嘴了。威胁扔下比尔跟打婴儿实在太像了,两者都全无抵抗能力。"她只是希望你能挺直腰杆做人,别把自己的过错怪罪到别人身上。不找借口。"

说了这句我最喜欢的陈词滥调以后,我再次陷入忧郁的自省。我自己也时常找借口。当然没说出声,只是在心里这么干。呸,这本身就是找借口。不管我做了什么事、是个什么人,都完全地、彻底地归咎于我自己。百分之百。

或者说,归功于我自己。没错,可以"归功"的事也是有的,只是太他妈少了。喂,对自己诚实点儿。

可话说回来,凭我那么低的起点……却一路升到了上校。

而且是从自十字军以来最下流、最恶毒、偷盗抢劫无恶不作的一伙歹徒中间升上来。

喂,别这么糟蹋你的部队。

好吧,好吧。可它的确没什么值得骄傲的光荣传统,对吗?

那些人啊!不过是一群坎贝尔手下的——

渣滓。

格温回来了。她去了——哟,不少时候呢。她离开时我没看时间,可现在已经快十八点了。我想起身相迎,无奈桌椅都用螺钉钉死了。她问："耽搁你们用餐了吗？"

"一点也没有。我们已经吃完了，剩下的都扔给我养的猪了。"

"没关系。反正妈妈桑不会让我饿着肚子走。"

"你不回来，爸爸桑不肯上菜。"

"理查，我做了件事，事先没跟你商量。"

"没有谁规定你非跟我商量不可。你做的这件事，需不需要咱们投案自首？"

"不是那种事。你也看到了，今天一整天，这儿到处是土耳其人。他们在月城参加圣陵守护者大会，趁机来天条玩。"

"原来如此。我还以为土耳其入侵了。"

"你愿意说成'入侵'也随你。你今天也看见了，那么多人，挤在小街小巷加旅游区，看见什么买什么。我猜他们大多数不会在这儿过夜——他们在月城还有活动，在那边订了酒店，也付了房钱。最后几趟航班肯定挤得要命。"

"满满一飞船醉醺醺的土耳其人，吐在他们的毡帽里、甲板上。"

"肯定。我想的是，就算二十点那么晚的航班多半也会早早订满。所以，我抓紧时间给咱们买了票、订了座。"

"而现在你想让我把钱支给你？写份申请，我会转给我的法律部门处理。"

"理查，我是怕我们走不了，在这儿耽搁一整晚。"

"哈德斯特女士，你的高效给我留下了深刻的印象。总数是多少？"

"财务问题我们另找时间讨论。我只是想先确定咱们饭后走得了。只有这样，我才心情舒畅，吃得下饭。还有——"她停下来，盯着比尔，"比尔。"

"夫人，有事吗？"

"我们要开饭了。去洗手。"

"啥?"

"别磨蹭。我怎么说,你就怎么做。"

"是,夫人。"比尔听话地起身走了。

格温转向了我,"我心痒痒的,坐立不安……真想看到那块林堡臭干酪的效果。"

"什么林堡臭干酪?"

"你的干酪,亲爱的。我从你的食品柜里抢救出来的,咱们吃午饭时,那份奶酪果盘上用了点儿。吃完以后,包装里还剩下一百克的一小块,我没扔,放在手袋里了。我觉得可以当零嘴——"

"格温!"

"好的,好的。我有意留着的……以前我们女生搞恶作剧时,我就用过这种东西。比别的东西好用多了。哎,你绝对不相信它是多么——"

"格温,说起恶作剧,我是老祖宗。说重点。"

"在西索斯先生的办公室,我坐的地方靠墙,你记得吧?离主通风口很近。热风直吹我的腿,热得很不舒服。我就想——"

"格温!"

"——生态区的所有空调都是一个类型:无论热量还是风力都是本地控制,出风口的百页面板开着。当时会计正在按我们最后的要求算账,经理故意对我们不理不睬。我把风力调低,热量调到关闭,再关上活页面板。我用臭干酪在出风口的活页面板上蹭来蹭去,到处都涂上了,剩下的扔进通风管道,能扔多深扔多深,最后重新打开面板。咱们离开时,我把热量开关调到供冷,风力开到最大。"她担心地问,"我给你丢人了吗?"

"没有。但我很高兴你跟我是一头儿的。嗯……你是我这头儿的,没错吧?"

"理查!"

"我更高兴的是下一班航班上已经有了咱们的位子。不知西索斯过多久才会觉得冷,然后调到供热?"

晚餐的每一样菜色都是美味,只是我每道菜都不知道名字。不知道就不知道吧。吃到快打饱嗝的阶段,近藤先生来了,附在我耳边道:"先生,这边请。"

我跟他走进厨房。妈妈桑只从手头的活计上抬头看了我一眼,此后便再不关注。厨房里是尊敬的神父博士舒尔茨,神情紧张。

"有麻烦?"我问。

"麻烦事等会儿再说。这是恩里科的照片,我已经复制了。还有比尔的文件,你看一看。"

东西装在一个旧信封里。文件有些折印,旧得泛黄,还有好些渍痕。赫尔克里士人力资源有限公司雇用了孤星共和国密西西比公国新奥尔良的威廉–无中间名–约翰逊,又将这份包身合同转手卖给贝克特尔建筑公司(拥有太空、失重和真空环境的施工资质),后者再次将合同转卖给月球周边天条生态区的理查·埃默斯博士。等等等等,大堆法律术语。跟合同钉在一起的还有一份逼真的出生证明,表明比尔曾是梅泰里教区的一名弃婴,其生日填写为他被人发现之前三天。

"这套东西大多是真的。"舒尔茨博士说,"我以前从主计算机里弄了些老档案出来。"

"是真是假有关系吗?"

"关系不大。只要看上去像真的,能把比尔弄出天条就行。"

格温也进来了,从我手里拿过文件读着,"我服了,舒尔茨神父。你真是个艺术家。"

"做这个的艺术家是我认识的一位女士。我会把你的赞扬转告给她。朋友们,现在说坏消息。哲,给他们看吧。"

妈妈桑(应该是近藤太太)让到一边,近藤先生走过去,打开一台终端,调出《天条先驱报》,滚动查找着什么。我估计是找最新消息。终端上出现了我自己的脸。

另一个窗口里显示着格温的脸——跟她本人不像。要不是终端发出的声音,我肯定认不出她。

"——埃默斯。格温多琳·诺瓦克女士。该女是著名的诈骗犯,曾在衬裙巷的多家酒吧和饭店诈骗得手,其犯罪对象多为男性。自命为'博士'的理查·埃默斯无明确的谋生手段,已从其住址消失(65环、方位15、0.4重力区)。枪击发生在本日下午十四点二十分,地点是天条合伙人托利弗的办公室——"

我说:"嘿! 时间不对头,我们当时——"

"是的,你们当时跟我在一起,在麦大叔农场。接着听。"

"——据目击者报告,两名杀手均开枪射击。据信,该两人身携武器,十分危险,接近时必须极其小心。经理为老朋友的死亡悲痛不已,他已提供一笔一万克朗的奖金——"

舒尔茨博士伸手关掉终端,"下面都是重复播报,不断重复。所有频道都在播放。到现在,天条的大多数人都看到、听到了。"

"谢谢你告诉我们。格温,为什么随便朝人开枪呢? 真是个坏姑娘。"

"对不起,先生。我交上了坏朋友。"

"又找借口。神父,我们应该怎么办? 用不着等到上床时间,那个坏蛋就会把我们扔进真空。"

"我想到了。来,试试这个的大小。"他从宽大的衣服里掏出一顶土耳其毡帽。

我戴上帽子，"正合适。"

"还有这个。"

一个带橡皮筋的黑色天鹅绒黑罩。我戴上眼罩。我不喜欢一只眼遮着，但什么都没说。老爸爸舒尔茨显然穷尽了一切力量和想象力，竭力让我不至于呼吸真空。

格温惊呼道："哎呀，天哪！成了！"

"对。"舒尔茨道，"眼罩能吸引大多数观察者的眼睛，吸得紧紧的，他们得做出有意识的努力才能掉转目光，看到脸上的其他部分。所以我总是随身带着一副。毡帽和来自圣陵的贵客则是个令人愉快的巧合。"

"你也随身带着一顶土耳其毡帽吗？"

"不完全是这样。这顶帽子有位前主人，清醒过来以后，他会想它的……但我觉得他不会醒得很快。哦，我的朋友米奇·芬恩正在照料他。还有，你最好避开来自阿尔米扎尔神庙的圣陵守护者。听口音就能听出来，他们都是阿拉巴马人。"

"博士，我会尽可能避开任何守护者。我可以一直拖到最后一分钟再上船。但格温怎么办？"

神父博士先生又变出一顶土耳其毡帽，"戴上试试，亲爱的女士。"

格温戴上帽子。它直罩到她脸上，像闷熄蜡烛火苗的烛帽。她摘下帽子，"对我不管用。我的肤色戴土耳其帽子也不对劲。你觉得呢？"

"恐怕你说得对。"

我说："博士，无论从哪个方位看，守护者的体格都比格温大两倍，各个地方都鼓鼓囊囊的。得想个别的办法。油彩？"

舒尔茨摇摇头，"油彩怎么弄都看得出是油彩。"

"终端上那张照片一点儿也不像，没人能通过照片认出她。"

"谢谢你，我的爱。不幸的是，天条有许多人知道我的长相……只要今晚在登机口碰上一个，我的预期寿命就会急剧缩短。嗯，只要花点功夫，不用油彩我也能变成一副老相，跟我的真实年龄相衬。舒尔茨爸爸，你觉得呢？"

"你的真实年龄有多大，亲爱的女士？"

她瞥了我一眼，然后踮起脚尖，在舒尔茨耳边悄声嘀咕了一句。他一脸惊讶，"我不信。唔，不，行不通。咱们得想个更好的办法。"

近藤太太飞快地对她丈夫说了点什么，让他蓦地一惊。两人叽里咕噜说了几句，估计是日语，然后他换成英语，"我能说说吗？我太太说，格温女士跟我们的女儿尚美身材很接近。再说和服本来就很宽大。"

格温不笑了，"是个办法。谢谢你们。可我不像日本人呀，鼻子、眼睛和肤色都不像。"

又是一轮日语对话，语速快，几乎不换气。这次多了几个回合。最后格温说道："这样的话，我的小命还能保住一阵子。我先出去一会儿。"她和妈妈桑走了。

近藤去了大厅。召唤服务员的灯一直在闪，刚才他没理会。我对好心的神父博士道："介绍我们躲在'老虎近藤'这儿，你已经让我们多活了不少时间。你觉得我们还能继续留着性命、活着登机吗？"

"但愿吧。还能说什么呢？"

"我看也是。"

舒尔茨爸爸在口袋里掏着，"我还从借你帽子的那位绅士那儿弄到了一张游客证件……我抹掉了他的名字。该怎么填呢？不用说，不能是'埃默斯'。填什么？"

"哦,格温已经给我们订了位。票都买好了。"

"用你们自己的名字?"

"我不知道。"

"但愿不是这样。如果她用的是'埃默斯'和'诺瓦克',你最多只能指望成为第一批放弃预定、没有登机的旅客。我最好赶紧去趟售票处重新订票,用'约翰逊'和——"

"博士。"

"什么事? 如果这一班没空位了,我就订下一班。"

"你不能去。帮我们订票,后果就是:'噗',你被扔进太空。他们可能要拖到明天才能弄清情况,但他们终究会弄清的。"

"可是——"

"咱们先等着,看格温在做什么。五分钟内她们还不回来,我就请近藤先生把她们揪出来。"

几分钟后,一位女士进来了。舒尔茨神父鞠了一躬,"你是尚美,要不就是由美子? 不管你是谁,很高兴再次见到你。"

那小东西咯咯笑得直喘气,纤腰一弯,还了一躬。活脱脱是个玩偶娃娃:美丽的和服、小小的丝质拖鞋、面孔涂得白白的,加上漂亮的日本发型。她回答道:"请院谅,英文不豪。"

"格温!"我说。

"听不冬。"

"格温,太绝了! 不过请你赶紧告诉我,你订票时用的什么名字?"

"埃默斯和诺瓦克,和咱们护照上的一样。"

"这下完蛋了。我们怎么办,博士?"

格温看看我,又看看他,"有什么难处吗?"

我解释道:"咱们来到登机口,每个人都伪装得好好的——拿出给埃默斯和诺瓦克的机票。剧终,没有鲜花。"

"理查,有些事我还没有告诉你。"

"格温多琳,你从来没有把所有的事统统告诉我。类似臭干酪的事?"

"不,亲爱的。我早知道会发生这种情况。嗯,你可能会说我多花了不少冤枉钱,可我……是这样,买了票以后——现在成了没法儿用的废票——我又去了趟租车行,订了一辆U型喷射车,沃尔沃飞车。"

舒尔茨问:"用什么名字订的?"

我问:"花了多少钱?"

"用的是我的真名——"

舒尔茨说:"老天啊,完了!"

"等一会儿,先生。我真正的名字是赛蒂·利普西茨……这个名字只有理查知道。现在你也知道了,请一定别告诉其他人,因为我不喜欢它。身为赛蒂·利普西茨,我替我的老板理查·约翰逊参议员订了一辆沃尔沃,付了订金,六千克朗。"

我吹了声口哨,"就为租一辆沃尔沃? 买车还差不多。"

"是买下来了,亲爱的,没别的办法。不管是租金还是订金,我只能用现钞付账,因为我没有信用卡。哦,卡还是有的,多得能凑一副扑克。可赛蒂·利普西茨一张都没有。我只好拿出六千克朗,让他们把车给我留着。我是租车,但签的是售车合同。我想尽办法砍价,可城里来了那么多圣陵守护者,卖车的觉得怎么都卖得掉。"

"这么想也没错。"

"我也觉得。如果决定买的话,我们还得付清余款,一万九千克朗——"

"我的上帝!"

"——外加保险和税费。但如果我们在三十天内退车,无论是在这里还是月城或者月球香港,六千之外的钱都会退还给我们。至于为什么可以退车还款,多克威勒先生解释说是为了防备去小行星开矿的人,换句话说移民边疆的人。他们从前常玩一种花招:不付全款租下车子,再开到月城的某个角落把它改装成采矿车。"

"用沃尔沃?只有一种办法能把一辆沃尔沃送到小行星带:装在汉莎型飞船里运过去。一万九——不,两万五千克朗,还得加上保险、税费。这是赤裸裸的、彻头彻尾的抢劫。"

舒尔茨对我厉声道:"埃默斯朋友,请你别像传说中面对投币售货机的那个苏格兰人那么小气好吗?你是愿意接受埃默斯太太的安排呢,还是接受经理的安排、呼吸新鲜空气而死?新鲜倒是新鲜,就是空气没多少。"

我深吸一口气,"对不起。你说得对,钱不能当空气,没法儿呼吸。我只是不喜欢被人当成冤大头。格温,我向你道歉。好吧,从这儿去赫兹租车行怎么走?我有点分不清方向。"

"不是赫兹,亲爱的。那家叫'廉价喷射车行'。赫兹没有十型的。"

9

"墨菲是个乐观主义者。"

——A.布洛奇所引用的欧图尔对墨菲法则的评论

要去廉价喷射车行，我们得兜个圈子，走到太空港候机厅的尽头，再从中轴线方向走进去，廉价喷射车行就在隔壁。候机厅里人山人海——平时本就有那么多旅客，又加上了圣陵守护者和他们的老婆。大多数人用安全带把自己系在墙边座位上休息，还有些在空中飘来飘去。除此之外就是检察官——这些人的数量实在太多了。

我解释一下：候机大厅、售票处以及通向登机甬道的气闸、办公室、租车行，这里的所有地方都是失重环境。它们不参与天条其他部分的缓缓旋转——正是这样的旋转给这个生态区带来了人造重力。候机厅及其相关设施位于一个圆柱体内，这个圆柱体外面套着一个更大的圆柱体，也就是生态区本身。两个圆柱体共用同一根中轴。大圆柱转，小圆柱不转，情形就像车轮在车轴上不断转动。

这种结构要求两个圆柱相连的部分保持真空密闭状态，闭合材料我觉得是水银，但从来没有亲眼见过。尽管外面的生态区在旋转，它的太空港却一定不能转动，这就是密闭的目的。因为无论短途航班还是邮轮、货船,甚至一辆沃尔沃,它们都需要一个稳定的失重环境才能降落入坞。各家租车行的坞巢环绕着主船坞,排成一个玫瑰花形。

穿过候机大厅的一路上,我不和任何人目光相接,径直走向我的目的地:大厅前方一个角落里的一扇大门。格温和比尔紧紧跟在我身后。格温把手袋挂在脖子上,一只手护着糖枫,一只手抓着我的脚腕。比尔同样抓住她的一只脚腕,身后拖着一个梅西百货的包装纸袋,上面是大大的梅西标志。我不知道这个纸袋过去装什么,现在它里面装的是格温那个较小的行李箱——装杂物的那个。

为了遵循保住老命的首要原则,其他行李我们全扔了。那些行李会暴露我们,参加短途一日游的圣陵守护者不会带那种大件。格温的小行李箱可以保住:裹上一层梅西包装以后,它看上去跟大买特买的守护者们购买的商品一模一样。那株糖枫也是,正是游客会买的那种尴尬别扭、傻里傻气的纪念品。

当然,如果能找到安全渠道,也许某一天可以把行李装船运给我们。但我还是把它一笔勾销了。刚才我为了格温买车的花费唠唠叨叨,舒尔茨博士训了我一顿,纠正了我的毛病。那之前,我让自己变软了、变呆了,成了个住家男人;而博士强迫我调整好齿轮,以适应真正的世界。这个世界只有两种人:动作快的人,死人。

事实如此。穿过大厅时,我再一次深深地意识到了这一点:检察长跟着我们进来了。他没有注意到我们,我则竭力装作没有注意到他。他的目标是守在乘客登机甬道外面气闸的一组手下,朝那边一头扎了过去。与此同时,我拽着一根安全绳,身后拖着我的小家庭,从入口飘向我想去的那个角落。

安全抵达。我们飘进廉价喷射车行的大门。门在我们身后关闭,我终于能吐出一口气,把提到嗓子眼的心放回肚子里。

我们在车行办公室里找到了经理多克威勒先生。他系在办公桌边,一边抽雪茄,一边读着《每日竞赛》的月球版。他看看我们,道:"抱歉,朋友们。无论是租是买,我这儿什么都没有了,连根巫婆的扫帚都没有。"

我默念着自己的身份:理查·约翰逊参议员,代表着掌握巨大财富、势力遍及全星系的财团,海牙贸易同盟最有权势的巨头之一。随即,参议员的声音响了起来:"小伙子,我是理查·约翰逊参议员,我的手下今天早些时候用我的名字订了车:一辆汉莎超豪华型。"

"啊!见到您很荣幸,参议员。"他把报纸在桌上夹好,松开座位安全带,"对,您订了车,但不是超豪华型。是一辆沃尔沃。"

"什么!我明明告诉过那姑娘——算了。改过来。"

"我真的希望能满足您的要求,先生。可我这儿没有别的车了。"

"真遗憾。你能跟其他车行协调一下,给我找——"

"参议员,整个天条一辆可以租用的车都没有了。莫里斯车行、洛克希德-大众车行、赫兹、联星——大家都在问,已经问了一个小时了。没车,什么都没有。"

通情达理的时刻到了,"这样的话,小伙子,看来我只好开沃尔沃了。"

为那辆明显用过很多次的车子付清全款时,参议员又发火了。我骂了一通脏兮兮的烟灰缸,要求马上把它清理干净……接着又说别管它了(因为多克威勒脑袋后面的终端不再播报埃默斯和诺瓦克的事儿了)。"称重,检查还有多少燃料,我要升空。"

廉价喷射车行称重不用离心机,用的是弹力惰性称重仪①,更快、更省、更方便,就是不知道准不准。多克威勒要我们马上进称重网(连人带东西都进去,只留下那棵糖枫。后者他只是掂了掂,然后写

①这里称重用的离心机等设备都是作者的杜撰。

了个两公斤的数。估计差不多吧），要我们大家搂在一块儿，那个梅西纸袋挤在三个人中间，然后一拉弹力支撑柱上的开关——差点儿震掉我们的牙。他宣布我们的升空总重量是二百一十三点六公斤。

几分钟后，我们被安全带固定在座位上。多克威勒封闭舱盖，关上坞巢内舱门。身份证、游客证件和机动车辆飞行许可证他一句都没问，那一万九的尾款倒是数了两遍，还有保险费，还有小费。

我在飞控计算机上输入"213.6kg"，又检查仪表面板。油量表显示"满"，所有指示灯都是绿色。我按下"准备就绪"按钮，等着。喇叭里响起多克威勒的声音："祝平安着陆！"

"谢谢。"

压缩空气"噗"的一声响，我们飞出坞巢，进入灿烂的阳光中。太空港外部设施就在前面很近的地方，我压下导航控制舵，来了个一百八十度大掉头。转弯过程中，生态区和我们拉开了距离，转到了我的左舷窗，正前方是正在入港的航班。我没做规避动作。我是在离坞，它应该避让我。出现在右舷窗里的是全星系最壮观的景象：月球的近景，离我仅三百公里，好像一伸手就能碰到它。感觉太棒了。

满嘴谎言、心怀杀机的坏蛋被抛在身后，我们永远逃离了西索斯反复无常的独裁统治。入住天条的最初阶段，这里的生活似乎美好宽松，让人无忧无虑。但我现在明白了：统治者的脖颈上必须时刻套着一根绞索。只有这东西才能让他保持身姿正直。

我坐的是驾驶员的位子，格温坐我右手的副驾。我望向她，这才意识到我仍旧戴着那个傻乎乎的眼罩。不，删掉"傻乎乎"。毕竟这东西很可能救过我的命。我拉下眼罩塞进口袋，又摘下那顶土耳其毡帽，东张西望，想找个地方放它，最后把它掖在胸前安全带下面。"检查东西，看是不是都固定好了，适不适合太空飞行。"我说。

"现在才检查，不嫌晚了点吗，理查？"

"我向来在起飞之后做起飞检查。"我说，"我是个乐观主义者。你有一个手袋、一个梅西大纸袋，都固定好了吗？"

"还没呢。我这就松开安全带，把它们用网子罩起来。开稳点，别做大动作。"她开始松开安全带。

"错！松开安全带之前应该请求驾驶员批准。"

"我还以为你已经批准了。"

"现在批准了。但请你下次不要再犯这种错误。记住，陛下的战舰向来纪律严明，永远如此。比尔，你在后面怎么样？"

"我还行。"

"所有东西都固定好了吗？我不想车速一快就弄得满车厢零钱乱飞。"

"人家的安全带系得好好的。"格温说，"我检查过。小树也紧紧抱在他怀里。我还向他保证，敢松手的话，我们就埋了他，还不给办葬礼。"

"不知那棵树受不受得了加速。"

"我也担心，可又没办法打包。至少可以说面对压力时，它仍旧傲然而立，还有，我正为它祈祷呢。亲爱的，我拿这顶假发怎么办？这是尚美演出时用的，是件珍品。近藤太太坚持让我戴上，真是太好心了。假发真是画龙点睛的一笔，让人不相信都不行。可我不知道怎么保护它。它比盆栽更受不了加速。"

"我要知道才见鬼呢。以上这句是我的官方评论。不过，我怀疑这辆破车再怎么加速也达不到两倍重力。"我想了想，"手套箱里怎么样？把纸巾盒里的纸巾全掏出来，塞在假发四周。头套里面也塞点。这样行吗？"

"我觉得行。时间够吗？"

"足够了。我在多克威勒的办公室里算了算,要在月球香港的太空港降落,还要头上有太阳,我应该在2100点转到低轨道。大把时间。动手吧,想做什么放手干去……我把我的想法告诉飞控计算机。格温,你从你那边看得见这些仪表吗?"

"看得见。"

"那好,这些仪表就交给你了,还有右舷情况也归你负责。我只管动力、高度和这个小计算机。顺便问一声,你有飞行执照吗?"

"现在问这个有意义吗? 不过你放心,亲爱的,高中还没毕业时,我就已经开着破车满天飞了。"

"那就好。"我没再追着要看她的驾照。她说得没错,这会儿问这个太晚了。

我还注意到,她没有直接回答我的问题。

(对轨道技术不感兴趣的话,下面的部分可以跳过不看。)

以低到能摘下地面雏菊的最低轨道绕行月球一圈(如果月球上有雏菊的话,当然这种可能性不大),耗时为一小时四十八分加上若干秒。天条生态区的位置比高个儿雏菊还要再高三百公里,绕行月球的里程比月球圆周(一万零九百一十九公里,也就是雏菊轨道)长得多,为一万二千八百零五公里。几乎多了两千公里。所以,天条绕月的速度应该比低轨道更快,对不对?

错了。(我有意误导了你们。)

与星体周边轨道有关的所有知识中,最别扭、最反常识、最难理解的就是这个:想加快速度,你得慢下来;要慢下来,你得加快速度。

很抱歉,但事实如此。

我们目前正处于天条的绕月轨道,高于月球三百公里,和生态区一同飘行在轨道上,速度为每秒一公里半。(我在飞控计算机里输入的指令是每秒一点五四七七公里。原因嘛,我从多克威勒办公室里拿了张速查参考表格,上面就是这么写的。)为了在月面着陆,我得进入更低(速度更快)的轨道。实现这一点的办法就是减速。

说起来容易,做起来难。要在真空状态中着陆,你必须降到最低的(也就是最快的)轨道。可你不能以这么高的速度着陆,触地时与地面的相对速度必须为零。你得不断减速,最后垂直落地,没有任何颠簸(至少颠簸不大),也不产生滑行(至少别滑太远)。这就是所谓的"相对轨道"(写出这个词很容易,但计算它的时候太困难了)。

但这种事终归还是做得到的。阿姆斯特朗和阿尔德林一次尝试便大功告成。(他们也没有第二次机会!)不过他们千算万算,还是没算到下面居然有一块老大的石头挡道。全凭精湛的技艺加上耗费大量燃料,他们才能在另一块地面着陆,平安离舱。(如果当时没有足够的燃料可以耗费,太空旅行会不会推迟半个多世纪? 对于这些先行者,再多的荣誉也不足以褒奖其功绩。)

还有另一种着陆方法。到达你想着陆的地点正上方时彻底停下,一动不动,像块石头一样直落下去,最后一瞬间,用你的喷射气流来个精确的急刹车,接着轻轻触地,过程仿佛杂耍艺人用盘子轻轻接住鸡蛋。

还有一个小问题:反复调整航向是飞行大忌。这种动作会大耗燃料,你的飞船很可能经不起这样的消耗。(涉及太空飞行时,燃料被称为"德尔塔v"。在飞行员的行话中,这个词的意思是"改变速率"。因为方程式中的希腊字母"德尔塔"表示变量的增量,"v"代表速率——别忘了,速率的概念既包含速度,也包含方向。方向的变化意味着燃料的损耗。正是由于这个原因,火箭飞船从不剧烈转向。)

我开始编制降落步骤,输入沃尔沃那台小小的飞控计算机。我打算像阿姆斯特朗和阿尔德林那样,从相对轨道降落。跟他们那回相比,我这次简单多了。我要做的不过是要求计算机从它的只读记忆库中调出从绕月轨道降落月球的常规程序,而它听话地报告说它知道怎么做。下一步就是输入本次着陆的具体数据,这些数据来自廉价喷射车行提供的那张速查表。

完工以后,我告诉计算机核查我的输入。它承认它已经有了所需的全部数据,可以在二十二点十七分四十八点三秒降落到月球香港。

计算机时钟上显示的时间是"1957"。仅仅二十个小时以前,一个自称"恩里科·舒尔茨"的陌生人不请自来,在"彩虹尽头"酒吧我的桌边坐下,五分钟后被人打死。那以后,格温和我结了婚,被驱逐,"收养"了一个毫无用处、彻底依赖我们的家伙,被控谋杀,逃命。这一天可真忙啊——而且还没结束。

乏味的太平日子我过得太久了。再没有比逃命更能激起生活激情的了。"副驾驶。"

"副驾收到!"

"今天过得太有意思了! 谢谢你嫁给我。"

"副驾明白,亲爱的正驾驶。我有同感。"

今天是我的幸运日,这一点确切无疑! 时间上抢得先机,得以逃出生天。检察长弗兰科这会儿准在挨个儿核查搭乘二十点航班的每位乘客,等着订了票的埃默斯博士和诺瓦克女士。我们却已经从后门逃之夭夭了。运气还不止于此:惊险逃离之后,幸运女神又让我们抽中了一份大奖。

听我细细道来:从天条的轨道降落月球,我们走了一条最佳线路,降落时会正好在月球明暗分界线的某个点上。这样做消耗的燃料最少,方位调整最小。为什么? 因为我们一起飞,就在这条分界线的上方，只消从一个极点到另一个极点：南极到北极，北极到南极。然后让飞车落下去就行，一点也不需要改变航向。

如果从东西方向着陆，就要大幅度改变我们目前的运动方向，还得多次转向以调整角度——这之后才能准备触地。你的银行账户也许受得了这样的折腾，你的飞车肯定受不了。你会发现自己坐在空中，车里没油，屁股下面只有真空和岩石。那种局面实在太倒胃口了。

为了保住性命，我情愿在月球的随便哪个着陆场着陆，可幸运女神的大奖让我得以降落在我最喜欢的地点（月球香港），而且时间是月球的黎明。只需要在轨道上等待仅仅一个小时，就可以命令飞控计算机把我们降下去。真幸运，不可能要求更多了。

我们现在飘浮在月球暗面的上方，下面满是皱褶，活像鳄鱼的脊背。业余飞行员不在月球的这一面降落，原因有二。一、山。跟地球上看不见的月球背面相比，阿尔卑斯山区平坦得像堪萨斯大平原。二、定居点。这里没有什么值得一提的定居点。不过咱们还是别用这种提法称呼这些不值一提的定居点吧，说不定会让住在这里的那些最古怪的殖民者大为光火。

再过四十分钟，我们就会位于月球香港上方，那时它正好被初升的太阳照亮。在那之前，我就会请求着陆，要求地面控制台做好准备，以帮助我完成着陆的最后，也是最难的一步。之后的两个小时，我又会兜到月球暗面，逐步降低沃尔沃的高度，准备触地。接下来，月球香港的地面台就要接管车辆的控制权。但我暗下决心，一定要手动操控，亲自把车子降下去，趁机练练手。我上一次真空降落是在哪儿？木卫四吗？哪一年？太久了！

二十点十二分，我们飞越月球北极，迎接我们的是冉冉升起的地球。无论你见过多少次，这番景象仍然会让你屏住呼吸。地球母亲半明半暗(因为我们位于月球的明暗分界线上),明亮的一半在我们左边。地球上刚过夏至没几天,北极冰帽稍稍倾斜,迎着阳光,明亮得让人目眩。除了墨西哥西海岸,笼罩在反光云层之下的北美也几乎同样明亮。

我忘了呼吸,格温也同样激动,紧紧地攥着我的手。我差点儿忘了呼叫月球香港地面控制台。

"'沃尔沃BJ17'呼叫月球香港地面控制,听到请回答。"

"收到,BJ17。请讲。"

"请求于二十二点十七分四十八秒着陆。请求地面指引、驾驶员手动超驰着陆。我来自天条,目前仍处于天条轨道,位于生态区以西约六公里。完毕。"

"'沃尔沃BJ17',同意你于二十二点十七分四十八秒降落在月球香港。二十一点四十九分之前转到卫星频道13,准备接受地面控制。警告:你必须于二十一点零六分十九秒启动自天条轨道落月的标准程序,并严格遵守这一程序。如果地面控制需要优先安排其他班次降落,你必须转向方位003,或升高至四公里,等待调度。月球香港控制台完毕。"

"收到,明白。"我又补充了一句,"我敢打赌,你肯定不知道跟你讲话的是赫赫有名的午夜机长,全太阳系最牛逼的飞行员。"说这句话之前,我关掉了话筒。

好像没关严。我听到了回复,"而这里是痔疮加马蜂窝上尉,月球最惹不起的地面控制飞行员。等我把你弄下来以后,你得给我买一大瓶格兰利物威士忌——如果我把你弄下来的话。"

我检查话筒开关。好好的呀。我决定不搭腔了。所有人都知道,心灵感应术的最佳应用环境就是真空。真该有什么法子能保护我们普通人,抵挡那些超人。(比如知道什么时候闭嘴。)

我把闹钟调到二十一点,作好垂直落月的准备。接下来的一个小时,我和新娘携手共度,享受旅行的快乐。月球群山从我们眼前(下方)掠过,比喜马拉雅更高、更陡峭,荒凉得可怕,让人难以置信。舱内唯有计算机的嗡鸣、制氧机的叹息——加上来自比尔那不断响起、让人恼火的吸鼻子的声音。我把所有声音屏出脑海,放飞心灵。我和格温一言不发,享受着这难得的一刻。如此宁静,如此幸福。

"理查! 快醒醒!"

"啊? 我没睡。"

"还说没睡。已经过了二十一点了。"

嗯……还真是的。二十一点零一分,时钟还在继续走。闹钟怎么没响? 别管那个了。现在我只有五分加零秒的时间来完成落月程序。我猛按控制键,让车子从头下脚上的姿态改平,倒着趴着。这样有利于下降。当然倒着来个仰面朝天也行,侧身躺着也可以。不管哪种姿态,车头一定要和运动方向反着,目的是降低速度,以进入着陆程序。这里所谓"倒着"是从驾驶员的视角而言。我喜欢看见正常的地平线,像固定在座椅里看见的那样;所以我总是用趴着的办法,不想仰面朝天。

一感到沃尔沃开始调整姿态,我马上问计算机它是不是可以开始着陆程序了,就用那套蚀刻进它骨头里的标准步骤。

没有回答。屏幕空白。没有声音。

我对它的祖先吐出一大堆贬义词。格温说:"你按下执行键了吗?"

"当然按了!"我一边回答,一边再次猛按。

计算机屏幕亮了,声音也响了起来,尖得让人牙酸:

"知道'舒服'这个词吗? 工作过度、刺激过多、压力过大的月球公民,聪明的你,这个词现在叫作'舒泰'。舒泰!治疗师强烈推荐,主治胃酸过多、心灼、胃溃疡、肠痉挛,连最常见的肚子疼都能治。舒泰!包治百病!由月球香港万金油制药公司生产,最可靠的药品生产厂家。舒——泰,舒泰!包治百病!医师推荐。"接着是一群猫头鹰尖声怪叫,歌颂舒泰带来的欢乐。

"这该死的东西关不上!"

"揍它!"

"啊?"

"揍它,理查。"

这个建议缺乏逻辑成分,但可以满足我的情感需求。我狠狠给了计算机一巴掌。它继续喷着浮夸的广告词,推销某种要价超高的烘焙苏打粉。

"亲爱的,揍得再狠点儿。如果电子这玩意儿真的存在,它们全是小懦夫。你得让它们知道谁是老大。让我来。"格温给了计算机凶狠的一击,我觉得把外壳都打裂了。

计算机屏幕上立刻显示:

"落月准备就绪。开始时间=21-06-17.0。"

时钟上显示的数字是"21-05-42.7"。我们只来得及看一眼高度计(距地面二百九十八公里,保持着高度),再看一眼多普勒计的读数——后者显示着我们相对于地面的运动方位。方位够近,地面可以引导……就算出了什么问题,十秒钟内我也干不成什么。沃尔沃不借助分组式的小型喷射机来控制高度,它靠的是陀螺仪和根据陀螺仪数据行动的程序。比十二台小喷射机加上乱七八糟的探地设备便宜,只是慢些。

仿佛突然间,钟面数字跃到了开始时间。喷射机启动,把我们推得压在坐垫上。屏幕显示着既定的喷射过程:

"启动时间21-06-17.0,持续时间19秒,结束时间21-06-36.0。"

十九秒后,喷射发动机关机。过程爽利之极,发动机甚至没有咳嗽一声清清嗓子。"瞧见没?"格温说,"对它就得来硬的。"

"我不相信万物有灵论。"

"你不信?那你怎么对付——抱歉,亲爱的。没什么,这种事交给格温好了。"

午夜机长一声不吭。不能说我在生闷气,真的,可是,该死的,万物有灵是纯粹的迷信。(武器不在此列。)

通信频道已经切换到了"13",喷射发动机刚刚第五次启动。我正准备将控制权交给地面控制台(马蜂窝上尉),就在这时,亲爱的电子白痴计算机的RAM(随机存取存储器)挂掉了。那上面还存着我们的落月程序呢。屏幕上的喷射图表暗了下来,抖动几下,缩成一个小光点,然后消失。

我发疯般猛按重启键——没有反应。

无所畏惧的午夜机长知道应该怎么办。"格温,落月程序丢了!"

她伸手过来,扇了计算机一巴掌。喷射图表没有恢复。一旦当机,RAM上的数据就像爆掉的肥皂泡,一去不复返了。不过计算机倒是重启了。屏幕左上角出现了一个光标,询问似的闪烁着。格温说:"亲爱的,下次喷射什么时候启动?喷多久?"

"二十一点,四十七分,十七秒……我记得好像是。呃,喷射十一秒。喷射时长我应该没记错。"

"所有数字你都没记错,跟我记的一样。这样,这次喷射咱们手动操纵,然后让计算机重新计算,补上损失的数据。"

"收到。"我输入喷射数据,"这次喷完,香港就能接管了。"

"这么说咱们就要大功告成了,亲爱的。手动喷射一次,然后地面接手。但保险起见,还是要让计算机重新计算。"

　　我的感受没有她的话乐观。我记不得移交控制权所需的方位和高度。但现在没时间担心这个,先得安排这次喷射。我输入下列数据:

　　"启动时间21-47-17.0,持续时间11秒,结束时间21-47-28.0。"

　　我看着时钟,开始读秒。"2147"之后十七秒,我准时按下喷射按钮,按住不放。喷射发动机启动。也不知启动它的是我还是计算机,反正我的手指按住不放。时间一秒一秒流过,到了第十一秒,我松开手指。

　　喷射仍在继续。

　　(保命绝招:"面对危险,或者不知所措时,拐着弯儿跑,兜圈子,尖叫加上放声大喊。")我拧着喷射按钮。不,它没卡死。我给了计算机一巴掌。喷射发动机仍在咆哮,把我们按在坐垫上。

　　格温手一伸,切断了计算机的电源。喷射机骤然停机。

　　我尽量做到不打哆嗦,"谢谢,副驾驶。"

　　"收到,长官。"

　　我向外望去。距地面的距离近得让我不舒服。我查看高度计,上面标着九十几——个位数在不断变化。"格温,看样子我们没法儿落在月球香港了。"

　　"我也这么想。"

　　"所以,现在的问题只剩下如何把这辆破车降下去,同时别让它散了架。"

　　"我同意,先生。"

　　"猜猜我们到底在哪儿。我是说,有根据地猜测。我不指望出现什么奇迹,一下子弄清位置。"前面是一片崎岖——应该是后面,我们的车子仍然处于降落刹车状态:倒着——足以媲美月球暗面。没有任何地方可以紧急降落。

格温说："能掉转车头吗？能看见天条生态区的话，我们说不定可以推测出点什么。"

"好的。看看这东西还有没有反应。"我抓紧控制舵，告诉车子旋转一百八十度，翻个跟斗。地面一下子变得更近了。飞车停下来时，地平线变到了我们的左右两侧，而天空翻到了"下"方。真讨厌。我们不过是想瞧瞧不久之前的天条老家罢了。"你看见了吗？"

"没看见，理查。"

"一定是在地平线那一头的什么地方。不奇怪，上次看的时候它已经离得挺远了，最后喷那一下又出了毛病，喷得太久。那么，我们在哪儿？"

"我们是什么时候飞过那个大陨坑的？是叫'亚里士多德'吗？"

"不是'柏拉图'？"

"不。'柏拉图'在我们的航线西边，一直在阴影里。也许是别的什么我不知道的环形坑……可那个陨坑很平坦，相对而言还算平坦。又在我们南边。我觉得应该是'亚里士多德'。"

"格温，它是哪个没关系。我得尽力把这辆车降在那个很平坦的玩意儿上——那个相对而言很平坦的玩意儿。你有更好的主意吗？"

"没有，想不出来。我们正在下坠。如果加快车速，让车子在这个高度上形成一个圆形绕月轨道，迟些时候再降落时可能就没有燃料了。这是我猜的。"

我看着燃料计。最后那次故障长喷消耗的燃料太多了，容不得我们再作尝试。"我觉得你猜得没错。我们这就着陆。看我们的计算机小朋友能不能算出着陆线路，从这个高度来个抛物线式下降。走抛物线可以耗掉我们向前的速度，找到一块看上去平坦的地方就径直掉下去。怎么样？"

"啊,但愿我们的燃料还够。"

"我也希望。格温?"

"什么事?"

"亲爱的姑娘,跟你在一起真是太有意思了。"

"啊,理查! 真是有意思。"

比尔的声音好像噎住了,"嗯,我觉得我不行——"

我已经开始调整车子,重新进入刹车姿态。"闭嘴,比尔,我们忙着呢。"高度计显示八十几。六分之一个重力环境中,坠落八十公里需要多长时间? 切换到飞控计算机问问它,还是在自个儿脑子里算算? 给它一通电,飞控计算机会不会自作主张打开喷射发动机?

最好别冒这个险。只好估算。估算结果对我有用吗? 先看看:距离等于一点五倍加速度乘以时间的平方,单位是"厘米"和"秒"。八十公里是,呃,八万,不,八十万,不,八百万厘米。对吗?

六分之一个重力,不,一百六十二的一半。拉到方程等号另一边,取平方根——

一百秒?"格温,离撞击地面还有多久?"

"大约十七分钟。只是估算,我刚刚在脑子里算了算。"

我朝自己的脑子里瞥了一眼,发现我的方程少了一个向量,抛物线因子。我的"估算"连瞎蒙都算不上。"你的估算很接近。看着多普勒计,我要耗掉一些向前的速度。别让我全消耗掉,留下一些好选择落点。"

"明白,船长。"

我给计算机加电,喷射发动机立即启动。我让它喷了五秒钟,断电。喷射机哽了一声,停止了工作。我恨恨地说:"这样调节油门真他妈操蛋。格温?"

"速度下来了,还在朝前爬。能不能转个圈,看看咱们正在朝哪儿去?"

"没问题。"

"参议员——"

"比尔,闭嘴!"我转动沃尔沃,又来了个一百八十度大掉头,"前头有平坦宜人的芳草地吗?"

"看上去很平坦,理查,可咱们距离地面还有差不多七十公里。要不然先落下去一段,距离近了以后再耗掉全部向前的冲力。下去才能看清有没有岩石挡道。"

"有道理。多近?"

"嗯,距地面一公里如何?"

"近得能听见死亡天使扑腾翅膀。多少秒钟以后撞地? 我是说从一公里的高度。"

"一千二百多,平方根……算它三十五秒吧。"

"好吧。你盯着高度和地形。到了两公里高度我就动手干掉前冲速度。那以后我还能再翻转九十度,变成车尾着地。格温,咱们当初真该待在床上别下来。"

"我当时就想跟你这么说来着,先生。不过我对你有信心。"

"光有信念没用,奋斗才能成功。真希望我这会儿身在帕迪尤卡①。时间?"

"还有六分钟,大概。"

"参议员——"

"比尔,闭嘴! 是时候了吗? 先干掉一半剩余速度?"

"喷三秒钟,怎么样?"

我喷射了三秒钟。启动、关闭喷射机用的还是那个笨办法。

"再喷射两分钟。"

_____

①美国地名,位于肯塔基州。

"盯着多普勒计,时间到了告诉我。"我启动了喷射机。

"时间到!"

我猛地断电,开始调整车辆姿态,车尾朝下,"挡风玻璃"朝上。"多普勒读数?"

"基本上不动弹了,用这种办法只能做到这一步。我看不能再摆弄喷射机了,你瞧瞧油量。"

我瞧了一眼,读数相当不乐观。"好吧,迫近地面之前再也不喷了。"我们保持着车头向上的姿态,前面空无一物,只有天空。我能从左肩外看到地面,呈大约四十五度角。格温所在的右舷外面也能看见地面,距离我们相当远。这说明角度不对,对我们没用。"格温,这辆破车有多长?"

"我从来没在坞巢之外见过这种车。车子多长有关系吗?"

"往后看判断离地距离的时候,车身长度是个参照因素。"

"哦,我刚才还以为你要准确数字。大致三十米吧。一分钟后触地,先生。"

我正要来一次短喷,比尔却先喷了出来。可怜的家伙原来晕车了。不过在那一刻,我只希望他去死。他的晚饭从我和格温中间飞过,砸在前窗上,然后摊开。"比尔!"我大吼道,"别吐了!"

(用不着你来告诉我。我知道这个要求不合理。)

比尔尽了最大努力。他扭头向左,将第二轮呕吐物射向左舷窗——这下子我只能盲目飞行了。

尽力而为吧。眼睛盯着高度计,我来了一次短喷,却根本不知道效果。我相信未来某一天,他们会发明出更准确的近地面高度计,能够排除喷射气流和地面"草丛"(打个比方)的干扰——只能说我生得太早,就是这话。"格温,我看不见!"

"交给我。"她的声音镇定、冷静、轻松——真是午夜机长的良配佳偶啊。她向右后方望着月球地面,左手搭在飞控计算机的供电开关上。这是我们的应急"油门"。

"十五秒,先生……十秒……五秒。"她合上开关。

喷射机喷出一股短促的气流。我只感到了轻微的震动,紧接着,我们有了重量。

她转过头来,冲我笑道:"副驾驶报告——"笑容倏地消失,换成了吃惊的表情。

小时候玩过陀螺吗?知道陀螺转速变慢时是什么情形吗?一圈又一圈,越转越慢,渐渐歪倒,最后往地上一躺,不动了。这辆讨厌的沃尔沃就是这么干的。

最后,它整个儿倒在地上,不断翻滚。我们仍旧被安全带固定在座位里,平安无事,连擦伤都没有,只是头下脚上。格温继续道:"——成功着陆,先生。"

"谢谢你,副驾驶。"

10

"豺狼持不同意见时，绵羊通过支持素食的决议是无用的。"

——威廉·拉尔夫·英奇①(1860-1954)

"每分钟都有一个傻子出生。"

——P.T.巴纳姆②(1810-1891)

我补充道："漂亮的着陆，格温。泛美公司从没有过这么轻盈的触地。"

格温撩开和服向外望去，"没那么漂亮，只是没油了摔下来。"

"别太谦虚。我最欣赏的是最后阶段稍稍转几圈，轻轻放倒车子。这个着陆场没有舷梯，你这种做法尤其方便。"

"理查，车怎么会转？"

"只能随便猜猜。估计跟陀螺仪的工作有关……它可能翻倒了。没有调查数据，我没有看法。亲爱的，你这个姿势真是太迷人了。项狄③说得对：女人最美的时候是裙子掀起来罩在头上的时候。"

①威廉·拉尔夫·英奇(1860-1954)，英国作家、牧师、学者。
②P.T.巴纳姆(1810-1891)，美国马戏团经纪人兼表演者。
③英国作家劳伦斯·斯特恩(1713-1768)的名著《项狄传》中的主人公。

130

"项狄没说过这话吧。"

"那他应该说。你有一双美腿,亲爱的。"

"谢谢你。现在,你能做件好事,把我从这堆东西里弄出来吗?和服跟安全带缠住了,我解不开。"

"介意我先拍张照片吗?"

格温有时讲话很不淑女,这种时候最好转移话题。我解开自己的安全带,迅速落地:一头扎在天花板上。我起身扒拉了一阵儿,解开了格温。她的安全带扣其实没问题,只是缠在和服里,她看不见。解救她的时候,我没让她像我一样跌个狗啃泥,而是搀扶着让她双脚站稳,然后索吻。我觉得自己很有些欣快症的症状,这也难怪:几分钟之前,我绝不会打赌说自己能活着着陆。

格温应允了我的请求,给出的吻十分扎实。"咱们把比尔弄下来。"

"他就不能自己——"

"他的手没空,理查。"

我松开我的新娘,向上望去,这才明白了她的意思。比尔头下脚上倒吊着,一脸忍耐受难的表情,两只手把那棵盆栽抱在肚子上。小树没事。他庄重地望着格温。"我没撒手。"他分辩道。

我默默地宽恕了他着陆时呕吐的罪过。被严重疾患折磨时仍能恪尽职守(哪怕只是一项简单任务),这种人再坏也坏不到哪儿去。(当然他必须把脏东西清理干净。宽恕并不等于我要替他打扫。格温也不能插手。如果她自告奋勇,我就要拿出丈夫的大男子气概,给她来个不讲理。)

格温接过小树,放在计算机下面。我揪住比尔的脚腕,让他解开安全带,再把他向下放到天花板,等他自己站起来。"格温,把盆栽给比尔,让他继续照料它。我不想那棵树挡在这儿碍事……我来启动计算机,还有仪表面板。"要把我担心的事说出口吗？不,比尔听了说不定又会吐出来。至于格温,让她自己揣摩吧。

我躺倒在地,蜷在计算机和仪表面板底下,接通了计算机的电源。

一个熟悉、刺耳的声音响起:"'——17',听到了吗？'沃尔沃BJ17',请回答。这里是香港地面控制台,呼叫'沃尔沃BJ17'——"

"这里是BJ17,午夜机长讲话。我听到你的声音了,香港。"

"BJ,你他妈为什么不待在频道13？你错过了检查点。再见吧,我没法儿带你下来了。"

"不用谁带,马蜂窝上尉,我自己下来了。紧急迫降。计算机故障,陀螺仪故障,无线电故障,喷射机故障,能见度丧失。触地时还打了几个滚。燃料耗尽,无法以任何方式升空。这会儿连制氧机都停工了。"

线路另一头安静了好长一阵子,"达瓦里希①,你做过临终祈祷了吗？"

"忙得要命,腾不出时间！"

"唔,可以理解。舱内气压情况如何？"

"指示灯是绿色,没有计量表。"

"你在哪里？"

"我不知道。出状况的时间是2147,当时我正准备把控制权移交给你。那以后的降落全是跟着感觉走。虽然我不知道现在的位置,但我们喷射时一直很注意方向,所以应该是在天条绕月轨道行经的某一点。降落过程中我们飞过了一个陨坑,我觉得是'亚里士多德',时间是,嗯——"

"2158。"格温道。

----

①俄语"同志"。

"2158。我的副驾驶记录了时间。飞车降落在它南边的一个月海①,不知是不是梦湖。"

"等等。之前你一直在明暗分界线上?"

"对,现在还是。太阳正好在地平线。"

"那你不可能在东边那么远的地方。触地时间?"

我毫无头绪。格温悄声提醒:"2203,41。"我重复道:"二十二时,零三分,四十一秒。"

"唔,我查查。那样的话,你一定在尤得塞斯以南,澄海的最北端。你的西边有山吗?"

"好些大山。"

"高加索山脉。你很走运,还能活着受审、上绞架。你附近有两个增压居民区,离你相当近,那儿也许有人有兴趣去救你……价钱是胸口的一磅肉再加百分之十②。"

"我会付的。"

"你当然得付! 还有,获救以后,别忘了我们这边还有另一张账单。别想赖账,说不定哪天你还需要我们帮忙。好,我这就传话过去。等等,你刚才说的这些不会跟那什么午夜机长似的、全是瞎编乱造的吧? 敢瞎编的话,我会把你的肝挖出来烤着吃。"

"马蜂窝上尉,午夜机长什么的是跟我的副驾驶开玩笑。很抱歉说了那些话,真的。当时我以为麦克风关着。我扳下开关,应该关上了才对。做这种动作时我经常出问题。"

"飞行时不应该开这种玩笑。"

"我知道,可是——直说吧,我的副驾驶是我的新婚太太,今天刚结婚。整天我都欢天喜地胡说八道,总之,就是那种办什么都不

---

① 月球表面比较低洼的平原。
② 典出莎士比亚戏剧《威尼斯商人》。

靠谱的日子。"

"要真是这样，那就没事了。哦，祝贺你。但你以后必须证明这些情况属实。还有，我的名字是'玛西'，不是'马蜂窝'。玛西·乔埃－莫上尉。我会把你的情况传达下去，我们还会从轨道确定你的位置。这段时间里，你最好切换到频道11——这是紧急频道——然后不断大喊'请求救援'。我这边的机场进出航班很多，所以——"

格温双手双膝着地，趴到我旁边，"玛西上尉！"

"喂？什么事？"

"我真的是他的新婚太太，他真的今天刚刚娶我。还有，如果他不是个真正牛逼的飞行员，我不会这会儿还活着。我丈夫告诉过你，飞车各个部分都出了大问题，驾这辆车就像驾着木桶飞越尼亚加拉大瀑布。"

"我没见过尼亚加拉大瀑布，但你的意思我听明白了。祝你好运，午夜太太，愿你们共度漫长美好的一生，子孙成群。"

"谢谢你，先生。如果有人能赶在空气耗尽之前发现我们，我们一定努力实现你的美好预言。"

格温和我轮流在频道11呼叫"请求救援"。不值班的时候，我检查了老伙计大破车"沃尔沃BJ17"上的储备。《巴西利亚议定书》要求空中飞车上必须储备水、空气和食物，加上一个二级救生包、最低限度的卫生设施、按照最高载人数（含驾驶员在内四人）配备的紧急增压服（规格UN－SN10007A）。

比尔花了好一阵子才把车窗和其他地方清理干净。他用的是从手套箱里掏出来的纸巾。对了，尚美的假发平安无事。还有件事：他一直憋到膀胱快爆炸才壮起胆子问我怎么办……接下来我还得教他怎么使用气球。这辆空中飞车的所谓"最低限度的卫生设施"原来是一小包这种货色；此外还有一本小册子，教人在不得已时如何使用这种权宜之计。

其他各类紧急储备也是同样的档次。

驾驶员座位旁边有一个容量两升的饮用水水箱——基本上是满的。水只有这些。但不用担心水的问题,因为车里没有储备空气,没等渴死,我们早就闷死了。制氧机还是无法运转。它上面有一个插孔,可以插进手摇曲柄,手动制氧。但没有曲柄。食物?咱们还是别开玩笑了吧。格温手袋里还有一条好时巧克力,她把它掰成三截,大家分享。美味呀!

增压服和头盔还是有的,乘客座位下面的储物空间被它们占去了一大半。总共四套,严格遵照要求,都是军用剩余物资。救援服封在原装纸盒里。每个盒子上都标示着生产厂商的名字(米其林轮胎),还有生产日期(二十九年前)。

这么多年里,这些东西上的塑化组件——管子、垫圈之类——早就老化了。某些爱开玩笑的调皮鬼还忘了给它们配上氧气瓶。除了以上不足之处,这些增压服还是挺炫的——用在化装舞会上挺炫。

但我还是可以把这条命托付给这些小丑服,靠它们支撑五分钟,甚至十分钟……前提是除此之外只剩下唯一一种选择:在真空中亮出我的脸蛋。

只要还有别的选择,哪怕是跟一头大灰熊摔跤,我都会大喝一声:"来啊,笨熊!"

玛西上尉呼叫,告诉我们已经通过卫星照片判明了我们的位置:北纬三十五度十七分,西经十四度零七分。"我已经通知了枯骨增压区和断鼻区,它们离你最近。祝好运。"

我努力想从计算机里调出月球本地电话簿,可它总是瘟头瘟脑地不配合。我连让它列出它自己的文件目录都做不到。我给它做了点测试,它坚决认为2+2=3.9999999999999999999999。我想方设法让它承认4=2+2,它却发起火来,宣称4=3.14159265358979323846264338327950288419716939937511……我只好罢手。

我把11频道的收听功率调到最大,从天花板上站起身来。我发现格温穿着一件粉蓝色的连衣裤,脖子上围着一条大红围巾。她看上去迷人极了。

我说:"甜心,我还以为你的衣服全都留在天条了。"

"决定扔掉大行李时,我把这套塞进了小行李箱。洗掉脸上的白粉以后,我不可能继续假扮成日本人……你注意到我已经洗过脸了,对吧?"

"洗得不是很干净,特别是耳朵。"

"真挑剔,真挑剔! 饮用水那么宝贵,我只能用一点点,刚够蘸湿一条手绢。亲爱的,我没办法在那个小行李箱里也给你塞进一套衣服、猎装或者别的。但我还是给你留了干净内裤和一双袜子。"

"格温,你不光是讲究卫生,还是个特别有效率的人儿。"

"'讲究卫生'!"

"你确实爱干净嘛,亲爱的,所以我才娶你。"

"呸! 等我弄清楚你是怎么侮辱我的,还有我受了多大委屈,我一定会报仇……十倍、百倍、千倍、万倍!"

无线电打断了这番没营养的对话:"'沃尔沃BJ17',是你呼叫请求救援吗? 完毕。"

"是我!"

"这里是金克斯·亨德森,枯骨增压区,好运救援服务。你需要什么?"我描述了我们的处境,报告了经纬度。

亨德森答道:"你这辆破烂是廉价车行的,对吗? 我猜不是租赁,是一份允许售回车行的购车合约——我知道那些小偷的鬼把戏。也就是说这辆车归你所有,对不对?"

我承认车本上写的车主是我。

"你打算重新升空,开着它去香港吗?这样的话,你需要什么设备?"

我认真想了三秒钟,"我觉得这辆飞车不可能从这儿飞起来,它需要大修。"

"那就得载着它从陆上去香港。行,我办得到。路途长,活儿重。再加上人员救援,两个人?"

"三个。"

"好,三个。咱们可以录音记录合同了吗?"一个女人的声音切进频道,"先等等,金克斯。BJ17,这里是玛姬·斯诺格拉斯,断鼻增压区红魔火焰警队暨救援组织队长兼总经理。别签合同,先听听我的条件……金克斯打算抢你一把。"

"嗨,玛姬!乔尔好吗?"

"好得不得了,恶得赛从前。英格怎么样?"

"忙孩子呗,肚子里又揣上了一个。"

"哎呀,你可真行!恭喜恭喜!什么时候生?"

"圣诞或者新年,差不多那个时候。"

"我会赶在那之前去看她。说眼前的事吧。你准备退让一步,让我和这位先生做笔公道生意吗?要不我干脆把你的驾驶室打成筛子,把里面的空气全放掉?对,我看见你了,正在爬坡。我出发的时间跟你一样,玛西一报出地点就上路了。我跟乔尔说,'那是我们的地盘……可那个混蛋骗子手金克斯肯定想把这笔生意从咱们鼻子底下偷走。'你也真没让我失望,这不,你来了。"

"而且不打算离开,玛姬。你要是不老实,我会朝你的履带下面扔点除核武器之外的小玩意儿,半分犹豫都没有。你知道规矩:地表的东西不属于任何人……除非有人端端正正坐在它上面……或者从上面摁住它,从底下揪住它。"

"这是你理解的规矩,跟我不相干。你那套规矩来自月城那伙律师,那些家伙以前不替我说话,今后也不会。咱们还是切换到4频道私聊吧——除非你想让香港的每个人听到你苦苦求饶,吐出这辈子的最后一口气。"

"4频道就4频道,玛姬你个吹牛皮的老太婆。"

"4频道。那孩子到底是你的还是你雇人弄出来的,金克斯? 要是真打算来救援的话,你就会像我这样,开一辆真正的运输车来——而不是你的轮式①小屁车。"

他们切换频道时,我也换到了4频道。这会儿我不作声,只管听。两方同时冒出地平线:玛姬从西南方向,金克斯从西北方向。我们的沃尔沃正好车前窗冲西,轻而易举便可以同时看清两方的动静。西北方来的是一辆低压轮式大卡车(由此可知这是金克斯——这是从双方对话得出的结论),距我们稍近一点;它的车厢前方架着个东西,好像是一具火箭筒。西南方来的是一辆老长老长的运输车,前后两端配的不是轮胎,而是履带,车子后半截还搭着一具重型起重机。我在车上没发现火箭筒,只看见了一挺勃朗宁二点五四厘米口径半自动。

"玛姬,我之所以匆匆忙忙开着轮式卡车就出来,纯粹是出于人道主义精神——这东西你是没法儿理解的。至于运输车,我儿子沃尔夫马上就会开过来,他姐姐格雷琴帮他操作旋转炮。他们转眼就到。我是该打电话让他们回家去呢,还是催他们赶紧过来给他们的老爹报仇?"

"金克斯,你不会真的以为我想打穿你的驾驶室吧?"

---

①本书中凡强调"轮式"的车辆,均指用轮胎在地面行驶的传统汽车,而不是在空中飞行的飞车。

"玛姬,我百分之百相信你会这么干。那以后,我还有一点点时间,刚刚够我用一发火箭弹敲掉你的履带。这会儿我正瞄着那个位置呢。你打死我也没用,扳机都设置好了:我死时一松手,火箭弹就冲你去了。我死了……你也得坐在那边动弹不得,等着我的孩子们过来向他们的杀父仇人报仇。我那辆运输车上的旋转炮射程是你那挺小枪的三倍。当初买它就因为它打得够远……在霍威不明不白出意外死了以后。"

"金克斯,你想拿那些陈芝麻烂谷子的流言蜚语朝我泼脏水吗?霍威是我的搭档。你真不要脸。"

"我可没指责你、说你干了什么,亲爱的。我这个人做事总是很谨慎。你怎么说?等着我的孩子过来,还是把这单生意交给我?要不然咱们俩分,客客气气的?"

我真心希望这两位干劲十足的商场猛将能达成协议。沃尔沃的气压指示灯已经变成了闪烁的红色,我还觉得有点头晕。估计车子着地时的翻滚造成了慢撒气。我左右为难:既想告诉他们快一点,又明白这样一来,我讨价还价的本钱会降到零,甚至负数。

斯诺格拉斯女士体贴地说:"唉,金克斯,把这辆破车拖到你的增压区,也就是我的北面,这么做实在没道理。我的区在你的区的南面,去香港比从你那儿走近三十公里。对不对?"

"算得很明白,玛姬。但我的卡车载人空间大,再装三个人绰绰有余。而你的车呢,就算你能把这三位乘客像大饼一样摞起来放,我都不知道容不容得下。"

"这个问题我能解决。但我承认你的载人空间更大些。好吧,三个难民归你,随你怎么敲骨吸髓,只要你的良心过得去……我拉那辆没人要的破车,看能不能挤点油水出来——如果还有油水的话。"

"哦,不,玛姬!你大方过头了,我不能占你便宜。一人一半,书面合同,亲口确认。"

"喂,金克斯,你以为我占你便宜了吗?"

"咱们别争这个了,玛姬,争来争去伤和气。那辆飞车不是没人要,车主现在还在车里呢。拖车之前,你必须从他那儿拿到弃车声明……录音合同为证。你要是不讲理,他完全可以在车里等着我的运输车,那样就不用放弃他的财产了。不用出救援费,只给点运费就行……再象征性地为他自己和车里其他人出点搭车的钱。"

"那位还不知道名字的先生,别被金克斯骗了。只要把你和你的车弄到他的增压区,他会拿你当颗洋葱,一层一层剥你的皮,最后连点渣子都剩不下,只剩下点洋葱味儿。我可以现在就给你一千克朗,现钞,买你坐在里面的那堆废铁。"

亨德森反击了,"我出两千,还把你带回增压区。别上她的当,光是你的计算机都不止她出的那个价。"

我默不作声,等着这两位强盗讨论瓜分办法。他们终于说定了,于是我照办……只象征性地砍砍价,说你们协商之后价钱怎么比刚才还高,高得实在太过分了。斯诺格拉斯女士道:"就这个价,不干拉倒。"金克斯·亨德森的话是:"我从热乎乎的床上下来干活,不是为了赔钱的。"

我接受了。

我们穿上搁得太久、气密性相当于柳条筐的增压服。格温嘟囔说盆栽不能暴露在真空里,我让她闭上嘴,别犯傻:暴露几分钟,这棵树死不了,再说我们就快没有空气了,所以别无选择。她先打算自己拿着糖枫,接着又给了比尔。她有别的事要操心——我。

你瞧,上着假腿的时候,我只能穿专门订制的增压服。我只好卸下假腿，单腿蹦跶。本来没什么。我习惯了蹦跶，在六分之一个重力环境中，蹦蹦跳跳根本不算事。但格温非要照料我不可。

我们终于上路。比尔拿着糖枫走前面。格温给他的命令是尽快钻进亨德森的车里，找他要点水浇浇树。格温和我跟在后面，像一对连体双胞胎。格温左手拎着小行李箱，右臂挽着我的腰。我把假腿挎在肩上，撑着拐杖向前跳，左胳膊揽着她的肩膀保持平衡。其实如果没有她帮忙，我走得还会稳当些。但我闭紧嘴巴，听凭她帮助我。

亨德森先生把我们让进驾驶室，封死舱门，然后豪爽地打开一瓶混合空气——之前驾驶室里还是真空状态，他穿着增压服开车。月球的氧气来自本地岩石，提取不易，氮更是得从地球一路运来。为了我们如此挥霍空气，真令我感动——直到第二天在账单上看到这瓶空气的价钱。

亨德森帮着玛姬，他开起重机，她操纵履带，好不容易才把那辆BJ17弄上她的运输车。之后他开车把我们送到枯骨增压区。这段时间里我算了笔账，看看我损失了多少钱。我不得不签字放弃那辆飞车——全部费用加完，那辆车花了我将近两万七。我得为我们每人付三千克朗的救援费，人家好心给我打了个折，一共只收八千……每人还加收了一笔床铺和早餐费，五百……到早上还有一笔一千八的车费（这是我后来才知道的），送我们去好运龙增压区——那是最近的有低压轮式公交车去月球香港的地点。

在月球，什么都得花钱，真不如死了的好。一了百了。

不过我还是很高兴能继续活着，不管价格多高。重要的是我有格温。钱总是能挣到的。

英格·亨德森是一位极亲切的女主人，漂亮的脸上挂着微笑，身体圆滚滚的(孩子显然就快出生了)。她热情地欢迎我们,叫醒女儿格雷琴,替她在夫妇俩的房间里支了一张便床,让我和格温住格雷琴的房间。比尔跟沃尔夫挤一间屋——到那时我才明白,金克斯对玛姬的威胁近期内根本不可能实现。当然我也知道,这些事跟我没关系。

女主人向我和格温道了晚安,告诉我们清洗间的灯夜里会一直开着,方便我们……熄灯之前,我看了一眼手表。

二十四小时以前,一个名叫舒尔茨的陌生人在我的桌边坐下。

第二部

致命武器

11

"亲爱的上帝,请赐予我贞洁和自制的力量⋯⋯但不是现在,上帝,不是现在!"

——圣·奥古斯丁①(公元前354-公元前430)

该死的土耳其毡帽!

那顶愚蠢的、伪东方式的帽子帮了我大忙。化装让我保住了性命,而化装的成功有一半就来自那顶帽子。话虽如此,但用完之后就该扔了它。这么做很冷酷,但很实际。

我没扔。之前戴它的时候我就觉得很不自在。首先,因为我连共济会员都不是,更别说圣陵守护者了;其次,帽子不是我的,是偷来的。

偷盗宝座、窃取巨款、拐骗火星人公主——这些事或许还能让人得意扬扬。可偷帽子算怎么回事? 这种行为低级得令人不齿。哦,我不是说不该偷这一顶帽子,只是觉得挺对不起克莱顿·拉斯姆森先生的(我在毡帽里面发现了这个名字)。真想把这顶漂亮的冠冕还给

①圣·奥古斯丁(公元前354-公元前430),《忏悔录》作者,思想家、哲学家、基督教神学家。

145

他——某个时候,某种途径,当我能做到的时候,当浇到我头上的这阵大雨过去以后……

离开天条生态区后,我把它掖在安全带下面,然后便忘了它的存在。在月球着陆以后,我松开安全带时,它落到了天花板上。我完全没注意。我们三人钻进那几身透气性极佳的增压服时,格温捡起帽子,递还给我。我把它朝胸前一塞,接着封死了增压服。

到达枯骨增压区亨德森家以后,人家指给我们在哪儿睡觉时,我差不多是闭着眼睛扒下衣服的。当时实在太累了,我几乎不知道自己正在做什么。估计帽子就是那时掉了出来,说不准。我搂着格温,眨眼间便沉入了梦乡,在那个新婚之夜里一气连睡了八个小时。

我的新娘睡得跟我一样香。没什么,反正新婚之夜的项目于前一晚已经有过精彩预演。

早餐桌上,比尔把帽子交到我手里,“参议员,你把帽子拉在清洗间的地板上了。”

同在早餐桌边就座的还有格温,以及亨德森一家:英格、金克斯、格雷琴、沃尔夫,此外还有一对寄宿客人——埃洛伊丝和艾斯,加上三个小孩子。这是个大好机会,正好可以讲个精彩的即席笑话,说明这顶滑稽帽子的来历。我说的是:“谢谢,比尔。”

金克斯和艾斯交换了个眼色。接着,金克斯向我比了个共济会员的接头手势。

回过头想想,我猜那是共济会的手势;当时我还以为他在搔痒痒呢。说到底,月球佬个个喜欢搔痒痒,因为月球佬个个都发痒。这是没办法的事:水不够多,澡洗得少。

早餐以后,金克斯把我拉到一旁。他说:“尊敬的——”

我说:“啥?”(这种应答真是够机敏啊!)

“我注意到了,你在餐桌上没有回应我;艾斯也看见了。你是不是觉得咱们昨晚做的那笔生意不够公平、不够公道?"

（金克斯，你把我骗惨了。）"什么呀，没这个意思，我没什么可抱怨的。"（生意就是生意，你这个骗子，该付的钱我会付的。）

"真的? 我从没骗过同一个屋檐下的兄弟——当然外人也没骗过。但我会特别关照寡妇妈妈们的儿子，待他们像我的亲兄弟。如果你觉得救援费太高，那咱们就按你觉得合适的价钱。要不，算成免费救援也行。"

他又补充道："我自然不能代表玛姬·斯诺格拉斯说话，但她那个人其实一点儿也不小气。这次救援的账目，她会跟我报实数，不做花账。你别以为她这趟赚头有多大。到她卖掉那辆车的时候，说不定还会赔点儿呢。原因嘛——你也知道廉价车行租出去的那些破烂是打哪儿来的，对吗?"

我承认我一无所知。他解释道："赫兹、联星这种一流租车行每年都会卖出一批它们的旧车。车况好的卖给普通人，主要是月球佬;需要好好翻修的卖给偏远地区的殖民者;剩下的就是廉价车行用甩卖价买下来，便宜得要命。车行在月城外有修理厂，在那儿把这些废车重攒一遍，大概每买三辆能攒出两辆，多余的零件卖废品。开着开着让你栽下来的那辆破烂，他们按市价卖给你，两万六……如果廉价车行在那辆车上花的本钱上了五千，剩下的两万一我给你，另外还替你买杯酒。这些都是实话。

"现在玛姬得再一次给那辆车来个补旧翻新。但她会老老实实修好它，再按旧车价卖出去:严重磨损，翻新车，用了非标准件……值多少就卖多少。毛利大概能有一万。刨去零件、人工，分给我的那一半净利能超过三千我就喜出望外了。很可能还得赔钱。这种买卖都是赌运气。"

我尽我的能力说了一篇谎话，总算让金克斯相信（我觉得他相信了)我不是他"同一个屋檐下的兄弟",也不会拿那顶偶然落到我手里的土耳其毡帽当理由,要求他再打个折扣。我告诉他,那顶帽子是我租下车子以后在车里找到的。

(我对他的暗示是:拉斯姆森先生在月城租了那辆沃尔沃,到天条还车。这期间把他的帽子忘在了车里。)

我告诉金克斯,帽主的名字就写在帽子里,我希望能还给他。

金克斯问:"你有他的地址吗?"

我说没有,只有他所属神庙的名字,绣在帽子上。

金克斯伸出手,"交给我吧,你也可以少点麻烦……还省了把包裹寄回地球的邮费。"

"你怎么还回去?"

"我认识一个人,他正巧星期六要搭小火箭去月城。守护者大会周日要给他们捐赠的月城残疾儿童医院举行揭幕仪式,之后会议就闭幕了。会议中心有失物招领处,这种部门肯定少不了。帽子里既然有他的名字,他们一定会赶在周日晚上的团体赛之前把它还给他——如果他是参赛队员的话。没有毡帽,他肯定觉得自个儿光溜溜的,跟没穿丁字裤的酒吧女招待一样。"

我把这顶红色的帽子递给他。

我还以为这件事就这么了了呢。

登车前往好运龙增压区之前,我们还有件麻烦事:没有增压服。金克斯是这么说的:"昨晚我同意你们穿这种漏勺,因为别无选择:或者冒这个险,或者把你们留在那儿等死。而今天,你们可以继续穿那种增压服;另一个办法是我把车开进封闭车库,让你们不穿增压服直接上车。不用说,这样做会浪费大量空气。到了目的地还得照样来一遍……空气耗费更大,因为他们的车库比我的大些。"

我说我会付账的。(我看不出有什么办法能省下这笔钱。)

"问题不在于钱。昨晚你们只在驾驶室待了二十分钟……用了整整一瓶空气。昨晚那个时候太阳还没怎么升起来，今天早上它会升高到至少五度。去'好运龙'的一路上，大太阳都会狠狠烤着车厢。哦，格雷琴会尽量在阴影里开，我们家不会养出不知道这么做的傻孩子。但车厢里的空气还是会受热膨胀，从缝隙里溢出去。所以，正常做法是给增压服加压，而不是往车里充空气。车厢只是用来遮太阳的。

"我跟你实话实说。如果我有多余的增压服可卖，我会坚持要你买三套新的。可我没有。这个增压区谁都没有多余的。只有不到一百五十个人，谁有的话我肯定知道。我们的增压服都是在香港买，你到那儿以后也应该买。"

"可我现在不在香港。"

我已经超过五年没有过自己的增压服了。天条生态区的长期居民大都没有，不需要，他们又不去生态区外面。当然，许多工作人员、维修工人身边随时备着增压服，就跟波士顿居民都得备好套鞋一样。但生态区的普通居民，那些岁数比较大、比较有钱的人，他们没有。他们用不着，也不知道怎么穿戴。

月球居民却完全是另一类人。今天的月球城市已经有了上百万人口，很多城里人极少去外面，还有些人甚至从来没出去过。即使这样，每个月球佬仍有自己的增压太空服。就算在大城市里，每个月球佬也从小就知道，他那个安全、温暖、明亮的城市的增压壳随时可能被破坏：一颗流星、一颗炸弹、一个恐怖分子、一次地震，或者其他意料之外的风险，都可能击穿增压壳。

如果他是金克斯这种探险开拓类型的，他会像小行星矿工一样熟悉增压太空服。金克斯有自己的隧道农场，可那里面的活儿他已经彻底不做了，全交给他的家人。他的日常工作在外头，穿着太空服,操纵重型机械。金克斯干着好些稀奇古怪的行当,"好运救援"只是其中之一。他手头还有"枯骨采冰公司""亨德森陆地运输公司""约翰·亨利钻探、焊接、装配公司"。不管你有什么需求,金克斯都会发明一个公司接下这份活儿。

(还有一家"英格商店",从钢构架到家制点心什么都卖。就是没有增压服。)

金克斯想出了个办法,可以把我们送到好运龙。英格和格温个头差不多,只是英格这段时间肚子大了不少。她现在穿的是一套孕产妇增压服,胸衣部分是独立附加式的,可以打开。她还有一件普通型号的,没怀孕的时候穿,这段时间穿不了——但格温可以。

金克斯和我身高相同。他有两件增压服,都是"好富"牌的,质量一流。我看得出他不愿出借,就像细木匠不愿把自己的工具借给别人一样。问题是他现在很有压力——如果想不出办法,我们就会成为在他家里交钱吃饭的客人……钱花光后变成白吃饭的客人。再说,就算出钱,他们也没有可以长期留客的房间。

第二天早上十点过,我们穿好了增压服,爬进那辆轮式卡车。我穿的是金克斯较差的那一身,格温穿英格的非孕妇装。比尔穿着一件修复的老古董——这套太空服的原主人名叫苏比·麦克纳汉,枯骨增压区的创建者,很早很早以前便以政府不情不愿的客人身份[1]来到月球;那时候月球革命还没发生呢。

计划是这样:送我们到了好运龙后,格雷琴把这几身太空服随车带回去还给她父亲;我们则在那边另搞几身临时的,穿到月城后托公交车交还。等到明天,我们就能在香港购买符合我们需要的太空服了。

我和金克斯谈了谈太空服的租赁费用。我几乎能听见他脑子里

---

①意为囚犯。

数字碰得叮当响。过了好一会儿,他终于说道:"参议员,这么办吧,你车里配的那几套值不了多少,但头盔和一些金属件还能卖几个钱。把我那三套还给我——借出的时候什么样,还的时候必须保持什么样——咱们的账就抹了。你看行不行?"

我当然没意见。那几套米其林增压服或许二十年前还算不错,可今天,对我来说,它们毫无价值。

我只剩下一个问题:盆栽。

我本打算在这个问题上对太太强硬点儿——不见得行得通,却发现金克斯和我就太空服租赁达成交易的时候,格温也就盆栽问题达成了交易——和艾斯。

我没有理由认为格温勾引了艾斯,但我相信埃洛伊丝肯定是这么想的。好在对待与性有关的问题时,月球佬有自己独特的风俗:一切由女方说了算,男的没有发言权。这个习俗源自月球殖民早期,那时的男女比例高达六比一。埃洛伊丝好像并没生气,只觉得好玩。既然如此,我乐得来个事不关己高高挂起。

或许真有其事?艾斯拿出一个硅胶气球,划了道口子,把小树、花盆全塞进去,然后热塑封口。他还给气球配了一个一升的空气瓶。不收费,连那瓶空气都不要钱。我提出给钱,可艾斯只冲着格温傻笑,连连摇头。所以,我不知道格温是不是真的勾引了他,我也懒得问。

英格和我们大家吻别,要我们一定记得再来。我们恐怕不会来了,但人家总是一片好意。

格雷琴开车的时候好像从不看路,一路上都在问问题。她是个金发女孩,脸上有酒窝,梳着马尾辫,已经比她妈妈高几厘米了,但仍有点婴儿肥。我们这趟旅行让她佩服得不得了。她自己只去过两次香港,还有一次出远门去了诺夫林——那儿的人口音怪极了。

明年满十四岁以后,她会去月城,看看那里的男人,或许还能带个丈夫回家。"妈妈不想让我跟枯骨的任何人生孩子,连好运龙都不行。她说我应该从外面带回新的基因,这是我对我孩子应尽的责任。你们知道这种事吗? 我是说新基因的事儿。"

格温告诉她我们知道这种事,还说她完全赞成英格的意见;远系繁殖是合理的、必要的。我什么都没说,但我同样支持这种做法:一百五十人的社区,无法维持一个健康的基因池。

"妈妈就是这么跟爸爸结的婚,从外面找来的。爸爸出生在亚利桑那,在地球,是瑞典的一部分①。一个承包商把他带到月球,在皮卡迪变异作物种植园干活儿。妈妈在一个假面舞会上认识了他,怀上沃尔夫以后,就让他随了我们家的姓,把他带回枯骨,给他钱让他干事业。"

笑容让她的酒窝更深了。通过太空服上的对讲机聊天时,一缕阳光正好照在她的头盔上,让我看见了头盔里面的酒窝。"我也会这么待我的男人,用我的那份家产支持他干事业。妈妈让我别慌慌张张的,抓住第一个肯跟我的男孩就把他带回来——我才不会呢! 她说我不用着急也不用担心,哪怕到十八岁还是老处女都没关系。我不会匆匆忙忙。他一定得是个跟爸爸一样好的男人。"

我暗想,她也许得花很长时间才能找到这样的丈夫。金克斯·亨德森(原名"约翰·黑鹰")是个了不起的男人。

终于能看到好运龙的停车场时,太阳都快落山了——我是说,如果你是在地球的伊斯坦布尔的话。凭肉眼都能看到。地球几乎在我们的正南方,升得很高,大约六十度。它的明暗分界线划过北非沙漠,向上穿过希腊群岛和土耳其。而在月球,太阳低低地悬在天际,

---

① 亚利桑那目前是美国的一个州,变成瑞典的一部分也许是未来国家改变造成的后果。

高度九到十度,仍在上升。将近十四天里,好运龙会一直沐浴在阳光下,直至迎来下一轮长夜。我问格雷琴是不是准备立即开车回家。

"哦,不。"她说,"妈妈会不高兴的。车后头有被褥,我在这里待一晚上,明天一早上路,看着你们上了公交车再走。"

我说:"没这个必要,格雷琴。我们进了增压壳就把太空服还给你,你用不着等。"

"理查先生,你盼着我被打屁股是不是?"

"你? 被打屁股? 你父亲不会那么做的。打你? 你差不多都是个成年女性了。"

"这话你跟我妈说去吧。爸爸不会打我,好多年好多年都没打过我了。可妈妈说她可以一直打我,直到我第一次结婚那一天。我妈太可怕了。她是黑兹尔·斯通①的直系后代。她跟我说:'格雷,给他们找太空服的事就交给你了。带他们去查理那儿,免得上当。如果查理没有,就让他们穿着咱们的去香港。你跟莉莉贝谈好价钱,让她把那几套太空服给咱们捎回来。还有,你一定得盯着他们上公交车。'"

格温说:"可是,格雷琴,你父亲提醒过我们,说那辆公交没坐满前不开。说不定一两天才会满座,甚至可能好几天。"

格雷琴咯咯笑了,"那有什么? 我可以放几天假了。唉,好几天无所事事,只能跟西尔维娅的另一个丈夫聊天打听八卦。大家都来可怜格雷琴吧! 格温女士,愿意的话,你可以马上给我妈打电话……她真是这么命令我的。"

格温闭嘴了,她被格雷琴说服了。我们驶到一座小山脚停下,

---

①黑兹尔·斯通的事迹见罗伯特·海因莱因所著《斯通一家闯太空》和他的另一部有关月亮的名著《严厉的月亮》。

离好运龙的气闸大约五十米。好运龙位于北纬三十二度二十七分、高加索山脉的南坡山麓。我倚着手杖，以金鸡独立的姿势等候着，而比尔和格温竭力想给动作利落的格雷琴搭把手——后者完全不需要他们帮忙，麻利地给车子斜斜支起一顶遮阳篷，让它在接下来的二十四小时里免受阳光直射。

之后，格雷琴用车载无线电给她母亲打了个电话，告诉她我们到了，并保证第二天早上再打电话。我们进了气闸——格温拿着她的手袋和行李箱，一路照料我；比尔拿着盆栽和装尚美假发的口袋；格雷琴扛着一个很大的被褥卷。进门以后，我们彼此帮忙脱下太空服，我装上假腿，大家把太空服挂在舱门对面长长的一排架子上。

格温和比尔拿起各自负责的行李，走向气闸右边的一个公共清洗间。格雷琴转身跟上。我拦住她，"格雷琴，我是不是留在这儿，等你们三个回来？"

"为什么，参议员先生？"

"你爸爸的这件增压服很贵，格温女士穿的那件也一样。这里的人也许都很诚实……但这些太空服毕竟不是我的。"

"啊，爸爸也这么说：这里的人也许都很诚实，但最好别指望这个。我不会把那棵漂亮的小树留在这儿，不过增压服倒是不用担心。月球佬没有谁会动别人的增压服。敢这么做的，直接从最近的气闸扔出去，不管借口是什么。"

"这么直截了当？"

"对，先生。但不会有这种事的，没人会这么傻。哦，我还真的知道一件，发生在我出生前。一个新来的，难怪这么傻。后来他再也没偷过别人的增压服：一队民兵追上了他，把增压服带回来了。没带他。他们把他扔在外面的石头堆里等着风干。我见过残骸，太吓人了。"她的鼻子皱了起来，接着又笑出了酒窝，"现在我可以走了吗？我快憋不住尿了。"

"真抱歉！"（我真是个傻瓜。男性增压服里的卫生系统还算能用，但也只是勉强能用罢了。女性增压服就是另一回事了。设计增压服的那些天才弄出来的设施十分不堪。我强烈怀疑大多数女人宁肯强忍着，也不愿用那种卫生设施。有一次我听一位女性轻蔑地称之为"沙盒"。）

我的新婚妻子在清洗间门口等着我。她递给我一枚半克朗硬币，"我不知道你有没有硬币，亲爱的。"

"要硬币干什么？"

"清洗间的使用费。空气费已经交了。格雷琴替我们付了一天的，我把钱给她了。亲爱的，我们回到了文明社会——没有免费的午餐。"

不止午餐，什么都不免费。我向她道谢。

我邀请格雷琴和我们共进晚餐。她回答道："谢谢你，先生。我接受。妈妈说过可以。但饭前咱们还有几件事要做，能不能先吃几个冰激凌甜筒垫一垫——妈妈给了我买冰激凌的钱，让我请你们。"

"当然可以，格雷琴，我们全听你的。你是老手，我们是新丁。"

"'新丁'是什么？"

"就是新来的。"

"哦。咱们先得去宁静梦乡隧道，把被卷铺开，占住位置，这样才能大家睡一块儿。"——我总算明白了格雷琴的被褥卷为什么这么大。又是她母亲的先见之明。"在那之前最好在莉莉贝那儿登记上你们的名字，好搭公交……登记之前还是先吃冰激凌吧，不知你们是不是跟我一样饿。这些都做完以后，晚餐之前还有最后一件事：去查理那儿找太空服。"

卖冰激凌的地方离得很近，和挂增压服的架子在同一条隧道：博罗丁上品折扣店。克里·博罗丁给我们送上了冰激凌。除此之外，他还向我推销来自地球的旧杂志、来自月城和第谷地下城的不那么旧的杂志、糖果、彩票、星象图、月球版《真理报》、贺年片、保证有效的壮阳药、疗效神奇的解酒药（按照古老的吉卜赛配方制作）。最后他还提出跟我掷骰子，赢了甜筒免费，输了加倍。我望望格雷琴，她不易察觉地摇了摇头。

我们离开以后，她说："克里有两副骰子，一副给陌生人用，一副给熟人用。但他不知道我知道这个秘密。先生，你付了甜筒钱……我得把这钱还给你，不然妈妈会打我屁股的——她会问我，我会老老实实告诉她。"

我想了想，"格雷琴，我不大相信你母亲会因为我做的事打你屁股。"

"噢，她会的，先生！她会说我应该先把钱拿出来准备好。我是应该这么做。"

"她下手重吗？脱了裤子打？"

"天哪，重！残忍极了。"

"那幅景象想想就觉得有意思。哇哇大哭，小屁股打得通红。"

"我没哭！嗯，没有哇哇大哭。"

"理查。"

"什么事，格温？"

"不许这样。"

"听我说，女人。别干涉我和其他女人的关系，我——"

"理查！"

"想说什么，亲爱的？"

"妈妈会打你屁股的哦。"

我闭上嘴巴，接过格雷琴的甜筒钱。我是妻管严。

公交牌子上写着：

"'天启与天国降临公交公司'运营至月球香港路线，最少十二人启运。包车可前往任何地方，价格面议。下一班赴香港班车明日午后发车。七月三日。"

牌子底下坐着一个黑人老太婆，一边在摇椅里前后摇晃，一边织着毛衣。格雷琴对她说："哈啰，莉莉贝婶婶。"

她抬头一看，放下编织，笑道："格雷琴宝贝！你妈妈好吗，亲爱的？"

"挺好的，肚子一天比一天大。莉莉贝婶婶，这是我们的朋友理查参议员、格温女士和比尔先生，他们想跟你去香港。"

"很高兴见到你们，朋友们，很乐意送你们去香港。明天中午发车，加上你们仨已经有十个人了；就算到中午还缺两个，我多半也能用货物凑够数。这样行吗？"

我说这样很好，我们会在明天中午之前到这里，穿着太空服，做好一切上路准备。她温和地建议我们立即付现，说遮阴那一侧还有位子——有的客人订了座，却还没付钱。于是我付了现钞，三人一千二百克朗。

接下来我们去了宁静梦乡隧道。我不知道应不应该称之为"旅店"，或许"大通铺"这个词更准确。这条隧道是个死巷子，宽三米多一点，伸进岩石五十多米。隧道中央和左侧比用作通道的右侧高出半米左右，形成一条岩床。岩床地上画着道道，墙上刷着数字，标示出一个个铺位。最靠近通道的铺位标着"50"。一半铺位上已经有了被卷或睡袋。

隧道一半的地方的右手边是通用的绿灯标志，指出清洗间的位置。

隧道入口处安放着一张桌子，一位中国绅士坐在桌边读书。他穿着一套样式古旧的衣服,早在阿姆斯特朗迈出那"一小步"前就不流行了。他戴的眼镜也跟衣服一样老派,他本人则显得比上帝还大九十岁,派头则是上帝的两倍。

见我们走近,他放下书,对格雷琴笑道:"格雷琴,见到你真好。你可敬的父母好吗?"

她行了个屈膝礼,"他们都好,陈博士,他们让我问候您。我能给您介绍几位我们的客人吗? 理查参议员先生、格温女士、比尔先生。"

他没起身,在座位上鞠了一躬,抱拳作揖,"敝处永远欢迎亨德森家的朋友。"

格温行屈膝礼,我弯腰鞠躬,比尔也是——在我捅了他的肋骨一下以后。陈博士看见了我的动作,却假装没看见。我嘟哝了几句很正式的礼貌用语,格雷琴接过话头:

"我们希望今晚受到您的庇护,陈博士,希望您能接纳我们。不知能不能安排四个挨着的铺位? 我们会不会来得太晚了?"

"可以安排……你和蔼的母亲早些时候和我通过电话。你们的铺位是四号、三号、二号和一号。"

"噢,太好了! 谢谢您,陈爷爷。"

我付了钱——三个人的钱,不是四个。不知格雷琴付的现钱还是记账,反正我没见到钞票换手。每人每晚五克朗。使用清洗间不另收费,想用淋浴的话得多付两克朗。用水无限制,肥皂另算,半克朗。

生意做完后,陈博士问:"那棵盆栽树需要浇水吗?"

我们异口同声说需要。我们的主人检查盆栽外面封着的塑料膜,划开,小心翼翼地捧出树和花盆。桌子上那尊装饰瓶原来是个水瓶,他倒出一杯,用指尖蘸着反复浇水。我趁机偷偷瞥了一眼他看的书——我老是改不了这种偷窥癖。是《远征记》,希腊语。

我们把盆栽和格温的行李都留在这里。

我们的下一站叫"杰克牛排屋"。杰克也是个中国人,和陈博士一样,但年龄和风格都属于另一代人。他招呼道:"好哇,朋友们!想来点什么?汉堡?炒蛋?要咖啡还是啤酒?"

格雷琴用一种抑扬顿挫的语言和他讲话,我猜是广东话。杰克似乎发火了,气冲冲地说了些什么,格雷琴顶了回去。你来我往吵了几个回合,最后杰克没好气地说:"好,好,等四十分钟。"转身走开了。格雷琴道:"跟我来,咱们去看查理·王那儿有没有增压服。"

走远些以后,她小声说:"他不愿给咱们做他的拿手菜,嫌太费工夫。但争得最厉害的还是价钱。杰克想让我别作声,由着他按游客价宰你们。我告诉他,只要价钱比对我爸爸收的贵,爸爸下次来时会割掉他的耳朵,让他自己生吃下去。杰克知道爸爸干得出来。"

格雷琴一脸骄傲的笑容,"好运龙的人非常尊重我爸爸。我小时候,这里有个新来的想欺负一个歌女;事先说好了价,事后却不付钱,白吃白占。爸爸干掉了那个人。这件事大家都记得。好运龙的歌女还让妈妈和我成了她们行会的名誉会员呢。"

牌子上写着:王财利,定制男女服装,专业修补增压服。格雷琴再一次介绍我们,提出要求。查理·王点点头,"公交车中午开车是吧?十点半来这儿。到香港后,你们把衣服还给我的堂弟——蒙哥马利西尔斯百货太空服分部的约翰·王。我会给他打电话。"

我们回到了杰克牛排屋。端上来的不是牛排,也不是炒杂碎、炒面,但味道实在太好了。我们吃啊吃啊,撑得直翻白眼才停嘴。

晚餐之后,我们回到宁静梦乡隧道。头上那排顶灯已经灭了,很多铺位上睡着人。铺位所在的岩床边沿嵌着一条光带,贯通隧道。有了它,睡觉的人不会晃着眼睛,走动的人却能看清地面。陈博士的桌上亮着一盏阅读灯,加了灯罩,免得影响别人睡觉。他在算账,一手操作终端,另一只手打算盘。他不出声地朝我们点头致意,我们也悄声向他道晚安。

格雷琴指点我们作睡前准备:脱下衣服叠好,放在被卷一端当枕头,鞋子放在枕头边。我照此办理,另外加上了我的假腿。我没脱内裤,格温和格雷琴也没有。比尔本来已经脱了个精光,发现我们几个没这么做以后又重新穿上内裤。收拾停当后,我们走向清洗间。

但就算这种象征性的遮掩也难以为继:这里的清洗间是共用性质。我们进去时,里面已经有三个男人,全都一丝不挂。我们遵循着那条古老的格言:非礼勿视。那三个人对该格言贯彻得更加彻底:你们不存在,你们是隐形的。(但我坚决相信,没有哪位男性能够真正彻底无视格温和格雷琴。)

我自己就无法做到彻底无视格雷琴,也没有做这样的尝试。赤身裸体的她看上去成熟得多,妖媚诱人。她的皮肤呈阳光色,估计是在太阳灯下晒出来的。没必要进一步描述她身体的细节;在由少女到成熟妇人的转变阶段,所有女性都是美丽的。除了这个优势,格雷琴还有匀称的身材和健康的肤色。她简直可以成功诱惑圣安东尼。

格温递给我肥皂,"好吧,亲爱的,你可以替她擦背——但前面她得自己洗。"

我一本正经地回答:"我不知道你在说什么。我不可能替任何人擦背。你忘了吗? 我的一只手时刻都得扶着东西保持平衡——我是个孕妇。"

"好,好,你是妈妈。"

"说谁是妈妈? 管好你的舌头,好好说话,谢谢。"

"理查,你这样连我都觉得丢面子。格雷琴,你替他擦背,我当裁判盯着。这样最安全。"

到头来大家乱擦一气,能够到谁就擦谁,连比尔都是。很没效率,但很好玩,到处都是咯咯的笑声。男男女女在一起,男的阳刚,女的柔美,光看着就让人愉快。

到二十二点,我们已经睡下了。格雷琴紧靠巷底的岩壁,她旁边是格温,然后是我、比尔。六分之一个重力环境中,岩床似乎比爱荷华的泡沫床垫更柔软。我很快便酣然入眠。

过了不知多久——一个小时?两个小时?——我醒了,因为一具温暖的身体紧紧偎着我。我嘟囔一声:"亲爱的。"接着更清醒了些,"格温?"

"是我,理查先生。你真的想看我的屁股被打得通红?想听我哭?"

我紧张地悄声道:"宝贝,回墙边去。"

"求求你。"

"不,亲爱的。"

"格雷琴,"格温柔声道,"回你自己的地方去,亲爱的……别惊醒其他人。来,我帮你从我身上翻过去。"她帮着格雷琴回铺位,搂着那个少女-女人说着什么。她们不断说呀说呀,我则继续睡觉。

过了好久我才重新睡着。

12

"我们的骄傲不允许我们参战。"

——伍德罗·威尔逊[1](1856-1924)

"暴力从来不曾解决任何问题。"

——成吉思汗(1162-1227)

"老鼠们投票赞成给猫系上铃铛。"

——伊索(公元前620-公元前560)

穿上增压服时的道别之吻非常纯洁,达到了无菌级别,让人懊丧不已。我是这么想的,我相信格雷琴也这么想。但这种事只能这样。

昨天夜里,格温拯救了我,让我免遭"比死亡更难堪的下场"。对此我非常感激。嗯,还是去掉"非常"两个字吧。不用说,一个老头子,和一个几乎不到适婚年龄,甚至不算十几岁的少女混在一起(格雷琴再过两个月才满十三岁),这景象确实不堪,任何头脑正常的人都会嗤之以鼻。但昨天夜里,当格雷琴明确表示她不觉得我太老时,我觉得自己变年轻了,而且越来越年轻。这种症状如果持续下去,很

---

①伍德罗·威尔逊(1856-1924),美国总统。任期内对德宣战,加入第一次世界大战。

快就会进入衰变的最后阶段：青春期。

所以，就让病历记录下我的感激之情吧。官方记录。

中午时分，格雷琴从她父亲那辆大卡车的驾驶室里朝我们挥手再见。我敢说格温松了一大口气。我们向南驶去，坐的车是莉莉贝大婶的低压轮式大巴，名叫"耶稣听我祈祷"。

"耶稣听我祈祷"比金克斯的卡车大得多，也漂亮得多，花花绿绿涂着圣地风光和《圣经》语录。这辆车可以装下十八名乘客，货物、司机和副驾护卫不计在内——后者坐在司机头顶上方的一尊炮塔里。大巴轮胎大极了，高度是我的两倍，在乘客车厢两侧高高耸起，和车厢等高。车厢地板压在车轴上，高度与我的脑袋齐平。车门在车身两侧，前后轮之间，借助梯子上下。

有大轮胎挡着，很难看见外面的风景。月球佬对风景也没多大兴趣；如果不是从空间轨道往下看，大多数月球风光实在无甚可看之处。我们的路线是从高加索到金牛山脉，一路穿行澄海海床。澄海当然有其魅力，只是它把魅力藏起来了，藏得非常严实。平平的海床就像一张煎饼，有趣程度相当于变凉了的煎饼，而且是没抹黄油或糖浆的那种。

尽管如此，我还是很高兴莉莉贝大婶把我们安排在了右手第一排。格温靠窗，我挨着她，比尔坐我左手边。从这个位置，我们可以朝前看，司机能看见的我们都能看见；还可以多少看到右边窗外的景色，因为这排座位在前轴之前，可以越过轮胎望向外面。不过右面的风景看不太清，原因是增压窗的塑料老化，有了裂纹，而且发黄。幸好莉莉贝大婶改装了左前方驾驶座的窗口，抬高加固；只要头盔面罩不模糊，望出去便会觉得清晰极了。我们的头盔完全没问题：查理·王租给我们的设备既能弱化炽烈的阳光，又不至于影响视线，跟上乘的太阳镜一样。

我们没怎么交谈。乘客太空服上的对讲机全都在同一个公用频道上，吵得像巴别塔。我们只好把音量关到最小。格温和我可以头盔碰头盔对话，但也不太容易。我尽量辨识我们的行驶路线，以此打发时间。在月球，磁性罗盘和陀螺仪都不管用。一般情况下没有磁信号，有的话也只说明附近有磁体，不能用来指示方向。月球自转又太慢（一个月才转一圈！），无法影响陀螺仪。惯性导航倒是可以用于月球，可好的设备极其昂贵——真不知道这是为什么，惯导技术早就高度完善，用于导弹制导了。

在月球的这一面，你永远可以看到地球绕行天空；一半的时间里还能看到太阳。有星星吗？那还用说，群星璀璨——没有雨，没有云，没有烟雾。嘿嘿，骗你的！地球上的人们，听着，我有个新闻要告诉你们：从月球上看星星，还不如从爱荷华看得清楚。

你穿着增压服，对吗？为了保护你的眼睛，增压服头盔上有镜头和面罩——这些东西相当于固化在你眼前的烟雾。有太阳的时候，你就别指望看见星星了，镜头会自动变暗以保护眼睛。如果月球的天空中没有太阳，那地球肯定处于半圆到正圆之间的某个相位。光芒万丈的地球啊！反射面积八倍于月球，反照率五倍于月球——月球上看到的地球至少比地球上看到的月光亮四十倍。

哦，星星还是有的。星光明亮，星光凌厉。用天文望远镜观测星星的话，月球是绝佳地点。想肉眼望星（所谓肉眼，是指藏在增压服头盔里的肉眼），你得准备一根一两米长的火炉烟囱……哎哟，月球上没有火炉，那就用通气管代替好了。用这种办法观星，管子可以切掉散射的星光，你看到的星星会明亮触目，"仿佛污浊世界中的一件善行"。

现在地球在我前方，刚过半圆阶段；我左边是正在上升，已经爬了一天半的太阳，高度将近二十度。阳光把荒凉的沙砾地面照得一片通明；极度平坦的大地上，稍微凸起一点的东西都会投下长长的阴影。这种情形倒是大大方便了莉莉贝大婶开车。根据好运龙增压区气闸里的一张地图，我们的出发地点是北纬三十二度二十七分、东经六度五十六分；目的地位于东经十四度十一分、北纬十七度三十二分，在米尼劳斯溪附近。由此看来，我们的行驶方向大致向南，正南偏东约二十五度——从地图上最多只能判读到这个程度。距离为五百五十公里左右。怪不得预计到达时间写着"明日三点钟"，凌晨！

没有路。莉莉贝大婶似乎没有道路跟踪器，也没有别的导航器材，只有一个里程表、一个速度表。旧时代的江河领航员以熟知航道著称，莉莉贝大婶似乎也是这种人，路线全在心里，只管朝前开就行。或许真是这样。可在头一个小时里，我发现了一件事：整条路线都有路标，开近一个就能望见天边的下一个。

我昨天没注意到这种路标，现在想来，昨天那条路上好像真的什么路标都没有。格雷琴应该是以马克·吐温①的风格觅路向前。其实我觉得莉莉贝大婶也是同样的风格。我发现她经常径直开进，并不特意驶近路标。这些简陋的标志多半是为偶尔开这条路的司机设立的，或是为了"耶稣听我祈祷"的替换司机。

我开始玩一种游戏：查找路标。错过一个，对方得一分。连续错过两个，计为一次"死亡"，"在月球迷路而死"。殖民早期，这种事出得太多了，直到今天仍然时有发生。月球是个很大的地方，比非洲还大，几乎跟亚洲差不多。只要犯下哪怕一个小小的失误，每一平方米的土地都可能要你的命。

月球佬的定义：一名人类，不管肤色、个头、性别，但必须是一个从无重大失误的人。

到达第一个休息站时，我已经因为错过路标"死"了两次。

___

①美国作家，担任过内河领航员。

十五点过五分,莉莉贝大婶驾着大巴驶进休息站。她打开一张幻灯片,上面写着:途中休息,二十分钟。下面还有一行字:迟到罚款,一分钟一克朗。

我们都下了车。比尔抓住莉莉贝大婶的胳膊,头盔顶着她的头盔。一开始她想甩开他,接着又认真听着。我没有过去打听,时间不够。考虑到穿脱增压服,二十分钟的休息并不长。女人解决生理问题比男人更麻烦、更花时间。这趟车上还有一位带着三个孩子的女乘客,她的太空服右边袖子只到手肘,下面是一截钩子。她该怎么办?我决定拖延时间,等她上车以后再上车——这样就该我付迟到的罚款,而不是她。

这里的"清洗间"太可怕了。气闸后面只有挖进岩石里的一个窟窿,紧挨在旁边的是一家兼营采冰和隧道农场的殖民者。进门以后,加压空气扑面而来,里面或许含有氧气,但刺鼻的恶臭让人实在难以辨别。三周战争期间,我曾和一伙人驻扎在莱茵河边莱梅根附近一座城堡里,那儿有一间极深的茅坑,据说九百多年没打扫过。这个清洗间的臭味足以和它媲美。

乘客们谁也没有因为迟到挨罚款,因为我们的司机到得比谁都晚。跟她一起的还有比尔。陈博士把盆栽还给我们的时候给它重做了封装,可以打开再夹上,浇水的时候更方便。比尔恳求莉莉贝大婶帮忙,两人弄了半天才浇完。也不知道比尔抽空撒尿没有。反正大婶肯定有时间——她没到,"耶稣听我祈祷"开不了。

十九点半,我们在一个很小的增压居民区停车吃饭。这个区只有四家人,名叫"罗布·罗伊"。跟上一个停车点相比,这里简直是文明的巅峰。地方干净,空气的气味很正,居民友好热情。菜式没什么选项,只有鸡、饺子和月莓派,价格很贵。但这里是月球表面,前不着村、后不着店,你还能指望什么?这里还有一个卖纪念品的架子,陈列着一些手工制品,由一个小男孩负责售卖。我买了一个装零钱的绣花钱包。我拿它没什么用,买下来只是因为这儿的人待我们很好。上面用装饰文字写着:"罗布·罗伊市,澄海首府"。我把钱包给了我的新婚妻子。

格温帮着那位独臂女人照看她的三个孩子。他们家在香港,到好运龙来看孩子的爷爷奶奶。妈妈的名字叫厄克特丽娜·欧图尔,三个孩子分别是帕特里克、布里吉德和伊戈尔,年龄八岁、七岁、五岁。其他三位乘客原来是迪安娜·克尔-夏卜丽夫人和她的两个丈夫,他们是不愿跟我们这些平头百姓打交道的有钱人。两个丈夫都带着手枪,却把武器收在增压服内。这能管什么作用?

此后的路段不像之前那么平坦,莉莉贝大婶行驶时也似乎更靠近路标。但她开得仍旧很快、很猛。巨大的低压轮胎蹦蹦跳跳,把我们颠得摇来晃去,让我不禁担心比尔会再次晕车。好在现在他不用抱着盆栽了;大婶帮他把它放进了车后的行李舱,系得牢牢的。但愿他没事。戴着头盔呕吐太可怕了,我只经历过一次,好像是上辈子的事了。想起来就恶心!

午夜之前,我们又停了一次车。说是午夜,太阳比出发时还高了几度,仍在上升。大婶说只剩下一百一十五公里了,我们应该可以差不多正点到达香港,如果上帝帮忙的话。

上帝没有把大婶应得的帮助赐予她。重新上路一小时后,不知从哪里钻出另一辆轮式车(从一簇冒出地面的岩堆背后?),更小也更快,斜着插向我们前方。

我一拍比尔的胳膊,搂住格温的肩膀,一头扑倒在驾驶员左前窗下。大巴的钢制车身给我们提供了一点保护。忙着找地方隐蔽的时候,我看见那辆奇怪的车子发出一道闪光。

我们的大巴滑动着停下,另一辆车就在我们前面。大婶站起身来。

他们射倒了她。

格温击中了用激光束射倒大婶的人。她把宫古九连发靠在舷窗窗框上，一枪正中对方的头盔镜头。用子弹而非激光射击穿增压服的对象时，头盔镜头是最佳目标。我打中了司机。瞄准的时候我尽可能仔细，毕竟这根手杖只能开五枪，而弹药储备远在天条（在我那只伞兵袋里，该死！）。穿增压服的身影从来袭车辆两侧一拥而下。格温稍稍抬起枪口，继续射击。

这一切都发生在寂静得吓人的真空里。

我开始配合格温，打算集中我们俩的火力。就在这时，又一辆车出现了。这一辆不是轮式，但也可以说它有车轮。我以前从没见过这样的怪车。它只有一个轮子——一只超级巨型低压车轮，至少八米高，说不定有十米。车轮中间的窟窿填满了东西，大概是（或许应该说"肯定是"?）它的动力组件从这个轴心部位向两边各伸出一个挑空平台，左右两个平台上方各有一名枪手，用安全带绑在鞍座里。枪手下面是飞行员，或者该叫驾驶员？司机？——反正一边一个。别问我他们是怎么协作的。

以上细节我全都不敢保证准确。我忙得很。我瞄准面对我这一侧的那个枪手，刚要扣下扳机，准备勾销一发宝贵的子弹，又突然住手。他的枪口指向下方，正在射击向我们发起袭击的人。他用的是能量武器，不知道是激光还是粒子束，我只看到每次开火的闪光……以及后果。

大轮子转了四分之一个弯，我看到了另一面的驾驶员和枪手——这个枪手正在瞄准我们，武器迸出闪光。

我打中了他的面罩。

接着我朝他的驾驶员开火，应该是打中了头盔和衣服的连接处。效果不如在面罩上开个洞，不过除非赶紧打个应急补丁（做到这一点很困难），几秒钟内他就得呼吸真空了。

大轮胎转了个大圈子。刚一停下，我抢在另一个枪手打中我之前一毫秒击中了他。我努力想朝驾驶员开火，却怎么也无法稳定瞄准，又没有弹药可以浪费。大轮子再次开始转动，背朝我们向东逃走，越来越快，撞上一块大石头，高高蹦起，然后消失在地平线外。

我重新低头望向另一辆轮式车。我们第一轮开火打死的两个仍旧瘫倒在车里；地上还躺着五个人，两个在车右侧，三个在左侧，这五个人看来都不会再动弹了。我把头盔挨着格温的头盔，"全部干掉了？"

她狠狠捅我一下。我一个急转身，一个戴着头盔的脑袋探进左侧车门。我转过拐杖，一枪在他的面罩上捣出一个星状窟窿。他消失了。我用麻木得仿佛属于别人的脚蹦过去，向外张望——左边没人了——又转过身，右车门又爬上来一个。我朝他开枪——

更正：我试图朝他开枪。没子弹了。我扑倒在他身上，用拐杖向他猛戳。他抓住拐杖一端——大错特错。我顺势一抽，抽出二十厘米长的谢菲尔特精钢利刃，从他肋下猛地捅进增压服，拔出来再刺。这柄每面只有半厘米宽的三棱短刺三面都刻着血槽，挨一下不见得当场毙命，但第二下肯定能吸引他的全部注意力，让他忙着去死，再也没工夫杀我。

他瘫软在地，半截身子耷拉在车门外。充当刀鞘的那段杖拐还攥在他手里，我扯了回来，重新装好，这才把他推出车外。我抓住最近的座椅一拉，总算站了起来，接着解决掉一个小麻烦，然后蹦跶着回到我自己的座位坐下。我已经筋疲力尽了，尽管整场战斗只持续了最多两三分钟。这是肾上腺素作怪。每次打完仗，我都跟虚脱了似的。

结束了。幸好结束了——我和格温已经打完了全部子弹，消耗得一干二净,杖中刺那一招又只能用一回:只有对手上当受骗、抓住手杖一端时,这一招才能派上用场。来袭的轮式车里有九个人,全都死了。格温和我一共消灭了五个,大轮子的两个枪手干掉了四个。不会搞错:尸体上有弹孔的归我们,有烧痕的是他们干的。

这里面不包括大轮子上被我打死的两个或三个人,他们没留下尸体。这些尸体现在已经到了地平线的另一头。

我方伤亡:四名。

第一个是我们的护卫枪手。他坐在驾驶员上方的旋转炮塔里,拿着霰弹枪,负责警戒。我曾爬上去瞧了一眼(六分之一个重力下,我可以跟你一样轻松地爬上竖梯)。我们的枪手已经死了,那第一道闪光大概就是冲他去的,要了他的命。他放哨时睡着了吗?到现在,谁知道,谁在乎?反正,他死了。

我方的第二名伤亡者莉莉贝大婶还活着。这是比尔的功劳。他及时往她身上拍了两块压力补丁,一块在左臂,另一块在头盔盔顶。打补丁时,比尔甚至还知道先切断她增压服的空气供应。之后他数了六十秒,这才再次打开阀门,让增压服重新充气。这些举动救了她的命。

我一直以为比尔笨头笨脑,只配打杂。这是我第一次发现他居然还挺机灵。他发现了存放压力补丁的工具箱,然后有条不紊地按步骤操作,没有手忙脚乱,对周围的战斗不闻不问,仿佛这只是一场应急演习。

其实我不该这么诧异。我知道比尔在大型工地干过,在太空生态区,这意味着他穿增压服在真空环境干过活,接受过安全训练。可光有训练还不行;到了紧要关头,就算受过最好的训练,你还是需要一定的机灵劲儿,加上冷静的头脑。

比尔让我们看了他做的救护。不是为了表功,他知道还需要进一步处理。

紧急封闭大婶的太空服时,他没来得及给她胳膊上的伤口止血,也不知道烧灼是不是已经起到了消毒作用。如果血流不止,就必须再次敞开太空服,给受伤处扎上压力绷带,然后重新封闭——动作必须飞快!伤在手臂,唯一的办法就是切割衣袖,开一个比刚才更大的洞,给手臂止血,紧接着给大洞打上补丁,再一秒秒数着度过漫长的一分钟,然后给摞着补丁的增压服充气保压。

真空环境中,受伤的人坚持不了多久。像大婶这么大岁数的伤员,刚才已经暴露在真空中一次了,她能再挺过一次吗?

头盔挨那一下倒是问题不大,用不着打开。盔顶仅仅出现了裂纹,没伤着头部。要是头部受伤,我们也就没必要考虑该不该在她衣袖上开洞了。

格温把头盔靠在大婶的头盔上,好不容易才唤醒她,让她集中注意力听着:她还在流血吗?

大婶觉得没有。胳膊发麻,但并不怎么疼。他们抢到货了吗?什么货?货舱里的什么东西。格温向她保证,那些强盗什么都没抢到,他们全死了。大婶好像满意了,又说了句"泰迪会开车"。接着便再次陷入昏睡。

第三名伤亡者是迪安娜夫人的丈夫之一,他死了,却不是死于两拨儿强盗。他相当于自己把自己打死了。

我想我说过他把枪放在太空服里——居然还有这么携枪的人,上帝啊!麻烦开始时,他伸手掏枪,发现怎么也够不着——于是打开了增压服的前开口。

在真空环境中打开太空服,然后重新封闭,这种事也不是没有可能。我想传奇人物胡迪尼①练习一番后也许办得到。这个笨蛋却

———————
①哈里·胡迪尼(1874－1926),著名魔术师,擅长表演封闭空间逃脱术。

没这种本事。摸索手枪的时候,他瘫倒了,憋死在真空里。他的"搭档丈夫"比他聪明一丁点儿。后者没有掏自己的枪,而是在搭档倒下以后从搭档怀里找枪。他到底还是摸到了,抽了出来,可已经为时太晚,什么忙都没帮上。他直起身来的时候,我已经刺死了最后一个强盗,扶着椅子站起来——

——却发现这个糨糊脑袋正冲着我的脸挥舞手枪。

我没准备打断他的手腕,只想下他的枪。我一把挡开枪,一拐杖打折了他的手腕。我接住那把枪,往增压服腰带上一插,继续向前,倒在我的座位上。当时我不知道伤了他,还以为只是打肿了什么的。

但我一丁点儿也不后悔。不想手腕骨折,你就别在我脸前动枪。尤其是我累得要死、亢奋得要命的时候。

那之后,我才勉强振作精神,给格温和比尔帮把手。

我真不愿意说出第四名伤亡者的名字:伊戈尔·欧图尔——那个五岁的孩子。

那个小男孩的座位在后排,和他妈妈在一起,所以肯定不是被轮式车上的人射中的。那种角度不可能。只有大轮子的两名枪手位置够高,可以让射束穿过驾驶员左前窗,打中后排的人。更准确地说,肯定是第二名枪手;第一个一直忙于射杀地面的袭击者。大轮子朝我们转向时,我看见第二名枪手的枪指向我们,枪口迸出闪光,那以后我才开火击毙了他。

我当时还以为他打偏了。如果他是朝我开枪,那确实是打偏了。我猜他没有仔细瞄准——谁会特意瞄准那样一个目标?远远坐在后面的一个孩子,简直还是个婴儿。但杀死伊戈尔的确实是我看见的那一道闪光。

如果不是伊戈尔的死,我或许还会对大轮子上的那伙人怀有一丝好感。没有他们帮忙，我们赢不了这一仗。但最后那一枪让我相信，他们不过是打算先干掉竞争者，再朝主要目标下手——劫持"耶稣听我祈祷"。

我只恨我没有打死大轮子的第四名乘员。

这些都是事后的想法。当时我们眼里只有那个死去的孩子。料理好大婶以后，我们直起身来四下查看，这才发现厄克特丽娜默默地坐着，怀里抱着儿子的尸体。一开始我还没明白出了什么事——但那件增压服的面罩被打坏了，包裹在里面的孩子不可能还活着。我向她跃去，格温抢在了我前面。我停住脚步，因为迪安娜夫人抓住我的袖口，正说着什么。

我把头盔靠近她，"你说什么？"

"我说让司机赶紧开车！你听不懂英语吗？"

真希望她是在跟格温对话。格温的回答肯定比我更有想象力，感情更充沛。我已经疲惫不堪，只能说出一句："闭嘴，坐好，臭婊子。"我没停下听她的回复。

迪夫人向大巴前端走去，比尔拦住她，不让她打扰大婶。这些我全没看见，当时我正倾过身子，想搞清那个丈夫的增压服是怎么回事儿，怎么会自己把自己弄死了（那时我还不知道情况）。他的搭档丈夫扯着我，想拿回他那把枪。

拉扯之中，我抓住他的手腕（折断的那只）。我不可能听到他的惨叫，也没看见他的表情。但这个人现场发挥，给我来了一场倾情表演，用身体语言充分传达出了他的痛苦。

我只能说：别在我面前舞枪弄棒，会招惹出我的坏脾气。

我来到格温和那位可怜的母亲身旁，跟格温头盔碰头盔，"我们能为她做点什么吗？"

"不能。把她送到哪个增压区之前，我们什么都帮不了她。就算进了增压区,我们能帮的也有限。"

"那两个孩子呢?"我猜他们在哭。可是,既听不见也看不见,你怎么帮他们?

"理查,我想咱们能做的只有让这一家人独自静一静。盯着他们点儿,但别打扰他们。到香港再说。"

"是啊,香港。泰迪是谁?"

"什么?"

"莉莉贝大婶说泰迪会开车。"

"哦,她可能是说炮塔里的那个护卫,那是她侄儿。"

所以我才会爬上去查看炮塔。要上炮塔,得先从车厢出去。我出去了——保持着高度警惕。但我们没看错,强盗都死了。不幸的是炮塔射手泰迪也死了。我爬下来,重回车厢,把两个同伴叫到身边,告诉他们没有替换司机了。

我问:"比尔,你会开车吗?"

"不会,参议员。这还是我这辈子头一回坐轮式车呢。"

"怕的就是这个。好吧,我上次开轮式车已经是好多年前的事了,但总算还知道点儿,那就——哦,耶稣啊!格温,我开不了。"

"有什么问题吗,亲爱的?"

我叹了口气,"这东西要靠脚踩方向舵转弯。我缺了只脚,它在那边,坐在我的座位上。想这时戴上那只假脚,那是全无指望……一只脚开车也一样全无指望。"

她安慰道:"没关系,亲爱的。你负责无线电——咱们得呼叫请求救援。我来开车。"

"这种大车,你会开吗?"

"当然。我刚才没有自告奋勇,是因为有你们两个男人在嘛。其实我喜欢开车。向东,再开两个小时左右就到。"

三分钟后,格温在检查驾驶仪表,我坐在她旁边,竭力弄清怎么把增压服的通信系统和大巴车载电台联通。这三分钟的前两分钟用于任命比尔为本车纠察官。我给他的命令是盯着迪夫人,让她老实待在她的座位上。刚才她又跑到前面来了,就我们应当如何行动发布了一系列强硬的指示——看样子她赶时间,跟E11-4的某个理事会有关。所以我们必须赶快开车,把损失的时间补回来。

这一次我总算听到了格温的回答。听了真让人心里暖洋洋的。特别是那段建议迪夫人把她那几张"委托书"折成四棱八角、塞进什么部位的话,听得迪夫人倒吸一口气,张口结舌。

格温合上离合器。"耶稣听我祈祷"震动起来,倒车,绕过另一辆车。我们上路了。而我也终于按下了正确的几个按钮,将车载电台调到我认为的紧急频道:

"——舒泰!完美治愈现代生活所造成的压力!别把工作的紧张带回家。带回舒泰!它是科学带给胃病患者的福音,医师开出最多的——"

我换到另一个频道。

13

"只有一件事是所有人都绝不相信的,那就是事实。"

——萧伯纳[1](1856-1950)

　　我继续搜索紧急频道,频道11。办法唯有不断尝试。显示屏上有标示,标的却不是频道数字。大婶自己弄了一套文字说明。显示"救助"的并非我设想的紧急救援,而是宗教救赎。切换至这个频道,我听到的是"这里是哈罗德·安吉尔神父,我在第谷地下城的殿堂,耶稣在月球的家。我用心灵呼唤你们的心灵。礼拜日八点调到这个频道,你会听到《圣经》预言的真正含意……把你们充满爱心的礼物寄至'第谷地下城邮箱99,安吉尔电台'。我们本日的布道内容是:我们如何知道主人的到来。现在请大家加入我们殿堂的合唱团,共唱'耶稣拥抱我——'"

　　这种"救助"来得晚了四十分钟,我再次切换。下一个频道里,我听到了一个熟悉的声音,进而推断出这一定是13频道。我开始呼叫:

　　"午夜机长呼叫玛西上尉。玛西上尉,听到请回答。"

_____

①萧伯纳(1856-1950),英国作家、剧作家。

"这里是玛西,香港地面控制台。'午夜',你又在搞什么名堂?完毕。"

我努力用大约二十五个单词说明我为什么插进他的调度频道。他听着,然后打断了我,"'午夜',你抽了什么玩意儿?让我跟你太太讲话,她的话我还信得过。"

"她现在不能跟你说话,她在驾驶大巴。"

"等等。你说你是'耶稣听我祈祷'大巴上的乘客?那是莉莉贝·华盛顿的巴士。为什么是你太太开车?"

"我刚才不是说过了吗?她中弹了。我是说莉莉贝大婶,不是我太太。我们被强盗伏击了。"

"那个区域没有强盗。"

"对,那是因为我们把他们全杀了。听着,上尉,别匆匆忙忙下结论。我们被袭击了,三人死亡、两人受伤……我太太在开车,因为她是唯一一个身体健全又会开车的人。"

"你受伤了?"

"没有。"

"可你才说你太太是唯一一个身体健全又会开车的人。"

"是这样。"

"让我问问清楚。前天开空中飞车的人是你还是你太太?"

"驾驶员是我。你到底想问什么,上尉?"

"你会驾驶太空飞行器……却不会开一辆小小的老式轮式车。让人很难相信啊。"

"原因很简单。我的右脚废了。"

"可你说过你没受伤。"

"我是没受伤。只是丢了一只脚,就这个。呃,也没'丢',这会儿就放在我膝盖上。问题是没法儿用。"

"为什么不能用？"

我深吸一口气，努力回忆适用于有大气层包裹的行星的射表解算参数。"玛西上尉，你的控制台有没有——要不，整个月球香港——有没有人对强盗袭击公交巴士的事件感兴趣？这辆公交巴士是为你们城市服务的，遇袭地点离城市增压壳只有几公里。有没有人可以在我们到达时接管车上的死者和伤员？而且这个人还得不在乎驾驶巴士的是谁，也不觉得有人几年前接受过截肢手术这种事难以理解。有这种人吗？"

"你怎么不早说？"

"你他妈混蛋，上尉。截不截肢跟你他妈狗屁相干！"

对面沉默了几秒钟，接着，玛西上尉轻声道："也许你说的是实话，'午夜'。我这就把线路转给波泽尔少校。他是个批发商，同时也是我们这里志愿治安队的队长。你应该和他好好谈谈。请等待呼叫。"

我等着，看着格温开车。一开始她有点手生；刚和一台不熟悉的机器打交道时，谁都免不了有一点。到现在她已经开得很顺畅了，只是还不像大婶那么猛。

"这里是波泽尔，听到请回答。"

我回答了……几乎立刻便产生了似曾相识之感。这种感觉简直像做噩梦。刚听几句，他便打断了我："那个区域没有强盗。"

我叹了口气，"你说没有就没有吧，少校。但那儿现在躺着九具尸体，还有一辆被弃的低压轮式车。也许有人有兴趣搜一搜那些尸体，回收它们的增压服和武器，把那辆没人要的车子弄到手……不然的话，说不定会来一伙满心祥和、绝没想过改行当强盗的殖民者，抢先一步拿走所有东西。"

"唔，乔埃-莫告诉我，他正在安排卫星拍摄你声称发生袭击的地点。如果真的有废弃车辆——"

"少校!"

"什么事?"

"我不在乎你相不相信,也不在乎物资回收。我们大约三点半到达北面气闸,你能安排一支医疗队等在那儿吗?带着担架和抬担架的人。这是为了莉莉贝·华盛顿女士,她是——"

"我知道她是谁。我还是个孩子时,她就开这条线路了。让我跟她讲话。"

"给你说过她受伤了。她现在躺着,我希望是睡着了。就算没睡着我也不想打扰她,怕引起她伤口流血。我只需要你派人守在气闸,等着抢救她。还有那三名死者,其中一名是个小孩子。他妈妈也跟我们在一起,受了很大打击,叫厄克特丽娜·欧图尔。她丈夫就住在你们城市,尼格尔·欧图尔,也许你能叫人给他打个电话,让他来接他的家人,照料他们。就这些事,少校。强盗的事让我有点紧张,但那是刚才;既然这个区域没有强盗,我们也就没有理由请求治安队在这个阳光灿烂的日子出动,跑到澄海来保护我们。打扰了你睡觉,真是很对不起。"

"没有关系,我们的职责就是帮助他人。你也用不着冷嘲热讽。你的请求会被记录在案。请说出你的全名和合法地址,跟我重复:作为好运龙增压区莉莉贝·华盛顿以及'天启与天国降临公交公司'的代理人,我授权月球香港志愿治安队队长及业务经理科克·波泽尔向我方提供——"

"等等,这套说辞是什么意思?"

"只是涉及人员及财产保护、保证支付报酬的标准合同。半夜三更把一个排的治安队员从床上揪起来,你不能不付报酬吧。没有免费午餐。"

"嗯,少校,你手边有没有痔疮药? 栓剂之类,治大出血的那种?"

"什么? 我用虎牌油膏。问这个干什么?"

"你用得着它。把你那份标准合同拿起来,折成四棱八角——"

我待在13频道上,不再搜索那个紧急频道。我已经跟唯一一个可能的救助渠道通了话,我觉得没必要再到11频道上大喊"请求救援"了。我把头盔靠在格温的头盔上,跟她说了个大概,又说:"这些白痴全都一口咬定这里没有强盗。"

"说不定他们不是强盗,只是一伙想发表政治宣言的土改积极分子。但愿咱们别碰上右翼极端分子! 理查,我还是专心开车,别说话了。车也生,路也生——哦,根本没路。"

"抱歉,宝贝。你开得好极了。我怎么才能帮你一把?"

"要是你能替我找路标,那就帮大忙了。"

"没问题。"

"你找路标,我就能眼睛向下看,紧紧盯着路。坑坑洼洼,比曼哈顿还烂。"

"不可能!"

我们做了安排,既可以帮上她,又不会让她分心。只要看到一处路标,我就伸手指点,等她也看到了,她就拍拍我的膝盖。我们没有交谈;头盔碰头盔的动作对开车影响太大。

一个小时后,前面又出现了一辆轮式车,高速向我们驶来。格温拍拍耳朵外面的头盔,示意我把头盔凑上去。她说:"又一帮土改积极分子?"

"也许。"

"我没子弹了。"

"我也是。"我叹道,"咱们只好想办法把他们弄到谈判桌上来。

说到底,暴力从来不曾解决任何问题。"

格温很不淑女地评论了一句,又说:"你从格拉海德爵士①那儿抢的那把呢?"

"对呀。亲爱的,我还没检查呢。真傻。把傻子帽递给我,让我戴上。"

"你不傻,理查,只是对这些俗务不上心罢了。快看看。"

我从太空服腰带上拔出那把缴获的武器看了看,接着又跟格温头盔碰头盔,"宝贝,你肯定不相信:枪里没子弹。"

"天哪!"

"没错,'天哪'。除了这句,我无可奉告。哦,这句话你可以引用。"

我把这件没用的武器扔进大巴旮旯里,向外望着那辆飞速接近的车子。为什么有人会带着一把没有子弹的枪? 蠢得不能再蠢了!

格温又拍拍耳朵。我凑上去,"什么事?"

"那把枪的子弹在死的那个丈夫身上。不信跟我赌一把。"

"我不赌。我也想到了,格温。但要搜那具尸体,我得先放倒那俩人。不是个好主意。"

"我同意。再说也来不及了,他们冲过来了。"

他们没有。两百米外的那辆轮式车转向它的左面,显然没打算挡路。转向的时候我看到了车身的字样:志愿治安队——月球香港。

玛西很快再次呼叫:"波泽尔说他看到你了,但跟你联络不上。"

"我不知道为什么。你不是跟我联络上了吗?"

"那是因为我料到你不在紧急频道上。'午夜',只要是该做的事,你绝对要另搞一套,不会照规矩办。"

---

①亚瑟王圆桌骑士之一。此处指迪安娜夫人的丈夫,有揶揄之意。

"你太恭维我了。这回我该做的事是什么?"

"你应该守听2频道,就是这个。它是专门留给地面车辆的。"

"每天都能学到新东西,谢谢。"

"不知道这个的,不应该在这颗星球地表驾驶车辆。"

"上尉,你真英明。"我闭嘴了。

到达之前很久,我们就看到了矗立在天际的月球香港:用于紧急迫降的电缆塔、与地球通信的大型碟状天线、与火星和小行星带通信的更大的天线、太阳能板。开得愈近,这些东西愈显壮观。我当然知道这里的每个人都生活在地下,却时常忘记月球的许多重工业分布在地表。忘了这个很不合逻辑,因为月球的大多数财富都跟炽烈的日照、寒冷的夜晚和无穷无尽的真空紧密相关。我太太说得对,我对俗务不上心。

我们驶过尼桑增压壳外崭新的综合设施:一公顷接一公顷的管道、分馏柱、与分馏柱任务相反的蒸馏器、阀门、泵机、金字塔形的巴萨德聚变塔。处于上升阶段的太阳给这些设备切割出长长的阴影,宛如古斯塔夫·多雷、小彼得·布勒盖尔和萨尔瓦多·达利①联合创作的场景。驶过这片地区之后,我们来到了北气闸。

北气闸很小,是一条快捷通道。由于莉莉贝大婶的缘故,他们允许我们走这条路。比尔护送大婶先进去,这个权利是他自己挣来的。迪夫人和她还活着的那个丈夫紧跟着挤进去,插在厄克特丽娜和两个孩子前头。亲爱的迪安娜再一次大出风头,要求不进城区,直接送她去太空港。在车上的时候,比尔和我不准她朝格温指手画脚,于是她更加不喜欢我们了(如果还能"更加"的话)。看着这两位消失在气闸里,我真是满心欢喜。她先进去也好,因为厄克特丽娜的丈夫出来时走的是主气闸,在外面绕了一圈,正好在我们那两位

①这三位画家都以阴郁怪诞的画风著称。

VIP进去时赶到这里。

尼格尔·欧图尔带着他的家人(包括那具可怜的小尸体)从他来时的路回去了。他们离开时,格温紧紧拥抱了厄克特丽娜,保证一定打电话给她。

接下来轮到我们……却发现气闸太小,盆栽过不去①。我们只好退出来,去更大、路程更远的气闸。我看见有人正把"耶稣听我祈祷"炮塔里的尸体搬下来,其他人在卸货,旁边还有四名武装警卫紧紧盯着。不知这批货物里有什么东西。反正跟我没关系。(又或者有关系?也许死了这么多人的这场厮杀就是为了这批货物。)最后,我们进了那个大型气闸,计有:我和格温、盆栽糖枫、小行李箱、手袋、打包的假发、手杖、假腿。

气闸旋转锁闭,我们进入了一条长长的斜坡隧道,接着又经过了两道保压门。第二扇门边有一台购买短期空气使用许可的投币机器,但它上面有个牌子,写着:故障停机,访客请留下半克朗硬币,以取得二十四小时许可。机器上搁着一个盘子,里面已经有了些硬币。我放下一克朗,为格温和我付了费。

隧道尽头是又一道保压门,推门进去就是城市。

门里放着些长条凳,方便大家坐着穿脱增压服。我如释重负地长叹一声,拉开拉链;没过多久已经开始安装假腿了。

枯骨是个村庄,好运龙是个小镇,月球香港则是仅次于月城的大都市。但现在是半夜,城里看上去并不拥挤,来来往往的只有上夜班的人,一般人再怎么早起都还会再睡两小时。外面的大白天并不影响这里的昼夜。

但眼前这条几乎没人的隧道仍旧显示出大都市的品质:挂太空服的架子上方有个牌子,写着:此处存放如有遗失,后果自负。欢迎

---

①此处与前文对盆栽大小的描述不符,应该是作者的疏忽。

光顾简的衣帽间——有担保、有保险——每套一克朗。

牌子下面还有一条手写招贴：别当傻瓜。去索尔的衣帽间，只花半克朗——无担保、无保险，有的是诚实的品质。每幅招贴都画着箭头，一个指着左面，一个指着右面。

格温说："去哪家，亲爱的？索尔还是简？"

"都不去。这儿跟月城很像，我知道这种事该怎么办。"我四下望望，又上下看看，发现了一处红灯标识，"那儿是家旅馆。我的假腿已经上好了，我可以一只胳膊夹一套太空服。其他的交给你行吗？"

"当然行。你的手杖怎么办？"

"别在我那套的腰带上。不成问题。"我们朝旅馆走去。

旅馆的接待窗口面对隧道，里面坐着个年轻女人，正在学习基因转移，读的是西尔维斯特的经典教材。她抬头道："最好先存太空服。去索尔那儿吧，隔壁就是。"

"不，我要一个大房间，大床。衣服放在房间角落里就行。"

她看了看客房表，"我有单人房、两床房、夫妻套房。可你要的——没有。客满了。"

"夫妻套房多少钱？"

"要看房型。有一间配两张超大床的，带清洗间。还有一间没有床，但休息室地板铺了软垫，配了许多枕头。还有——"

"两张超大床的多少钱？"

"八十克朗。"

我耐心地说："听着，公民。我也是月球佬。我爷爷参加过月球革命，负过伤；他父亲是因为组织工会被流放到月球的。我知道月城的价钱，香港这儿不可能高那么多。我要的那种房型到底有没有空着的？给我个实价。"

"朋友,跟我吹这些没用。随便什么人都可以说自个儿祖先参加过革命,到这儿的人多半也是这么吹的。我的老祖宗还在尼尔·阿姆斯特朗登月时欢迎过他呢。跟他比资格去吧。"

我朝她笑道:"我不比,没法儿比。刚才不该说那些。带清洗间的套房,只要一张大床,你的实价是多少? 别报游客价。"

"一张大床带清洗间的标准套房是二十克朗。这样吧,朋友,时间这么晚了——该说这么早——套间大概也租不出去……二十克朗,给你一套足够开性派对的套间。条件是中午之前退房。"

"十克朗。"

"你打劫啊。十八。再低我亏本了。"

"你才亏不了本呢。你也说了,凌晨这个时间你租不出房去,无论多少钱。十五克朗。"

"现钞拿出来我看。中午之前必须退房。"

"还是十三点退吧。我们一夜没睡,这一天过得真够呛。"我数好钞票递过去。

"我知道。"她朝面前的终端点点头,"《香港锣声》已经有几条关于你的快报了。好吧,十三点。可要是过了点儿,你要不按标准付全款,要不换到普通房。你真的碰上强盗了? 在好运龙线路?"

"他们说那个区域没有强盗,所以我们只是碰上了一些很不友好的陌生人。我们死了三个人、伤了两个。都送回来了。"

"对,我看见了。这儿的花费可以开发票。一克朗,给你弄一张绝对逼真的,你让我填什么项目我就填什么项目。哦,我这儿还有三条给你的信息。"

我困惑地眨巴着眼睛,"怎么会? 没人知道我们来你的旅馆。连我们自己刚才都不知道。"

"没什么好奇怪的,朋友。一个陌生人,夜里这么晚从北门进来,十有八九他会上我的床——我这儿的床,请别抖机灵开玩笑。"她瞥了一眼终端,"再过十分钟,如果你还没有接收信息,备份信息会发到增压壳里的每家酒吧。那样都找不到你的话,公安委员说不定就要组织搜查寻人了。带着冒险故事的陌生帅哥来我们这儿的不多。"

格温说:"别冲他抛媚眼,亲爱的。他累了,也有人了。租房单据打出来给我,请。"

旅馆经理冷冰冰地看了格温一眼,对我说:"朋友,要是你还没付钱给她,我保证给你另找一个好的,更年轻、更漂亮,给你优惠价。"

"你女儿吗?"格温甜甜地问,"单据,请吧。"

那女人耸耸肩,把单据递给我。我道了谢,又说:"关于你说的那件事,更年轻,有可能;更漂亮,我怀疑。不可能比她更便宜,我是为她的钱娶的她。"

她的目光从我转向格温,"真的? 他为你的钱才娶你? 让他卖点力气挣这笔钱!"

"嗯,他说他够卖力的了。"格温沉吟着说,"也不知道是不是真话。我们刚结婚三天,这是我们的蜜月。"

"不到三天,亲爱的。"我指出,"但感觉比三天长一些。"

"朋友,别这么跟新娘子说话! 我看你这个人既不尊重女人,又是个粗汉,说不定还是个逃犯。"

"没错,我三样全是。"我赞同道。

她不理我,对格温道:"亲爱的,刚才不知道是你的蜜月;知道的话,我不会跟你丈夫提那件事。真该给你叩头赔罪,对不起。等再过一阵子,如果你对这个大嘴巴厌烦了,我照样可以替你安排,当然是男的。价格公道,年轻、英俊,有男人味儿,坚挺时间长,会体贴人。"

打电话或者视频找夏就行——就是我。保证质量,不满意不收钱。"

"多谢。现在我只想要早饭,然后是床。"

"早饭就在你背后,廊道对面。辛氏纽约咖啡馆。我推荐他家一个半克朗的宿醉特餐。"她转头望望身后的架子,捡出两张卡,"你们的钥匙。亲爱的,你能顺便让辛给我送一份炙烤奶酪配白饭,再加一杯咖啡吗?宿醉特餐只卖一个半克朗,别让他宰你。光为了好玩他也要宰客。"

我们把行李放在夏这儿,去廊道对面吃早饭。辛的宿醉特餐跟夏说的一样棒,之后,终于,我们进了我们的套房——新婚套房。

事实再一次证明夏待我们很公道,各方面都是。她领着我们进房间,看着我们发出"哇""啊"的惊叹。冰桶里放着香槟;掀起床罩,下面是洒过香水的床单;唯一一盏灯照着床上的鲜花(人工制品,但非常逼真)。

新娘子吻了她,夏也吻了新娘子。两个女人都抽抽搭搭地哭起来。这是好事。这几天事情太多、太快,格温没时间哭。女人需要哭泣。

之后夏吻了新郎。新郎没有哭,也没有躲闪。夏是个东方血统的姑娘,跟马可·波罗宣称在东方宫殿里看到的那些姑娘一样漂亮。她吻得很投入,好一会儿才松开嘴巴透气,"哇!"

"说得好,'哇'!"我赞同地说,"你早些时候提到的那个事——多少钱?"

"大嘴巴。"她笑着说,没从我怀里让开,"不尊重女人,下流坏。本来我可以免费提供样品,但新婚的不行。"她离开我的怀抱,"好好休息,你们俩。别管十三点退房的事了,爱睡多久睡多久。我会告诉白班经理的。"

"夏,给我的那些信息里,有两条要我一大早跟人见面。你能帮我挡开那些人吗?"

"我早就想到了。那些信息我比你知道得更早。别管它们,就算大恶棍波泽尔带着他的所有童子军一起找上门来,白班经理也会说不知道你们在哪间房。"

"你可别为了我们得罪你的老板。"

"我还没跟你们说过吗?这地方是我的,跟美洲银行共同拥有。"她在我脸上很快地啄了一下,走了。

我们脱衣服时,格温说:"理查,她等着你请她留下呢。她又不是小格雷琴那种大眼睛黄花闺女。你为什么不邀请她?"

"啊?真该死,我不知道怎么邀请。"

"她使劲想勒死你的时候剥下她的旗袍就行了。那身旗袍下面什么都没有。更正一下:下面只有她,其他什么都没有。但有她就足够了,我敢保证。所以,你为什么不邀请她?"

"你想听真话吗?"

"嗯……不敢肯定。"

"因为我想跟你睡觉,妞儿,不想有人分心。因为我对你还没有厌倦。这话不是针对你智慧的头脑,也不是针对你高尚的品格——这个你基本上没有。我渴望的是你小小的、甜蜜的肉体。"

"哦,理查!"

"洗澡之前?或者洗澡之后?"

"嗯……之前加上之后?"

"真是我的好姑娘!"

14

"民主政体经受得起任何考验,只是抵挡不住民主人士。"

——朱巴尔·哈肖①(1904-　　)

"所有国王基本上全是恶棍。"

——马克·吐温(1835-1910)

泡澡的时候,我说:"你居然会开轮式车,真让我吃了一惊。"

"我更吃惊:你那根拐杖居然还是一支步枪。"

"啊,对了,你提醒我了。你能帮我打个掩护吗?"

"当然可以,理查。打什么掩护?"

"只要别人知道了我那根手杖的事,它的防身效果也就没有了。不过,如果把开枪的事全推到你头上,别人就不会知道了。"

格温想了想,道:"我看不行吧。也许我没听懂你的意思:大巴上的人全都看见你拿拐杖当枪使了呀。"

"你再想想,他们真的看到了吗? 战斗发生在真空中,一片寂静,没人听到枪声。谁看见我开枪了? 大婶? 我还没加入派对,她

---

①朱巴尔·哈肖(1904-　　),罗伯特·海因莱因所著《异乡异客》中的人物。

就已经负伤了。前后只差了几秒钟,但几秒钟就有了差别。还有比尔,当时他正忙着抢救大婶。厄克特丽娜和她的孩子?孩子根本不明白发生的是什么事,而他们的妈妈又遭到了一位母亲可能遭到的最大打击,她连目击者都算不上。亲爱的迪安娜和她的漂亮小伙子们呢?一个死了,另一个糊涂得把我当成了强盗;而迪夫人是个绝对的自我中心主义者,完全不清楚周围发生了什么,只知道出了点麻烦,影响了她神圣不可侵犯的心情。转过去,我给你擦背。"

格温转了过去,我接着说:"要不咱们再改进改进:我给你打掩护,而不是你给我打掩护。"

"怎么打?"

"我的手杖和你那把小宫古用的是同一口径的子弹。所以咱们可以这么说,所有子弹都是那把宫古发射的。射手是我,不是你。这样一来,我的手杖仅仅是手杖;而你,我甜甜蜜蜜、天真纯洁的新娘子,你绝不会做出向陌生人开火还击这种事,太不淑女了。喜欢这个说法吗?"

格温好半天没回答,我还以为惹她生气了。"理查,也许咱们俩谁都没有朝别人开过枪。"

"真的? 有意思,说来听听。"

"你不愿意别人知道你的拐杖还有其他出人意料的用途,我同样不想让人知道我随身带枪。有些地方对带枪这种事苛刻得要命……可手袋里藏的枪——或者藏在身上其他地方——不止一次救过我的命。我希望能继续带着它。理查,你刚才说了好些理由,证明没人知道你的拐杖;这些理由同样适用于我的宫古。你块头比我大,我又坐在靠窗的位子。我们蹲下的时候,我想没人能清清楚楚看到我——你的肩膀又不是透明的。"

"唔,也许瞒得过去。可那些尸体该怎么解释? 尸体上还嵌了子弹,说精确点,六点五毫米长呢。"

"被那个大轮子上的冷血杀手打死的。"

"他们用的是灼烧性质的能量武器,不射子弹的。"

"理查!理查!你怎么知道他们只有能量武器,没有射弹武器?反正我不知道。"

"你又对了,我的爱。你真是太狡猾了,像个外交官。"

"我本来就是个外交官。麻烦帮我把肥皂拿过来。理查,咱们可别主动提供任何信息。咱们只是乘客,无辜的旁观者,而且傻头傻脑。那伙土改积极分子的死跟我们没关系。我爸爸教过我,手里的牌一定要藏好,什么都别承认。现在就该这么做。"

"我爸爸也是这么教我的。格温,你为什么不早点嫁给我呢?"

"先得花点时间让你软化下来呀;反之亦然,我也需要软化。可以冲淋浴洗掉肥皂泡了吗?"

替她擦干身上的时候,我记起了刚才岔开的话头,"图画般美丽的新娘啊,你从哪儿学的开轮式车?"

"还能是哪儿,澄海呗。"

"什么?"

"先看格雷琴和大婶开车,然后就学会了。今晚是我第一次真正上手。"

"哎哟!你怎么不早说?"

她开始替我擦干身子,"我的爱,你要是知道,准会提心吊胆。问题是担心也没用。每次结婚我都会给自己定个规矩:只要能避免,绝不把会惹丈夫担心的事告诉他。"她露出天使般的笑容,"这样最好。男人总是忧心忡忡,女人却不会。"

响亮的敲门声让我从熟睡的梦乡中惊醒过来,"里面的,快开门!"

没理由老实听话，所以我没老实听话。我打了个大呵欠，大得差点儿灵魂出窍，从嘴里溜出去。我伸手向右——接着猛地清醒了。

格温不在那边。

我飞速下床，快得让我头晕，差点儿摔倒。我晃晃脑袋让它再清醒些，然后单腿蹦向清洗间。也不在那儿。敲门声仍在继续。

别在床上喝香槟，喝完就睡。我不得不把喝下的香槟又吐出来一公升，这才有能力思考别的事。敲门声继续响着，伴随着吆喝。

我的宝贝给我留了字条，放在假腿上。真聪明！比夹在牙刷上还好。字条上写着：

醒了睡不着，干脆起床办几件事。我先去蒙哥马利西尔斯百货还太空服、付租金，顺便在那儿给你买几双袜子、内裤，也给我自己买几条内裤。我会在旅馆柜台那儿给比尔留张条子，让他把他那身太空服也还了。对，他还真的在我们之后来了这里，夏按照你和她事先的安排，给了他一个单人间。从西尔斯出来以后，我还要去怀娥明·诺特[1]纪念医院看望大婶，还有给厄克特丽娜打电话。

你睡得像个小宝宝。我希望能在你醒来之前赶回来。如果到时候回不来，你又要去什么地方，请在柜台给我留个字条。

爱你。格温多琳。

门上的敲击持续不断。我戴上假腿，这个过程中才发现我们那两套增压服不在上一次我看到它们的地方了。上次看到它们时，它们还在地板上，两套衣服摆成很浪漫的姿势。这是我那个淘气新娘开的玩笑。我穿上仅有的一套衣服，给那棵糖枫浇点水，却发现不

①罗伯特·海因莱因所著《严厉的月亮》中的女主人公。

需要浇多少,一定是格温浇过了。

"快开门!"

"去你妈的。"我彬彬有礼地回答。

敲击停止了,取而代之的是一种刮擦声。我靠近站在门内一侧。这扇门不是伸缩门,而是更传统的铰链型。

它猛然敞开,我那位动静很大的客人一头扎进来。我一伸手,把他扔到了房间另一头。在六分之一个重力环境中做这个动作必须留神:你的一只脚一定要勾着点什么。缺少摩擦力的话,这一手准会玩儿砸。

他在对面墙上弹了一下,落到床上。我说:"把你的脏脚从床上拿开!"

他下床站着。我怒气冲冲地继续道:"现在说说为什么闯进我的房间……快说,不然我把你的胳膊扯下来,用它砸你的脑袋。你是什么东西,胆敢吵醒门外亮着'请勿打扰'灯的公民? 回答!"

我看得出他是什么人:城里人的某个类型,穿着一身警服。他的回答混合了恼怒和傲慢,跟这身打扮倒是很配,"命令你开门时为什么不开?"

"我为什么要开? 这房间是你付的房钱吗?"

"不是,可——"

"我的回答就是你这话。滚出去!"

"你给我听着! 我是主权城市月球香港的治安官员,你必须立即晋见本市议会议长,向他供述城市安全所需的必要信息。"

"我吗? 给我看你的授权令。"

"不需要专门授权。我穿着警服,正在执行公务。根据城市法令第41页217-82条,你必须合作。"

"你撬门闯入我的私人卧室,这种行为你有授权吗? 别跟我说什么不需要授权。我会起诉你,让你赔个精光,还得赔上你那身行头。"

他的下巴哆嗦着,最后说出来的却只有一句话:"你是要乖乖跟我走呢,还是让我拖着你走?"

我笑了,"三局两胜如何?第一回合我已经赢了。上啊!"我发现门外还有一个观众,"早上好,夏。你认识这个小丑吗?"

"理查先生,真抱歉发生了这种事。我的白班经理想拦住他,可他硬闯进来了。我尽快赶来了。"她光着脚,脸上没化妆。看样子也是被人从睡梦中吵醒的。

我和气地说:"不是你的错,亲爱的。这个人没有授权令。我把他扔出去好吗?"

"这个……"她看起来很着急。

"哦,我明白了。应该是明白了。有史以来,旅馆老板都得和警察搞好关系;有史以来,警察都是一颗贼心、一身霸气。好吧,为了你,我就留他一条命好了。"我转身对那个警察说,"小子,滚回你老板那儿,告诉他我会去的。等我至少再喝两杯咖啡以后。如果想让我早点去,他至少得派一个班来。夏,想喝咖啡吗?咱们去辛那儿瞧瞧,看有没有咖啡和丹麦面包卷什么的。"

那位无名铁警接下来的行为让我有必要下掉他的枪。我可以挨枪子儿,挨过不止一次,但我不可能吃这种笨蛋的枪子儿:他以为光是拿把枪指着我就能扳回比分,抢到上风。

他的枪我不稀罕,跟抽奖小礼品一样,没用的废物。我卸下子弹看了看,不是我用的那种口径,于是扔进下水道,把枪递还给他。

没了子弹以后,他放声大喊"杀人了"。但我耐心地向他解释说,以他这种用枪方式,没有子弹也照样使用;如果我让他留着子弹,说不定他会伤着自己。

他仍旧叽叽呱呱说个不停,我告诉他回去跟他老板叽呱去吧。我转身就走。我觉得他生气了,我也是。

四十分钟以后,我觉得好些了,只是还犯困。这段时间,我和夏一边聊天,一边喝咖啡、吃果冻面包圈,过得很开心。现在我来到了尊敬的杰弗逊·毛的办公室,门上的牌子印着他的头衔:主权城市月球香港议会议长。不知道月球自由邦议会看到"主权"两个字做何感想,不过这跟我没关系。

一位长着丹凤眼、红头发(有趣的基因混合)的精干女人道:"请报上姓名。"

"理查·约翰逊,议长想见我。"

她看了显示器一眼,"你来迟了,只好等着。你可以坐下。"

"我不坐。我说议长想见我,我没说我想见议长。朝你那个控制盒上来一下子,通知他我在这儿。"

"至少两小时内我不可能给你排出时间。"

"告诉他我在这儿。如果他现在不见我,我就走了。"

"好的,两小时以后再来。"

"你误解了我的意思。我要走了,离开香港,不回来了。"说这话的时候,我在诈她;可说完以后,我发现我不是诈唬。我的初步打算是要在这儿长待下去,现在却突然意识到,我不愿意留在一个文明水准堕落到如此地步的城市。在这里,警察可以破门而入,闯进一个公民的卧室,只因为某个自高自大的官员决定召见这个公民。绝对不能留在这种地方。训练有素、纪律严明的正规部队里的列兵都享有更多自由和个人隐私。月球香港,在歌谣和故事里,它是月球自由的摇篮;可现在,它已经不再是一个适合居住的地方了。

我转身就走,快到门口时,她叫道:"约翰逊先生!"

我停住脚步,没有回头,"什么事?"

"回来!"

"为什么?"

她一脸苦相,好像被她自己的话弄伤了脸似的,"议长现在就接见你。"

"好的。"我走到内间办公室门边,门滑开了——里面却并非议长的私人办公室。我的面前是三扇门,每一扇都有忠诚的警卫把守——光凭这个,我对目前的月球香港政府已经有了足够的了解。

最后一扇门前的警卫报出我的名字,领我进门。毛先生几乎没看我一眼。"坐下。"我坐下了,把手杖倚在膝头。

我等了五分钟。这期间,本城的这位老大处理着文件,始终没理睬我。我站起来,拄着手杖,缓步向门口走去。毛抬起头来,"约翰逊先生! 你去哪里?"

"出去。"

"我看到了。你不想配合,对吗?"

"我想去做我自己的事。有什么理由不许我这样做吗?"

他面无表情地看着我,"如果你坚持这种态度,我可以援引一条城市法令。根据该法令,当我提出要求时,你必须与我合作。"

"你指的是城市法令第217-82条?"

"看来你对它很熟悉嘛……所以你不能以不懂法律为借口,为你的行为开脱。"

"我不熟悉这个条款,只是知道它的号码。有个闯进我卧室的愚蠢打手对我引述过这一条。那条法令对擅闯私人卧室是怎么说的?"

"啊,对了,还有阻挠治安官员执行公务。这个问题我们等会儿再谈。你所引述的那一条款是我们所享有的自由的基石。公民、居民和访客都可以自由来往,只是必须尽到他们的公民义务:当被选

举、被委派或被托付职责的官员行使其官方职权时,他们必须与之
合作。"

"什么时候需要合作、需要哪种合作、怎么合作——这些又是由
谁来决定呢?"

"这还用说吗? 相关的官员。"

"我猜就是这样。还有什么事吗?"我准备起身。

"给我坐下。我确实有事,命令你合作。抱歉采用这种方式,但
你似乎不大理会客客气气的请求。"

"比如撬开我的房门,破门而入?"

"我真是受够你了。坐下,闭嘴。讯问马上开始……等两名证
人到场以后。"

我坐下,闭嘴。我觉得自己已经明白这里的新体制了:你有绝
对的自由……只不过,从负责抓野狗的芝麻官到最高统治者,任何
官员都可以在任何时间对任何一个普通公民下达任何命令。

这是奥威尔和卡夫卡所定义的"自由",是希特勒治下的"自
由",你可以"自由"地在你的牢笼里走来走去。不知道接下来的讯
问会不会伴随着机械的、电力的或是药物的辅助手段。一想到这
个,我的胃里一阵发紧。过去我在军队干的时候,多次身携机密情
报,面临被捕的可能;但那时我总还有个最后的朋友:牙齿里暗藏的
毒药,或者与之相当的其他东西。可现在,我不再有这样的保护了。

我害怕了。

没过多久,两个人进来了,向毛问好。毛也向他们致意,示意他
们坐下。紧接着又进来了第三个人,"杰夫叔叔,我——"

"闭上你的嘴,坐下!"最后进来的原来是被我下了子弹的那个
小丑。他闭嘴坐下。我向他望去,他正盯着我看,又转开了目光。

毛推开几份文件,"波泽尔少校,感谢你来到这里。你也一样,

玛西上尉。少校,你有问题要问某个理查·约翰逊。现在他就坐在那里,问吧。"

波泽尔是个矮个子,身姿笔挺,一头剪得很短的沙色头发,动作有点神经质的抽搐。

"哈!咱们开门见山吧!为什么你要让我白费力气空跑那么一趟?"

"什么白费力气空跑一趟?"

"哈!你给我编了个遇上强盗袭击的荒诞故事,现在你想当面否认?在一个从来没有任何强盗的区域!你催促我向那个区域派出一支救援及物资回收队,你想抵赖吗?你早就知道我什么都找不到!回答我!"

我说:"你倒是提醒我了——能不能告诉我莉莉贝大婶今早的情况怎么样了?你们让我到这儿来,弄得我没时间去医院。"

"哈!不准改变话题。回答我!"

我平静地回答道:"我没有改变话题。在你说到的那个荒诞故事里,一位老太太受了伤。她还活着吗?你们有谁知道吗?"

波泽尔正要说话,毛插嘴道:"她还活着,至少一个小时前还活着。约翰逊,你最好祈祷她活着,别死掉。我这里有一份经过宣誓的证词,"他点了点终端,"来自一位信誉无可挑剔的公民,我们最重要的股东之一,迪安娜·克尔-夏卜丽夫人。她声称是你开枪打伤了莉莉贝·华盛顿女士——"

"什么?"

"——从而实现了以暴力控制那辆巴士的企图。你的行为导致她的丈夫、尊敬的奥斯瓦尔德·普罗甘因缺氧症死亡,还导致她的丈夫、尊敬的布洛克曼·霍格手腕骨折;而且你还恐吓、多次侮辱迪安娜夫人本人。"

"唔。她说过那个欧图尔家的孩子是谁杀的吗？还有炮塔枪手，他又是谁杀的？"

"她宣称当时情况十分混乱，她并未看清所有事件。但巴士停下以后，你去了车外，爬上炮塔——毫无疑问，你就是在那个时候结果了那个可怜的小伙子。"

"最后这段是你说的，还是她说的？"

"是我说的，这是确切的推断。迪安娜夫人极其慎重，不为任何她没有亲眼看见的情况作证。包括那辆如幽灵般来去无踪、载满强盗的轮式车。她根本没有见过那辆车。"

波泽尔道："您说得一点没错，议长先生。这个劫车犯在车里开枪，杀了三个人、伤了两个……又编出一伙子虚乌有的强盗来掩盖他犯下的罪行。那个区域没有强盗，人人都知道。"

我尽量让自己抓住关键，别被眼前的超现实局面搅乱了脑子。"议长先生，请等等！玛西上尉在这里，我想他的照片应该拍到了强盗的那辆轮式车。"

"提问的人是我，约翰逊先生。"

"可是——他到底拍到了还是没拍到？"

"够了，约翰逊！老实点，否则我让人把你控制起来。"

"我哪里不老实了？"

"你在用不相干的话题扰乱本次调查。等着别人问你，再回答问题。"

"遵命，先生。问题是什么？"

"我叫你别出声！"

我不出声了，其他人也是。

毛先生用手指敲打着桌子，半晌才说："少校，你还有别的问题吗？"

"哈！他根本没有回答我的第一个问题。他在回避问题。"

议长道："约翰逊,回答问题。"

我一脸糊涂相——这个角色我最拿手了,"什么问题?"

毛和波泽尔同时开口;波泽尔礼让毛先生,后者径直问道："我们总结一下。你干的这些事,目的是什么?"

"我干了哪些事?"

"我刚刚已经告诉你了!"

"可你说我做过的那些事,我一件也没做过。议长先生,我不明白这个案子为什么由你处理。你不在现场,那辆大巴不是这个城市的车,我也不是这个城市的人。不管究竟发生了什么,一切都发生在你的城市之外。这些事跟你有什么相干?"

毛向后一靠,一脸得意扬扬的表情。波泽尔说了声"哈!",接着又说："议长先生,让我告诉他呢,还是由您说?"

"我来告诉他吧。说实话,告诉他这个情况会让我很愉快。约翰逊,不到一年前,本主权城市的议会做出了一个非常明智的决定。该决定将本主权城市的管辖权扩展到距离本城增压壳一百公里的范围,此范围内,地表与地下的一切活动均归它管辖。"

"同时让志愿治安队正式成为政府的臂膀,"波泽尔兴奋地补充道,"负责维持一百公里线内所有区域的和平! 这下被钉死了吧,你这个杀人犯!"

毛先生没理会波泽尔的插话,"所以你看,约翰逊,你可能以为你还在无政府主义的丛林里,法律的力量够不着;但事实是,你不在丛林里。你的罪必将受到惩罚。"

(恐怕用不了多久,小行星带也会跳出什么人来,像月球香港这儿一样,把权力攫在手中。)"我犯下的这些罪行,它们发生的地点离月球香港不到一百公里吗? 还是更远些?"

"嗯？不到一百公里,近得多。这还用说吗?"

"距离是谁量的?"

毛看着波泽尔,"多远?"

"大约八十公里。差一点不到八十。"

我说:"'差一点'是差多少? 少校,你说的是强盗袭击大巴的事呢,还是大巴里面发生的事?"

"别把你的话塞我嘴里! 玛西——你告诉他们!"

话刚说完,波泽尔忽地一脸惶然。他想补充点什么,又闭上了嘴巴。

我小心地一声不吭。片刻之后,毛说:"嗯,玛西上尉?"

"您要我说什么,先生? 太空港主任派我来这里,要我全面配合您……同时要求我:如果您不提问,我不得主动提供任何信息。"

"我要你把与本案相关的一切情况都说出来。'八十公里'这个数字是你给波泽尔少校的吗?"

"是的,先生。七十八公里。"

"你是怎么得出这个数字的?"

"在我的控制台屏幕上测量的。我们一般不把卫星照片打印出来,只显示在屏幕上。这个人,您说他的名字是'约翰逊',跟我通话的是'午夜'——如果他是那个人的话,他于昨晚0127时呼叫我,声称他在好运龙的那辆巴士上,并报告强盗袭击了巴士——"

"哈!"

"——袭击被打退了,但驾驶员莉莉贝大婶——华盛顿女士受伤,炮塔枪手——"

"这些我们都知道。上尉,跟我们说说照片的事。"

"是,议长先生。根据'午夜'告诉我的情况,我让卫星上的照相机对准了目标。我拍下了那辆轮式车。"

"而在那个时候,那辆巴士距离城市七十八公里?"

"不,先生,不是巴士。距离城市七十八公里的是另一辆轮式车。"

随之而来的是寂静,这种寂静经常被人形容为"意味深长的"。接着,巴泽尔说:"没理由啊!那里根本没有任何——"

"等等,波泽尔。玛西,你被约翰逊的谎言误导了。你看到的是那辆巴士。"

"不,先生。巴士我也看到了,显示在屏幕上。但我一下就看出它在开动。于是我指挥照相机沿着那条路往回拉了大约十公里……发现了那第二辆轮式车,和'午夜'说的情况一致。"

波泽尔的眼泪都快下来了,"可——可那儿什么都没有啊!我的小伙子和我把那片地区搜了个遍,什么都没有!玛西,你准是发疯了!"

真不知道波泽尔会唠叨多久,想用意志消灭掉那辆他未能发现的轮式车。但他被打断了,格温走进来。这下我把心放回了肚子里:一切都会平安无事!

(自从看见毛的多重防护手段,我一直担心得要死。那些屏障不是为了防备刺客,只是阻止别人贸贸然走进他的办公室。我担心格温会被挡在外面。但我真的应该对我的这位小个子巨人多点信心才是。)

她露出微笑,朝我送了个飞吻,转身拉着房门,"这边,进来吧,先生们!"

毛自己的两名警察推进来一张轮椅。椅子向后仰倒,让上面的大婶可以斜躺着。她四下望望,对我笑了笑,这才对议长说:"你好哇,杰弗森。你妈妈好吗?"

"她很好,谢谢你,华盛顿女士。但你——"

"'华盛顿女士'? 咋说起场面话来啦? 小子,我给你换过尿片,你得跟平时一样管我叫'大婶'。听说你打算给理查参议员发块奖章,因为他从那伙强盗手里救了我……知道以后,我对自个儿说:'杰弗逊还没听说另外两个人呢,他俩跟理查参议员一样,也应该得奖章。'——没冒犯你的意思,参议员。"

我说:"完全没关系,大婶。"

"这不,我把他们俩带来了。格温宝贝,跟杰弗逊说'哈啰',他是这个增压区的市长。格温是理查参议员的老婆,杰弗逊。还有比尔——比尔上哪儿去了? 比尔! 进来,孩子! 别不好意思。杰弗逊,这是真的,理查参议员赤手空拳杀了那两个坏蛋——"

"不是赤手空拳,大婶,"格温反对道,"他还有手杖呢。"

"别打岔,宝贝。赤手空拳,加上拐棍——可要不是比尔在,动作又快,脑子又机灵,我肯定没命了,跟耶稣在一起了。但亲爱的上帝说我的时间还没到呢。比尔给我的太空服打上了补丁,救了我,让我迟些日子再去侍奉耶稣。"大婶伸手拉起比尔的手,"这就是比尔,杰弗逊。一定让他也得奖章。还有格温——到这儿来,格温。这个小姑娘救了我们大伙儿的命。"

我不清楚我的新婚妻子多大年龄,不过她肯定不是"小姑娘"。但跟接下来几分钟内听到的话比,"小姑娘"只是稍稍偏离事实而已。用最委婉的话说,大婶扯了一大篇假话,而格温像个纯洁的天使一样不住点头附和。

她说的那些事倒是没多大差错,只不过大婶不可能看见她作证的那些情况。格温对她的培训肯定搞得很仔细。

两伙强盗截住了我们,却自己先打起来了。这个情况救了我们。自相残杀一阵儿后,强盗大都死了,只剩下两个。这两个被我干掉了,赤手空拳加一根拐棍——我面对的可是激光枪啊。这份英勇连我自己都惊呆了。

这些英勇行为发生期间，大婶一半时间没有知觉，整个过程中都仰面朝天倒在地上，能看到的只有大巴的天花板。可她看上去真的相信自己的话——我觉得她确实相信。这就是所谓的目击证人。

（只是感想，绝非抱怨！）

接下来，大婶告诉大家格温如何开车。我做了一件以前从未做过的事：拉起裤腿展示我的假腿，声明我当时穿着标准型号的增压服，无法装上假腿，也就无法驾驶。

但最终一锤定音的是格温。大婶栩栩如生的叙述结束以后，格温拿出了照片。

听好了。格温当时打光了所有子弹，一共六发，接着，以她一贯的精细，她把宫古放进手袋，掏出那台微型瑞士相机，拍了两张快照。

拍摄时相机向下倾斜，不仅拍到了强盗的两辆车，还有地上的三具尸体、一个正在奔跑的强盗。第二张照片上面是地上的四具尸体和正在转弯驶离的大轮子。

我记不清准确的时间，但从她打光子弹到大轮子转弯驶离应该至少有四秒钟。高速相机拍照的速度非常快，拍一张的时间仅仅相当于半自动射弹武器打出一枪。

所以，我的问题是：剩下那两秒钟她干了什么？浪费掉了？

15

"经前综合征：月经来临前妇女所表现出的症状，而男性则任何时间都显示着这一症状。"

——医学博士洛威尔·斯通①（2144－ ）

我们没有撒腿就跑，只是尽可能快地出来了。没错，大婶一通乱拳，逼得毛先生承认我是个"英雄"，而非罪犯。但他并没有爱上我，这一点我也知道。

波泽尔少校更是毫不掩饰对我的厌恶。玛西上尉的"叛变"让他大为光火，格温那两张拍到了强盗的照片（在他们不可能存在的地方！）更是让他心都碎了。但最沉重的一击来自他的老板：毛先生命令他集合队伍，出去找到那些强盗！"如果你做不到，少校，我就找个做得到的人换掉你。一百公里边界的主意是你出的，现在就是兑现你当时承诺的时候。"

毛不应该当着别人的面这么教训波泽尔，特别是不应该当着我的面。这是我从自己的职业生涯中得出的经验——我当过训人的角色，也当过被训的角色。

---

①罗伯特·海因莱因所著《斯通一家闯太空》中的人物。

205

我猜格温给大婶打了个信号。有可能。莉莉贝大婶对毛说她要走了，"已经待太久了，我那个小护士准会骂我。我不想被她骂得太厉害。美林·奥斯彭斯卡雅——你认识她吗，杰弗逊？她认识你妈妈。"

推大婶进来的那两名警察又重新推着轮椅把她送出去，穿过一间间办公室，来到外面的公用廊道，或者叫广场，因为市政办公区面对着革命广场。她在那儿跟我们道别，两个警察继续推着她前往下面两层靠北面的怀娥明·诺特纪念医院。我觉得警察本来没打算干这个差事，他们是格温在议长办公区就地征召的。但大婶相信他们会一直把她送回医院，于是他们照办了。"不用，格温宝贝，你用不着一起来。这两位和气的先生知道地方。"

（女士自有人帮着开门，因为她相信会有人替她开门。无论格温还是莉莉贝，她们都把这一原则贯彻得极其充分。）

市政办公区对面是一条装饰得团花簇锦的标语："自由月球！2076-2188，七月四日。"已经到独立日了？我在脑子里算了算日子。是的，格温和我七月一日结婚，这么说今天真的是七月四日。真是个好兆头！

夏坐在革命广场中央一座喷泉旁边的长椅上，等着我们。

我猜到格温会来，没想到夏也来了。早些时候跟她聊天时，我请她帮忙找到格温，告诉她我去了哪里，以及为什么去。"夏，我不喜欢被警察叫去问话，特别是在一座我不知道体制情况的陌生城市。如果我被——用客气的说法——'留置'了，我希望我的太太知道去哪儿找我。"

当时我没说要格温怎么做。虽然跟她结婚只有三天，我已经知道我想的主意肯定赶不上她那个狡猾脑袋想出来的办法——和格温结婚，生活真是精彩啊！

看到夏在等我,我十分高兴。可她带着的东西却让我吃了一惊。我望着那些东西,问:"那间新婚套房被别人订了?"长椅上放着格温那只小行李箱、装假发的小包、盆栽,还有一个我不认识的包裹,不过一看它那西尔斯蒙哥马利的包装纸,我就知道它是什么了。"我敢打赌,那间套房的清洗间里只剩下我的牙刷了。"

"赌本多少? 赔率多少?"夏说,"你输定了,连牙刷都没剩下。理查,我会想你们俩的。或许我会去月城看你们。"

"一定来!"格温说。

"同意。"我说,"前提是我们真的去了月城。我们去吗?"

"立即动身。"格温说。

"比尔,这事你知道吗?"

"不知道,参议员。可她要我赶紧去西尔斯还了我那套增压服,现在我全都收拾好了。"

"理查,"格温严肃地说,"你留在这儿不安全。"

"对,不安全。"我的背后响起一个声音。(再次证明不应该在公共场所讨论机密事宜。)"你们走得越快越好。嗨,夏。你和这些危险角色是一伙的吗?"

"你好,乔埃-莫。上回的事多谢你了。"

我眨巴着眼睛,"玛西上尉! 你能过来真是太好了,我应该谢谢你。"

"没什么可谢的。'午夜'机长——或者应该称你'参议员'?"

"这个……其实应该是'博士',或者'先生'。但你不用这么叫,愿意的话叫我'理查'好了。你救了我的命。"

"那你得叫我乔埃-莫,理查。你的命还没有救下呢。追着你们出来就是为了告诉你这个。你也许以为刚才自己赢了。你没赢,你输了。你让议长丢了面子——让他们俩丢了面子。现在你成了一颗定时炸弹、一场意外事故,只等合适的爆发地点了。"他皱起眉头,

"他们丢脸,而我在场——很不利于我的健康呀。更别说之前还犯了'给国王报告坏消息'的错误。懂我的意思吗?"

"不幸的是,我懂。"

夏问道:"乔埃-莫,咱们那位一号首长真的丢面子了?"

"半点不假。驳他面子的是莉莉贝大婶,可你也知道他动不了她,所以只好冲'午夜'——理查去了。反正我是这么看的。"

夏站起身,"格温,咱们直接去车站。一秒钟都别耽搁!该死的,我真的希望你们能多待几天来着。"

二十分钟后,我们已经来到管铁南站,正准备进入弹道快车的密封舱。我们订到了前往月城的弹道快车,几乎立即发车——这一点改变了我们的命运。乔埃-莫和夏陪我们来到车站,给我们送行。乘本城地铁到达管铁车站的一路上,他们说服了我(应该是说服了格温,这才是关键),让我相信应该搭第一班车离开本市,不管它开往哪里。这个管铁站有前往"柏拉图"、第谷地下城和新列宁格勒的普通车次(非弹道快车),早到六分钟的话,我们去的就是拥挤不堪的"柏拉图"。真要那样,后来的许多事都会大为不同。

转念一想,真的会吗?我们前方是不是真的有所谓的"命运",早早便决定了我们的形态?(说到形态,格温的形态很不错,夏的也是。)

几乎没时间道别。我们匆匆上车,系上安全带。夏吻别了我们,我很高兴地看到格温吻别时没有跳过乔埃-莫。身为真正的月球佬,他迟疑了一会儿,这才弄清女士的确在吻他,接着便是全身心投入的回吻。夏吻别比尔时,比尔就没有这种犹豫。我觉得格温这个皮格马利翁深深打动了石头人伽拉忒亚①(尽管乔埃-莫的形象和

---

①出自希腊神话。塞浦路斯王皮格马利翁塑造了一座美女雕像,将其命名为"伽拉忒亚",并深深地爱上了它。

伽拉忒亚委实相去甚远），而比尔还得好好学学月球佬的做派，否则今后准会丢掉几颗牙。[1]

我们把自己固定好，管铁舱门也封闭了。比尔再一次把那棵盆栽抱在肚子上。加速的震动摇撼着悬挂式座椅。重力加速度达到了一个标准重力，对车厢其他座位上的月球佬来说，这个重力相当大。启动两分五十一秒后，我们达到了环绕速度[2]。

在地铁里居然能体会到失重，非常奇怪，也非常好玩！

这是我第一次乘坐弹道快车。这条线路的历史可以追溯到革命前，那时它只到恩兹维尔，后来才全线竣工。但弹道快车的理念从来没有普及到其他地下交通系统。别人告诉我这是因为弹道快车太不经济，一般出行不划算，只适合经常长途旅行、从起点直奔终点的乘客——在这里，"直"的意思是"与环绕速度飞行体的弹道曲线完全吻合"。

这条地铁是人类历史上唯一一艘地下运行的"太空飞船"。人们用电磁感应式弹射飞船从月球向Ell-4、Ell-5和地球掷送货物，弹道管铁的工作原理和那些飞船一模一样。只不过启动投掷的始发站、接收投掷物的终点站和整个弹道曲线都在地下，绝大多数地方只位于地表以下数米，经过山区时则深达三公里。

启动过程两分五十一秒，一个标准重力加速度；十二分二十一秒自由落体；最后是刹车阶段，两分五十一秒，一个标准重力加速度。全程平均时速超过五千公里，任何"陆地"运输手段都望尘莫及。速度虽高，乘坐时却非常舒适：头三分钟感觉像躺在地球的吊床上，接着是毫无重量的十二分半，然后再次体验花园吊床的感

---

[1] 在月球，男女关系由女方主导，这是因为月球殖民早期，男女比例极其悬殊。详见《严厉的月亮》。

[2] 又称"第一宇宙速度"。当物体以每秒7.9公里的速度运动时，它就和地球的引力达到平衡，不再落回地面，而是环绕地球作匀速圆周运动。

受。这种舒适度谁比得了?

哦,如果启动阶段把加速度提高到两个标准重力,车速还能更快些,但也快不了多少。如果大大压缩加速时间,瞬间提升重力(车上的乘客全得死掉!),减速阶段也照此办理(乘客啪的一声成为肉饼!),平均车速可以达到每小时六千公里多一点,耗时减少到十来分钟。但这就是极限了。

从香港到月城的火箭飞船最快也要花这么些时间。但实际上,这种小火箭一般都需要半个小时。耗时长短取决于它的弹道。

不用说,半个小时已经够短的了。既然已经有了火箭,为什么还要在月海和大山下面挖隧道呢?

火箭是人类所发明的耗费最大、最为昂贵的交通工具。一次典型的火箭飞船飞行任务中,一半的能量用于对抗地心引力飞起来;另一半同样用于对抗地心引力——这次是为了降下去。毕竟坠毁在地会被视为任务失败。在月球、在地球、在火星、在太空,各处都有巨大的弹射飞船,它们同时是规模巨大的证据,诉说着火箭引擎带来的巨大浪费。

与之相反,弹道管铁则是人类所发明的最经济的交通工具。不用燃烧什么东西,也不用抛掉什么东西。启动加速阶段耗费的能量会反馈回来,用于另一端的减速过程。

这不是魔法。电磁弹射的弹道快车就是一台电动发电机。看上去不像,但这无关紧要。在加速阶段,它是一台发动机,将电能转化为动能。而到了减速阶段,它又成了一台发电机;来自弹道快车的动能被抽离出来,转化为电能,储存在蓄电坞内。到了这列快车要返回香港时,这些电能又会从蓄电坞注入快车,将它掷回香港。

免费午餐!

也不完全是免费午餐。损耗还是有的:有磁滞损失,还有转换效率不够高所带来的其他损耗。熵永远处于增加状态,你不能对热力学第二定律视若无睹①。弹道快车的电能–动能转换跟回馈制动非常相似。很多年前,地面行驶的车辆完全依靠摩擦力实现减速、制动,这实在太原始了。后来有个聪明人发现,你可以把转动的轮子当成一台发电机,让它发电;发电的代价就是轮子停转。换句话说,角动量可以抽取出来,存在"蓄电池"里(也就是蓄电坞的前身)。

从香港出发的弹道快车差不多正是这样做的:月城一端必须消除电磁力给车身带来的动能,这个过程会产生巨大的电动势,让快车停下,将它的动能转为电能,再储存起来。

当然乘客不需要知道这些。他只需要偎在他的"吊床式"座位里,享受一趟最舒适的旅行。

近三天里,我们一路颠簸,行程不过七百公里②。而现在,我们跨越了一千五百公里,用时仅仅十八分钟。

我们不得不用肩膀开路,挤出车舱,踏上管铁车站。原因是这里有不少圣陵守护者急着上车前往香港。我听到其中有个人骂骂咧咧地提到"他们"(这个匿名的"他们"是一切错误的根源)。"他们应该多挂几节车厢。"有个月球佬向他解释说这是不可能的:弹道管铁只有一条线路,只能运行一个密封舱。它不是在这头就是在那头,要不然就是在两头之间,处于失重飞行状态。绝不可能在同一条线路上出现两个密封舱:不可能,除非你想自杀。

这番解释收获的是绝不相信的茫然表情。那位来自地球的访客似乎同样不理解另一个概念,即弹道管铁为私人拥有,完全不受

---

①热力学基本定律之一。不可能把热从低温物体传到高温物体而不产生其他影响;不可能从单一热源取热使之完全转换为有用的功而不产生其他影响;不可逆热力过程中,熵的微增量总是大于零。

②此处是指从天条生态区到好运龙,再到月球香港的全程,不是单指从好运龙到香港。

政府控制。月球佬对此的回答是："想要另一条管铁？去吧，自己建！你可以这么做，没人拦你。这都不能让你满意的话，回利物浦去吧！"

这就不够体谅了。地球人就是地球人，他们改变不了自己。每年都有地球人丧生，原因是他们无法理解月球不像利物浦，或者丹佛，或者布宜诺斯艾利斯。

我们穿过一道气闸。气闸这面是归阿耳忒弥斯运输公司所有的增压区，另一面才是城市增压区。气闸另一头的隧道里有个牌子：在此缴纳空气使用费。牌子底下有张桌子，桌边那个人的残疾程度比我还重一倍：他的两条腿都没了，齐膝而断。但这一点似乎并没有影响他的行动。此人活力十足，既卖空气，也卖杂志、糖果，同时还推销旅游观光、提供导游服务，此外还有那个无处不在的标识：以赛道赔率接受下注。

大多数人一阵风似的走过他身边。比尔正想过去，我叫住了他："喂！等等，比尔。"

"参议员，我得赶紧找点水浇树。"

"浇树也得等等。还有，别再叫我'参议员'，叫我'博士'，理查·埃默斯博士。"

"啊？"

"别'啊'，就这么叫。现在咱们还有点事要办。你在香港的时候买空气了吗？"

比尔没买。当时他帮着抬大婶，就这么进了城市增压壳，没人要他付费。

"唔，你应该付费。在好运龙时，格雷琴帮我们付了空气费，你注意到了吗？是她付的。而在这里，我们得付这笔费用。我准备长住，不是待一晚就走。在这儿等着。"

我走到那张桌边，"你好。你卖空气吗？"

正在填字谜的空气贩子抬起头，上下打量我一番，"你不用付费。你买的旅游票里已经含了空气费。"

"不是这样。"我说，"我是个月球佬，朋友，回家来了。带着太太和一个随从。我要买三份。"

"想得倒挺好，可惜成不了。听着，就算拿着月球公民的付费凭证，你买别的东西也还是拿不到公民价格。只要看看你，人家就会收你游客价。如果你只是想给签证延期，没问题，去市政厅。延多久就会收你多久的空气费。得了，快走吧，免得我忍不住骗你一家伙。"

"朋友，你可真是难打交道。"我掏出护照（先瞥了一眼，确保它是那份给"理查·埃默斯"的），递给他，"我离开了几年。可能因为这个，你觉得我像地球人。不过请你看看护照上我的出生地。"

他看了看，递还给我，"OK，月球佬，你把我蒙了。一共三人，对吗？待多久？"

"还没想好。按永久居民标准付费的话，最短得付多久的？"

"一个季度。哦，如果一次买五年的，还有百分之五的折扣……不过今天的银行最低利率是七点一，所以这个折扣纯粹是糊弄傻子的。"

我按三人一季度付了费，又向他打听房子的事，"离开太久了，不光在这儿没房子，连行情都不知道了。我又不想今晚在底层巷过夜。"

"上那儿过夜，一早醒来鞋没了不说，连喉管都被人割了，还有耗子在你脸上爬。唔，朋友，这个事很难办啊。瞧见那些戴着怪模怪样红帽子的人吗？月城正在开大会，有史以来最大的会议，加上又是独立日，城里到处都住满了。不过，如果你们不是太挑剔——"

"我们不挑剔。"

"过了周末,你可以找个更好的地方。今天嘛,第六层有个地方,很旧,叫'来福士',对面是那什么——"

"我知道来福士,我去试试。"

"最好先给他们打个电话,说是我让你去的。我是埃兹拉·本·大卫拉比。想起来了,'理查·埃默斯',是不是那个因为谋杀而被通缉的理查·埃默斯?"

"哎呀!"

"吓你一跳吧? 没错,就是你,朋友。我这儿还有一份通缉令呢。在什么地方来着?"他在杂志、便条和棋谱堆里东翻西找,"这儿。被天条生态区通缉——看样子你干掉了某个VIP。上面是这么写的。"

"有意思。这里也在抓我吗?"

"月城? 才没有。凭什么? 还是那个解决不了的老问题:这里跟天条没有外交关系,除非它有资格签署《奥斯陆条约》。它没有基本人权法案,所以签不了。可天条绝不会有什么人权法案。"

"我看也是。"

"就算这样……如果你需要律师,来找我。那个我也做。每天中午后我都在这儿。在西摩的犹太鱼店留下你的名字也行,就在卡内基图书馆对面。西摩是我儿子。"

"谢谢,我会记得的。顺便问一句:我杀的那个人是谁来着?"

"你自己不知道吗?"

"我谁都没杀,怎么可能知道?"

"这话的逻辑有点问题,我就不深究了。通缉令上说,你的被害人名叫恩里科·舒尔茨。这个名字让你想起点什么了吗?"

"'恩里科·舒尔茨',从没听过这个名字。陌生人。大多数谋杀案的被害者都是被朋友或者亲属干掉的，不是陌生人。就这个案子而言，不是我。"

"是挺怪的。不过天条的股东们出了一大笔赏金要你的命。哦，准确地说，这笔钱是让人把你移送天条，无论死活。上头没有强调非得是活的，只要是你这个人就行，朋友，不管是热乎的还是冰凉的。我得告诉你：如果我当了你的律师，此后我就受到伦理约束，不能利用这个机会谋取这笔赏金。"

"拉比，我相信无论是不是我的律师，你都不会这么做。像你这种老派月球佬，没有谁会干这种事。你不过是想让我雇佣你而已。唔，这样吧，我要求传统的三日宽限。"

"好，三天就三天。空气费你要收据吗？还是盖个章就行？"

"既然我的模样已经不像月球佬了，咱们还是两样都要吧。保险些。"

"好的。想不想花一两个克朗赌一把，看看运气如何？"

这位尊敬的拉比在我们小臂上盖了章，上面的日期是三个月以后。这种章用的是防水印油，只在紫外光下可见。他还用他自己的紫外线测试灯照了照，让我们看。如此一来，我们就算有了标记，一个季度之内可以在月城增压壳内的任何地方合法呼吸，同时享有其他附加权力，比如进入公共建筑等等。空气费之外，我多付了他三克朗。他只接受了两克朗。

我道了谢，说过再见。我们三人有些别扭地扛着行李继续向前。五十米后，这条隧道接入了一条主廊道。进去之前，我先看了看方位，好决定应该向左还是向右。就在这时，只听一声口哨响起，一个女高音说道："站住！先别进去，检查。"

我停住脚步，转过身去。一看她那张脸，我就知道这是一个"公务员"。别问我是怎么知道的，反正就是知道。在三颗行星、几颗小行星和更多太空生态区的居住经验告诉我,只要干上几年,所有公务员都会变成这副神态。她穿着一身制服,不是警服,也不是军装。"才从香港来?"

我说是的。

"你们三人一起的吗? 把所有东西放在桌上,打开行李。有水果、蔬菜或食物吗?"

我问:"这是干什么?"

格温说:"我有一条好时巧克力,想来一口吗?"

"这应该算是贿赂吧。行,来一口。"

"当然是贿赂。我的手袋里有一条小鳄鱼。它既不是水果,也不是蔬菜,我估计需要的话,它可以充当食物。反正这东西肯定不符合你们那些呆板的规定。"

"先等等,我查查单子。"这位检查员拿起一份厚厚的活页打印单,"鳄梨;鳄皮(按食物加工或硝制);填塞鳄鱼标本——你的鳄鱼填塞过吗?"

"吃得太多的时候。这家伙贪嘴极了。"

"你是说你这只手袋里有一条活的鳄鱼吗?"

"碰那只手袋,后果自负。它是受过训练的警卫鳄鱼。伸手进去前先数数有几根指头,手抽出来以后再数一遍。"

"你在开玩笑。"

"赔率多少? 赌多少? 记住,我警告过你。"

"哦,去你的!"检查员的手伸进格温的手袋——一声尖叫,猛地抽回。"它咬我!"她把手指放进嘴里吮着。

"它待在里头就是干这个的。"格温说,"我警告过你。伤着了吗? 我瞧瞧。"

两个女人仔细察看那只手,两人都认为除了红印之外,没有更重的伤情。"这就好。"格温说,"我一直教它紧紧咬住就可以了,但别咬破皮,更是绝对、绝对不能咬掉手指头。它还小,正在学呢。按说你不可能那么容易把手抽回来,阿尔弗雷德本该吊在你指头上不松口,像斗牛犬一样。"

"我不知道什么斗牛犬,可它肯定想咬掉我的指头。"

"哦,才不是呢! 你见过狗吗?"

"只在市场里见过狗肉。不,不是这话。小时候在第谷动物园见过一只,又大又丑的家伙,当时把我吓坏了。"

"有些狗很小,也有不丑的狗。斗牛犬很丑,但个头不大,最擅长的就是咬住不松口。我就是想把阿尔弗雷德训练成那样。"

"把它拿出来,我想瞧瞧。"

"那可不行! 它是一只警卫兽。我不想让别人逗它、宠它。养它就是为了咬人。想看它的话,你自己伸手进去拿,或许这回它会咬住不松口。我希望。"

这句话让检查工作到此为止。其存在全无必要的一级公务员阿黛拉·萨斯鲍姆同意那棵盆栽不是违禁品,她赞美了它一番,还向我们打听它开什么花。她和格温开始交流烹饪心得的时候,我表示我们应该走了——如果城市健康和安全检查结束了的话。

我找到了堤道,就此明确了方位。我们一路向下,走过外环,又下了一层,走过老圆顶,接着走下一条隧道。我记得来福士旅馆应该就在这里。

在路上,比尔向我表达了他的一些政治观点,"参议员——"

"别叫'参议员',比尔。'博士'。"

"'博士',是,先生。博士,我觉得刚才那样不对。"

"确实不对。这种所谓的检查毫无意义。只要运转一段时间以后,所有政府都会渐渐累积起许多这种昂贵、无用的附加物,跟海船船壳必然附上藤壶一样。"

"噢,我不是说那个。检查没什么,它能保护这个城市,还能让那女的有份诚实的工作。"

"删掉'诚实'这个词。"

"什么?我说的是收空气费的事。这么做不对,空气应该是免费的。"

"为什么这么说呢,比尔?这里不是地球的新奥尔良。这里是月球,没有大气层。不买空气的话,你怎么呼吸?"

"可我想说的就是这个!呼吸空气是每个人的权利,政府应该供应空气。"

"市政当局的确在供应空气,城市增压壳内每一处都有。我们付钱买的就是这个。"我扇了扇他鼻子下面的空气,"就是这玩意儿。"

"可我说的正是这个呀!不应该让人为了呼吸空气付钱。这是人的天生权利,政府应该免费供应。"

我对格温说:"先等等,亲爱的,这件事咱们先得说清楚。说不定为了让比尔幸福,我们得先把他消灭掉。比尔,为了让你可以呼吸,我付了空气钱,因为你自己没钱。对不对?"

他没有立即回答。

格温轻声说:"我给了他一笔零花钱。你反对吗?"

我沉吟着说:"我觉得你应该告诉我。我亲爱的,如果要我为这个家负起责任,我就必须知道家里发生的事。"我转向比尔,"我刚才帮你付空气费的时候,你为什么不提出用你自己口袋里的钱付你的那一份?"

"可钱是她给我的。不是你。"

"那又如何?把钱还给她。"

比尔吃了一惊。

格温说:"理查,有这个必要吗?"

"我认为有。"

"可我认为没有。"

比尔一声不吭,什么也不做,就那么看着。

我转身在格温耳边悄声道:"格温,我需要你的支持。"

"理查,你在无事生非!"

"我不觉得这是'无事',亲爱的。正相反,这件事很重要,我需要你的支持。所以,请支持我,否则……"

"否则怎样,亲爱的?"

"你知道会怎样。拿定主意吧,你打不打算支持我?"

"理查,这太荒唐了! 我觉得没必要迎合你。"

"格温,我请求你支持我。"我等着,仿佛一直等到地老天荒,这才叹了口气,"不然就走你的路,别回头。"

她的头向后一仰,好像我打了她一耳光似的。接着,她拎起她的行李箱,向前走去。

比尔张大了嘴,然后匆匆尾随她而去,怀里仍旧抱着那株盆栽。

16

"女人是让你爱的，不是让你理解的。"

——奥斯卡·王尔德[1]（1854-1900）

我望着他们走出我的视线，这才缓缓迈开步子。附近没地方可坐，站着不动还不如走动起来。腿上截肢的地方很疼，过去几天累积的疲劳一下子涌上来，让我的脑子呆呆地发木。我继续朝来福士旅馆走，因为这是事先安排好的，既定程序要求我朝那里前进。

来福士旅馆比我记忆中的更加破败。但我想埃兹拉拉比是在知道城里情况的前提下做出的安排——要不这里，要不没地方住。反正我现在只想躲开别人的目光，比这里更糟的旅馆我同样可以接受，只要它能让我身后有一扇关闭的房门就行。

我对柜台后面的人说是埃兹拉·大卫拉比让我来的，问他还有什么房间。我猜他给我的是空房中最贵的：十八克朗。

我按照通常仪式来了一番讨价还价，可心思不在上面。最后敲定十四克朗，我付了钱，拿了钥匙。旅馆员工朝我推过来一本大簿子，"签字，再出示你的空气费收据。"

①奥斯卡·王尔德(1854-1900)，英国剧作家。

"啊？这一套是什么时候开始的？"

"新一届政府上台的时候,朋友。我跟你一样不喜欢,可我不照办的话,他们会让我关门。"

我想了想。应该填"理查·埃默斯"吗？为什么要让警察想到赏金流口水呢？"科林·坎贝尔"？记性好的人或许会认出这个名字——然后联想起沃克·伊文斯。

我写下"理查·坎贝尔,来自诺夫林"。

"谢谢,戈斯坡丁①。月房在这条过道尽头靠左。这儿没有餐厅,但我们的厨房有升降机,可以送餐到房间。在本店吃饭的话,请记住厨房二十一点关门。除了酒和冰块,其他升降机送餐服务也是同一时间停止。不过廊道对面有家'邋遢乔',向北五十米,通宵开门。房间里不准自己做饭。"

"谢谢你。"

"需要陪伴吗？笔直的、拐弯的、双向的,各种年龄、性别,专为高端客户服务。"

"再次谢谢你。我累了。"

房间完全能满足我的需要,破旧不破旧我不在乎。房里有一张单人床、一个有点散架的长沙发,还有一个清洗间。虽说小了点,但该有的都有,而且没有用水限制。我拿定主意要泡个热水澡……等会儿,等会儿一定泡！卧室兼起居室里还有一个托架,应该是放通信终端用的,但它现在空着。托架旁边的墙上嵌着一块铜牌:

就在这房间里,2075年5月14日星期二,亚当·塞勒涅、贝尔那多·德拉帕扎、曼尼尔·戴维斯和怀娥明·诺特制定了计划,该计划最终让月球获得了自由。正是在这房间,他们宣布月球革命开始！②

---

①俄语,"先生"的意思。

②该情节详见《严厉的月亮》。在该书中文版中,这家旅馆被译作"鸿运"。

对此我没什么感觉。是啊,那四位是革命英雄,但自从我埋葬科林·坎贝尔、创造出理查·埃默斯以来,我住过月城的十多个旅馆房间,其中大多数都炫耀着类似的标识。这就像我那个祖国到处都是"华盛顿在这里睡过觉"一样,全是钓游客的诱饵。如果居然能在这些所谓的名人纪念地碰上个真的,那是纯粹的巧合,撞上大运了。

管他是真是假。我取下假腿,在沙发上躺下,努力让脑子里变成一片空白。

格温!哦,该死,该死,该死!

我是不是太固执了,让自己成了个傻瓜?也许。可是,该死的,什么事总得有个限度吧。大多数事情上我都惯着格温,这没什么。她替我俩作决定,哪怕事先不跟我商量,我都从没吱过一声。可她不应该怂恿那个靠我吃饭的跟班顶撞我,对不对?我不能连这种事都得忍吧,人不能活得这么窝囊。

可我同样不能没有她!

不对,这话不对!这周之前——不过三天多一点以前,你没有她照样活得好好的……现在也一样能活得好好的。

缺了那只脚,我一样能过下去。但我并不喜欢残疾,也永远无法习惯。是啊,你可以没有格温,没有她你也不会死。但还是承认吧,你这个笨蛋:过去三十年里,只有这短短几天,你才是幸福的。你的幸福始于格温和你同居、嫁给你。这段时间充斥着危险、赤裸裸的不公、战斗和艰险,但这一切都无足轻重;你是如此幸福,因为有她在你身边。

而现在,你把她赶走了。

戴上你的笨蛋帽子,用铆钉把它牢牢钉在头上;你再也用不着把它摘下来了。

可那件事,我是正确的!

又如何?"正确"跟维系婚姻有什么关系?

我准是睡过去了(实在疲惫得要命),因为我做了噩梦,梦到了没有发生的事:格温在底层巷被强奸、被杀害。这种事不可能是真的。强奸这种罪行,它在旧金山有多么常见,在月城就有多么罕见。最近的一桩强奸案还是八十年前的事,犯案的地球人甚至没撑到被判决处死;被害者的尖叫引来了人群,强奸犯当场就被撕成了碎片。

虽然之后才弄清是因为办完事后没给钱,女的才尖叫起来,但这并不能让事件性质发生丝毫变化。对月球佬来说,妓女和圣母玛丽亚同样神圣不可侵犯。虽然我不是土生土长的月球佬,却打心眼儿里赞同这种观念。对强奸犯来说,唯一合适的惩罚就是死刑,立即处决,没有上诉机会。

地球曾经为被告提供过这种法律保护,叫作"丧失思维能力""因精神失常判决无罪"。这些概念会让月球佬摸不着头脑。在月城,哪怕某个男人只是在心里想想强奸,也会被视为丧失了思维能力;将其付诸实施更是最有力的证据,说明这人彻底疯了。但对月球佬来说,这种疯癫不会给强奸犯带来丝毫同情。月球佬不给强奸犯作精神分析,他们会宰掉他,立即处决,一分钟也不耽搁,宰了他。

旧金山应该向月球佬学习。任何一个妇女独自出门会感到恐惧的城市都该好好学学。在月城,女士从不害怕男人,无论这些男人是家人、朋友还是陌生人。在月城,男人从不伤害女人——否则就是死!

我是哭着从梦中醒来的。悲伤压倒了我,让我无法自制。格温死了,格温被强奸、被杀害。这都是我的错。

即使彻底清醒、回到现实以后,我仍然止不住眼泪。我知道这只是个梦,可怕的噩梦……可我仍旧压抑不住负罪感。我没能尽到责任,保护我的爱人。我让她离开了我。"——走你的路,别回头。"啊,无法形容的愚蠢!

我该怎么挽回?

找到她!也许她会原谅我。女人好像什么都能原谅。(需要求得原谅的通常是男人,所以这应该是一条维护种族生存的进化策略。)

但首先,我得找到她。

我感到难以遏制的冲动,恨不得立即奔出门去,开始寻找——翻身上马,奔向四面八方。但这种寻人手段已经写进了数学教科书里,被判为大错特错。我完全不知道上哪儿找格温,而她很有可能正在找我,只要找到来福士旅馆就行——如果她回心转意的话。真要那样,我就应该守在这儿,而不是四处乱跑。

不过我也可以做点什么,增加我的机会。给《月城日报》打电话,登一则广告,不,好几则,各类广告手段全用上:分类广告、灯箱广告,还有一种最棒的——搭配月球每小时新闻快报出现在终端上的商业广告,不断滚动播出!

如果还不奏效,接下来怎么办?

闭嘴,赶紧写广告吧!

格温,给我打电话。来福士旅馆。理查。

格温,请给我打电话吧!我在来福士旅馆。爱你的理查。

最亲爱的格温,看在往日情爱的分上,求求你给我打电话。我在来福士旅馆。永远爱你的理查。

格温,我错了。请再给我一次机会。我在来福士旅馆。全心全意爱你的理查。

我紧张地反复掂量,最后决定第二条最好——又改了主意,觉得第四条更能打动她。再次改主意:还是第二条更简洁、更好。嗯,

第一条也不错。该死的,我真傻,只管把广告打出去!让她给我打电话。如果你还有希望,如果她还想回头,她不会挑剔你的遣词造句。

就在旅馆安排广告?不,在这儿的柜台留张字条,告诉格温你去了哪儿、为什么去、什么时候回来,请她一定等着……然后直奔报社,立即把广告打上终端——还要让他们下一版接着播。完事后赶紧回来。

我装上假腿,写好留在柜台的字条,抓起手杖——就在这时发生了一件事。类似这种情形,我这辈子已经遇过太多次了,巧得不能再巧,比其他一切都更能说服我,让我相信这个疯狂的世界并不是一团混沌,而是有着既定的安排……这件事就是:外面响起了敲门声。

我急急打开门。是她!赞美上帝,哈利路亚!她的个头似乎比我记得的更小了,两只眼睛肿得老高。她抱着那株小小的糖枫,仿佛它是一件爱的礼物——或许它真的是。"理查,你能让我回来吗?求求你!"

一切都发生在一眨眼间:我接过那棵小树,放在地板上,一把抱起她,关上房门,把她抱到沙发上坐下,我坐在她身边,我们两人同时哭着、说着。

过了好一阵子,我终于能稍稍住嘴,这才听清她的话:"对不起,理查,我错了,我应该支持你,可我觉得委屈、生气,又是那么该死的骄傲,不肯回头把这些话告诉你。等到回头时,你却走了,我不知道该怎么办。哦,上帝呀,亲爱的,永远别让我再离开你,一定要逼着我留下!你比我宽容,下次我要是再生气、再想离开,把我抱起来,让我回头、转身。千万别让我走!"

"我不会再让你离开了,永远不会。我错了,亲爱的;我不该小题大做,爱你、体谅你的话就不该这么做。我投降,全军投降。你想怎么宠比尔都行,我一个字都不会再说。去吧,尽管宠死他好了。"

"不,理查,不! 我错了。比尔需要好好上一课,而我理应支持你,让你严厉批评他。可是……"格温稍稍放松了些,伸手够到她的手袋,打开。

我说:"小心鳄鱼! 当心。"

她终于露出了笑脸,"阿黛拉上当了,连饵带钩全吞下去了。"

"里面没有鳄鱼?"

"老天,亲爱的,你觉得我是那种怪人吗?"

"上帝,当然不!"

"只有一只捕鼠夹,再加上她的想象力。这儿——"格温掏出一叠钱,还有些硬币,放在身边的沙发上,"我让比尔把钱还回来了。我是说剩下的,我给他的是这个的三倍。看来比尔是那种意志不坚定、一有钱就忍不住想花掉的人。我得想想该怎么惩罚他,让他知道好歹。在他懂得理性消费之前,不能再给他钱了。"

"等他一挣到钱,他就应该把九十天的空气费还给我。"我插嘴道,"格温,这事真的让我有点儿生气。生他的气,不是对你,是针对他对空气费的态度。可我把火发到了你身上,我真是太抱歉了。"

"可你是对的。比尔对空气费的态度反映出他的整个思想不对头。这是我刚才发现的。我和他在老圆顶那儿坐了一会儿,讨论了很多事情。理查,比尔有一种社会主义者会犯的最大错误:他认为全世界都欠他的,这个世界理应让他过上好日子。他真心实意地告诉我,每个人都应该享有可能提供的最好的医疗服务,免费、无限的服务,而且当然是由政府出钱。说起这个,他居然还理直气壮!他甚至无法理解,单单从数学角度看,这种要求就是不可能的。还不仅仅是免费的空气和医疗服务,比尔当真相信他想要的任何东西都应该免费提供给他。"她打了个哆嗦,"我简直无法动摇他的这种信念。"

"《班达罗格上路唱的歌》。"

"什么?"

"这是几个世纪前一个叫鲁德亚德·吉卜林的诗人写的。班达罗格是一群猿猴,它们相信一切皆有可能,只要你希望它实现,它就会变成现实。"

"对,比尔脑子里装的就是这种想法。他很郑重地跟我说事情应该如何如何……让这些'如何如何'变成现实则是政府的事,只要颁布一条法律就行。理查,他眼里的'政府'就像野蛮人眼里的宗教偶像,或者——不,我不知道,搞不懂他的脑子是怎么想的。我和他都把自己的想法告诉了对方,却无法做到彼此理解。他对他那些异想天开坚信不疑。理查,咱们犯了一个错误,应该说我犯了一个错误——不应该把比尔救出来。"

"你错了,亲爱的姑娘。"

"对,亲爱的。我以为能改造他,我错了。"

"你的错不在这儿。你忘了耗子的事了?"

"哦。"

"别这么埋怨自己。我们让比尔跟我们走,是因为我们俩都担心如果不这么做,他会被人杀死,很可能被耗子活吞了。格温,我们都明白把流浪猫带回家意味着什么,我们都知道那句老话,'救人救彻底'。但我们还是那么做了。"我捧起她的脸颊吻着,"我们仍然会这么做的,哪怕知道代价是什么。"

"啊,我爱你!"

"我也爱你,而且我现在想到的爱是一种非常甜蜜、非常粗俗的爱。"

"嗯……现在吗?"

"我得先泡个澡。"

"待会儿一起泡。"

我从门外把格温的行李箱拎进来。它被遗忘在外面很长时间，幸好没被偷走。我们正准备泡澡，格温弯腰端起那棵小树，放在升降机旁边的小桌上，端详着，"我有一份礼物给你，理查。"

"太好了。妞儿？酒？"

"都不是。不过这两样都是现成的。柜台经理就把我当成了妓女。我给比尔订房时，那个经理还想让我分一份钱给他呢。"

"比尔在这儿？"

"只住一晚，最便宜的单人房。理查，我不知道该拿比尔怎么办才好。我本想让他自个儿去底层巷找地方住，可埃兹拉拉比提过那下面的耗子的事儿。该死的，过去下面没有耗子呀。月城越来越像个贫民窟了。"

"恐怕你说得没错。"

"我还给他买了东西吃。这附近有家'邋遢乔'。你注意到了吗，他的饭量顶得上四个人？"

"我注意到了。"

"理查，我不能就这么扔下他，不给他吃也不给他一张安全的床。但明天就是另一回事了。我告诉他我希望他能振作起来——在吃早饭之前。"

"唔，哪怕仅仅为了一份炒蛋，比尔都可以随口撒谎。他就是这么一个可怜虫，格温，最可怜的那种。"

"但他再怎么撒谎也骗不了人。至少我给了他点东西让他好好想想。他知道我生他的气，知道我瞧不上他的那些观点，也知道不能再吃白食了。但愿他今晚睡不着觉，认真想想今后该怎么办。这儿，亲爱的——"说话的时候，她一直在花盆的泥土里挖呀挖，挖那棵小树下面,"赠给理查。最好先洗洗干净。"她递给我的是六发子弹,斯科达6.5毫米长型弹,或者这种型号的私造仿制品。

我拿起一颗仔细察看,"了不起的女人,不断给我惊喜。从哪儿来的? 什么时候? 怎么来的?"

赞美让她像十二岁的小姑娘一样乐开了花,"时间是今天早晨。地点香港,不用说,黑市。其实只要搞清往西尔斯哪个柜台底下瞅就行。出门购物之前,我把宫古藏进了花盆,离开夏的旅馆时把子弹也藏在了那儿。宝贝,当时我不知道香港的情况会不会变得很棘手,他们会不会搜查——确实很不妙,幸好大婶让咱们脱身了。"

"你会做饭吗?"

"我是个很称职的厨子。"

"会打枪,会摆弄轮式车,会开太空飞行器,会做饭——好,你被雇用了。你还有其他技能吗?"

"嗯,机械方面也懂点儿。过去我还是个不错的律师。不过这两样最近没怎么干了。"她又补充道,"我还会从牙齿缝里滋口水。"

"简直是超女! 你还是人类吗? 或者以前曾是人类吗? 回答必须严谨,这可是要记录在案的。"

"咨询律师之前我拒绝回答。咱们订晚餐吧,免得厨房关了。"

"你不是想泡澡吗?"

"对,痒得要命。可咱们要是不赶快订餐,泡完澡只好穿上衣服去'邋遢乔'……去'邋遢乔'倒是没什么,可我不想再穿衣服。多长时间没有彻底放松下来、单独跟我丈夫一块儿了? 啊,好多年了,上次还是在天条你的套间里,咱们被好没道理地赶出去之前。"

"三天。"

"只有三天吗? 真的?"

"八十个小时。相当忙碌的八十小时,这个我可以证明。"

只要别独出心裁在菜单之外点菜,来福士的厨房还是不错的。今晚的菜式是肉丸配瑞典煎饼,酱汁里加了蜂蜜和啤酒——这个搭配相当怪异,还有加醋拌油的新鲜沙拉、奶酪、新鲜草莓、浓茶。

晚餐很好,其实随便什么菜炒炒都行,我们好久没吃过东西了。就算端上来的是油炸臭鼬我都不会发现。

有格温的陪伴,什么都是美味。

我们甩开腮帮子大嚼了半个钟头,优雅不优雅完全顾不上了。这以后,我的爱人才发现墙上那块铜牌——之前太忙了,没注意。可以理解。

她站起来,注视着它,接着哑着嗓子低声道:"真是小人物大开眼。就是这个地方!理查,这里是月球革命的摇篮啊!我却就这么坐着,打着饱嗝,挠着痒痒,好像这里是随便哪个旅馆房间一样。"

我说:"坐下吃饭,亲爱的。在月城,四家旅馆里就有三家挂着这种牌子。"

"这间不一样,理查。这一间的房号是多少?"

"没房号,只有个字头:月房。"

"'月房'——没错!就是这儿!理查,换成地球的无论哪个国家,这么重要的地方一定会做成神龛,供着长明火。说不定还会派仪仗队把守着。可在这儿——随便钉块小铜牌,就这么算了。今天可是月球自由日啊。月球佬就这样,已知宇宙里最怪的一伙怪人。老天啊!"

我说:"亲爱的姑娘,你要乐意,尽管把牌子上的话当真好了。与此同时,坐下吃饭。不然你那份草莓就归我了。"

格温没搭腔。坐下倒是坐下了,可她还是一声不吭,拨弄着水果和奶酪。

我说："甜心,有心事?"

"有心事也死不了。"

"听见这个真高兴。好啦,想说话时再说话吧,我会竖起耳朵好好听着。眼下我只拿这对招风耳给你当扇子使。别急,想说时再说。"

"理查——"她的声音有些哽咽。我吃惊地发现眼泪缓缓渗出她的眼角。

"怎么啦,亲爱的?"

"我对你撒了许多谎。我——"

"打住。我的爱,我结结实实的小可爱,我一直坚信女人有权撒谎,她们需要撒多少就撒多少,不受指责。面对这个不友好的世界,谎言也许是她们唯一的防卫手段。我从没追问你过去的事,对吗?"

"对,可是——"

"再次打住。我没追问过。你主动说了一些,就算这样,好几次你的恶性自诉症发作时,我都打断了你。格温,我娶你不是为了你的钱,也不是看中了你的家庭背景,或者你的头脑,甚至不是你了不起的床技。"

"甚至不是为了最后一种吗? 没有了它,我可就剩不下什么了。"

"哦,对,是为了它。我非常欣赏你处于水平状态的技能,还有你的激情。但出色的床上舞者有很多,就说夏吧,我猜她的技巧和激情一定不错。"

"技巧说不定是我的两倍,可我才不相信她能比我更有激情。"

"在充分休息后,你还行吧。好了,别打岔。你想知道你真正特别的地方是哪儿吗?"

"想! 唔,应该是想的吧,如果这里面没有埋雷的话。"

"没有。我的太太,你独一无二的特质是这个:和你在一起的时候,我感到幸福。"

"理查!"

"别哭哭啼啼的。我最受不了女的舔嘴上的眼泪。"

"粗坏。我想哭就哭,怎么了……这会儿就想哭。理查,我爱你。"

"我也爱你,小哭包。我想说的是这个:如果你目前的这套谎话渐渐撑不下去了,别费功夫另建一套体系,往里头塞满庄严的保证,说这才是最终的事实,完全的事实,除了事实别无其他。省省吧。就算旧体系已经千疮百孔——我也不在乎。我不会寻找漏洞和前后矛盾的地方,因为我不在乎。我只想和你一起生活,握住你的手,听你打呼噜。"

"我才不打呼噜呢! 嗯……对吗?"

"我不知道。过去八十个小时里,咱们共同睡眠的时间不是很充分,所以呼噜还不成其为问题。五十年后再问我吧。"我把手伸过桌子,抚弄着她,"我想握住你的手,听你打呼噜,偶尔再——嗯,一个月来一两次……"

"一个月一两次!"

"太频繁了?"

她叹口气,"看样子我只好将就了,受不了时上房挠挠瓦片什么的。"

"瓦片? 什么瓦片? 我想说的是一个月上外面吃一两顿,看看演出,逛逛夜店,给你买朵花别在头发里。唉,你要坚持的话,多几次也行吧……问题是夜生活太频繁会影响写作。我打算靠写作养你呢,我的爱,虽说你有好几口袋金子藏在地窖里。"我说,"你反对吗? 亲爱的,不反对吗? 怎么这副表情?"

"理查·科林,你绝对是我嫁过的最让人生气的男人。哪怕睡过的男人中间,你也是最气人的。"

"睡过的是什么意思?你拍着他们睡着了?"

"操!真不该把你从格雷琴手里救出来。一个月一两次!你挖了个坑让我掉进去。"

"女士,我听不懂你的话。"

"你听得再懂没有了!你以为我是个满身汗津津的小慕男狂。"

"你其实不算太小啊。"

"再说,再说。说呀,把我逼急了,我在咱们的婚姻里再加个丈夫。乔埃-莫会答应跟咱们结婚的,我知道他会。"

"乔埃-莫是个靠得住的伙计,一点儿没错。我肯定他乐意娶你,他脑袋里可没塞沙子。你要是挑了他,我会努力让他觉得受欢迎。可我不记得你跟他那么熟啊。你这个提议是当真的吗?"

"不是,去你的。我从来没试过多人婚姻。一次对付一个丈夫已经够麻烦的了。玛西上尉当然是个好小伙子,可他太年轻,不适合我。哦,我可不是说他想来一次一夜情的话我会拒绝,只要他话说得得体,我会答应的。但那只是为了好玩,不是什么严肃的关系。"

"我说的也不是你会拒绝他。嗯,方便的话,提前通知我一声,让我可以优雅体面地隐形,或者在旁边递杯酒什么的,哪怕递毛巾也行。反正女士说了算。"

"理查,你可实在是配合得过分了。"

"你想让我妒心大发吗?这可是月球,我是个月球佬,虽然不是土生土长,只算抱养的,但总也是个月球佬。我不会像地球人那样,碰上这种事,气得脑袋撞石墙。"我吻了吻她的手,"我亲爱的太太,你的确是个小个子,但你有一颗很大的心。它就像耶稣的鱼和面包,足够分给许多丈夫和爱人,你想找多少都够分。我很高兴能成为众人之中你的首选——如果我是首选的话。"

"咦,那是枪吗?怎么有点眼熟?"

"不,是一根冰柱。"

"是吗?拿过来瞧瞧,别让它化了。"

我们这么做了。时间不长,毕竟我累了。之后我问:"格温,干吗皱眉头?我的表现至于这么差劲吗?"

"不,亲爱的。是我心里仍旧放不下我撒的那些谎……这次你别转移话题。我知道那边那块铜牌是真的,因为我认识那四个人中的三个。跟他们很熟。其中两人收养了我。亲爱的,我是月球自由邦的奠基人之一。"

我什么都没说,因为有的时候实在是无话可说。格温扭了扭身,几乎有点生气地说:"别那么看我!我知道你在想什么。2076年离现在是有点久,久就久呗。等你穿好衣服以后,我带你去老圆顶,让你看看《独立宣言》上我的印章和指印。也许你不相信是我的章……可我不能连指纹都伪造吧。咱们去瞧瞧?"

"不去。"

"为什么不?想知道我的年龄吗?我是2063年圣诞节那一天出生的,在《独立宣言》上签字的时候十二岁半。这下你知道我多大岁数了。"

"亲爱的,当我决定成为一个土生土长的月球佬的时候,或者说尽可能算土生土长,我认真学习了月球历史,免得以后穿帮。签名人中没有叫'格温多琳'的。等等,我没说你撒谎,只是说你那时一定叫别的名字。"

"是的,当然。黑兹尔。黑兹尔·米德·戴维斯。"

"'黑兹尔'后来嫁进了斯通家,是儿童团的团长。嗯,黑兹尔是红头发。"

"没错。从现在起,我就可以不再吃那些讨厌的药片,让头发恢复自然色了。除非你更喜欢它现在的颜色。"

"头发什么颜色不重要。可是——黑兹尔,你为什么嫁给我?"

她叹道:"因为爱,亲爱的,这是真的。你有麻烦的时候好帮你……这也是真的。还因为这是不可避免的,这仍旧是真的。因为这件事写在另一个时间、另一个地点的历史书里:黑兹尔·斯通回到月球,嫁给了理查·埃默斯(又名科林·坎贝尔)……这对夫妇拯救了亚当·塞勒涅——革命委员会的主席。"

"写在历史书里,是吗? 命中注定的?"

"不一定,我的爱。还有历史书是这样写的:他们失败了……并在这个过程中死去。"

17

"年龄不能使她衰老，习惯也腐蚀不了她变化无穷的伎俩；别的女人使人日久生厌，她却越是给人满足，越是使人饥渴。"

——威廉·莎士比亚(1564-1616)

有个小姑娘告诉学校的保姆："我弟弟觉得他是一只母鸡。"保姆回答："哦唷，天哪！你们是怎么帮他的？"小姑娘回答："什么都没做。妈妈说我们用得着那些蛋。"

应该为女人的妄想症担心吗？如果这些幻觉让她觉得高兴呢？我有责任带格温去看心理医生，让她好起来吗？

才不！请心理医生治病等于让瞎子给瞎子带路。就算最好的心理医生都没什么本钱，无牌可打。去看心理医生的人应该先好好检查一下自己的脑子。

仔细察看的话，格温可能过了三十，大概不到四十——但绝不会有五十岁。可她硬说自己生于一个多世纪以前。对这种事，有什么委婉的应对方法吗？

大家都知道，土著月球佬比身处一个重力环境下的地球人老得慢。格温之所以有这种幻想，看来是因为她其实是土生土长的月球佬,而不是她从前所说的出生在地球的地球人。但月球佬虽说老得慢些,总还是要老的。超过百岁的月球佬不会看上去只有三十来岁。我亲眼见过几个:他们老得都快朽了。

让格温认为我相信她说的每个字,但其实我一个字都不相信,同时还得告诉自己这种事无伤大雅……做到这一点肯定会让我花一番工夫。我以前认识一个男的,挺正常的一个人,却娶了个笃信占星术的老婆。这老婆随时随地都会揪住某个人不放,追问这个可怜家伙出生时是什么星象。这种反社会愚行肯定比格温温和的幻想难侍候多了。

可那男的却过得很幸福。他老婆是个绝佳的厨师,一位令人愉快的女士(除了脑子里有个窟窿之外),说不定还是卧室里的艺术家,本领足以媲美传说中的荡妇淫娃。有了这些,他干吗跟她的那个小毛病过不去呢? 这毛病让她高兴,尽管把别人烦得要命。我觉得那男的并不介意在自个儿家里处于智力方面的真空状态,只要肉体舒舒服服的就行。

移开这块压在她美丽胸口的石头以后,格温马上睡着了,很快我也睡着了。一夜酣眠。醒来时我精神振作、心情愉快,可以跟响尾蛇搏斗,还能礼让三招,让它先咬两口。

或者说,精神足得能吃下一条响尾蛇。等到星期一,我会出去给我们找个新住处。中饭、晚饭我很乐意去外面,但早餐应该在家里,吃完再出门面对世界。早饭当然不是结婚的唯一目的,但它是其中之一。别的办法同样可以达成这一目的,但我相信,结婚并哄老婆替你做早餐仍是最常见的策略。

更清醒些以后,我认为我们可以就在客房吃早饭。是这样吗? 厨房什么时候开门? 现在几点了? 我查了查贴在升降机旁的说明,不由得大失所望。

我刷了牙，装上假腿，提上裤子（同时注意到我今天还得买些衣服。这条裤子已经快到临界点了）。这时格温醒了。

她睁开眼睛，"咱们认识吗？"

"这种搭讪太马虎了，太不正式，我们波士顿人一般不这么干。但我还是很乐意替你买早餐，因为你是这么充满活力。想吃什么？这个破地方只提供一种叫作'咖啡全餐'的东西，一听名字就知道好不到哪儿去。要不，你打扮得体面些，咱们溜达出去瞧瞧'邋遢乔'？"

"回床上来。"

"女人，你是打算提前领我的人寿保险啊。'邋遢乔'？或者在这儿要一杯快凉的雀巢咖啡、一块不新鲜的羊角面包，加上一杯人工合成橙汁。就在床上享用这份豪华早餐？"

"你说过每天早晨都有华夫饼。你保证过的，就是保证过，就是就是。"

"是的，在'邋遢乔'买。我正要去那儿。一起来吗？还是让我替你订一份本店特色咖啡全餐？"

格温发出一连串抱怨和悲叹，谴责我犯下的滔天大罪，让我赶紧像个男子汉一样去死；与此同时麻利地起床梳洗，穿好衣服。收拾完毕的她看上去焕然一新，完全不像穿着同一身衣服过了三天的模样。嗯，我们俩倒是都穿着崭新的内裤，最近还泡过热水澡，头脑纯洁，指甲干净……可她看上去就跟刚从帽盒子拿出来一样新鲜整洁，而我却像一头拖拖沓沓、一步三晃的猪。不过这是她的不幸、我的幸运。大清早看见格温这个样子，真是一件美事。我幸福得都快冒泡了。

离开月房时，她挎着我的胳膊，紧紧搂着它，"先生，谢谢你请我吃早餐哦。"

"随时欢迎你,小姑娘。比尔住哪间房?"

她一下子郑重起来,"理查,我想等你先吃完,再让比尔见到你。这样也许更好些。"

"哦,才不是呢。我不喜欢等半天才吃上早饭,也看不出让比尔这么等着有什么好处。咱们别看他就行。我替咱们找张两人桌,让比尔就着柜台吃。"

"理查,你是个软心肠的笨蛋。我爱你。"

"别叫我软心肠的笨蛋。你才是软心肠的笨蛋!在他身上大把花钱的是谁?"

"是我,这是个错误,我已经让他还回来了。今后不会再有这种事了。"

"只还回来了一部分。"

"花剩下的都还了。请别再揪着这件事不放了,我是笨蛋,理查。你说得没错。"

"这样的话,咱们就忘了这事吧。这是他的房间吗?"

比尔不在房里。柜台查询和敲门两相印证:比尔半小时前就离开了。我觉得格温松了口气;我反正是这样。我们这个问题孩子渐渐成了个大麻烦。我不得不提醒自己他救过大婶,这样才能在他身上找出点儿好处。

几分钟后,我们走进本地的"邋遢乔"。我正在四下寻找两人桌,格温捏了我的胳膊一把。我抬起头,朝她看的方向望去。

比尔站在收银台前,正在付账,手里拿着一张二十五克朗的钞票。

我们等着。他转过身,看见了我们,好像准备逃跑。可他没地方可逃,要逃只能从我们身边经过。

我们把他弄到了外面,这个过程还有些引人侧目。到了公共廊道,格温盯着他,满面寒霜,气愤地说:"比尔,你那些钱是从哪儿来的?"

他看着她，又转开目光，"是我的钱。"

"胡扯。你从天条出来时身无分文，你所有的钱都是我给的。你昨晚对我撒了谎，没把剩下的钱全还给我。"

比尔一脸固执，死不开口。于是我说道："比尔，回你房间去。我们吃完早饭后去那儿找你。到时候你得对我们说实话。"

他几乎毫不掩饰他的怒火，"参议员，这跟你啥关系都没有！"

"咱们等着瞧吧。回来福士。走吧，格温。"

"可我要比尔还钱。现在！"

"早饭后再说。这一次得用我的法子。你来吗？"

格温不说话了，我们回到餐馆。我有意不再提比尔的事，有些话题会让人消化不良。

大约三十分钟后，我说："再来一片华夫饼吗，亲爱的？"

"不了，谢谢。我够了，他们的华夫饼跟你做的没法儿比。"

"那是因为我是天才。把剩下的吃完，回去料理比尔的事。是活活剥了他的皮呢，还是拿根木桩钉死他完事？"

"我本来想把他吊在刑讯架上好好拷问。理查，自从吐真药取代了拇指钳和烙铁，生活真是少了不少美妙之处。"

"我亲爱的，你可真是个嗜血魔头。再来杯咖啡？"

"就会拣好听的夸人家。不要了，谢谢。"

我们回到来福士，去了比尔的房间，却叫不应他。我们来到柜台，当班的还是当初给我办理入住手续的那个愤世嫉俗的家伙。我问："你见过KK房的威廉·约翰逊吗？"

"见过。三十分钟前他来拿回押金，退房走了。"

"可订房的人是我！"格温的声音颇有些尖厉。

对方不为所动，安详地回答道："戈斯帕扎①，我知道订房的人是

---

① 俄语，"女士"的意思。

你。可我们只认钥匙。交回钥匙,退回押金。我们不管是谁订的房。"他伸手从架子上取下KK房的钥匙卡,"要是有人没退钥匙就走了,押金刚够更换磁条密码,补偿不了给我们带来的麻烦。就算你把钥匙忘在公共廊道,有人捡到还回来,我们照样会把押金退给他。而你只好再付一笔押金才进得了你的房间。"

我紧紧抓住格温的手肘,"很公道。如果看到他,请通知我们好吗?我们住月房。"

他看着格温,"你不想要KK房了?"

"不要。"

他转向我,"你租下月房时付的是单人价,住两个人得加收费用。"

突然间,我觉得受够了。这些东拉西扯、推三阻四,这些鸡毛蒜皮的操蛋事,我受够了。"敢从我这儿多榨一个克朗,我会把你扔进底层巷,把你的脑袋拧下来!走,亲爱的。"

进房间关上房门以后,我还是气冲冲的,"格温,咱们别待在月城了。这地方变了,变坏了。"

"你想去哪儿,理查?"她闷闷不乐地问。

"呃——我觉得应该移民,离开这个星系……博塔尼、比邻星之类的地方。唉,要是我再年轻些,还有两条腿,我肯定去了。"我叹了口气,"'有的时候我觉得自己像个没娘的孩子般孤苦无依。'[1]"

"甜心——"

"什么,亲爱的?"

"你还有我呢,我会像母亲一样关心你、照顾你。无论你去哪里,我都会跟着你,哪怕去到银河尽头。可我不想就此离开月城,不知你能不能迁就我。咱们可以离开这家店,另找地方住。如果埃兹拉拉

---

[1]美国黑人民谣。

比说得没错，一时找不着别的住处。咱们能不能先忍一忍那个一脸霉相的经理，到星期一再说呢？到那时肯定能另找个地方。"

我集中精神让心跳不要太快，总算做到了，"你说得对，格温。就算不能马上找到新地方，等过了这个周末，那些圣陵守护者走了以后，咱们肯定能另找住处搬过去。有这个前景，我可以不跟那个蠢货一般见识。"

"那就好。想知道我为什么需要在月城多待一阵子吗？"

"什么？哦，当然。说实话，我也真该在某个地方扎下根来，安定一段时间。写点东西，挣点钱，把这个星期的大笔花销找补点儿回来。"

"理查，我一直想告诉你，咱们不用操心钱的事。"

"格温，钱的事永远需要操心。我不会花你的积蓄。愿意的话，就算是我的大男子主义吧，反正我得养你。"

"谢谢你，理查。但你不用这么着急。无论咱们需要多少钱，我都能马上拿出来。"

"是吗？这话说得可有点儿太大了啊。"

"就是这么大，先生。理查，我说过不对你撒谎，现在该把所有事实都告诉你了。"

我挥舞双手挡开这话，"格温，我还没跟你说清楚吗？我不在乎你给我编故事，不在乎你多大岁数、之前是什么人。就从你我在一起算，一切重新开始。"

"理查，别拿我当孩子！"

"格温，我没拿你当孩子。我是说我接受现在的你、今天的你、眼前的你。你的过去属于你自己。"

她难过地看着我，"亲爱的，你不相信我是黑兹尔·斯通，对吗？"

撒谎时间到！可如果不能让对方相信，谎言有什么用？（除非你本来就不打算让对方相信,现在当然不是这种情况。)只好走最艰苦的路:打破她的幻觉。"甜心,我一直想告诉你,你是谁没关系,无论你是黑兹尔·斯通还是赛蒂·利普西茨还是波卡洪塔斯①都不重要。重要的是,你是我挚爱的妻子。别让无关紧要的事干扰这个最重要的事实。"

"理查,理查!听我说,让我说话。"她叹了口气,"否则……"

"'否则'?"

"你知道'否则'意味着什么,你对我也用过这个词。如果你不肯听,我只好回去报告,说我的任务失败了。"

"回哪儿去?向谁报告?什么任务失败了?"

"如果你不肯听,这些都不重要了。"

"你说过,让我永远别允许你离开我!"

"不是离开你。我只是赶快回去报告,然后再回到你身边。你也可以跟我一起回去——啊,要是你能这么做该多好!我必须报告这次失败,让他们解除我的任务……到那时我就自由了,可以跟着你浪迹天涯,直到宇宙尽头。我必须先辞职,而不是开小差当逃兵。你是个军人,一定能理解我。"

"你是军人?"

"不完全是。我是个特工。"

"嗯……负责招募我?"

"算是吧。"她露出了狡黠的笑容,"也许应该说勾引你。他们没要求我爱上你,只要能跟你结婚就行。可我真的爱上你了,理查。我的特工事业恐怕会毁在爱情上。你能陪我回去报告吗?求求你。"

我越听越糊涂,"格温,我越听越糊涂。"

---

①波卡洪塔斯(1596-1617),著名的印第安公主,致力于调解殖民者与印第安人的冲突。迪士尼动画片《风中奇缘》就是根据她的事迹改编。

"那为什么不肯听我解释呢?"

"这个——格温,你说你是黑兹尔·斯通,这完全没法解释嘛。"

"我真的是。"

"该死的,数数我还是会的。就算她还活着,黑兹尔·斯通一百岁都不止了。"

"是的,我一百多岁。"她笑道,"老牛吃嫩草说的就是我,亲爱的。"

"哦,看在上帝的份上! 你瞧,亲爱的,我已经跟你睡了五晚,作为一个老太婆,你的劲头可是足得不像话!"

她美滋滋地说:"谢谢你,亲爱的。这全得归功于莉迪亚·平克汉姆的植物复合疗法。"

"是吗? 那种得了专利的江湖疗法? 把钙从关节里抽出来,重新灌进骨头,脸上的褶子熨平,让荷尔蒙水平达到年轻时的平衡状态,再疏通血管,对吗? 给我也来一桶吧,我的身子骨也不行了。"

"亲爱的,平克汉姆夫人手下有最好的专家。理查,你就不能让我用《独立宣言》上的指印证明自己是谁吗? 只要证明了这一点,你就能敞开心胸,接受事实,哪怕是难以想象的事实。要是能用视网膜验证给你看就好了……可我的视网膜那时没有记录下来。好在还有指纹。对了,还有血型。"

我有点发怵。幻觉破灭之后,格温会怎么样?

我突然想起一件事,"格温,格雷琴提起过黑兹尔·斯通。"

"对。格雷琴是我的曾曾孙女,理查。我十四岁生日那天嫁给了斯通家的斯利姆·莱姆克①,2078年地球秋分日和他生下了第一个孩子,是个男孩。我给他取名罗杰,跟我父亲同名。2080年我生了第一个女儿——"

_____

①在《严厉的月亮》中文版中译为"莱姆基勒"。

"等等。你不是说你的长女是帕什瓦尔·劳威尔学院的学生吗？在我指挥那次救援行动的时候？"

"那是我的谎言之一，理查。那所学校的确有我的一个后裔，我有个孙女在那儿教书。所以我对你的感激是真心实意的。但别的细节是我编的，这样才符合我表面的年龄。我的大女儿叫英格里德，跟斯利姆的母亲同名。在劳威尔教书的是英格里德·亨德森，她的名字随母亲，也就是我的女儿英格里德·斯通。理查，枯骨增压区有五个我的直系后代，我见到了他们，却不能和他们相认，你不知道这有多难。

"但我不能既是老祖母黑兹尔，又是格温·诺瓦克。我只好什么都不说……这种事不是头一回了。我有许多孩子。从初潮到绝经的四十四年里，我为四位丈夫和三个偶遇的陌生人生下了十六个孩子。第四任丈夫去世后，我又恢复了'斯通'这个姓氏，因为那时我和儿子罗杰·斯通一起住。

"罗杰跟他的第二任妻子生的四个孩子都是我带大的。她是个医生，随时出门，家里需要一个长住的奶奶。四个孙子中三个已经结婚了，没结婚的只有最小那个，现在是谷神星总医院的外科主任。估计他这辈子都不会成家了：长得帅，又自我中心，还坚信那句俗话——想喝牛奶不必养着奶牛。

"就是那时，我开始接受植物复合疗法。成果就在你眼前：又能生养了，准备再生出一个家族。"她微笑着拍拍肚子，"回床上来。"

"去你的，妞儿，这一招解决不了任何问题！"

"是，但它是消磨时光的好办法，有时候还能让女人暂时摆脱经期流血。这倒让我想起了一件事：如果再见到格雷琴，我不会干涉你们了。上一回只是不想让曾曾孙女挤进我的蜜月。这蜜月本来已经够挤的了——遇上的人太多，遇上的刺激也太多。"

"格雷琴还是个孩子呢。"

"你这么想吗？从身体上说，她跟我十四岁时一样成熟。我十四岁已经结婚了，而且马上就怀上了。结婚时，我还是个黄花闺女呢。这种事我们这儿常见，别的地方少见。咪咪姆姆把它看得很重，还让怀娥姆姆负责盯我。戴维斯家族在月城的地位高得不能再高，那个家能收留我，我只有感激，绝不会逃离，所以只好听姆姆的。亲爱的，关于我是谁，我不会再说一个字了，等你在《独立宣言》上验过我的印章和指印再说。你不相信，我感觉得到……觉得很委屈。"

（妻子拿定主意时，丈夫应该怎么办？婚姻真是对人际手段的最大考验啊——我是说如果你不打算离婚的话。）"甜心，我不想让你受委屈。可我不懂怎么验指纹。好在打狼不止一种办法。你提到的你儿子罗杰的第二任妻子，她还活着吗？"

"活得好好的。伊迪丝·斯通医生。"

"那月城这里很可能还保留着她和你儿子的结婚记录。这个罗杰，是不是当过市长的罗杰·斯通？"

"是他，任期是2122年到2130年。但他现在不在月城，2148年他就离开了。"

"他现在在哪儿？"

"几光年以外。伊迪丝和罗杰移民去了星系之外，费德勒绿星。我后代中的这一支全都走了。亲爱的，你这个办法行不通——你是想找到某个能证明我是黑兹尔·斯通的人，对吗？"

"唔，是的。我本想伊迪丝医生应该是个最佳证人，专业对口，又没有偏见。"

"这个嘛……她还是可以给你当证人的。"

"怎么当？"

"血型呀,理查。"

"你瞧,格温,因为战场急救的缘故,血型的事我正好懂点儿。我要求我那个团必须人人验血。血型只能证明你不是谁,却无法证明你是谁。一个团的人不算多,这么些人里,就连比较少见的AB型都远远不止一个,足足有两百人。这个数字我记得很清楚,因为我本人就是其中之一。"

她赞同地点点头,"而我又是O型血,最常见的血型。但血型的事并不是那么简单。血液中有三十多组组织,只要把它们全都验明、列出,这种完备血型就是独一无二的,跟指纹或视网膜一样独特。理查,月球革命的时候,我们的许多人都是死于不知道血型,事先没验过。哦,我们那时也知道怎么输血,问题是只能依靠交叉配血的办法找出合适的献血者。临时交叉配血实在太慢了。许多——不,绝大多数需要输血的人都死了,就是因为不能及时找到合适的献血者。

"和平与独立到来以后,怀娥姆姆——怀娥明·诺特·戴维斯,香港那家医院就是因她命名,你知道吗?"

"我注意到了。"

"怀娥姆姆以前在香港当过代孕母亲,知道血型的事。她建立了第一个血库,组织募捐、筹措经费的是月球自由邦的另一个奠基人华腾那少校。直到今天,香港还冰冻着我的半升血呢……这个我不敢肯定,但有一件事是有把握的:那儿的档案里记录着我的完备血型。2148年我们一家人各奔东西之前,伊迪丝特意要求每个人彻底验血,所有已知的血液组织都要验。"

格温高兴地说:"取一份我的血液样本,理查,去伽利略大学医学中心化验。做个全套,我出钱。把它跟我在2148年的验血档案比对——保存在怀娥明·诺特纪念医院里——任何一个识字的人都能看出这两份验血报告是不是同一个人的。指纹比对还需要专业知识,这个完全不需要。如果材料证明我不是黑兹尔,那就弄一套拘束衣,把我当疯子关起来吧。"

"格温,咱们不能回香港。无论为了什么都不能回去。"

"用不着回去。咱们给伽利略血库一笔钱,让他们从香港把资料调到这边的终端上。"她的脸色忽地一沉,"可我那诺瓦克女士的身份就完蛋了。两份资料放在一起,他们马上就会明白黑兹尔奶奶又回到她最初的犯罪现场了。不知道这对我的任务有什么影响;当初没有这个计划。可说服你又是这项任务的关键。"

"格温,你已经说服我了。"

"真的,亲爱的? 你不是在骗我吧?"

(我是在骗你,我的爱人。当然我承认你的话很有说服力。我认真学习过月球历史,你的话跟我学到的历史完全一致……你说的那些小细节更是让人觉得你真的身在现场。这一切都很能说服人,唯一的问题就是,这是完全不可能的。你是个年轻人,亲爱的,不是一百多岁的老妪。)"甜心,你给了我两种可以验证你身份的渠道。咱们就当我已经通过这种或那种或两种渠道证实了你的话,板上钉钉,现在你就是黑兹尔了。你更喜欢我叫你'黑兹尔'吗?"

"两个名字我都答应,亲爱的,你捡喜欢的叫吧。"

"好。只是你的相貌不大对劲。如果你又老又干瘪,而不是这么年轻有活力——"

"你在抱怨吗?"

"才不呢,仅仅是描述事实。既然你是生于2063年的黑兹尔·斯通,如此年轻的外貌你怎么解释? 别跟我扯那些专利疗法的胡说八道。"

"事实会让你很难接受,理查。我做过回春术,两次。第一次把我变回五十来岁的样子……同时让身体内部系统恢复到年轻成熟时期。第二次基本上算美容术，让我更吸引人。这是为了招募你，先生。"

"该死，该死。你现在的样子就是你真正的样子吗？"

"是的。如果你希望我换个模样，也是可以做到的。"

"哦，不！只要姑娘家心灵纯洁，我并不一定要求外貌漂亮。"

"去你的，坏蛋！"

"不过鉴于你的心灵不是那么纯洁，所以长得漂亮是件大好事。"

"这么说我，跟你没完，花言巧语也救不了你！"

"一句话，你又漂亮又性感又邪恶。但'回春'这句解释相当于没解释。就我所知，回春这种事只能发生在扁虫身上，任何进化梯级上高于它的物种都不可能。"

"理查，回春的事没有别的物证，你只能相信我的话——至少现在是这样。给我做回春术的诊所远在一两千年以外，方向还特别古怪。"

"唔，我写奇幻小说的时候怎么没想到回春术这么好的桥段。"

"是啊。让人不敢相信，但它是真的。"

"既然不可能从这个角度查证，或许我还是得拿到那份验血报告。嗯？黑兹尔·斯通、罗杰·斯通——《太空磨难之旅》！"

"老天，终于说到我过去干的事了！理查，你也看过那部连续剧？"

"做坏事遭严惩时会漏过一些，除此之外一集不落。约翰·斯特林船长是我儿时的英雄。真是你写的？"

"一开始是我儿子罗杰。我是从2148年开始的，但下一年才署名。从那时起，署名作者就成了'罗杰和黑兹尔·斯通'。"

"我记得！可我不记得罗杰·斯通有单独署名的时候。"

"他有过,后来觉得这活儿太累人,烦了。于是我接了过来,准备写个结局拉倒——"

"宝贝,连续剧可断不得! 这是违宪行为。"

"我知道。他们同意我接手,又在我眼前挥舞大把钞票。那些钱我们用得着。当时我们住在一艘太空船里,身在太空,哪怕最简单的家务活儿都贵得很。"[①]

"我一直没胆子在有截稿期的情况下写连续剧。哦,我接过单集的活儿,依着全剧总纲写,但从来没有自己写一部连续剧,更没有顶着截稿期。"

"我们当时也没有全剧总纲,小不点和我想到哪儿写到哪儿。"

"'小不点'?"

"我孙子,就是现在在谷神星总医院当外科主任那个。我们俩一块儿写了十一年,不断打败银河大魔王——"

"'银河大魔王!'所有连续剧中,他是最棒的大反派。亲爱的,要是真有一个银河大魔王就好了。"

"嘿,自以为是的年轻人,你怎么敢质疑银河大魔王的存在? 你懂什么?"

"对不起,我道歉。他跟月城一样真正存在。否则约翰·斯特林就没有可以击败的对手了……哦,我坚信星空巡航队约翰·斯特林船长的存在。"

"这还差不多。"

"斯特林上尉在马头星云迷航、被放射虫追击那一次,他是怎么逃脱的? 那一集我挨罚没看成。"

"我想想——你别忘了,离那时有些年头了。我似乎记得他临

[①]斯通一家在太空的生活以及这部连续剧的创作在《斯通一家闯太空》中有详细描述。

时改装了多普勒雷达,用偏振波束把放射虫烧死了。"

"不对,改装多普勒雷达是他遇上太空怪那一集。"

"理查,你不会记错了吧？我记得太空怪是逃出马头星云之后的事。当时他被迫和银河大魔王临时停战,好拯救银河系。"

我想了想。那会儿我多大？在上哪个年级？"宝贝,你是对的。我当时还很生气:就算为了拯救银河系,也不能跟大魔王联手呀。我——"

"可他不得不那么做,理查！为了不玷污自己,不跟大魔王联手,眼睁睁看着亿万无辜者死去——他不能那么做。不过我明白你的意思。为了那一集,小不点和我争得不可开交。他想的是太空怪被摧毁之后,利用停战协定干掉大魔王——"

"不行,斯特林上尉绝不会自食其言。"

"说得对。可小不点向来是个实用主义者。只要碰上困难,他的解决办法几乎总是割断对手的脖子。"

"嗯,这个办法很管用。"我承认。

"可是理查,在连续剧中,你不能随随便便杀死哪个角色,一定得为下一集留下点什么。你也说过,你从来没有写过整本剧。"

"没写过,但你说的这个我也知道。那会儿我看过许多连续剧。黑兹尔,之前你为什么由着我在你面前扯那么多作家是怎么回事的废话？"

"你叫我'黑兹尔'！"

"宝贝——黑兹尔我亲爱的——我对血型和指纹没兴趣了。毫无疑问,你正是有史以来最了不起的连续剧《太空磨难之旅》的作者。一周接一周,一年接一年,演出开始时的演职员表上都这么写着:'作者黑兹尔·斯通'。一段时间以后,让人难过的时刻到了:本集结束,屏幕上打出'本剧人物由黑兹尔·斯通创造——'"

"是这么写的吗？最后这段话里应该有罗杰的名字，这部剧是他创造的,不是我。那些糊涂虫。"

"这不重要。反正人物总会渐渐失掉活力,死去。如果没有你,这部剧集不可能是这个样子。"

"小不点长大以后,我就不写了。写这部剧的时候,我负责情节,他负责那些血淋淋的动作戏。有时候我会心软,小不点却从来不会。"

"黑兹尔,咱们把它继续写下去怎么样？情节我们一起攒,你执笔,我负责做饭、操持家务。"我停下来,望着她,"你哭什么？"

"我想哭就哭！你叫我'黑兹尔'——你总算相信我了!"

"我不得不相信。血型、指纹之类随便什么人都能编,但创作剧集的事编不圆,休想瞒过我这个老笔杆子。我的爱,你确实是《太空磨难之旅》的作者。但你同时又是我那个汗津津的小慕男狂。我发现我并不介意你比我大两百岁。"

"我才没有两百岁呢！还要很多很多年才满两百岁。"

"可你不介意当汗津津的小慕男狂？"

"只要你喜欢。"

我笑着说："你就是,不管我喜不喜欢。脱衣服,咱们这就开始创作。"

"创作？"

"你还不知道吗？下半身写作才是最好的写作,我性趣盎然的新娘黑兹尔。各就各位,银河大魔王来了!"

"哦,理查!"

18

"如果要我在善意和诚实之间做出选择，我每一次都会选择善意，无论是给予他人善意还是接受他人的善意。"

——艾拉·约翰逊[1]（1854—1941）

"黑兹尔，我年迈的爱人啊——"

"理查，想让我打断你的胳膊吗？"

"我看这会儿你办不到。"

"打个赌？"

"哎哟！快住手！以后不准这么干……不然我把你扔进河里，娶格雷琴。她可一点儿不老。"

"你就继续取笑我吧。我的第三任丈夫就喜欢取笑我。人人都说他的模样简直帅呆了——在他的葬礼上。还说真可惜呀，年纪轻轻就撒手人寰。"黑兹尔-格温仰脸朝我笑道，"没想到他买了巨额寿险，这种事对寡妇来说真是莫大的安慰。娶格雷琴是个好主意，亲爱的。我很乐意抚养她长大成人，教她打枪，生头胎的时候给她接生，指点她怎么玩刀子，教她武术……总之，现代家庭里用得着的所

---

①不详。

有本领,我都会教给她。"

"哼哼! 我亲爱的姑娘,你可真是聪明可爱,人畜无害,跟银环蛇似的。不过这些本领嘛,我想她爸爸金克斯应该已经传授过了。"

"更大的可能是英格里德教的。但我总还可以再给她打磨一下。如你所说,我的经验比较多。你刚才用的是哪个词儿来着? 对了,'年迈'。"

"哎哟!"

"喂,不至于这样吧。娘娘腔。"

"什么不至于! 我要出家当和尚去。"

"先娶了格雷琴再说。我决定了,理查,咱们要把她娶进门。"

我不屑于搭理这种荒唐话,起身下床,蹦跳着进了清洗间。

她马上跟着我进来了。我胆怯地躲开,"救命啊! 求求你别再打我了!"

"去你的。我一次都没打过你——现在还没有。"

"我投降。你一点儿也不老,而且保养得好极了。黑兹尔,我的爱,你干吗这么凶啊?"

"我才不凶呢。不过,如果你跟我一样是个小个子,又是女的,要是你不敢自卫,肯定会被毛茸茸臭烘烘、满脑子大男子主义幻想的大个子男人推来搡去。别叫唤了,亲爱的,我一次都没伤着你。连血都一点儿没流——对吗?"

"我不敢看。妈妈从没说过婚姻生活会是这样! 亲爱的,你刚才打算告诉我为什么招募我、目的何在,可刚开头就岔开了。"

她过了一会儿才回答:"理查,你好不容易才相信我的岁数是你的两倍还多。"

"你不是说服我了吗? 这种事我弄不明白,但还是接受了。"

"可我要告诉你的事比这个更难接受。难得多!"

"也许我不会接受，但亲爱的黑兹尔-格温，我就是这么个倔人。我不相信敲敲桌子能带来好运，不相信占星术，也不相信什么处女产子——"

"处女产子其实不是难事。"

"我说的是基督教里的处女产子，不是基因实验室的科研成果。除了这个，我不相信的还有数字算卦、地狱、魔法、巫术和竞选时的承诺。如果你告诉我的事违背常识，想要我相信，至少会跟让我相信你的年龄同样困难。你得让银河大魔王站出来为你作证才行。"

"好吧。我先说一件试试，看你是不是很难相信：从某种角度看，我甚至比你想的还要老些，岁数甚至不止两百岁。"

"等等，你到2263年圣诞节才满两百岁。用你刚才的话说，还要很多很多年呢。"

"是这样。不过，虽然我还没有告诉你多出来的这些年里发生了什么事，但这些年头确实存在，我一年年过过来的——只是过的时候，我所处的位置非常合适。"

我说："亲爱的，音轨出问题了，我听不见你的话。"

"理查，这还是最容易接受的呢。内裤呢，我在哪儿脱的内裤？"

"根据你之前的回忆，应该是太阳系的大部分地方。"

"岂止这么点儿地方。银河系内外，甚至这个宇宙之外，我都脱过……哎呀，看你把话头扯哪儿去了！我是说，刚才脱在什么地方了？"

"应该是床脚吧。宝贝，穿上干什么？反正经常脱。"

"这是因为，只有不要脸的女人才不穿内裤到处跑……另外，请你说话文明点。"

"我什么下流话都没说啊。"

"我听得见，在你脑子里。"

"对了,还有一件我不相信的事:心灵感应。"

"不相信吗?从前有个人跟我下棋时经常出千,偷看我的脑子。此人就是我孙子洛威尔·斯通,又名小不点。幸好他十岁以后就没这个本事了,感谢上帝。"

"请注意,"我说,"该说法涉及某种极不可能的现象,出自尚未建立信誉的报告者之口。因此,上述之报告者所提供的资料等级不应高于军情分类C5级别。"

"你会为这些话付出代价的!"

"那你自己分级好了。"我说,"你也在军事情报部门干过。是CIA,对吗?"

"这是谁说的?"

"你说的。你隐隐约约提起过。"

"不是CIA。我这辈子都没去过兰利①,就算去过,也经过改头换面,就算改头换面也不是我,而是银河大魔王。"

"那我就是约翰·斯特林船长。"

格温-黑兹尔瞪大了眼睛,"天哪,船长,能给我签个名吗?最好签两个,两个你的就能换一个机器人罗斯的了。理查,咱们今天去哪儿?去不去中心邮局附近?"

"非去不可。我得设一个存局候领信箱,留给舒尔茨神父。你有什么事吗,亲爱的?"

"如果能顺路去一趟梅西百货,我就让他们给尚美的和服和假发打个包裹,我再拿到邮局寄回去。老把人家的东西扣在手里,压得我的良心受不了。"

"压着你的什么来着?"

---

①美国中央情报局总部所在地。原文为"McLean",兰利是它的一部分。依中国读者习惯改为"兰利"。

"压着我放在良心位置上的那本账本了,这样总行了吧。理查,我越来越觉得你像我的第三任丈夫。他跟你一样,身材很好,把自己照料得很精心,死的时候健康极了。"

"那他是怎么死的?"

"我记得那天是星期二……要不就是星期三?当时我不在他身边,离得很远,蜷得舒舒服服地读着一本好书。我们始终没闹明白他到底是怎么死的。总之,他泡澡的时候晕过去了,脑袋扎在水里,就这么死了。你在嘟囔什么,理查?"

"没什么,什么都没说。黑兹尔……我可没保寿险啊。"

"那咱们千万得小心留神,一定要让你好好活着。以后不许泡澡了!"

"不让我泡澡,三四个星期之后你准会后悔。"

"哦,我也不泡,这样咱俩就平衡了。理查,咱们今天有时间去趟市政中心吗?"

"也许吧。干什么?"

"去找亚当·塞勒涅。"

"他埋在那儿吗?"

"我就是想去查清楚。理查,你刚才说相信我,是真的相信吗?"

"真的相信,但这种信念经不起太多考验。过的时候位置合适——这是什么话!怎么,难道你买了一包空间弯曲①,用在你自个儿身上了?"

"可不是,我身上正带着一包呢,就在手袋里。我的丈夫,刚才说的多出来的那些年,不过是几何问题而已。如果你念念不忘传统的、只有一条时间轴的空间-时间关系,你当然没法儿理解。但事实上,存在着至少三条时间轴,至少三条空间轴……我多活的那些年就是

---

①空间弯曲会影响时间。

在其他轴线上度过的。明白了？"

"全明白了，亲爱的。跟所谓的顿悟似的，不证自明。"

"我就知道你会明白的。但亚当·塞勒涅的事更加难以置信。十二岁的时候，我听过好多次他的讲话。他是那场革命的领袖，后来被杀了——反正是这么报道的。过了很多年，怀娥姆姆才向我透露了一个最大的秘密：亚当不是人，不是人类。他是另一种存在。"

我极其审慎地保持着沉默。

格温-黑兹尔说："怎么？不想说点什么吗？"

"哦，当然。不是人类。外星人，绿皮肤，一米高，他的飞碟就降落在月城外面的危海。银河大魔王没跟他一块儿来吗？"

"我不生你的气，理查。我知道一般人听了这种天方夜谭以后是什么反应。怀娥姆姆告诉我时，我跟你一样怀疑。但我还是相信了她，因为怀娥姆姆从没跟我说过假话。但亚当不是外星人，理查，他是人类的孩子。不是人类生育的孩子。亚当·塞勒涅是一台计算机，或者说，是保存在一台计算机里的极其复杂的程序。不过这台计算机可以自己编程，所以说到底还是一回事。你怎么想的，先生？"

我过了一会儿才回答："我还是更喜欢飞碟的故事。"

"哦，坏蛋！真想向玛西·乔埃-莫告发你，让他把你抓起来。"

"这是最聪明的做法。"

"不，我还是要留下你。反正你那些毛病我都习惯了。但我应该拿个笼子把你关起来。"

"黑兹尔，听我说。计算机不能思考，它们可以根据内置的计算规则，以极高的速度计算。我们人类计算的时候是用大脑去想，所以能高速计算的计算机看上去也能'想'。但这只是表面现象，它们没有思考的能力。它们之所以做出某种行为，是因为它们必须这么做；人类把它们制造出来，就是让它们这么做的。当然，你也可以把万物有灵论套在计算机头上,反正我不接受这种理论。"

"你这样想,我其实很高兴,理查。因为这项任务非常棘手、非常困难,我需要你这种理智的怀疑态度,好随时提醒我。"

"你这句话我得写下来,仔细审查,看里面有没有藏着什么机关。"

"行,理查。现在我跟你说说2075年、2076年发生的事:我的养父之一名叫曼尼尔·加西亚,他当时是个技师,负责维护月球当局的巨型计算机。月球上的一切事务几乎都由那台计算机处理,包括月城和其他城市,除了香港。向地球发送物资的弹射器、管铁、银行、印刷日历———一切都归它管。当局不断扩展这台巨型计算机的功能,而不是添置更多机器,把它们安置在月球各处。扩展功能的做法更便宜。"

"其实既不高效,又不安全。"

"也许吧,但他们就是这么做的。那时的月球是一座大监狱,不存在效率和安全问题。再说,当时这里没有任何高科技工厂,地球给我们什么,我们就只好用什么。随着时间流逝,亲爱的,这唯一一台巨型计算机变得越来越大……最后醒了。"①

(醒了,呵呵。纯粹的幻想,我亲爱的……每个写幻想小说的都用过这种老桥段。就连培根修士和他的黄铜头像②都可以划进这个范畴,弗兰肯斯坦的怪物则是另一个版本。从那以后,这类故事多如牛毛,今后依然会大批涌现。所有这些都是瞎编乱造。)但我说出口的却是:

"接着说呀,亲爱的。后来呢?"

"理查,你不相信我的话。"

---

①详见《严厉的月亮》。

②欧洲传说故事。一个黄铜或青铜铸成的头像,可以回答人们提出的问题。

"我还以为咱们已经说好了呢。你才说需要我理智的怀疑态度。"

"是,说过！你就怀疑吧,分析吧！别光坐在那儿,一脸什么都懂的神气劲儿！那台计算机多年前就能语音操控了:接受语音输入的程序,用合成音回答,或者打印出来,或者回答的同时打印。"

"内置的功能而已。两百年前的老技术。"

"我说它'醒了'的时候,你干吗那副脸色?"

"因为这种说法是不对的,亲爱的。醒来、入睡,这是生物才有的活动。一台机器,无论它多么强大、多么灵活,都无法醒来或是入睡。机器只有开机、关机,就这个。"

"好好,我换个说法。那台计算机有了自我意识,有了自由意志。"

"有意思,如果这些是真的话。但我不是非得相信吧。我不相信。"

"理查,我不会被你激怒的。只是太年轻、太无知,这些不是你的错。"

"没错,奶奶。我年轻,你无知。你的皮肤真光滑。"

"把你的咸猪手拿开,好好听着:对一个人来说,自我意识是怎么引发的?"

"啊？我的不用引发,它就在这儿,时时刻刻都感受得到。"

"没错。这不是个无关紧要的小问题,先生。我们要重视它,把它当成其他一切讨论的基础。你有自我意识吗？我呢?"

"这个嘛,反正我有。至于你,鬼家伙,我没把握。"

"这话反过来才对。"

"反过来也挺有意思的。"

"理查,别岔开,咱们接着谈:男性体内的精子有自我意识吗?"

"我希望它们没有。"

"女性体内的卵子呢？"

"这个问题该由你回答，美人儿。我从没当过女性。"

"你在回避问题，想气我是不是？一个精子是没有自我意识的，卵子也没有——别抖机灵、开玩笑——这是一个讨论基础。而我，由受精卵而来的成年人，却拥有自我意识。你也一样，虽说男人那点儿自我意识几乎算是没有。这是第二个讨论基础。现在，理查，在由受精卵成长为名为理查的成年男人的过程中，自我意识是什么时候出现的？回答我，别兜圈子，还有，拜托别说什么机灵话。"

我觉得这是个傻问题，但还是努力做出严肃回答："好的，我一直拥有自我意识。"

"严肃点儿，真的。"

"格温-黑兹尔，这是我能做出的最严肃的回答。其实在我看来，我和这个世界一样始终存在，始终拥有自我意识。至于2133年之前的世界——据说我就是那一年出生的——在我看来无非是道听途说的传言而已，不怎么让人信服。但别人怎么说，我也只好跟着怎么说，免得惹大家生气，招来白眼。天文学家声称这个世界是大爆炸造成的，诞生于我出生之前的一百六十亿还是三百亿年——姑且用'出生'这个说法吧，但我自己不记得有过这种事——这简直是天大的笑话。如果一百六十亿年前没有我，那就什么都没有，连无物的空间都没有。一无所有，零，还是个连圈圈都没有的零。我所在的这个宇宙不可能没有我还依然存在。说什么我是哪一天有了自我意识，这种话太傻了。时间因我而开始，我的终结也就是时间的终结。明白了吗？需要我给你画张图表吗？"

"你基本上把什么都说清楚了，理查，只是时间弄错了：时间并非始于2133年，它是从2063年开始的。如果你坚持自己的说法，那咱们俩中间肯定有一个不是活人,是个鬼。"

怎么每次我宣扬唯我论的时候都会遇上这种难缠的对手?"宝贝,你很可爱,但你并不真正存在,只是我想象出来的一个幻影。哎哟!跟你说过别这么干。"

"亲爱的,你的想象力真是挺活跃的。谢谢你把我想象出来了。要不要我再给你来点儿证据证明我的存在?之前那些只是随便玩玩,这次打断你一根骨头怎么样?一根小骨头就行,你自己挑一根吧。"

"听着,幻影,敢打断我的骨头,让你后悔十亿年。"

"只是纯学术性的演示而已,理查,人家没恶意的。"

"等我接上那根骨头——"

"哦,亲爱的,我会替你接上的。"

"用不着你卖好,这辈子休想!等我接上骨头,我就给夏打电话,让她过来嫁给我,保护我,别让那些有暴力倾向的幻影伤害我。"

"你不要人家了?"她又玩起了大眼睛水汪汪那一招。

"才不呢!只是把你贬成小老婆,让夏当领导。不许你走,否决请求。我已经判处了你无期徒刑,一辈子当我老婆,不管这个一辈子是正常的一辈子还是'位置合适'的一辈子。我要找根棍子狠狠揍你,直到你改掉你那些邪恶习性为止。"

"好好,只要别把人家赶走就行。"

"哎哟!别咬。咬人不文明。"

"理查,如果我只是你想象出来的幻影,那随便我怎么咬,都是你自己的想象,是你自找的,以满足你阴暗的受虐癖好。不然的话,那只能说明我是拥有自我意识的独立存在……不是你的想象。"

"'如果——那么'的逻辑什么都证明不了。不过亲爱的,你是一个讨人喜欢的幻影。我很高兴把你想象出来了。"

"谢谢你,先生。甜心,现在我要向你提出一个重大问题,如果你答应我好好回答它,我就不咬你了。"

"永远不咬?"

"这个嘛……"

"不用被迫承诺,幻影。只要你的问题是严肃的,我会尽可能严肃地回答它。"

"好的,先生。对于人类而言,所谓的自我意识指的究竟是什么?而这种东西——无论它是一种状态还是一个过程——为什么不适用于机器?这里的机器指的是计算机,特指那台在2076年负责管理这颗星球的巨型计算机,'福尔摩斯四号'。"

我忍住了,没有油腔滑调地回答她。自我意识?我知道有一派心理学家坚持认为,就算这种意识真的存在,它也只是个乘客,而非主导人类行为的司机。自我意识这玩意儿应当和基督圣餐化体论归为一类:就算是真的,也绝对无法证实。

我知道我有自我意识……诚实的唯我论者的理论探究应该到此为止,就此打住,"格温-黑兹尔,我不知道。"

"好!咱们总算有进展了。"

"真的?"

"真的,理查。想获取一种新观念,最困难的部分就是把既有的错误观念从你的知识结构中驱逐出去。只要错误观念还盘踞在它的老位置上,无论证据、证明还是逻辑都无法说服你。但是,一旦清除了旧观念,一旦你老实承认'我不知道',你就有了掌握真理的可能。"

"亲爱的,你不单单是我想象出来的最可爱的幻影,还是最聪明的。"

"别瞎扯,好好听我讲这个新理论。还有,听的时候得把它当成一个假说,而不是上帝赐予的真理。这个理论是我的养父想出来的,曼尼爸爸,用来解释他看到的事实:那台计算机醒了。或许解释得通,或许解释不通。怀娥姆姆说曼尼爸爸自己都拿不准。现在听好:一个人类受精卵开始分裂,再分裂,再再分裂⋯⋯到了某一时刻——我不知道具体时间——由数以百万计的细胞所组成的这个集合体意识到了自己的存在,还有它所处的这个世界。"

她接着道:"受精的鸡蛋没有这种意识,人类的婴儿却有。发现他负责维护的那台计算机拥有了自我意识之后,曼尼爸爸注意到一点:随着赋予它的工作越来越多,那台计算机接受了大规模的扩展,到了某个时刻,其连接的复杂程度已经超过了人类的大脑。

"曼尼爸爸作了一次理论上的跃进:当一台计算机的互联数量达到人类大脑的水平时,它就有可能醒来,意识到自身的存在。他弄不清是不是必定如此,但他相信这种可能性是存在的,而原因正是互联数量——极大的数量。

"理查,曼尼爸爸的理论到此为止,再也没有更前进一步。他毕竟不是理论科学家,只是个负责维修的技术员。那台计算机的行为让他放心不下,他想弄明白它为什么会这么古怪。这个理论解释得通。但你也用不着把它当成什么金科玉律;曼尼爸爸从来没有真正验证过他的理论。"

"黑兹尔,那台计算机到底怎么个古怪法?"

"嗯,怀娥姆姆说,曼尼尔①发现的第一件怪事是迈克——这是那台计算机的名字——有了一种幽默感。"

"胡说!"

"是真的。迈克——又叫米歇尔,又叫亚当·塞勒涅,他是个三位一体。怀娥姆姆告诉我,月球死了几千人、地球死了几十万人的月球革命,对迈克来说只是个玩笑。整个革命,不过是一场规模巨大的恶

①即曼尼。

作剧,出自一台拥有超级大脑和顽童式幽默感的计算机。"黑兹尔做了个鬼脸,接着重新露出笑容,"那家伙其实是个最最了不起的、过度发育的、超大号的小孩子,而且是个该打屁股的小孩子。"

"听你这么说好像挺爽的,我是说打他的屁股。"

"是吗?也许我不该这么说。说到底,你不能说一台计算机做的事是对的还是错的,它也不可能体会人类所谓的善良或者邪恶,它没有相应的教养背景。别忘了,它不是像人类一样被生育养大的。怀娥姆姆说,迈克的所有人类行为都是通过模仿得来的。他能搞到的素材多得数不清:他什么都读,包括小说。但真正属于他自己的感情只有一种:深深的孤独,渴望他人的陪伴。我们的革命对迈克就意味着这个:陪伴,和伙伴们玩一个游戏,让别人在意他——教授、怀娥,尤其是曼尼。理查,如果一台机器能拥有感情,那么,那台计算机爱我的曼尼爸爸。你怎么看?"

我很想回她一句"胡说八道",或者一句更不客气的,"黑兹尔,我的回答可能会很伤人——是你要我不照顾你的面子实话实说的。你刚才说的这些,我觉得全是编出来的。如果不是你编的,那就是你的养母编的,怀娥明·诺特。"我又说道,"亲爱的,咱们是打算出门办事呢,还是坐在这儿玄谈一整天,讨论咱们双方谁都拿不出半点事实根据的某个理论?"

"我已经收拾打扮好了,亲爱的,随时可以出门。但咱们还是再讨论一小会儿吧,说完我就闭嘴。你不相信我说的这件事?"

"对,不相信。"我尽可能温和地回答道。

"其中的哪个部分让你不相信呢?"

"哪个部分都不相信。"

"不会吧。或许,你只是不相信最要命的那一点:计算机也能拥有自我意识。如果能接受这个,其他的就容易消化了,对吧?"

（我要做个诚实的人。能把某一段胡说八道咽下去不噎着，其余部分就容易接受了？当然！比如约瑟夫·史密斯找到金版①，比如上帝在西奈山向摩西传授《十戒》，比如红移证明了宇宙大爆炸的存在……只要接受了这些个基本前提，剩下的就顺理成章了。）"黑兹尔-格温，你说的是有感情、有自由意志、有自我意识的计算机。如果我连这个都接受的话，这世上就没有我不能认可的东西了。从幽灵到外星小绿人，我什么都认可。红王后②是怎么说的来着？早饭还没开呢，她就能让自己相信七件不可能的事儿。"

"是白王后说的。"

"不，是红王后。"

"你记得是红王后吗，理查？早饭前就——"

"不扯这个了。你那台促狭鬼计算机其实不算什么，能说话的棋子儿更难让人相信。宝贝，你的证据不过是你年迈的养母给你讲的一个故事而已。呃，老人家或许有点儿不太清醒？"

"才没有呢。那时她快死了，但一点儿也不糊涂。癌症，年轻时暴露在太阳风暴里，也许就是这么得上的。反正她觉得病根儿是这个。她告诉我这件事，是因为她知道自己快死了……她担心这个故事会随着她的去世彻底失传。"

"这么说，你也知道这个故事有点儿靠不住，亲爱的？临终故事，此外再无数据可以佐证。"

"有的，理查。"

"啊？"

"我的养父曼尼尔·戴维斯能证实这个故事。证明之外，他还补充了一些情况。"

---

①约瑟夫·史密斯，摩门教创建人，声称在天使指引下找到了金版，之后翻译金版上的文字，形成《摩门经》。

②出自《爱丽丝梦游奇境》。

"可是——说到他的时候,你用的总是过去式。好像一直都是这样。可现在你却说——他应该……多大来着?反正比你老。"

"他生于2040年,现在应该有一百五十岁了……月球佬活这么久不是不可能的。不过他既比这个岁数更老,又要更年轻一些。原因嘛,跟我的一样。理查,如果你能跟曼尼尔·戴维斯谈谈,他又告诉你我说的是真的,你会相信他吗?"

"这样的话——"我冲她露出笑脸,"恐怕我就不得不探讨一下偏见和无知这个话题了。"

"随你的便吧!拜托系好你的假脚,亲爱的。我要带你出去,给你至少买一身衣服。你的裤子真邋遢,我这个妻子没当好。"

"遵命,夫人。立即出发,夫人。你那位曼尼爸爸现在在哪儿?"

"你不会相信的。"

"只要不涉及恰当的位置对时间的影响啊、觉得孤独的计算机啊,你说的我全相信。"

"我想想——最近我没查过——曼尼爸爸应该是在爱荷华,跟你的乔克叔叔在一起。"

假脚才系上一半,我停了下来,"你说对了,我不相信你的话。"

19

"无赖有极限，愚蠢无极限。"

——拿破仑·波拿巴（1769–1821）

女人不跟你吵嘴，你怎么跟她吵嘴？我本以为格温会为她的荒谬观点和我来一番论战，旁征博引，极力说服我。没想到她只是伤感地说："我早就知道会这样。只好留待将来了。理查，去市政中心之前，咱们得去趟梅西百货和中心邮局，还有别的地方要去吗？"

"我得开个支票账户，把我现在的户头从天条移过来。荷包里的钞票越来越少了，跟得了贫血症似的。"

"亲爱的，我不是一直在跟你说吗？钱不是问题。"她打开手袋，掏出一摞钱，一百克朗的钞票哗哗往外抽，"我的花销都能报账，不成问题。"她把钱递给我。

"停，打住！"我说，"小妞，把你的小钱钱收起来。我养你，不是你养我。"

我以为会收到诸如"别绷着当大男人了""大男子主义臭猪"之类的反驳，最温柔也会来一句"夫妻共有财产"。可她给我来了个迂回侧击，"理查，你在天条的户头——开户名是数字代码吗？如果是名

268

字,用的哪个名字?"

"啊?哦,不是数字。还用问吗?'理查·埃默斯'呗。"

"西索斯先生会不会对这个账户的去向产生兴趣?你觉得呢?"

"哦,你是说咱们那位好心的居停主人。宝贝,有你帮我动脑筋,我真是太高兴了。"账户转移会留下印记,笔直地指向我,跟雪地上的脚印一样清清楚楚。西索斯的打手会跟踪而来,抓我回去换赏金——死活不论。当然,从理论上讲,银行的所有账户都是保密的,哪怕不是数字代码户头也一样。但在现实中,所谓的"保密"仅仅意味着你得动用金钱或者权力来打破保密规定。而西索斯权钱兼备。"格温,咱们回天条去,再给他的空调动动手脚。这一次不用臭奶酪,改用氢酸。"

"好!"

"真能这样就好了。你说得对,风暴过去之前,我不能碰那个'理查·埃默斯'账户。用你的现金——就当是借款好了。你一笔一笔记下——"

"你自个儿记去吧!该死的,理查,我是你老婆!"

"钱的事儿咱们今后再战。假发跟和服都留下,今天没工夫处理它们……我得先去找埃兹拉拉比。要不咱俩分头行动,你做你的事,我做我的?"

"坏蛋,你烧昏头了?我得时时刻刻盯着你。"

"谢谢,要的就是你这样。咱们先去找埃兹拉拉比,再追踪活过来的计算机。如果还有时间,再回来处理杂务。"

时近正午,我们去埃兹拉·本·大卫拉比的儿子的鱼店找他,就在市图书馆对面。拉比住在店铺门脸后面的一间屋子里。他同意担任我的代理人,充当我的邮箱。我告诉他我跟舒尔茨神父也有类似的约定,又写了一张字条,让拉比发送给"亨丽埃塔·范·鲁恩"。

埃兹拉拉比接过字条,"我马上就从我儿子的终端发出去,十分钟后就能在天条打印出来。需要加急投递吗?"

(加急投递会引来不必要的注意,但普通投递速度太慢。天条正在酝酿着什么,亨德里克·舒尔茨说不定已经有眉目了。)"好吧,加急投递。"

"很好,请稍等。"他转着轮椅出了房间,很快便回来了,"天条收到了,这是那边的收据。现在说点儿别的:我一直在等你,埃默斯博士。昨天跟你一起的那个年轻人,他是你家里人吗?或者是你的雇员,信得过的那种?"

"都不是。"

"那就有意思了。他向我打听抓你的赏金是谁出的、金额多少。是你派他来打听的吗?"

"我怎么会让他打听这个!你告诉他什么了吗?"

"我的好先生!传统的三日宽限,我已经答应你了。"

"谢谢你,先生。"

"用不着。他等不到我开门做生意就费劲巴拉地找到这儿来,我当时就猜这事儿肯定很急。你又没跟我提过他,所以我估计急的是他,不是你。现在既然你这么说,我猜他没安好心——除非你告诉我我猜错了。"

我向他简要介绍了我们跟比尔的关系。他点点头,"你知道马克·吐温对这种事儿是怎么说的吗?"

"我不知道。"

"他说,如果你捡了只流浪狗,好好喂它、照料它,它是不会咬你的——而这,按他的说法,正是狗不同于人的地方。我并不完全赞同吐温的话,但他也有他的道理。"

我打算交一笔预付金,让他报个数,没讨价还价就照价付钱,还另外多加了一点——为了好运气。

市政综合大楼在月城西边,危海中间,官方名称叫"行政管理中心",但除了需要印刷的场合,没人这么叫它。我们到那儿的时候是中午——管铁不是弹道快车,但还是挺快的,登车后二十分钟就到了。

中午不是个好时候。综合大楼里全是政府办公室,处处关着大门,大家全都享受悠长的午餐去了。午餐这个主意倒也不错,毕竟早饭已是遥远的过去。综合大楼的廊道里有好几间餐厅——所有椅子不是填满了公务员的大屁股,就是坐着头戴土耳其毡帽的游客。"邋遢乔""妈妈餐""安托万二号"外面都排着长队。"黑兹尔,前面有自动售货机。对热可乐加冷三明治有兴趣吗?"

"没兴趣,先生。你自己吃吧。自动售货机那头有个公用终端,你吃的时候我打几个电话。"

"我还没饿到吃那种玩意儿的地步。给谁打电话?"

"夏,还有英格里德,问问格雷琴是不是平安到家了。说不定她跟咱们一样,也碰上拦路打劫的了。我昨晚就该打的。"

"现在做这个不过是让你自己安心罢了。或是格雷琴前晚就平安到家了……或是她已经死了,这会儿干什么都太晚了。"

"理查!"

"你担心的就是这个,对不对?那就给英格里德打呗。"

接电话的是格雷琴。一见格温-黑兹尔的脸,她立刻尖叫起来:"妈妈!快来呀,是哈德斯特女士!"

挂上电话已是二十分钟以后。正事只有一件:告诉亨德森一家我们住在来福士,邮件由埃兹拉·大卫拉比代转。可女士们喜欢串门,每个人都向对方保证会抽时间登门拜访,还通过终端吻来吻去没个完。照我看,这是浪费了通信科技,也浪费了吻。

下一个电话打给夏。出现在屏幕上的是个我不认识的男人，此人并非夏的白班经理，"你找谁？"

黑兹尔说："请让夏接电话，谢谢。"

"她不在。这家旅馆已经被卫生局关掉了。"

"哦。你能告诉我上哪儿能找到她吗？"

"找公共安全局局长打听吧。"屏幕一闪，那张脸消失了。

黑兹尔转向我，眼里满是忧虑，"理查，这事不对劲儿。夏的旅馆干净得一尘不染，跟她本人一样。"

"这种对付人的路数我见过，"我阴沉着脸说，"你也见过。我来试试吧。"

我走近终端，查询号码，然后打给月球香港警察头子的办公室。接电话的是一个岁数很大的文职女警。我说："戈斯帕扎，我在找一位名叫夏冬的女士。有人告诉我她被——"

"没错，是我给她登的记。"她回答道，"可她一个小时前就交保离开了。不在这儿了。"

"原来是这样。谢谢，女士。你知道她的下落吗？"

"一点儿也不知道，抱歉。"

"谢谢。"我挂断电话。

"亲爱的，这下可糟了！"

"麻风，亲爱的，我们俩得了麻风，谁碰上我们都得遭殃。真该死！"

"理查，有件事再清楚没有了：我小时候，月球是个流放犯人的殖民地。可监守长官治下的月球还更自由些，比现在的自治政府强。"

"恐怕你夸大其词了，但我估计夏会赞同你的说法。"我咬着嘴唇，皱着眉头，"知道还有谁染上了咱们的麻风病吗？乔埃-莫。"

"你这么想吗?"

"我七你二,跟你赌一把。"

"不赌。给他打电话。"

号码查询显示的是私人电话,于是我打给他家里。我听到的是一段录音,没有图像,"这里是玛西·乔埃-莫。我不清楚什么时候到家,请留言,我会尽快回复。锣音之后记录开始。"随后是咣的一声。

我使劲儿想了一会儿,这才开口:"这里是'午夜'机长。我们住在老来福士。一位我们共同的朋友需要帮助,请回电话到来福士找我。如果我不在,请留言,告诉我何时何地能联络上你。"我再次挂机。

"亲爱的,你没给他埃兹拉拉比的通信地址。"

"我有意地,姑娘,免得落到杰弗逊·毛的手里。乔埃-莫的线路说不定被监控了。我得给他个打回电话的地方……又不能暴露埃兹拉拉比跟我的联系。这个联系一定得保密,只留给舒尔茨神父。在目录里找找,我要查月球香港地面控制台的号码。"

"月球香港地面控制台。本终端仅用于公务,通话简短些。"只有语音,没有图像。

"我找玛西上尉。"

"他不在。我是他的紧急替补。留言,简短些,四分钟后这儿会忙得不可开交。"

想想怎么说,"我是'午夜'机长,告诉他我在老来福士,让他给我打电话。"

"别挂! 你说你是'午夜'机长?"

"他知道我是谁。"

"我也知道。他去市政厅了,给人交保。你知道是谁,你知道吗?"

"夏?"

"一点没错！我得忙我那一摊儿去了,我会转告他的。通话完毕!"

"现在干什么,理查?"

"尽情撒欢儿去。"

"说正经的!"

"除了撒欢儿找乐,还能干什么?'妈妈餐'那儿已经不排队了,咱们吃午饭去。"

"朋友们身处险境,你还有心情吃午饭?"

"亲爱的,就算咱们返回香港——相当于把脑袋塞进狮子嘴里——咱们也没办法找到他们。乔埃-莫回电话之前,咱们什么也做不了。也许他五分钟后就会回电话,也许五个小时以后。打仗的时候我学会了一件事:别放过任何一个吃饭、睡觉、撒尿的机会。下一次说不定是很久以后的事了。"

我在"妈妈餐"要的是樱桃派加冰淇淋,黑兹尔点的也是这些。可我用一勺冰淇淋送下最后一口派的时候,她那份几乎还没动过。我说:"姑娘,好好吃饭。盘子里的没吃完不许下桌子。"

"理查,我实在吃不下。"

"我不愿意在大庭广众之下揍你——"

"那就别揍我好了。"

"所以我不会揍你。但我会坐在这儿不动弹,直到你把午饭全吃光,哪怕我今晚得坐在这把椅子里睡觉也罢。"

黑兹尔用不堪入耳的言辞表达了对我、杰弗逊·毛以及樱桃派的看法,然后吃掉了派。等到十三点二十分,我们已经来到综合大楼的计算机工作区。售票窗口的年轻人收了我们两克朗四十分,卖给我们两张票,告诉我们下一轮参观几分钟后开始。我们走进接待室,这是个休息厅,放着长凳,还可以跟机器赌几把。十来个游客已经等在里面了,男客大多戴着土耳其毡帽。

一个小时以后,参观终于开始。到这时,我们已经聚起了十九、二十个人,由一名穿制服的导游率领——或者说警卫,因为他别着一枚警察的盾徽。我们在这座奇大无比的综合性建筑里转了很长的一大圈,步行。沉闷无聊,没完没了。每次暂时停步,导游就会滔滔不绝地背诵一大段宣传辞。估计背得也不大好,尽管我不是什么通信控制工程师,我还是听出了好些错误。

但我并没有指正谬误。按照我的同谋的事先指点,我扮演的是一个招人厌恶的人物。

一行人再次停步。我们的导游介绍说这里的工程控制是分布式的,无论从机器所处的位置还是执行的功能来说都是如此,其分布遍布整个月球。工程控制包括空气、污水处理、通信、洁净水、交通,等等。这一切都由大家看到的这些控制台前的技术员密切监控着。我打断了他的话:

"先生,你大概刚做这份工作不久吧。月球的一切都是由一台巨型计算机处理的,《大不列颠百科全书》上说得很明白。我们来这儿要看的就是这台计算机,不是这些盯着监视器的技术员的后颈窝。让我们看看呗,我是说那台巨型计算机,'福尔摩斯四号'。"

导游的职业化笑容消失了,取而代之的是月球人对地球佬那种与生俱来的蔑视。他盯着我,"你得到的信息是不对的。没错,过去是那样,但你的资料过时了五十年。我们今天已经现代化了,用的是分布式。"

"年轻人,你想反驳《大不列颠百科全书》吗?"

"只是告诉你事实。好了,我们继续——"

"那台巨型计算机去哪儿了? 按你的说法,现在已经不用它了。"

"嗯？瞧你身后。看见那扇门了吗？它就在那后头。"

"喂，给我们瞧瞧吧！我出钱就是为了看这个。"

"没门儿，随便你怎么嚷嚷都不行。它是一件历史文物，是我们伟大历史的象征。想看它？行，找伽利略大学的校长，给他看看你的资格证书。他会直接打发你滚蛋！好了，让我们继续参观下一个陈列馆——"

黑兹尔没和我们在一起，但只要导游看上去有点空闲、打算四处看看，我就会朝前方的某个东西指指点点，提出几个傻问题。这一套是事先安排好了的。等到这一大圈参观终于结束，我们再次回到休息室时，黑兹尔已经等在那儿了。

我什么都没问，直到走出综合大楼，来到管铁车站。我拉着她朝旁边走了两步，避开其他人的耳朵，这才开口问道："怎么样？"

"没遇上麻烦。那种门锁我以前对付过。鼓捣它的时候，真得谢谢你引开其他人的注意力。演得真不错，我的爱！"

"弄到你要找的东西了吗？"

"我想是吧。等曼尼爸爸看过我拍的照片以后，能弄清的情况就更多了。那扇门后面只有一个孤零零的大房间，理查，塞满了过时的电子设备。我从二十几个角度拍了照，每张照片都是立体化的，用的是手持设备。这种设备的效果不算太好，好在我练得多。"

"这样就完了？我是说参观一次就大功告成了？"

"对。嗯，基本上吧。"

她的声音有些哽咽。我注视着她，只见她眼里噙满泪水，随时会夺眶而出，"怎么了，亲爱的？出什么事了？"

"没——没什么。"

"告诉我。"

"理查，他就在那儿！"

"什么？"

"在那儿沉睡。我知道，我能感觉到他的存在。亚当·塞勒涅。"

就在这时，管铁车舱轰然到站。我松了一口气。有些事情，语言是无能为力的。舱室里挤得满满的，没法儿交谈。等回到月城，我的爱人已经平静下来，我也可以避而不谈那个话题；再说廊道里人来人往，实在不宜于密谈。无论什么时候，月城总是人来人往、熙熙攘攘。一到周六，全体月球佬中足有一半人会从各个居住地赶到月城购物。而这个周六，平时的人流之外，又加上了来自北美各地以及其他地方的圣陵守护者和他们的妻子。

我们走出管铁西站，进入外环的二号增压区。西尔斯蒙哥马利百货出现在我们面前。我正想转向左边走上堤道，黑兹尔拉住了我。

"嗯？什么，亲爱的？"

"你的裤子。"

"拉链开了？没有啊，好好的。"

"咱们得把你的裤子火化了。以它的状态，土葬已经太迟了。还有衬衣、外套也一样。"

"你不是急着回来福士吗？"

"是很急。但我只需要耽搁五分钟，就能用一套性感的新行头把你包装起来。"

（有道理。我的裤子脏得吓死人，说不定会害我被抓起来，罪名是危害公共健康。黑兹尔知道我平时喜欢穿什么。我跟她说过，我绝不穿短裤出门，哪怕月城的其他所有成年男性都穿短裤——大多数人确实是这么穿的。倒不是我病态地念念不忘自己少了一只脚……但我的确想穿长裤，好遮住假肢。假肢是我自己的问题，我不愿意把私人问题公之于众。）

"好吧。"我说,"捡最靠近门口的买。"

黑兹尔带我进去又出来,真的只花了十分钟。给我买了三套很炫的两件套装,颜色不同,样式一样。价钱相当不错。她先把价钱压到了一个还能接受的数目,接着跟商家掷了把骰子:输了翻倍,赢了免费。她赢了。她谢过售货员,给了他一笔相当于一杯酒的小费,容光焕发地出了商店。

她告诉我:"你看上去帅极了,亲爱的。"

我也觉得我帅极了。三套衣服分别是灰绿、粉红和淡紫色。我穿的是淡紫色,觉得它最配我的肤色。我昂首阔步地走着,挥舞着手杖,臂弯里挎着我最心爱的姑娘——这种感觉好极了。

但走上堤道以后就不行了。地方太窄,别说要不开手杖,就连走路都只能勉强通过。于是我们退出堤道,直接下到底层巷,从那儿横穿城区,坐五 A 级电梯来到六号增压区。这样绕行路程远得多,但就今天而言,却快得多。

就连通向来福士的支巷廊道都人潮涌动。我们旅店门口也聚了一群头戴毡帽的男人。我朝其中一个望了一眼,接着又更仔细地再望一眼。我的手杖从下向上一挑,打在这人胯下。与此同时,在我动手之前零点几秒,黑兹尔把手里的包裹(我的新衣服)砸在了我的攻击对象身边的人脸上,紧接着挥起手袋,狠狠砸向另一个人。后者摔倒在地,挨了我那一记的家伙也惨叫着跟他做伴去了。我收回拐杖,双手平端,向左右两端连续短促戳击。这个动作原本用于在暴乱人群中开路前进,而我则更进一步,专门捅人。一个家伙肚子中招,另一个是肾脏部位。两人倒地时,我还分别补上一脚,止住他们的叫唤。

至于那个被衣服包裹迟滞了动作的人,黑兹尔已经料理停当了。我没看见具体怎么弄的,反正那家伙倒下不动了。有个人(第六个?)正准备用短棒给她一下子,却被我一拐杖捅在脸上。他抓住了拐杖,我只好身随杖走抢到近前,免得被他扯下杖头,暴露出杖中暗藏的短刺。我左手的三根指头戳在他的腹腔神经丛上,接着自己却身体一软,摔倒在他身上。

我又被一把拉住,连拖带拽,一路小跑地拖进来福士。我的脑袋无力地耷拉着,手里还攥着手杖,拖在身后。

之后几秒钟的事我是事后才想起来的,记得不是很全。我不记得在旅馆前台见过格雷琴,但她确实在那儿,刚到不久。我听见黑兹尔厉声喝道:"格雷琴!月房,向后直走,右手边!"一边说一边把我撂给格雷琴。在月球,我的体重只有十三公斤,偏差几克左右,对一个干惯重体力活的乡下姑娘来说不算什么。问题是我的块头比格雷琴大得多,是黑兹尔的两倍,是个很不方便搬运的大包裹。我哑着嗓子要她放下我,但格雷琴毫不理睬。在前台值班的那个傻员工不断叫唤着什么,但跟我一样,没人理他。

格雷琴刚到月房,房门便打开了,房间里传出一个熟悉的声音:"哎呀!他受伤了。"接着,我被面孔朝下放在床上,夏接手照料我。

"我没受伤,"我告诉她,"只是震了一下。"

"得了吧。别动,我给你脱掉裤子。你们谁有刀子?"

我正想告诉她别割我的新裤子,只听一声枪响。开枪的是我的新娘。格温趴在敞开的门外,脑袋挨着地板,警觉地望着左侧。她又开了一枪,随即溜进房间,锁上了房门。

她左右一扫,喝道:"把理查搬进清洗间。床和其他家具统统顶住大门。他们会朝大门开枪,或者把门砸开,或者双管齐下。"她一屁股坐在地上,背冲着我,谁都不理,但每个人都一跃而起,执行她的命令。

"每个人"包括格雷琴、夏、乔埃-莫、舒尔茨神父和埃兹拉·大卫拉比。我没时间吃惊,尤其是在目前的状态下:格雷琴帮着夏把我扶进清洗间,放在地下,继续扒掉我的裤子。真正让我吃惊的是,我那条好腿,有血、有肉、有骨头的那条,居然血流不止。最初发现这一点,是因为我看见格雷琴白色连身裤的左肩染上了斑斑血迹,接着才发现血是从哪里来的,然后,那条腿开始剧痛不止。

我不喜欢看见血,尤其是我自己的血。于是我转开脑袋,望向清洗间门外。黑兹尔仍旧坐在地下,从手袋里掏出一个似乎比手袋更大的东西。她正冲着它讲话:

"THQ,利普西茨少校呼叫THQ! 回答,他妈的! 别睡了! 请求救援,请求救援! 喂,鲁珀!"

20

　　"如果有谁怀疑我的诚实,我只能说:我可怜他,因为他缺乏信仰。"

——孟豪森男爵①(1737-1794)

　　夏说:"格雷琴,给我一条干净毛巾。先拿它当绷带将就使着,以后再换。"

　　"哎哟!"

　　"对不起,理查。"

　　"请求救援,请求救援!万福玛丽亚,我这会儿可真是掉进河里又没桨了②!回答我!"

　　"我们听到你了,利普西茨少校。请报告你的地点、所处星球、星系和宇宙。"这是机器模拟音,毫无起伏,音色刺耳,听得我牙齿发酸。

　　"绷带扎紧点。"

　　"让你那套流程见鬼去吧!我需要紧急救援把我们接出去,现

---

　　①《吹牛大王历险记》的主人公。
　　②英语谚语。指处于困境,无能为力。

在就要！查查我的任务,快搞定！切换点:阿姆斯特朗的'一小步'。当地地点:来福士旅馆,月房。时间:现在!"

我继续望着清洗间门外,以免看见夏和格雷琴在我身上干的那些令人不快的事。我听见了叫喊声、跑动声,有什么东西撞在通向廊道的门上。就在这时,我右边的石墙上出现了一扇新门,正不断扩大。

我用了"门"这个字眼,因为没有更准确的字眼可以形容它。我看到的是一个银灰色的圆圈,高度是从地板到天花板,甚至比那个更高。圆圈里是一扇很普通的门,在交通工具上很常见的那种舱门。至于是哪种交通工具,我就不知道了。我能看到的只有它的那扇门。

门打开了。里面有人大喊:"奶奶!"就在这时,月房的房门被撞塌在地,一个人滚进房间,被黑兹尔一枪打中。他后面紧跟着另一个,也被黑兹尔打倒了。

我伸手去够我的手杖——被夏挡住了。真该死!"手杖递给我!快!"

"别动,你别动！跟刚才那样,躺下。"

"把它给我!"黑兹尔的枪里只剩下一发子弹了,或许已经没子弹了。无论是哪种情况,她都需要我的支援。

枪声再起。我痛心地确知,现在能做的只有为她报仇了。我的手猛地又一伸,抓住了手杖,转过身来。

没有战斗了——最后那几枪是埃兹拉·大卫拉比放的。(一个坐轮椅的瘸子居然会全副武装！我应该觉得奇怪吗？应该吗?)黑兹尔正在吆喝:"大家都上船！动作快!"

我们这么做了。一群年轻男女从那架交通工具里蜂拥而出,人数好像无穷无尽,而且个个长着红头发,看得我晕头转向。这群人立即将黑兹尔的命令付诸实施。两个人抬起可敬的埃兹拉,将他送上交通工具;第三个人折起轮椅,交给第四个人。乔埃-莫和格雷琴也被轰了进去，跟在他们身后的是舒尔茨神父。夏还想照顾我，却被人推着就走。接着，一男一女两个红头发抬起了我，还顺手带上了我那条染血的裤子。至于手杖，我自己攥着呢。

我没怎么好好查看这架交通工具。那扇舱门后面是一个可容四人的飞行员-乘员舱室。从舱室看，这应该是一艘太空飞船。但也可能不是。那些控制面板很陌生，以我现在的处境又没法琢磨它们的运作方式。他们把我从座椅之间拖过去，塞进椅子后面的一扇门里。这里是堆放货物的地方，我躺在了拉比折叠起来的轮椅上。

我会一直被当成货物吗？不，我只在那儿躺了很短一阵子，转眼间就被掉转九十度，送进一扇更大的舱门。再转九十度以后，我被放在了地板上。舒服啊！

多年来的第一次，我感受到了正常的、在地球上的重量。

更正：我昨天在弹道快车里短暂地体验过一会儿正常重力，在那辆破烂空中飞车BJ17里体验得更久，在麦大叔农场里更有大约一个小时的正常重量感受。但这一次，重量来得突然，而且一直持续着。因为失血的缘故，我觉得在这种重力环境中有些难以呼吸，再次觉得头晕目眩。

看见格雷琴的表情以后，我更加自伤自怜起来。她看上去惊恐不已，难受得要命。夏说："头低下，亲爱的，在理查旁边躺下。理查，你能稍稍挪一下吗？我也想躺会儿，觉得不舒服。"

结果就是，我身旁躺了两个姑娘，一边一个，依偎着我。可我完全没有依香偎玉的情绪。我本来接受过训练，可以在足足两个重力环境中战斗，十二倍于月球的重力。但那已经是多年前的往事了。最近五年的低重力环境加上懒散的案头工作让我软化了。

我敢肯定，夏和格雷琴跟我一样，这会儿对搂搂抱抱完全不感兴趣。

　　我的爱人来了，还带着我们那株微型糖枫。她把它放在一个架子上，送给我一个飞吻，又给它浇了点水。"夏，我拖个浴缸出来，你们两个月球出生的月球佬躺进去。你们应该还能自己爬进去吧？"

　　听了这话，我四下一望，这才发现我们居然是在一间"浴室"里。不是适合四人飞船的清洗间，也不是来福士里的那种。这房间简直是件古董。见过画着小精灵和侏儒的墙纸吗？直说吧，见过墙纸吗？底座铸成兽爪的铁浴缸呢？带木盖、上头有水箱的冲水马桶？这整间房子简直是从人类生活史博物馆里搬出来的……可每件东西都崭崭新、闪闪亮。

　　或许我失血太多，昏了头了。

　　"谢谢你，格温，可我觉得我用不着。格雷琴，你想泡在水里吗？"

　　"我不想动。"

　　"这种情形不会持续太久。"黑兹尔安慰她们，"为了躲开弹片，格伊做了两次位移。要不是这样，咱们早就被打下来了。理查，你感觉怎么样？"

　　"死不了。"

　　"你当然死不了，亲爱的。在天条待了一年，我也有点儿不适应这种重力了。还好我坚持在标准重力环境中锻炼，所以觉得还行。亲爱的，你伤得重吗？"

　　"我不知道。"

　　"夏？"

　　"失血很多，大面积肌肉损伤，二十到二十五平方厘米吧，相当深。我估计没伤着骨头。我们在伤口上扎了条绷带。如果这艘飞船上有相应设备，我想给他好好包扎一下，再注射一针广谱抗菌素。"

　　"你做得不错。我们很快就会着陆，到时候会有专家来治疗，还有专业设备。"

"好的。我承认,这会儿感觉不是太好。"

"那就尽量多休息。"

黑兹尔捡起我那条浸透了血的裤子,"我拿去泡着,免得血干了洗不掉。"

"得用冷水泡!"格雷琴冒冒失失插了一句,马上满脸通红,窘迫地补充道,"我妈妈说的。"

"英格里德说得对,亲爱的。"黑兹尔一边往洗手盆里放水,一边说,"理查,真不好意思,那场乱子中间,我把你的新衣服弄丢了。"

"衣服可以再买。我刚才还担心你出事了呢。"

"理查,你对我真好。我翻了翻你的兜,喏,你的钱包,还有些小零碎。"

"还是交给我吧。"我把钱包塞进胸前口袋,"乔埃-莫在哪儿? 我没看见他——记不得看没看见了。"

"他在另一间清洗间,跟舒尔茨祖父和埃兹拉拉比一块儿。"

"什么? 你是说这架四人飞船居然有两个清洗间。这是一艘四人飞船没错吧?"

"是四人飞船,有两个清洗间。有什么好大惊小怪的。这儿有玫瑰园,还有游泳池呢。"

我正要反唇相讥,又咽了回去。直到现在,我始终没想出办法弄清我这位新娘的种种惊人之语到底是玩笑,还是毫不掺假、只是令人难以置信的事实。幸好有人救场,让我免了一场傻里傻气的斗嘴。一个红头发走进来——女性、年轻、结实、雀斑、动作像猫、干净、性感。"黑兹尔姊姊,我们着陆了。"

"谢谢你,萝尔。"

"我是莱芝。卡斯想问问谁留下,谁继续上路,还有什么时候起飞。格伊想问问我们会不会遭到轰炸,她能不能再做一次位移。轰炸让她挺紧张的。"

"不对劲。格伊不应该直接来问我,对不对?"

"我想她信不过卡斯的判断。"

"也许她有她的理由。这艘船由谁指挥?"

"我。" 、

"哦。我待会儿再告诉你谁留下,谁继续上路。等我跟我爸爸和乔克叔叔谈过以后再说。几分钟后吧,我想。如果你愿意,可以让格伊停在信号盲区,但一定让她留在我的频道;我们说不定会有紧急状况。至于现在,我想搬动我的丈夫……哦,还得先问问咱们的另一位乘客,借用一下他的轮椅。"

黑兹尔转身要走,我叫道:"我用不着轮椅。"但她没听见我的话。显然是这样。

两个红头发把我抬下飞船,放进埃兹拉的轮椅,放低轮椅后背,抬高前撑。其中一个还往我的膝盖和腿上盖了一条大号浴巾。我说:"谢谢,莱芝。"

"我是萝尔。如果浴巾凭空消失,别觉得吃惊。我们以前从没把它拿出来过。"

她回飞船了。黑兹尔推着我从机鼻下走过,来到飞船左舷。这个位置正好能让我观察这架飞行器。我一眼便看出它的确是一艘飞船:适合太空飞行的机身,伸缩式机翼。我很想瞧瞧设计师是怎么把两个清洗间塞进飞船左舷的。从空气动力学的角度看,这是不可能的。

的确不可能。左舷和右舷一样修长、紧凑,完全没有安放浴室的空间。

但我没时间琢磨这个。几分钟前,走进来福士所在的支巷廊道时,我的索尼手表显示十七时,格林尼治时间,即月城时间……也就是说,如果是地球的西六区,现在应该是上午十一点。

还真的是上午十一点。因为这里真的是地球的西六区,爱荷华州格林内尔镇外,我乔克叔叔的北牧场。这下子很清楚了:我不仅失血过多,脑袋还被狠狠砸过。因为就算最快的军用飞船也至少需要两个小时,才能从月球飞至地球。

矗立在我们前面的是乔克叔叔那幢整修一新的维多利亚老宅,圆屋顶、走廊、眺望台一应俱全;而他本人正和另外两个人朝我们走来。精神矍铄,那头银发让他活像安德鲁·杰克逊①。另外两人我不认识。那两个人都是成年男子,但比乔克叔叔年轻得多。嗯,几乎所有人都比他年轻得多。

黑兹尔停住轮椅,跑过去一把搂住那两人中的一个,使劲儿吻了起来。我叔叔则从那人怀里夺过了她,用同样的劲头狠亲了几下,这才把黑兹尔交给第三个人。此人用同样的方式跟她打着招呼,最后总算松开手,让她双脚落地。

没等我觉得受了冷落,她转过身来,拉着第一个男人的左手,"爸爸,来见见我丈夫,理查·科林。理查,这就是我爸爸曼尼——曼尼尔·加西亚·奥凯利·戴维斯。"

"欢迎进入我们这个家,上校。"他朝我伸出右手。

"谢谢,先生。"

黑兹尔转向第三个人,"理查,这位是——"

"——休伯特医生。"乔克叔叔抢过话头,"莱夫,跟我侄儿科林·坎贝尔上校握握手。欢迎回家,小子。干吗坐在婴儿车里?"

"懒呗。西西婶婶在哪儿?"

"还用问吗?一听说你要回来,我就把她锁家里了。喂,这段时间在干什么呢?看样子好像没躲过子弹啊。赛蒂,这小子就这样,总是笨手笨脚的,教他用厕所的时候可费劲了。还有拍手歌,怎么

―――――――――

①安德鲁·杰克逊(1767－1845),美国第七任总统。

都学不会。"

没等我想出足够有力的回应来反击这种无耻谎言(我早已学会了怎么应对家里的流言蜚语),大地突然一震,紧接着是轰隆隆一声炸响。不是核爆炸,只是极其强烈的高爆音。但说到让人心惊胆战的效果,它跟核爆不相上下。高爆可不是闹着玩的,被它弄死绝不是好的死法——当然世上并不存在好的死法。乔克叔叔道:"别吓尿了裤子,小子。不是朝咱们开火。莱夫,你是就在这儿看看他的伤呢,还是进屋?"

休伯特医生道:"我瞧瞧你的瞳孔,上校。"

我注视着他,让他检查瞳孔。刚才黑兹尔停下轮椅时,那艘飞船还在我的左侧;可那阵高爆音之后,飞船竟然一下子去了别的地方。消失了。连个渣渣都没剩下。看样子我的脑子真是出毛病了,至少有这种可能性。

其他人好像都没发现飞船不见了。

于是我也假装没发现,只盯着那位大夫……这人我好像不久前才见过。

"应该没有脑震荡。'Ⅱ'的自然对数是多少?"

"我的脑子要是这么好使的话,我还会在这儿吗?医生,别玩这一套了,我挺累的。"又是一声高爆炮弹的炸响(也许是炸弹),就在附近,好像比刚才那一声更近了。休伯特医生从我腿上拿开浴巾,在夏扎好的绷带上戳了一下。

"疼吗?"

"哎哟喂!还用问吗?"

"很好。黑兹尔,你最好把他推进飞船。我在这外头没法儿给他治病。我们马上就要位移到比尤拉的新港,洛杉矶人占了得梅因[1],

---

[1] 爱荷华州首府。

朝这个方向过来了。以挨了一下子的人来说,他的情况还不错……但也不能耽搁,要赶快治疗。"

我说:"医生,我们来时坐的那艘飞船上有些红头发女孩,你跟她们是亲戚吗?"

"她们不是什么女孩,是一伙烦死人的少年犯。无论她们跟你说了什么,我全盘否定。代我向她们问好。"

黑兹尔脱口而出:"可我还得去报到呢!"

所有人同时开口,七嘴八舌吵吵个不停。休伯特医生最后说:"安静!黑兹尔跟她丈夫待在一起,负责让他适应这里。她觉得需要待多久就待多久,那以后才去新港报到……至于时间,从现在算起。有反对的吗?好,命令就此下达。"

飞船的再次出现比它的消失更加刺激人的神经,我很高兴自己没有亲眼看见那一幕。或者说没看得很仔细。两个红头发男子把我和轮椅搬上飞船(原来那上边只有四个红头发,而不是一大群),黑兹尔也跟我一起回到了那个奇异的清洗间。莱芝(萝尔?)几乎立即现身清洗间,宣布道:"黑兹尔婶婶,我们到家了。"

"家"指的是一幢巨大建筑的平屋顶,时间是傍晚,太阳都快落山了。这艘飞船真该被命名为柴郡猫①。(但它的名字是格伊。应该说"她"。嘻,不说这个了!)

这幢建筑是家医院。常规的入院手续应该是这样的:你先等上一个小时四十分钟,让他们填写表格,接下来他们脱掉你的衣服,把你放上轮床,给你盖上一条薄薄的毯子,让你的光脚丫戳在外头吹冷风,就这样在X光室外面候着。下一步呢,他们会索取你的尿样,让你尿在一只塑料杯里,旁边还站着一位眼望天花板的年轻女士,满脸厌倦地等着你尿完。我说得对不对?

---

①《爱丽丝漫游奇境》中凭空出现又凭空消失的猫。

可这些人对怎么照章办事、经营医院一窍不通。同船那几位身强力壮的同志扔下我们径直走了(除了超级加速之外,这几位什么事都没碰上,更没有受伤),坐的是漂亮花哨的高尔夫小车。而我再一次接受搬运,被放到另一辆高尔夫小车上(同时兼具轮床、轮椅和移动式沙发的功能)。埃兹拉拉比也在,坐的是他自己的轮椅。黑兹尔跟我们在一起,拿着盆栽和一个带西尔斯百货标志的包裹,里面装着尚美的服饰。飞船很快就消失不见,差点儿没给我留时间向莱芝(萝尔?)转达休伯特医生的致意。而她的回应是哼了一声,"要是他以为说几句好话就没事儿了,那他就大错特错了。"但看她的表情,她还是挺高兴的。

楼顶上一共剩下四个人,我们三个,加上一个医院的人。那女人小个子、深肤色,模样简直是夏娃和圣母玛丽亚的合体,端庄大方,没有一丝轻佻。黑兹尔把包裹扔在我身上,盆栽递给埃兹拉拉比,张开双臂给了她一个拥抱,"塔米!"

"Arii sool, m'temqa!"这位慈母一般的人物亲吻着黑兹尔,"Arii sool,m'temqa!"

"Reksi, reksi——真是好久不见了!"

两人分开以后,黑兹尔道:"塔米,这是我的爱人理查。"

这句话让我得到了一个吻,亲在嘴上。为了亲这一下子,塔米还特意把我身上的包裹挪了开。塔米的一个吻可以让男人晕头转向好几个小时——哪怕这个男人受了伤,接受的也只是短短的一吻。

"这位是我们亲爱的朋友,尊敬的拉比,埃兹拉·本·大卫。"

他没享受到我的待遇。塔米低低地行了个屈膝礼,接着亲吻了他的手。看来还是我赚到了。

塔米(全名塔玛娜)道:"进这里我必须让你们赶快,才能修好理查。亲爱的朋友们都会来，过段时间。黑兹尔，住一间房像你和朱巴尔一样，行吗？"[1]

"塔米，这样很好。反正我过一阵子就得走。你们两位男士住院期间共用一间房，可以吗？"

我正想说"行啊，没问题，只是——"，这时尊敬的埃兹拉说道："这里有点误会。格温多琳女士，请向这位可亲的夫人解释一下：我不是病人，不打算住院。我身体好极了，不流鼻涕，指甲上连倒刺都没有。"

塔玛娜看上去有点诧异。不是担忧，只是深切的关心。她走近他，轻轻碰了碰左边那条残腿，"不重新装上腿让我们帮你？"

尊敬的埃兹拉绷起了脸，"我知道你是好意，可我不想装假肢。真心话。"

塔玛娜用初见时的那种语言和黑兹尔说了几句。黑兹尔听完，说道："埃兹拉拉比，塔玛娜说的是真正的腿，有血有肉。他们有办法，而且不止一种，是三种。"

尊敬的埃兹拉深吸一口气，然后发出一声长长的叹息。他望着塔玛娜，"孩子，只要你能让我的两条腿再长出来……干吧！拜托了。"他又说了几句什么，我猜是希伯来语。

---

①塔玛娜的英语有很重的外国腔。

第三部

隧道尽头的光明

21

"上帝创造了女人,让她们驯服男人。"

——伏尔泰[1](1694-1778)

我慢慢醒来,让意识缓缓滑入身体。我闭着眼睛审视我的记忆,弄清自己是谁、在哪里、发生了什么事。

哦,对了,我娶了格温·诺瓦克!这件事出人意料,却令人欣喜!——不对,这不是昨天的事。昨天——

老天,昨天可真够忙的!始于月城,又一家伙蹦回格林内尔——怎么回去的?先别考虑"怎么"了,只管接受吧。接下来又一家伙蹦到——格温说这是什么地方来着?喂,等等!格温的真名叫黑兹尔。是这个名字吗?算了,以后再说吧。黑兹尔管这里叫"第三地球",特勒斯[2]第三。塔米则管它叫另一个名字。塔米?哦,对了,"塔玛娜"。这里人人都认识塔玛娜。

塔米不让他们在我醒着的时候处理我那条伤腿。我居然受伤了。是不是岁数大了,身手不灵活了?还是因为在那伙假扮的圣陵守护者中间,我发现了比尔的脸?一惊之下动作放慢,这可不够专

---

①伏尔泰(1694-1778),法国启蒙主义思想家、哲学家、作家。

②罗马神话中的大地女神。

业。哪怕在敌人中间看见了你自个儿的奶奶,也应该先一枪放倒她再说。

你怎么会发现他们不是真正的圣陵守护者?很简单。圣陵守护者全是肚子圆滚滚的中年人,那伙人却个个年轻结实,做好了战斗准备。

话说得没错,但这些理性分析是你现在才想到的。那又如何?只要没错就行。问题是你昨天并没有做什么理性分析。当然没有,怎么可能?紧要关头没时间想来想去。你一瞄某个家伙,那家伙身上有什么地方朝你高呼"敌人",你马上扑过去,先下手为强,抢在他朝你扑过来之前。如果你把动手的时间用来动脑,掂量对方给你留下什么印象,划分对方的类别,运用逻辑进行分析——你已经死了!别想,行动。而昨天你动得不够快。

好在昨天你选对了战友,一条动作飞快的银环蛇,名叫黑兹尔。混战之后还能逃出来,体温三十七度,没变成冰凉的尸体——能做到这个就不算大败亏输。

得了吧,别自己骗自己了。你干掉了几个?两个?其他的全都归功于她,而且她还把你撤出去了。要不是这样,你这会儿已经凉透了。

我不会真的凉透了吧?检查检查。我睁开了眼睛。

这个房间真的很像天堂!但这恰恰证明了你没死,因为你死后去的肯定不会是天堂。再说,人人都说死的时候你会进入一条长长的隧道,隧道那头还有光,你所爱的人就在光那儿等着你。你没碰上这些事。没有隧道,没有光,唉,也没有黑兹尔。

也就是说我没死,这里不可能是天堂。但我觉得也不是医院。医院不可能这么美,气息这么芬芳。听不到在所有医院都无处不在的嘈杂,这会儿能听到的只有鸟儿的啁啾,还有远处某个地方的乐音。

哎呀,我的盆栽在那边!

黑兹尔肯定就在附近。亲爱的姑娘,你在哪里?

我需要帮助。帮我找到我的脚,递给我,行吗? 这种重力环境中,我不能冒险单腿乱蹦,毕竟好久没训练过了,还有……嗯,该死的,我想撒尿。憋得要命,憋得后槽牙都晃悠起来了。

"看来你醒了。"一个温柔的声音说,就在我右耳朵旁边。我正想扭头,她已经来到面前,不用费力就能看见。年轻女人,长得不错,苗条,窄窄的髋部,长长的褐发。目光相对时,她露出笑容,"我叫密涅娃①。早餐你想吃什么? 黑兹尔说你喜欢华夫饼,你想要什么都有。"

"'什么都有'?"我想了想,"小火慢烤雷龙肉有吗?"

"当然有,不过那个比华夫饼花时间。"她一本正经地回答道,"等待的时候,想先来点儿小吃吗?"

"你说了算,我跟着你走就行。只是别拿我寻开心了。说到走,你知道我那只假脚在哪儿吗? 早饭不急,我先得去趟清洗间……要去那儿,我得装上那只木头脚才行。你知道,我还没习惯这儿的重力。"

密涅娃直截了当地告诉我该怎么办,"这张床有内置的清洗设备。目前你用不了一般的清洗间,你做了脊椎麻醉,腰部以下动不了。我们什么都安排好了,真的。该做什么就做吧,需要做什么就做什么。"

"呃……我尿不出来。"(真的尿不出来。上次截肢的时候,医院那帮人被我折腾得够呛,终于受不了了,只好给我装备了导尿管加尿罐子,直到我能撑着拐杖自己摸到厕所为止。)

"试试看,你做得到的。一切都会顺顺当当的。"

---

①罗马神话中的智慧女神。这里出现了许多神祇的名字,如上文的特勒斯,下文的雅典娜。

"呃——"(我的腿动弹不得,长的那条和短一截的那条都不行。)"密涅娃女士,能给我一个医院里那种普通的床上便器吗?"

她看上去有些不知所措,"你坚持的话,行。可那东西不好用。"不知所措的表情变成了若有所思,她想起了什么。"我给你找找,不过得花些时间。至少十分钟,一秒钟都少不了。还有,出去的时候,我得封上你的房门,免得别人打扰你。"她又补充道,"十分钟。"这才朝一堵空空的墙走去。那堵墙唰地让出一条路,密涅娃不见了。

我立即掀开被单,想看看他们对我唯一一条好腿做了什么手脚。被单掀不开。我想偷偷钻出去,却被它识破了阴谋。我绞尽脑汁想智取被单——说到底,一条被单不可能比人更聪明,对吧?

错了,它比我聪明。

最后我对自己说:你瞧,伙计,左右是没办法,咱们还是先假定密涅娃女士说的是实话吧。这是一张有内置下水管道的病床,无论躺在床上动弹不得的病人折腾出什么花样,它都能应付。我一边这么说着,一边在脑子里解算几个弹道难题——只要数据推演足够艰难,哪怕是躺在断头台上的人都会分心的。

结果就是放了半升水,随即一声叹息,把另外半升也放了出去。嗯,床好像没湿。一个亲切的女声说道:"真乖!"

我赶紧四下张望,却没找到发出这个声音的人,"谁在说话?你在哪儿?"

"我是蒂娜,密涅娃的妹妹。我就在你身边……却又离你半公里,在你下面两百米。需要什么尽管告诉我,无论什么都有储备,没有储备也能制造,制造不了还能伪造。需要奇迹,马上送到,需要别的来得更快。唯一的例外:处女需要特殊处理。培育处女耗时十四年,工厂重建嘛,十四分钟。"

"谁他妈需要处女?蒂娜女士,盯着我撒尿,这么做合适吗?"

"年轻人,别跟你奶奶说什么能做什么不能做。我的职责之一就是盯着这个有趣地方所有部分的所有事件,在错误发生之前就制止它们。另外,我本人就是处女,还能证明……居然敢诽谤我们处女,我会让你后悔生为男儿。"

(哎哟,见鬼!)"蒂娜女士,我没有冒犯的意思。只是尴尬,就这个。一不留神说漏嘴了。不过我真的觉得排便之类的事情应该属于隐私。"

"在医院里不是,伙计。排便是诊断过程中十分重要的一环,每一次都是。"

"这个——"

"我姐姐来了。如果不相信我,问问她好了。"

几秒钟后,那堵墙打开了,密涅娃女士走了进来,手里拿着一个用于医院病床的老式便器:没有自动机械,没有电子控制。我说:"谢谢,可我现在不需要了。你妹妹肯定已经告诉你了。"

"对,她说了。可她应该没告诉你呀?"

"她没有,这是我推测的。她真的坐在地下室的某个地方窥探每一个病人吗?她就不觉得闷得慌吗?"

"其实她没怎么花心思,除非真正需要的时候。她还有几千件别的事要做呢,全都比这个更有意思——"

"有意思多了!"那个没有面目的声音插嘴道,"密妮①,他不喜欢处女。我跟他说我就是处女。告诉他这是真的,姐姐;我非让他承认不可。"

"蒂娜,别逗他。"

"为什么?逗男人挺有意思的。捅他们一下,他们就扭个不停。真不知道黑兹尔看上了他什么,这人完全是个讨厌鬼嘛。"

---

① 密涅娃的昵称。

"蒂娜！上校，雅典娜①跟你说了吗？她是一台计算机。"

"啊？你说什么？"

"雅典娜是一台计算机，而且是这颗行星的主控计算机。其他计算机只是机器，没有自我意识。这里的一切都由雅典娜控制，就好像月球从前由迈克·福尔摩斯控制一样——我知道黑兹尔跟你讲过他的事。"密涅娃微微一笑，"所以蒂娜可以自称处女。从技术角度说，她确实是处女。计算机当然没有碳基生命的交媾体验——"

"交媾的事，我什么都知道！"

"对，妹妹，但真正的交媾必须跟一个人类男性才能进行。可话又说回来，如果她把自己转移到一具血肉躯壳里，成为一个真正的人，那样的话，从纯技术角度说，她就不再是处女了。因为在试管培育过程中，她的处女膜会萎缩，残余部分也会彻底清理干净；这之后她的躯壳才会被激活。我自己就是这样的。"

"密妮，你居然被伊师塔②说服了，真是昏了头。我才不会这么做呢。我已经决定了，一定要按部就班地来。先有适当的仪式，然后交媾，一定要这样献出处女身。能办到的话，还要穿上新娘服，办个婚礼。你觉得我们能说服拉撒路③吗？"

"我非常怀疑。你会犯下一个非常傻气的错误。初次交媾的疼痛不仅全无必要，它还会留下坏影响，妨碍你今后的性生活。性生活本来应该是彻头彻尾的快乐体验才对。妹妹，性生活是成为人类的最重要的动机，别把它破坏了。"

"塔米说其实没那么疼。"

"可为什么非得受那份罪呢？再说了，拉撒路不可能同意跟你举

---

①蒂娜的全称。

②巴比伦神话中的女神，负责爱情、生育和战争。

③拉撒路·朗是罗伯特·海因莱因长篇小说《时间足够你爱》中的主人公，世上最长寿的人。

行一场正正式式的婚礼。他只答应在他的家庭给你一个位置，其他的可什么都没答应。"

"也许咱们可以动员动员这儿这位啥都没有的零光蛋上校。到那时候，他会欠我一大堆人情没法儿还；而且据莫琳说，现在没人瞧新郎一眼。怎么样，当兵的？豪华的六月婚礼上，你来客串一把我的新郎。很光荣的哦。提醒你，说话之前仔细想想该怎么回答。"

我的耳朵被吵得嗡嗡响，我觉得头疼。如果闭上眼睛，再睁开时，说不定会发现我还待在天条那套单身公寓里。

我闭上眼睛，然后睁开。"回答我。"那个没有身体依附的声音仍旧不依不饶。

"密涅娃，谁给我的小树换了新盆？"

"是我。塔米说原来的盆太小，它连呼吸空间都没有，更别说长大了。她要我找个更大的盆，我——"

"新盆是我找到的。"

"蒂娜找到了盆，我移栽了小树。瞧见没，它现在好多了，不是吗？换盆以后，它长了十厘米呢。"

我望望那株小树，接着又仔细望了望，"我在这家医院待了多久了？"

密涅娃一下子变得全无表情。蒂娜的声音说："你还没说你早餐的雷龙要多大的呢。来只小点的吧，好吗？老的肉太硬。大家都这么说。"

十厘米。分手时黑兹尔说"早上再见"。哪天的早上，亲爱的？已经过了两星期吗？还是更久？"只要晾晒得当，老雷龙的肉也没那么硬。不过肉软化下来得花不少时间，我等不及了。换成华夫饼也得等吗？"

"哦，不会。"蒂娜的声音回答道，"华夫饼在这儿很少见，但莫琳说华夫饼的事她全知道。她说她长大的地方离你长大的地方只有几公里。你们俩的成长时代也差不多，也就是个把世纪的差别。她熟悉你习惯的那种烹饪方式。华夫饼的烘烤器具她已经一五一十告诉我了，我做了点儿实验，最后做出了她要求的那种。你能吃下多少华夫饼，胖家伙？"

"五百零七个。"

短暂的沉默。接着，蒂娜说："密涅娃，你觉得呢？"

"我不知道。"

"不过，"我继续说下去，"目前我在节食，所以三个就可以了。"

"我现在说不清想不想让你当我的新郎官了。"

"这件事呀，你得先跟我的新娘子黑兹尔商量商量才行。"

"她不会反对的，黑兹尔和我是好姐们儿，多少年了。她会逼着你答应的——如果我决定用你的话。可我现在有些拿不准，小子，你这人不靠谱。"

"'小子'这个称呼有点耳熟啊。你认识我的乔克叔叔吗？乔克·坎贝尔。"

"我认识乔克叔叔吗？还用问吗？那个白头发老狐狸！咱们不请他，小子。他要真来了，准会索要初夜权。"

"一定得请，蒂娜女士，他是我最亲的亲戚。好吧，新郎官我当了，乔克叔叔负责给新娘破瓜。就这么定了。"

"密涅娃？"

"理查上校，我觉得不应该这么做。我认识乔克·坎贝尔医生许多年了，他也熟悉我。如果雅典娜坚持要做这种傻事的话，我觉得她不该把初夜给坎贝尔医生。等过一两年，如果她还——"密涅娃耸耸肩，"他们是自由人，可以自由地做出决定。"

"就让蒂娜跟黑兹尔和乔克商量去吧，反正不是我出的主意。这桩罪行什么时候发生?"

"一转眼的工夫。雅典娜的克隆体已经差不多成熟了。按你的时间算,大概三年吧。"

"哦,我还以为咱们讨论的是下个星期的事呢。这下我就用不着担心了。这么长时间以后,马儿说不定还能学会唱歌呢。"

"马? 什么马?"

"做噩梦梦到的马。还是说说华夫饼吧。密涅娃女士,你愿意和我一起享用吗? 我大口大口地吃,你却站在旁边,饿着肚子咽口水——这样怎么行?"

"我已经吃过早饭了——"

"可惜呀。"

"——但早餐已经过了几个小时了。再说我也很想瞧瞧华夫饼究竟是什么东西。黑兹尔和莫琳都说它挺不错的。谢谢你的邀请,我接受。"

"你还没请我!"

"唉,蒂娜我拟议中的未成年新娘啊,如果你真的把你的威胁付诸实施,成了我的新娘子,那么,我的餐桌就是你的餐桌,邀请你则是毫无意义的同义反复,是彻底的废话。重复、浪费,而且接近对你的侮辱。莫琳说过华夫饼该怎么吃吗? 浇上稀奶油、枫糖浆,还有大量脆脆的培根,配上果汁和咖啡。果汁要冰镇的,其他的全得是热腾腾的。"

"三分钟上齐,宝贝。"

我正打算回答,那堵靠不住的墙又打开了。埃兹拉拉比走了进来——"走"了进来。他撑着拐杖,但毕竟是双脚站立呀。

他朝我绽开笑脸,挥着一根拐杖,"埃默斯博士! 看见你醒了,我真高兴!"

"很高兴见到你,尊敬的埃兹拉。蒂娜女士,我点的餐,请来三份。"

"已经做了,还添了熏鲑鱼、面包圈和草莓酱。"

一大堆问题仍旧塞在我脑子里,尽管如此,这顿饭还是吃得开心极了。食物非常好,加上我饿了,密涅娃和埃兹拉——还有蒂娜——又是极好的共餐伙伴。我用枫糖浆送下第一张华夫饼的最后一口,这才道:"尊敬的埃兹拉,今早你见过黑兹尔吗?我太太。我还以为她会来这儿呢。"

他有些迟疑。蒂娜回答道:"她晚些时候会来的,小子。总不能守在这儿等着你醒呀,她还有别的事呢,以及别的男人。"

"蒂娜,别骗我了。再这样的话,哪怕黑兹尔和乔克都同意,我也不会娶你。"

"赌什么?敢抛弃我,你这个下流坯,我把你撵出这颗星球。你别想再找到一口吃的,别想打开任何一扇门;进清洗间会烫死你,所有的狗都会咬你。我还会让你痒得要死。"

"妹妹。"

"好,好,密妮。"

密涅娃转而对我说:"别怕我妹妹,上校。她跟你闹着玩呢,想让你陪她、注意她。其实她是一台品行很好的计算机,绝对靠得住。"

"我完全相信,密涅娃。可她别想着既捉弄我、威胁我,又指望我会站在法官或者牧师或者别的什么人面前,发誓爱她、敬重她、服从她。从现在起,我已经不敢保证我会服从她了。"

计算机的声音回答道:"用不着你发誓服从我,小子,以后我会训练你、让你乖乖听话的。别担心,都是最简单不过的事:立正、把东西叼过来、坐好、躺下、打滚。只要是稍稍复杂一点儿的事,我从不指望男人能做到。当然,种马的功能除外。不过在这个方面,你的名气相当大。"

"你这话是什么意思?"我一把扔开餐巾,"没啥好谈的了! 婚礼告吹。"

"理查,我的朋友。"

"啊? 什么事,拉比?"

"蒂娜的事你就不用操心了。结婚的事,她跟我提过,跟你提过,还有亨德里克神父、乔埃–莫。无疑还有其他许多人。她的抱负是让克莉奥帕特拉①相形见绌,像个胆怯的小媳妇。"

"还有妮娜·狄朗克洛丝②、兰姬·利尔③、玛丽·安托瓦内特④,还有喇合⑤、战舰凯特⑥、麦瑟琳娜⑦。这个名单你自己往下列吧。我要成为多重宇宙中的头号女色情狂,淫邪艳丽,魅力无可抵挡。男人会为我决斗,在我门口自杀,为我的小指头写下颂歌。女人一听见我的名字就会晕厥。无论多远的地方,每一个男人、女人和小孩子都会崇拜我,而我会爱上无数的人,能爱多少就爱多少,只要我的日程表排得下。哦,你不想当我的新郎,是吗? 这种拒绝是多么肮脏、邪恶、下贱、腐臭啊,自私得无以复加! 愤怒的群众会把你撕得粉碎,会喝你的血。"

"蒂娜女士,餐桌上说这种话可不礼貌哦。我们正吃饭呢。"

"是你挑起的。"

我努力回忆争执的起源。是我挑起的吗? 不,说实话,是她——

尊敬的埃兹拉用监狱囚犯式的耳语对我说:"拉倒吧,你赢不

①克莉奥帕特拉(公元前69–公元前30),埃及托勒密王朝最后一位女王,据传风流成性,先后与恺撒、安东尼同居。

②法国十八世纪著名交际花。

③美国西部开发时代的马戏明星。

④玛丽·安托瓦内特(1755–1793),法国王后,大革命时期被斩首。

⑤《圣经》所记录的妓女。

⑥不详。

⑦罗马皇后,著名的荡妇。

了。我再清楚不过了。"

"蒂娜女士,的确是我挑起的,我向你道歉。我不该这么做,太不应该了。"

"哦,没什么啦。"计算机的声音既热情又喜悦,"还有,你不用叫我'蒂娜女士'。这儿几乎没什么人用头衔称呼别人。如果你管密涅娃叫'朗博士',她准会转过脑袋瞧瞧后面是不是还有其他人。"

"好的,蒂娜。也请你叫我理查好了。密涅娃女士,原来你有博士学位,是医学博士吗?"

"没错,我的学位中有一个是医疗方面的。不过我妹妹说得对,这里不怎么用头衔。没有谁称谁'女士',除非是对一个你所关爱的、以肉体之爱相赠的女人。所以你用不着称我'密涅娃女士'……除非你决定将你的肉体之爱赠予我。到那时再称我'女士'吧……如果你愿意给出那份赠予的话。"这些话直通通地说出来,就在餐桌上!我差点儿不敢相信自己的耳朵。密涅娃看上去是那么端庄、温顺、柔和,真是让我大吃一惊。

蒂娜给了我整顿思绪的时间,"密妮,别想把他从我这儿抢走。他是我的。"

"最好问问黑兹尔。更好的是,问他自己。"

"小子,告诉她!"

"告诉她什么,蒂娜? 你还没跟黑兹尔和我乔克叔叔说定呢。不过就目前而言——"我在病床和脊椎麻醉的限制下尽可能地朝密涅娃鞠了一躬,"亲爱的女士,你的话让我不胜荣幸。但你也知道,眼下我处于半瘫状态,无法行动,无法和你共享欢愉。目前就让我们寄希望于未来吧,好吗?"

"不准你叫她'女士'!"

"妹妹,礼貌点。先生,你可以称我为'女士'。或者,如你所说,我们可以寄希望于未来。你的治疗还需要一些时间。"

"是啊，需要时间。"我瞥了一眼那株小树，已经不算太小了，"我在这里待了多久？肯定已经欠了不少医疗费了。"

"这个你不用担心。"密涅娃对我说，"由我处理好了。"

"账单肯定是要付的，而我连个医保都没有。"我看着拉比，"拉比，你怎么会有钱做移植——是移植没错吧？你跟我一样，离家太远，离你的银行户头也太远。"

"比你想的还远得多呢。哦，你别再叫我'拉比'了。不合适。我们现在所在的这个地方，经卷上根本没有提及。我现在是二等兵埃兹拉·戴维森，隶属时间部队，非正规军。我的账单就是这么付清的。估计你的费用也会这么走吧。蒂娜，你能不能——我是说，你愿不愿意告诉埃默斯博士他的医疗费用怎么支付呢？"

"他得自己开口问才行。"

"我开口，蒂娜。请告诉我吧。"

"'坎贝尔·柯林斯'，又名'理查·埃默斯'：各医疗部门费用归属：元老特别账户，'银河大魔王——杂务账'。所以你不用提心吊胆的了，小宝贝。你是个慈善对象，所有费用全免单。当然，那个账户牵扯的人一般都活不长。"

"雅典娜！"

"密妮，这是事实呀。平均每人出勤一点七三次，之后我们就得支付他们的抚恤金了。除非THQ给他的是轻轻松松的软和任务。"

（我已经没认真听了。"银河大魔王"，真是的！只有一个人会立这个账户，那个爱开玩笑的小亲亲。该死，亲爱的，你到底在哪里？）

那堵不怎么结实的墙再一次忽地闪开了，"我是不是来得太晚，赶不上早饭了？哎呀！你好，亲爱的！"

是她！

22

"拿不定主意的情况下,说实话。"

——马克·吐温(1835-1910)

"理查,我的确第二天一早就见到你了。只是你没见到我。"

"没错,她是见到你了,小子。"蒂娜证明说,"不顾自身安危见你了。庆幸你还活着吧,差点儿就活不下去了。"

"是真话。"埃兹拉赞同道,"那天晚上的一部分时间里,我是你的室友。后来他们给我换了个地方,接着把你换到了重症监护室,还给我猛打预防针,扎了九针还是九十针。兄弟啊,当时你真是病得不轻,奄奄一息。"

"登革热发作到抽搐的地步,化脓、打摆子,高烧窒息……"黑兹尔扳着指头数着,"蓝死症①、斑疹伤寒。密涅娃,还有什么?"

"金色葡萄球菌全身感染,肝脏疱疹。最严重的是丧失了求生意志。好在决定权掌握在伊师塔手里,他绝不允许有谁死掉,除非那人主动要求死亡。格拉海德也持同样观点。塔玛娜一直守着你,一秒钟都没离开,直到你度过病危状态。"

---

①不详,可能是作者的杜撰。

"这些我怎么都不记得了?"

"最好别,不记得才好呢。"蒂娜建议道。

"亲爱的,要不是你身在已知宇宙中最好的医院,有最好的医生,我这会儿已经成寡妇了。我可不想穿黑色丧服,我穿那个太难看。"

埃兹拉补充道:"要不是你壮得像头牛,肯定也挺不过来。"

蒂娜插嘴道:"应该说公牛,埃兹拉,不是牛。我知道,我看见了。大开眼界。"

真不知道应该谢谢她的恭维还是再次取消婚礼,我只好来个不理会。"我不明白,我怎么会染上这么多病症?挨了一枪,这个我知道,葡萄球菌什么的应该就是这么引起的。可其他那么多病又是怎么回事?"

埃兹拉说:"上校,你是个职业军人,应该对生化武器有所了解吧。"

"是啊。"我叹了口气,"可我从来没用过,接受不了。跟它比起来,核弹简直既干净又体面。就连化学武器都比它人道。好吧,捅我的那把刀子——是刀子吗?——经过生化处理。毒性够大的。"

"是的。"埃兹拉说,"有人想要你的命。只要能让你送命,他们才不管生化扩散会不会杀掉整个月城的人呢。"

"这是发疯。我没那么重要!"

密涅娃轻声道:"理查,你有那么重要。"

我瞪着她,"你怎么会这么想?"

"拉撒路告诉我的。"

"'拉撒路'?蒂娜刚才提到过这个名字。拉撒路是谁?你们为什么这么看重他的看法?"

黑兹尔回答道:"理查,我以前就说过你至关重要,原因也告诉你了：因为只有你能救亚当·塞勒涅，而有些人绝不希望看到他复活。想杀你的就是他们，只要能杀掉你，他们会毫不犹豫地赔上月城的所有人。"

"既然你这么说，我就权且相信吧。要是当初我知道这些事就好了。月城是我的第二故乡，有不少好人住在那儿。唔，比如你儿子就是，埃兹拉，还有其他人。"

"对，我儿子和其他人。但他们没能毁掉月城，理查。生化传染被阻止了，月城得救了。"

"好！"

"但不是没有代价。幸运的是，我们的救援有一个可供参照的时间点。我们重建了我们上飞船撤离的那些秒钟，再次上演了那一幕。参演者还是我们这批人，你那一角由一个十分优秀的演员充当。我们还和格伊记忆体中的飞船滞留时间进行了比对，把二者衔接起来。然后，一艘巴罗斯时空舱赶到那个复合坐标点，时间只延后了四秒钟。它投下了一颗热力弹。不是核弹，只有高热，恒星热量级——有些细菌很难杀死，只有靠高热烫死它们。不用说，那个旅店毁掉了，人员死亡的概率非常高，不，应该说必然导致人员死亡。月城的危机解除了，但代价十分惨重。没有免费的午餐啊。"埃兹拉面色凝重。

"你儿子没事吧？"

"我想应该没事。但这个行动不可能考虑到我儿子的安危，也没有就此征求我的意见。这是时间司令部①做出的决策。如果某个人是某次重大行动的关键、不可或缺，THQ会为了这个人实施救援，也只有在这种情况下才会实施救援。理查，我只是个因伤休假的二等救援兵，不了解大政方针，但我觉得，让月城在那个时间点遭受人员

---

① 英文缩写为"THQ"。

损失,这种事肯定会影响THQ的其他计划。我说不准,但也许就是格温多琳女士——黑兹尔——提到的那个计划。"

"确实是那个计划。还有,这儿是第三地球,你可别随便叫我'女士',除非你真的对我有那个意思,埃兹拉。但我还是得谢谢你对我的敬意。理查,时间司令部之所以做出这么激烈的反应,是因为通过空气扩散的疾病会大大破坏他们的计划。他们把时间卡得非常死,你、我还有格伊飞船的全部人员差点儿没能逃出来。那颗热力弹完全可能把我们全杀死,只差了一点点。"这话有些前后矛盾,乍听上去好像我们没逃出来似的。我很想指出这个表述问题,但黑兹尔接着说道:

"他们必须这么做,不可能留给我们更多的逃生时间。有些杀手细菌可能进入城市的空气管道。他们做过推演,知道这种情形会对亚当·塞勒涅行动产生什么影响:灾难性的影响!所以他们才会动手。时间部队不会在各个宇宙中乱窜,到处拯救个人生命,或者整座城市。理查,愿意的话,他们完全可以拯救赫库兰尼姆①、庞贝……或者旧金山,或者巴黎。但他们没有这么做。他们不会这么做。"

"亲爱的,"我慢慢地说,"你是说,这个所谓的'时间部队'可以让2002年的巴黎免于毁灭吗?哪怕那次灾难发生在两百年前?得了吧!"

黑兹尔叹了口气。

埃兹拉说:"理查,我的朋友,请认真听我说。我说完之前别急着否定我。"

"啊?没问题。说吧。"

"巴黎的毁灭不是两百年前。那已经是两千多年前的往事了。"

"可它明明——"

---

①罗马时代的城市,和庞贝一样毁于火山爆发。

"按地球佬的格里高利历法①，现在是公元4400年，按犹太历法是8160年。对我这个犹太人来说，这个年份大得让人心惊胆战，但我也只好接受。还有，现在的我们距离地球七千光年。"

黑兹尔和密涅娃郑重其事地望着我，显然在看我会有什么反应。我正想开口，又停下来重新检查了一下思路，这才说道："我只有一个问题。蒂娜？"

"不行，华夫饼不能再多给了。"

"我不要华夫饼，亲爱的。我的问题是：我能不能再要一杯咖啡？这回请加上奶油。"

"来了，接住！"咖啡出现在我膝头的小桌上。

黑兹尔脱口而出，"理查，这是真的！我们说的都是真的。"

我啜着新鲜咖啡，"谢谢你，蒂娜，真是恰到好处。黑兹尔我的爱，我不和你争。为了我不理解的事争执，这是犯傻。咱们还是谈一件比较简单的事吧。尽管你说我得了那么多种可怕的病，我现在却觉得精力旺盛，完全可以跳下床去，找个奴隶来抽他一顿鞭子。密涅娃，能告诉我我还得在这张床上瘫多久吗？你是我的医生，对吧？"

"不，理查。我不是。我——"

"姐姐只负责让你开心。"蒂娜插嘴道，"这个更重要。"

"雅典娜说的也不算错——"

"我永远是对的！"

"——但她的表达方式有时比较奇怪。病人的心情由塔玛娜负责，她在艾拉·约翰逊医院和霍华德诊所都是做这个的……你最需要她的时候，塔玛娜就在这里，搂着你。她还有很多助手，因为伊师塔院长认为病人的心情是治疗和回春②的核心。换句话说，就是让

---

①即公元纪年。

②罗伯特·海因莱因《未来史》系列小说中经常出现这一因素，指恢复青春。

他们开心。这方面我也有份儿,还有你还没见过的莫琳和玛吉。如果不开心的病人比较多,其他人也会帮忙,比如艾比和蒂提。需要的时候,就连莱芝和萝尔也会来,她们做这个实在棒极了……不奇怪,她们毕竟是拉撒路的妹妹、莫琳的女儿。当然,还有希尔达。"

"等等,等等。这么多名字,人我又不认识,听得我都糊涂了。我只听懂了这个:这家医院有一大批员工,专门给大家分发快乐。这些负责开心的天使全是女人,对吗?"

"还能是男的不成?"蒂娜轻蔑地说,"不是女人的话,你指望上哪儿寻开心去?"

"得了,蒂娜。"密涅娃责备地说,"男性病患的心情由我们女职员负责。塔玛娜手下也有一些经验丰富的男职员,如果女病人需要,他们随时听候召唤。心情治疗并不一定非得异性,但这种做法确实更容易成功。照顾女病人的男职员不需要那么多,因为女性患病的概率比较小。接受回春治疗者的性别分布比较均衡,男性、女性基本上一半对一半,但女性在恢复青春的过程中几乎从来不会觉得压抑——"

"一点没错!"黑兹尔接过话头,"只是让我性欲高涨。"她拍拍我的手,还给我递了个属于我们俩的私密信号。我没理会她,这儿还有其他人呢。

"——而男性在这个过程中至少会有一次精神危机。我扯远了,你想知道的是你的脊椎麻醉情况。蒂娜。"

"我已经叫过格拉海德医生了。"

"先等等。"黑兹尔说,"埃兹拉,你让理查看过你的新腿了吗?"

"还没呢。"

"能让他看看吗? 行吗? 你介意吗?"

"我巴不得炫耀炫耀呢。"埃兹拉站起来,从桌后转到前面,转了个身,放开拐杖,不借助支撑站着。自从他进来,我没有盯着他的腿看(我自己就不喜欢别人盯我的腿),后来他在跟着他进来的餐桌后坐下了,腿也被餐桌挡住,看不见了。最初的一瞥给我留下的印象是,他穿着短裤,下面穿着齐膝长袜,褐色的,跟短裤颜色相配。短裤和长袜之间亮着白色的膝盖,骨棱棱的。

现在他脱下了鞋子,光脚站着——我的观感一下子变了:那双"褐色长袜"其实是腿脚上褐色的皮肤。移植在过去残肢上的双腿和双脚。

他作了一番详尽的解释:"——有三种办法。全新的腿,或者全新的任何器官,都可以重新生长出来。他们告诉我,这种办法耗时久,要求很高的技术。另一种办法是从受术者自己的克隆体上截取肢体或内脏。这类克隆体就保存在这里,停滞了生长,控制它的大脑也没有发育完全——这是有意的。他们说这种办法最简单,相当于在裤子上打个补丁。绝不可能出现异体排斥的情形。

"可我在这儿没有克隆体,至少现在还没有。于是他们在备件库里给我找——"

"在肉铺里找。"

"是的,蒂娜。他们手头有许许多多身体部件,其目录由计算机管理——"

"由我管理。"

"是的,蒂娜。如果进行异体移植,蒂娜会选取最接近的部件。所谓接近,比如血型必须匹配,这个不用说了;还有其他匹配项。哦,还有大小规格的问题,不过这是最简单的。蒂娜进行比对,找出最合适的部件。你的身体会误以为它本来就是自己的一部分。或者说,基本上可以把它算成自己的一部分。"

"埃兹拉,"那台计算机说,"你这双腿至少可以用十年。你这个活儿我干得漂亮极了。等到十年以后，你的克隆体已经可以使用了。我是说，如果你需要的话。"

"这活儿确实干得漂亮，谢谢你，蒂娜。给我捐赠这两条腿的人名叫阿兹利尔·克鲁马，理查。我们简直是双胞胎，只不过他的肤色比我深得多。小问题而已。"埃兹拉咧嘴一笑。

我说："这两只脚，他自己不用了吗？"

埃兹拉一下子郑重起来，"他死了，理查……死亡原因和这里绝大多数人一样：意外事故。登山时坠落，头着地，头骨迸裂。就连伊师塔的手艺都没法儿挽救他。伊师塔竭尽了全力；克鲁马医生是她手下的外科大夫。不过我这双腿并不是直接取自克鲁马医生，它们来自他的克隆体，他永远用不着它们了。"

"理查——"

"什么事，亲爱的？我还想问问埃兹拉——"

"理查，我做了件事，事先没跟你商量。"

"又如何？我是不是得再揍你一顿？"

"说不定你真的会揍我。我刚才想让你看看埃兹拉的腿……因为，未经你同意，我就让他们给你接上了一只新的脚。"她紧张兮兮地说。

一天之内，一个人能接受多少次惊吓？应该有条法律规范一下，定下个数字。军队的所有训练科目我都练过，比如如何在紧急情况下有意识地放慢心跳、降低血压等等。问题是紧急情况一般来得非常紧急，而那些该死的训练又不怎么管用。

这一次，我只能等着，同时有意识地放慢呼吸。过了一会儿，我终于可以正常说话，声音不打哆嗦了，"总体看来，我觉得这种事还不至于让你挨揍。"我努力想动动那只残腿上的脚——我始终觉得那里有只脚，尽管多少年前它就已经不在那儿了，"你嘱咐他们脚趾一定要朝前了吗?"

"什么? 你是什么意思,理查?"

"我喜欢让脚趾头冲着前面,千万别像孟买的乞丐那样反着来。"(脚是不是动弹了一下?)"呃,密涅娃,允许我瞧瞧吗? 这张被单捂得实在太紧了。"

"蒂娜。"

"已经让他过来了。"

那堵不牢靠的墙又闪开了,走进来一个年轻男子。这是我这辈子见过的最英俊的男人,帅得让人生气。更让人生气的是,他竟然赤条条地走进我的房间。身上连一根线头都没有。这混蛋甚至没穿鞋子。他四处望望,笑嘻嘻地说:"嗨,大家好! 有谁找我吗? 我正在做日光浴——"

"你在睡觉。上班时睡大觉。"

"蒂娜,我可以在睡觉的同时做日光浴呀。你好哇,上校,真高兴看到你醒来。你可是让我们费了好大力气,我们还以为得把你重新扔回去,再试一回呢。"

"这位是格拉海德医生。"密涅娃说,"他是你的主治大夫。"

"不是那么回事。"他一边说,一边朝我走来——一路上,在埃兹拉肩膀上捏一下,在密涅娃屁股上掐一把,顺便还亲了亲我的新娘。"运气不好,抽中了倒霉签。就是这么回事。我就是那个出了事大家一起痛骂的人,所有抱怨我全都包了……但我得警告你,别指望起诉我,或者我们。因为法官也是我们的人。现在——"

他停下来,双手悬在我的被单上方,"做这个时,你想保留一点隐私吗?"

我犹豫了。是的,我确实想要隐私。埃兹拉明白了我的心意,挣扎着站起来(他刚才又坐下了),"一会儿再见,我的朋友理查。"

"不，别走。你让我看了你的，现在轮到我让你看我的。咱们可以比较一下。移植的事我是一窍不通，你还可以给我提点建议。黑兹尔也别走，这个不用说。密涅娃早就见过了——你见过吗?"

"是的，理查，我见过。"

"那就都留下吧。要是我晕过去，一定扶着我。蒂娜——别抖机灵瞎评论。"

"你是说我吗? 这是对我专业判断能力的诋毁!"

"不，亲爱的，我诋毁的是你给人做伴、替人宽心的本事。如果你想跟妮娜·狄朗克洛丝一争高下，哪怕是跟兰姬·利尔比比看，这方面一定得作点改进才行。好了，医生，咱们来瞧瞧吧。"我的手紧紧按着横膈膜，屏住了呼吸。

在医生手下，那张讨厌的被单轻轻巧巧被掀了起来。床铺既干净又干爽(我首先检查的就是这个，不过我没发现任何下水管道)，上面竖着两只丑陋的大脚丫，两只脚，紧紧挨着。这是我这辈子看见的最美妙的一幕。

我晕过去的时候，密涅娃扶住了我。

蒂娜什么俏皮话都没说。

二十分钟以后，我终于可以控制自己的新脚了，还有它的趾头。前提是我别老想着它。但试运行时，我有时会用力过猛，极力遵照格拉海德医生的吩咐，结果反倒弄巧成拙。

"我对这个结果很满意。"他说，"不知你满不满意?"

"该怎么形容才好呢? 天上现出彩虹? 耳边响起银铃声? 蘑菇云升起? 埃兹拉，你能替我告诉他吗?"

"我上次已经尽力了。跟重获新生一样。走路本来是最简单的事——直到你丧失这种能力的时候。那时你才知道它是多么重要。"

317

"一点不假。医生,这只脚是谁的?我有一阵子没做过祈祷了,但对那个人,我会试试替他祷告。"

"他还没死呢。"

"什么?"

"我们也没让那个人少一只脚。你的情况实在太罕见了,上校。蒂娜没能找到一只你的身体不排斥且大小合适的右脚。你的免疫系统拒绝了所有候选对象,快得让人来不及说一声'败血症'。于是伊师塔——我的老板——要她扩大搜索范围……最后蒂娜找到了一只。而那只脚,属于一个仍然在世的人,是他克隆体的一部分。

"我们以前从来没有遇见过这种局面。我——我们,这家医院——没有权力动用属于某个特定对象的克隆体,就跟我们无权剁掉你的另一只脚一样。但是,得悉情况以后,那个克隆体的所有者决定把这只脚送给你。他表示,可以让他的克隆体花些年头再长出一只新脚。在这些年里,他将无法得到完整克隆体所能提供的安全保障,但他说他可以接受。"

"这个人是谁?我一定得想个办法好好谢谢他。"(人家给了你这样的礼物,对此你如何表达谢意?但不管怎么说,我一定得谢谢他。)

"上校,唯有这个信息我们无法向你透露。你的捐赠者坚持匿名,这是捐赠条件之一。"

"他们甚至逼着我抹掉了记录。"蒂娜恨恨地说,"连我这个专业人士都信不过。凭什么?我发伪誓的本领比谁都强!"

"错了,是'希波克拉底誓言'①。"

"错的人是你,黑兹尔。医生这个团伙的勾当,我懂得比你多。"

---

① 在英语中,"伪誓"与"希波克拉底誓言"读音相近。

格拉海德医生说:"我当然希望你现在就开始使用它。你病了很久,也需要这样的锻炼。现在就给我下床!两件事。一、我建议你仍旧借助拐杖,直到你有把握可以保持平衡为止。还有,一段时间里,黑兹尔或者密涅娃或者其他人最好牵着你没拿拐杖的那只手。二、别过于严格要求自己。你的身体还很虚弱,只要你觉得需要,马上坐下或者躺下。嗯,你游泳吗?"

"会游。但好长时间没游过了。我一直住在太空生态区,那儿没有游泳设施。但我很喜欢游泳。"

"在这里,游泳设施多得是。这幢楼的地下室有个跳水池,天井里还有一个更大的。这里的私人住房大多也配了池子。游吧。你不能一直走个不停,右脚还没长出茧子,不能用得太狠。还有,先别穿鞋,直到那只脚知道怎么做好一只脚的工作为止。"他笑着说,"做得到吗?"

"当然做得到!"

他拍拍我的肩膀,俯下身来吻我。

就在我刚刚开始喜欢这家伙的时候!我连躲开的时间都没有。我觉得非常恼火,却又只能努力掩饰。黑兹尔和其他人才说过,这个帅得过分的娘娘腔救了我的命,一次又一次地救了我的命。这一切决定了我不能讨厌他的这个吻。真该死!

他好像没发现我的不情不愿,捏了捏我的肩膀,说:"你会好起来的。密涅娃,带他去游泳;或者黑兹尔带他去。随便什么人都行。"说完,他走了。

女士们扶我下床,黑兹尔带我去游泳。黑兹尔吻别了密涅娃,而我突然意识到密涅娃在等着我吻她。我小心翼翼地试了试,回应非常热烈。

亲吻密涅娃可比亲男人强多了,不管那个男人多么帅。放开她之前,我向她道谢,为了她为我做的这一切。

她郑重地说:"对我来说,这是快乐。"

我们走了。我走得十分留神,身体倚在手杖上。我的新脚还有点刺痛。那堵墙闪开了——只要直对着它走过去,它就会让开一条路。离开房间以后,黑兹尔说:"亲爱的,不用我教你就吻了密涅娃,我很高兴。她就像一只盼着别人宠爱的小狗,身体的抚爱对她非常重要,比口头感谢强得多,也比任何礼物强得多,不管礼物多么奢侈。两百年的时间里,她只是一台计算机,这会儿正努力补偿自己呢。"

"她从前真的是计算机?"

"你最好相信,坏蛋!"蒂娜的声音紧跟着我们。

"说得对,蒂娜。但还是让我给他解释吧。密涅娃不是从出生起就是个女人。她的身体是在试管里长大的,受精卵来自二十三位父母。在血统方面,她是有史以来最杰出的。身体准备就绪以后,她移入了她的个性,还有她的记忆——"

"只是一部分记忆。"蒂娜更正道,"她想移入的记忆,我们做了一份拷贝。一套存在我这里,包括只读记忆和RAM记忆。我们本来应该成为一模一样的双胞胎。可她对我留了一手,有些记忆她没给我。不跟我分享,小气鬼!你们说,这么做公平吗?"

"别问我,蒂娜,我从没当过计算机。理查,你坐过坠落管吗?"

"我连它是什么都不知道。"

"抓牢我,体重放在老的那只脚上。蒂娜,帮帮我们。"

"没问题,朋友!"

坠落管比小狗崽还好玩! 第一次坠落后,在我的坚决要求下,我们上上下下连坐了四次,"我得多多练习。"(其实纯粹为了好玩)。黑兹尔由着我,蒂娜负责管道,确保我落地时别伤着脚。

对截肢者来说,楼梯永远是个危险地方。最好的情况下也是件苦差事。电梯虽然方便,但它太乏味了,阴沉的气氛宛如畜笼,像胖女人的束身带一样让人喘不过气来。

坠落管却能让你兴奋得头晕眼花,感觉就像小时候从叔叔农场的干草堆顶向下跳,而且没那么热,也没那么大的灰尘! 啊啊啊啊!

黑兹尔终于阻止了我,"好了吧,亲爱的,咱们还是游泳去吧。"

"好。你一块儿来吗,蒂娜?"

"不一块儿还能去哪儿?"

黑兹尔说:"你在我们身上装了监控吗,亲爱的? 或者是我们俩中的一个?"

"我们已经不用植入了,黑兹尔,太原始。泽布和我研究出了一种小装置,用三相回路控制四轴,实现了双向音像传递。色彩还有点棘手,但我们很快就能弄好。"

"这么说,你真的在我们身上装了监控?"

"我更喜欢'间谍手段'这个说法,听起来更棒。好吧,我在你们身上装了监控。"

"我猜就是这样。我们能有隐私吗? 我想跟丈夫讨论点家庭事务。"

"没问题。只剩医院的常规监控了。除此之外,不看、不听、不说,跟那三只小猴子①一样。"

"谢谢,亲爱的。"

"没什么,拉撒路·朗的公司宗旨就是为客户服务。等你们想从阴暗角落里爬出来,叫我一声就行。替我吻吻他,再见。"

"这下我们真的有隐私了,理查。蒂娜仍旧时时刻刻关注着你,

---

①应指"三猿",又称"三不猴",是三个分别用双手遮住眼睛、耳朵与嘴巴的猴子雕像,显示了名为"不见、不闻、不言"之睿智的三个秘密。

但只用机器的方式,像电压表一样,而且不保存记忆,只留下脉搏、呼吸之类记录。这些是必要的,毕竟你病得很厉害,还没有完全恢复。"

我做出了惯常的犀利评论,"哦。"

我们从医院的中央建筑出来,前面是个小公园,两边都有房子,构成一个"U"形。这个院子草木芬芳、花香馥郁。中间的游泳区形状看似随意,却"恰好"和花床、小径、灌木丛合成一个完美的整体。黑兹尔在泳池前面一块树荫下停步。这儿有张长凳,我们坐下,长凳自动调节形状,以适合我们的身体。我们望着其他人在池子里游泳,这跟亲身游泳一样好。几乎一样好。

黑兹尔说:"来这里的事,你记得多少?"

"不记得什么。头晕得厉害。因为受的伤,你知道。"(所谓的"伤"现在只剩头发粗细的一道疤,很难发现。对此我颇有些失望。)"我记得她——是塔玛娜吗?——塔米盯着我,很担心的样子。她用外语说了些什么——"

"星际语。你会学会的,很容易。"

"是吗?她对我说话,这是我记得的最后一件事。对我来说,那只是昨晚;过了一晚我醒了。现在我知道不是昨晚,天知道那是什么时候的事。反正我这段时间一直昏睡着。想想就觉得毛骨悚然。黑兹尔,到底过了多久?"

"这要看你用什么算法。对你来说,大约一个月吧。"

"他们让我一直睡了那么久?要是打麻药,这段时间可不短啊。"我有些担心。我见过动手术的人,从战场上直接送进手术室。出院的时候,这些人的身体看上去挺好,可就是离不开止疼药:吗啡、杜冷丁、无忧片、美沙酮,诸如此类的。

"亲爱的,他们没给你猛打麻药。"

"再说一遍?"

"这段时间,你一直在'忘川'里。不是麻药。忘川状态让病人清醒地接受治疗,只是忘了疼痛。疼痛一开始,马上忘记。别的事也一并忘记。疼痛当然还是有的,亲爱的,但每次疼痛都是一次孤立事件,立刻遗忘。无休无止的疼痛、把人彻底压垮的疼痛——你没有遭过那份罪。而现在,你也没有留下什么药物副作用,更不需要花无数周的时间把让人上瘾的药物从身体系统里清洗出去。"她笑着对我说,"这段时间,你真算不上好伴侣,亲爱的。连两秒钟前的事都记不得,这种人没法儿跟别人进行什么对话。可你好像很喜欢音乐。饭量也不错,只要有人喂你。"

"给我喂饭的是你?"

"不是。这些事有专家做,我没插手。"我刚才把手杖放在了草地上,黑兹尔伸手拿起,递给我。

"顺便说一句,我重新给你的拐杖上满了子弹。"

"谢谢你。不对! 里面本来就有子弹,压满了。"

"他们突袭我们的时候,拐杖里确实是满的。幸好这样,不然我已经死了。我估计你也活不了,反正我是百分之百死定了。"

接下来的十分钟,我俩你一句我一句,把对方听得如堕五里雾中。我已经详细交代过我所看到的来福士旅馆之战。下面我会简单说说黑兹尔叙述的她眼中的那场战斗。问题在于,这两者怎么都对不上。

她说她没拿手袋当武器。("怎么可能? 那种做法太傻了,亲爱的。速度太慢,又没有杀伤力。你一下就干掉了两个,让我有时间拔出手枪。那之前我只能拿围巾当武器。")

据她说,我射倒了四个,而她从侧面偷袭,放倒了我漏过的那些。最后他们给我大腿上来了一下(是刀子吗? 她说他们从伤口里剔出了竹子的残渣），还用喷雾剂喷我，而她抓住机会，结果了喷我的那个人。

（"我踩在他脸上抓住你，把你拉了出来。不，我没想到会看到格雷琴，但我知道她靠得住。"）

她的版本确实比我的更好地解释了我们为什么能赢……只不过，按我的记忆，她说的完全不是事实。但挑剔没有任何意义，这事已经说不清了。

"格雷琴是怎么来的？夏和乔埃-莫等在那儿倒是不奇怪，咱们给他们留过话。亨德里克·舒尔茨也说得通，如果他一听到我的消息就搭上第一班飞船过来的话。可格雷琴为什么在那儿？午饭前你刚跟她通过电话，那会儿她还在家呢，在枯骨增压区。

"离枯骨增压区最近的管铁在月球香港以南很远的地方。她怎么会那么快就赶到了月城？当然不可能是开轮式车。说吧，但回答正确也没奖拿。"

"还用问吗，火箭呗。小火箭，探矿人用的那种小跳虫。你还记得吗？金克斯·亨德森原本就打算用这种办法替你还那顶土耳其帽子。他有个朋友刚好要坐小火箭去月城。"

"哦，我还记得这件事。"

"格雷琴和那个朋友一起上了火箭，亲自送还了帽子，送到了老圆顶那儿的失物招领处，接着就去了来福士找我们。"

"我明白了。可这是为什么？"

"想让你打她的小屁股呗，亲爱的，打得红通通的。"

"咳，去你的！我的意思是：'她爸爸为什么由着女儿搭邻居的火箭去月城？'她的年龄还太小呀。"

"最常见不过的原因。金克斯是个高大强壮的男子汉，这种人最容易上女儿的当。无法满足自己压抑在心底的乱伦欲望，于是女儿要什么他就给什么，只要她多撒一会儿娇就行。"

"胡说八道，而且无耻下流。父亲对女儿的责任要求他——"

"理查，你有多少女儿？"

"啊？一个都没有，可——"

"不懂的事就别开口。不管金克斯本来应该怎么做，反正事实就是格雷琴离开了枯骨，时间大约就在咱们吃午饭的时候。算算飞行的时间，咱们离开综合大楼那会儿，她应该已经到了东气闸，跟我们前后脚到达来福士，只比我们早一点点。幸好有她，不然你我都得死。我估计咱们活不下来。"

"她也参战了？"

"没有。但有她扶你，我才能空出手来，掩护大家撤退。追根究底，这一切都是因为她想让你打她的小屁股。上帝行事的手段真是难测啊，亲爱的。他造出了受虐狂，还给他们配好了施虐狂。你们俩简直是天作之合。"

"拿肥皂洗洗你的嘴巴去！我不是施虐狂。"

"对，亲爱的，细节上我可能有些小失误，但大的方面是没错的。格雷琴已经正式向我提亲了，要求跟你牵手婚姻。"

"什么？"

"你没听错。这件事她已经考虑好了，还跟英格里德商量过了。她希望我接纳她进入这个家庭，而不是从零开始打造她自己的家庭。我不觉得这有什么好奇怪的，我知道你的魅力有多大。"

"我的上帝啊。你是怎么跟她说的？"

"我告诉她我很赞成，但你目前有病，所以得先等等。至于这会儿，你可以亲口回答她……喏，她就在那儿，泳池对面。"

23

"别把今天的乐子推到明天。"

——乔西·比灵斯[1](1818-1885)

"我觉得头晕,得马上回屋。"我眯缝着眼睛,瞅着波光粼粼的水面,"我没看见她啊。"

"正对面,滑水道右边,一个金发的,一个黑发的。金发那个就是格雷琴。"

"我知道她不是黑头发。"我继续望着。黑头发那位朝我们挥手。我认出那是夏,于是也朝她挥手。

"咱们去她们那儿,理查。手杖和其他东西放在长凳上就行,没人会动的。"黑兹尔脱下凉鞋,把手袋放在我的手杖旁边。

"不先冲个澡吗?"我问。

"你很干净,用不着。密涅娃今早才给你洗了盆浴。跳下去还是走下去?"

我们一起跳下泳池。黑兹尔轻轻巧巧钻进水中,像一只海豹。而我呢,跳进去时砸出的坑足够装下一大家子人。我们在夏和格雷

---

①乔西·比灵斯(1818-1885),美国幽默小说家亨利·惠勒·萧的笔名。

琴身前钻出水面,接受她们的热烈欢迎。

别人告诉我,第三地球已经消灭了感冒、牙周炎等疾病。总之,嘴巴、喉咙这个区域的毛病统统没有了。还有被称为"性病"的那个大类。这类疾病本来就很难染上,因为它们的传播需要借助人们的亲密接触。在第三地球,这一大类也没了。

夏的吻相当火辣,而格雷琴的还带着小女孩的甜蜜。当然,她已经不再是个小女孩了(我发现了这一点)。我有充分的机会来比较这两者的不同风味:只要我放开一个,另一个马上一把抓住我。这个过程反反复复,一遍又一遍。

她们终于亲够了(我还没够),我们四人来到一个浅水湾。这里有一张还没被别人占据的漂浮桌,黑兹尔点了茶,附带足够的卡路里:小蛋糕、三明治,还有一种很甜的橘色水果,有点像没有籽的葡萄。

我主动发起了攻击,"格雷琴,我最初认识你离现在还不到一个星期。我记得你那时还不到十三岁。你怎么胆敢一下子高了五公分、重了五公斤,而且至少大了五岁?回答之前请想好,你所说的一切都会被蒂娜记录在案,在其他时间、地点作为呈堂证据。"

"喂,有人提到了我的名字吗?嗨,格雷琴,欢迎回家。"

"嗨,蒂娜,回来真是太好了!"

我捏了夏一把,"还有你。你看上去年轻了五岁,你必须好好解释。"

"我的事没什么值得大惊小怪的。在月球时,我学的就是分子生物学,在这里,这门学科比月球先进得太多了。所以我还是学这个专业,在霍华德诊所打零工挣学费。剩下的时间,每一分钟都花在这个游泳区。理查,我学会游泳了!在月球的时候,我听都没听说过有谁居然会游泳。还有这儿的阳光,新鲜空气!在月球我只能待在室内,呼吸罐装空气,头上是人工照明,干的营生是跟人讨价还价、斤斤计较。"她深吸一口气,胸脯一下子鼓得超过了警戒线,然后呼地喷出,"这才是生活! 我当然会显得年轻了好几岁。"

"好吧,这次就放过你,以后别犯事了。格雷琴?"

"黑兹尔奶奶,他在开玩笑吗? 他说起话来真像拉撒路。"

"他是在开玩笑,宝贝。告诉他这段时间你做了什么,还有为什么你会变大了好几岁。"

"嗯……我们到这儿的那天早上,我请黑兹尔奶奶指点我——"

"没必要叫我'奶奶',亲爱的。"

"可卡斯和波尔就是这么叫您的。我比他们还矮两辈呢。他们要我叫他们'叔叔'。"

"我非逼着他们管你叫'叔叔'不可! 别理卡斯托尔和波吕克斯①,格雷琴,他们只会把人朝坏里带。"

"好吧,好吧。可我觉得他们挺好的,只是喜欢开玩笑。理查先生——"

"用不着叫我'先生'。"

"是,先生。黑兹尔当时忙极了,因为你病得那么厉害! 所以她把我交给了莫琳,莫琳又让蒂提带我。蒂提让我开始学星际语,给了我一些历史读本,教我基本的六轴时空理论、悖论,以及观念形而上学……"

"慢点,慢点! 我快跟不上你了。"

黑兹尔说:"别打岔,理查。"

格雷琴接着道:"嗯……其实最要紧的就是第三地球和月球——我是说我们那个月球——不在同一条时间线上,偏离了九十度。我决定留在第三地球。只要身体健康,留下来非常容易。这颗

---

① 《斯通一家闯太空》中的人物。

行星大部分地方都荒着，这里欢迎移民。问题是我妈妈、爸爸，他们准会以为我死了。

"于是卡斯和波尔带我回了月球。我们那个月球，不是这条时间线上的月球。蒂提也陪我去了。回到枯骨的时间，嗯，是7月5日中午过一点。离我搭上塞拉斯·索恩的小火箭去月城还不到一个小时。我家里人都很吃惊。幸好有蒂提，她把所有事情都解释清楚了。不过我们穿的那种增压服本身就很说明问题，爸爸就是因为这个才相信的。你见过他们这边的增压服吗？"

"格雷琴，我在这儿只见过一家医院的病房、一根坠落管，还有这个游泳池。我连邮局在哪儿都不知道。"

"嗯，也是。总之，这儿的增压服比我们在月城用的先进了两千年。这倒也不奇怪……但爸爸真的看呆了。最后，蒂提帮我跟他们说好了。我可以留在第三地球，但每隔一两年就得回家一趟，只要我能找到人带我回去。这方面蒂提答应帮我。妈妈和爸爸都同意了。话说回来，只要有办法，几乎所有月球人都乐意移民到第三地球这种地方……除了那些怎么都离不开低重力的人。说到这个，先生，你觉得你那只新的脚怎么样？"

"正在渐渐适应。两只脚肯定比一只强多了，强八百九十七倍。"

"你是说你喜欢它，对吧？总之，我又回来了，还报名参加了时间部队——"

"等等，等等！我老是听人说起这个'时间部队'。埃兹拉拉比说他加入了。这儿这个一脑袋红头发的还声称她是这个部队的少校。现在你又说你也加入了。十三岁就能当兵？还是说按你现在的岁数？我真是越听越糊涂。"

"奶奶？我是说，黑兹尔，你告诉他好吗？"

"我说她的年龄已经够了,所以他们同意她入伍。先在辅助部队当学员兵,然后在学校学习混沌理论。毕业以后,她先在女兵第二团接受了基础训练,再进高级战术学校——"

"然后我们降落到第四时间线的索利斯拉可斯,去改变那次事变的结局——我是说那次结局。我在那儿受了伤,在肋骨上,瞧见没?还被火线提拔成下士。现在我十九了,官方记录上写的是二十,不然我提不了中士——中士是新不伦瑞克那次提的,不在这条时间线上。"格雷琴补充道。

"格雷琴是个天生的军人。"黑兹尔轻声道,"我早就知道。"

"我接到了上军官学校的命令,后来又暂缓了,让我生完孩子再去——"

"什么孩子?"我盯着她的肚子。那个部位的婴儿肥已经无影无踪了,不再是从前那种圆鼓鼓的样子。这个"从前",如果从我的角度看,那是四天以前;而根据我刚才听到的荒诞故事,那就是六年以前。我看不出怀孕的迹象。我又打量着她的眼睛,看她的眼圈。唔,有可能。也许吧。

"能看出来吗?黑兹尔一眼就瞧出来了。夏也是。"

"我可没这个本事,瞧不出来。"(理查老伙计,该来的总会来的,你就忍着吧。你的那些个计划现在只好作点改动了。她怀上了。虽然不是你干的,但正是因为你,她的命运才发生了天翻地覆的变化。是你让她偏离了原本的命数。所以,你还是认了吧。不管年轻姑娘怎么咬紧牙关硬充英雄,到了生孩子的时候,她总是希望身边有个丈夫,没有的话她就踏实不了,幸福不了。而年轻母亲理应是幸福的。喂,伙计,这样的情节你从前在你那些孽情小说里写过几十次了,你知道该怎么做,那就做去吧。)

我接着说道:"听着,格雷琴,你别想这么轻轻松松就甩掉我。

上周三在好运龙——呃,对我来说是上周三,而你却在各式各样稀奇古怪的时间线上逛来逛去,显然找了不少乐子。按我的日历,上周三夜里,在好运龙增压区陈博士那家宁静梦乡旅店,你答应要嫁给我……要是黑兹尔老老实实睡她的觉,咱们已经当场开始造小孩了。这事你我都心里有数。可黑兹尔醒了,逼着我睡到她那边去了。"我看着黑兹尔,"你可真够败兴的。"

我继续道:"但你别想抵赖这份婚约,仅仅因为你趁我卧床不起时揣上了个孩子。休想,你做不到。告诉她,黑兹尔。她赖不掉,对吗?"

"对,赖不掉。格雷琴,你得嫁给理查。"

"可是奶奶,我没答应嫁给他呀。我没有!"

"理查说你答应了。我只知道一件事:那天我醒来时,你们俩确实打算当场造小孩来着。也许我应该两眼一闭假装不知道。"黑兹尔说,"亲爱的姑娘,你这是怎么了?怎么又来这一出?你跟我说想嫁给他,这事我已经告诉理查了,还说我已经答应你了。现在他也答应了,怎么现在又不嫁了?"

"嗯——"格雷琴镇定下来,"那是我十三岁时的事。那时候我还不知道你是我的曾曾祖母。还有,那时我满脑子月球人的思维方式。月球人是那么保守。可在第三地球,如果一个女人怀了孩子却又没有丈夫,谁都不会大惊小怪。在女兵团,大多数人都有孩子,真正嫁了人的却只有几个。三个月前我们在温泉关作战,好让希腊人打赢那一仗①。指挥我们的是后备役上校,因为现役上校快生孩子了。我们老兵都是这么做的,从不把它当成什么了不得的大事。我们团在巴雷豪斯有自己的保育院。理查,我们自己抚养自己的孩子,真的。"

---

①此处指的是古希腊与波斯的战争,温泉关是其中著名的一役。

黑兹尔生硬地说："格雷琴，我的曾曾曾孙女绝不能在保育院养大。该死的，孩子，我自己就是在保育院长大的，我不能让你对这孩子做出这种事。如果你不肯嫁进我们这个家，你就必须让我们收养你的孩子。这是最起码的。"

"不！"

黑兹尔咬着牙说："那我只好跟英格里德商量了。"

"不！英格里德不是我的老板……你也不是。黑兹尔奶奶，离开家时我还是个孩子，黄花闺女，胆小、害羞，外面世界的事我什么都不知道。可现在我不再是孩子了，而且早就不是黄花闺女了。我是个打过仗的老兵，什么都吓不倒我。"她直直地盯着我的眼睛，"我不会拿孩子当武器，逼着理查娶我。"

"可是，格雷琴，你没逼我呀。我喜欢孩子，我想娶你。"

"真的吗？为什么？"她的声音有些难过。

大家都严肃过头了，我们需要来点轻松的，"我为什么想娶你吗，亲爱的？为了打你的屁股呗，把它打得红通通的。"

格雷琴的嘴巴张得老大，接着她笑了，露出了酒窝，"荒唐！"

"荒唐吗？在这里，怀了孩子或许不一定会带来婚姻，但打屁股就是另一回事了。要是我打屁股打到了别的男人的妻子，他说不定会发火，她说不定也会发火。说不定两人都会发火。这种事真说不准啊。人家或许会让我到外面谈谈去，或许还会出现更可怕的局面。如果我打了哪个单身姑娘的屁股，她说不定会拿这个当把柄套住我；而我呢，我根本不爱她，也不想娶她，打屁股只是纯粹打着玩。所以最好还是把你娶回去。反正你也习惯了，而且喜欢挨打，屁股又结结实实的，经得起揍。这是好事，因为我打起屁股来可使劲了，非常之暴力。"

"呸，呸！我喜欢挨揍？你这种傻念头是打哪儿来的？"（可你为什么眼睛都笑眯眯起来了,亲爱的?)"黑兹尔,他真的会使劲打老婆吗?"

"我不知道,亲爱的。敢试试的话,我会打断他的胳膊。这个他知道。"

"看到我的遭遇了吗,格雷琴? 连一点纯洁的小乐子都没有,我真是太惨了。除非你嫁给我。"

"可我——"格雷琴猛地起身,差点掀翻了漂浮桌。她转身游上岸,朝南跑去,离开了园区。

我起身望着她,直到她消失在视线之外。就算我那只脚不是新近投入使用,我看我也追不上她。她跑起来就像个受了惊的鬼。

我重新坐下,叹道:"唉,好了,我努过力了,可惜没成。"

"下次吧,亲爱的。她其实也想的,她会转过弯来的。"

夏说:"理查,你只忘了说一个字:爱。"

"什么是'爱',夏?"

"它是女人结婚时想听到的字眼。"

"可这还是没说清楚它究竟是什么。"

"这个嘛,我不知道从技术角度怎么给它下定义。呃……黑兹尔,你认识朱巴尔·哈肖吗,就是长寿者家庭中的那个人? ①"

"我们认识好多年了。"

"他下过一个定义——"

"对,我知道。"

"他给'爱'下的那个定义,我想理查跟格雷琴在一起时能说得出口。哈肖博士是这么说的:'爱指的是一种主观状态,即一个人将另一人的幸福快乐视为自己幸福快乐的核心要素。'理查,照我看,你在跟格雷琴的交往中已经显示出了这种主观状态。"

---

①《时间足够你爱》中的人物。此处的长寿者即指拉撒路·朗。

"我吗？女人，你简直昏了头了。我只是想让她进入束手就擒的状态，让我想什么时候打她的屁股就什么时候打她的屁股，打得红通通的，使劲打，非常之暴力地打。"我挺起胸膛，竭力表现出大丈夫的凛然之气。效果不是太好。我得做点什么减减那个肚子。咳，去他的，我这不是病了吗?!

"好吧，理查。黑兹尔，我觉得这次茶会可以结束了。你们俩想到我房里聚一会儿吗？我真是好长时间没见过你们了。我打电话让乔埃-莫也来。他可能还不知道理查已经脱离忘川状态了。"

"好主意。"我赞同地说，"还有舒尔茨神父，他也在这儿吗？还有，能否请哪位女士帮我把拐杖拿过来？绕着池子走过去拿，我想我应该也做得到……但目前最好还是别冒这个险。"

黑兹尔坚决地说："当然不能冒这个险，再说你今天走的距离也足够了。蒂娜——"

"又出什么乱子了?"

"调一张懒人椅来行吗？给理查的。"

"为什么不要两张?"

"一张就够了。"

"喂喂，理查一张，还有她呢？咱们那位大肚子女战士，她也需要呀。"

黑兹尔张大了嘴巴，"啊，我忘了我们已经不在隐私状态了。蒂娜，你可真是的!"

"别担心。你知道，我是你的好闺蜜。"

"谢谢，蒂娜。"

我们起身准备离开泳池。夏拉住我，双臂搂着我，盯着我的眼睛。她的声音很低，又大到能让黑兹尔听见，"理查，我以前也见过高尚行为，只不过见得很少。我没怀孕，不需要你娶我，我也用不着丈夫。但话说回来,只要黑兹尔让你有点闲空,无论什么时候,咱们都可以度个蜜月。诚心邀请。哦,邀请你们俩,这样更好。我觉得你是个白马王子,格雷琴也这么想。"说完她热烈地吻我。

嘴巴有空以后,我回答道:"刚才这事真不是什么高尚,夏,它是一种非常规的诱惑手法。瞧,你不是一下子就上钩了吗? 告诉她,黑兹尔。"

"他是个高尚的人。"

"听见了?"夏胜利地说。

"可如果被人看出来了,他会吓得要死。"

"啊,胡扯。听我给你们讲讲我四年级老师的事,听完再评价我吧。"

"以后再说,理查,等你把这个故事编圆以后。理查可会讲床边故事了。"

"她是说,不打屁股的时候。夏,你的屁股被打红过吗?"

那天我们好像一直等到过了中午才吃早饭。那天晚上过得棒极了,但我不怎么记得了。不是因为酒,我没喝那么多。但我发现忘川状态有一种温和的后遗症:脱离这种状态之后一段时间,患者的记忆时不时仍旧会丧失某些片断;而饮酒更会大大强化这种后遗症的效力。唉,没有尽是好处不吃亏的事啊! 好在忘川后遗症的危险比强效麻醉药物小得多。

但我仍旧记得我们玩得非常开心:黑兹尔、我、乔埃-莫、夏、埃兹拉、亨德里克神父,还有格雷琴(蒂娜帮我们找到了她,黑兹尔跟她谈了谈,她这才肯过来)。所有那天逃离来福士的人都到了,就连赶来增援我们的那两对红头发卡斯和波尔、莱芝和萝尔也来了。都是挺好的孩子。我后来才知道,他们的岁数比我还大,只是外表一点也看不出来。在第三地球,年龄这种事很难把握。

夏的套间太小，几乎容不下这么多人。但挤成一团的派对才是最棒的派对。

红头发们走了，我累了，进卧室躺在夏的床上休息。另一间房里正进行着一场带彩头的激烈牌战。黑兹尔好像是大赢家。不知那种牌戏的规则是什么，反正夏"破产"了，进卧室和我躺到了一起。下一注格雷琴没赌好，于是占据了大床的另一侧，拿我的左肩当枕头（夏早已征用了右边的肩膀）。我听见黑兹尔在另一间房说："跟你，再加一个银河。"

亨德里克神父咯咯笑道："上当了！宇宙大爆炸，亲爱的姑娘。罚三倍。交钱吧。"这是我最后听到的那边的动静。

什么东西挠着我的脸，痒酥酥的。我渐渐醒来，好不容易才睁开眼睛，发现自己正注视着一双我所见过的最蓝的眼珠。这双眼睛的主人是一只猫，毛色是明亮的橘红色，或许有点暹罗猫的血统。它站在我胸口上，就在喉结下面一点的地方。它舒舒服服地打着呼噜，对我说了声"喵"，然后继续舔我的脸。原来挠我脸把我弄醒的是它那片粗拉拉的小舌头。

我回答道："喵。"想抬起一只手摸摸它，却发现我动不了。原因是我两边肩膀各枕着一个脑袋，一边一具温暖的身体挤着我。

我把脑袋转向右边，跟夏说话——我需要起来，用用她的清洗间——却发现现在使用我右肩的不是夏，而是密涅娃。

我对形势作了一番紧急评估，发现我缺乏足够的数据。于是我没有采取尊重而冷淡的姿态（对这种姿态她可能赞赏，也可能并不赞赏），而是吻了她一下。更准确地说，显示出了主动性，然后等着她来吻我。两边把我挤得紧紧的，胸口还有只猫科生物，这种状态下的我几乎跟格利佛一样，只能听任他人摆布，极难主动发起真正的亲吻。

密涅娃其实并不需要我显示主动,她完全可以自己搞定。

我真是个天才。

长吻之后,她终于松开了我。就在这时,我左边响起一个声音:"能不能让我也吻一下?"

格雷琴是女高音,这个声音却是男高音。我转头一看。

是格拉海德。我居然跟自己的医生挤在一张床上。嗯……跟我的全体医生挤在一张床上。

我小时候住在爱荷华,那时我受到的教导是:如果哪一天我发现自己处于现在这种处境中,或者类似的处境中,恰当的做法是放声尖叫,朝山上跑,这样才能拯救我的"荣誉",或者诸如此类的玩意儿。同样的情况下,女孩可以把她的"荣誉"牺牲掉,大多数女孩也确实牺牲掉了。但只要她处事谨慎,最终能成功嫁人(大不了肚子里揣着七个月大的胎儿),她的"荣誉"很快就能恢复如初,然后大家都会当她是处女结婚,完全有资格蔑视其他身负罪孽的女人。

但小伙子的"荣誉"比这麻烦得多。如果他让另一个男的夺走了这份荣誉(也就是说,干这种事时被别人当场拿住),走运的话,他或许可以进入国务院。不走运的话,他就只好远赴加利福尼亚了。反正爱荷华他是没法儿待了。

以上这些瞬间掠过脑海,紧接着是一段被长期压制的记忆:高中一年级的一次童子军远足,我和副领队共用一顶小帐篷。只有那一次。在漆黑、寂静的夜里,唯有猫头鹰的鸣叫打破寂静。几个星期以后,那个领队去了哈佛……于是,那件事根本没有发生过。

那是很久以前的往事,发生在遥远的地方。三年以后,我应征入伍,后来被选中成了军官苗子,最后成了军官。在这方面,我一直极其慎重。如果当军官的控制不住自己,跟部下士兵鬼混,他是没法儿维持军纪的。直到沃克·伊文斯事件,我从来没被人讹诈过。

　　我的左臂绷紧了点，"当然。小心点，我身上住着只猫呢。"

　　格拉海德很小心，猫咪完全没受打扰。格拉海德的吻技居然跟密涅娃一样好。不是更好，只是一样。既然无法避免，我决定享受这一过程。我确实很享受。第三地球不是爱荷华，布恩多克也不是格林内尔。没有任何理由用一个早已消亡的部落的习俗来束缚自己。

　　"谢谢。"我说，"还有，早上好。你能给我做个除猫术吗？要是它还待在那个地方，我很可能会溺死它。"格拉海德伸出左臂，搂住那只猫，"它叫'像素'。'像素'，这是理查。理查，'像素'大人大驾光临，这是我们的荣幸，它可是本院的正式员工哦。"

　　"你好，'像素'。"

　　"喵。"

　　"谢谢你。你知道清洗间现在是个什么状况？我得去一趟，很紧急！"

　　密涅娃扶我起床，把我的右胳膊拉到她的肩膀上稳住我，格拉海德拿来了我的拐杖，两个人扶我去了清洗间。我这才发现我们竟然不是在夏的房间：清洗间移位去了卧室的另一侧，比夏的大些，卧室本身也更大。

　　我弄清了第三地球的另一件事：这里的清洗间装备实在太复杂、太多样了。与之相比，我在天条、月城等地方用惯的那些简直原始到了极点，相当于爱荷华偏僻角落偶尔能看见的那种茅房，后者至今仍能在那些角落找到。

　　虽然我从未面对过如此复杂的下水系统，但密涅娃和格拉海德一点儿也没让我觉得尴尬。我选择了错误的设备以满足我最紧要的需要，而密涅娃只说了句："格拉海德，你最好给理查演示一下，我没有相应的器官。"格拉海德作了演示。唔，我不得不承认，我同样没有格拉海德那样的器官。请想象一下米开朗琪罗的大卫雕像（格拉海德真的有那么漂亮），但把米开朗琪罗赋予大卫的生殖器官放大三倍——格拉海德就是那个模样。

我向来不明白：为什么有那种性取向的米开朗琪罗①总是把男性塑像的器官做得那么小？

我们三人完成了睡眠之后的清洗，重新回到卧室。我再一次吃了一惊。直到这时，我一直没能鼓起勇气打听我们这是在哪儿、怎么来的，还有其他人怎么样了——尤其是我的那位。从我最后听到的情况看，她正不管不顾地拿银河赌着玩呢。

卧室的一堵墙不见了，床变成了沙发，刚才的那堵墙这会儿围绕着一个漂亮的花园。一个人坐在沙发上，抚弄着那只小猫。这个人我在爱荷华见过一面，两千年前。反正所有人都这么说。我本人至今仍对"两千年"这个数字拿不大准。

格雷琴大了五六岁（还是多少岁？）我都很难理解，更何况两千年。

我瞪着他，"休伯特医生。"

"你好哇。"休伯特医生把小猫放到一旁，"过来，给我看看你的脚。"

"这个——"此人太傲慢，得治治他这个毛病，"你得先跟我的医生谈。"

他看了我一眼，"老天，咱们真的需要按规定办事吗？好吧。"

格拉海德在我身后悄声说："让他检查一下移植情况，理查，请。"

"你说行就行。"我抬起我那只新脚，把它直朝休伯特的脸上蹬去，只差一厘米就蹬中了那只大鼻子。

他眼皮都没眨一下，我的姿态全浪费了。他不紧不慢地把脑袋

---

①据说米开朗琪罗是同性恋。

向左边侧了侧，"请把脚放我膝盖上，这样我们大家都方便点。"

"好的，检查吧。"我撑着拐杖，站得很稳当。

格拉海德和密涅娃一声不吭，缩在一旁。休伯特医生打量着那只脚，瞅几眼，碰几下，但没做任何让人觉得有点技术含量的事。我是说，他什么器材都没有，有的只是眼睛和指头。掐掐皮肤，揉几下，看看已经愈合的伤疤，最后还突如其来地在脚心使劲儿挠了一把，用的是大拇指甲。为了检查条件反射？脚趾头是应该蜷一下还是伸一下？我一直觉得医生做这个动作纯粹是为了整人。

休伯特医生抬了抬我的脚，示意我可以把它放回地板了。我这么做了。"干得漂亮。"他对格拉海德说。

"谢谢您，医生。"

"坐下吧，上校。你们几个吃过早饭了吗？我吃过了，可还想再来点。密涅娃，替我吆喝一嗓子。这才是好姑娘。上校，我打算马上让你宣誓入伍。你想要什么军衔？我先告诉你，什么军衔都无所谓，军饷是一样的。还有，无论你挑了哪个军衔，黑兹尔都会比你高一级。我想让她负责指挥，不是你。"

"等等，入什么伍？你凭什么觉得我想参军？"

"还用说吗，当然是时间部队，跟你太太一样。目的是拯救名为'亚当·塞勒涅'的计算机-人，其实这同样用不着再说。听着，上校，别跟我装傻。我知道黑兹尔跟你谈过，我也知道你一定会帮她。"他指指我的脚，"要不然，你以为你这只脚是怎么来的？有了两只脚以后，你还需要点别的。恢复训练，掌握你以前没用过的武器，回春。这些全都得花钱，最简单的付账办法就是参军，加入时间部队。就凭你这个来自原始时代的人，人生地不熟，光那只脚你都用不起……但时间部队的人就是另一回事了。这个你懂，这么明显的事，你需要多长时间来思考？十分钟？十五分钟？"（真该让这个说话飞快的家伙去组织竞选活动。)

"不用那么久,我已经想好了。"

他满面笑容,"好,举起你的右手,跟着我念——"

"不。"

"'不'什么?"

"不,就这么简单。这只脚又不是我自己订下的。"

"又如何?你太太替你订好了。难道这样一来,你就不打算付钱了?"

"不是我自己订的,我也不打算因为这个听命于人——"我又一次把那只脚伸到他面前,只差一点就踢中那个丑陋的鼻子,"剁了它。"

"啊?"

"你听得没错。剁了它,把它送回仓库。蒂娜,你在吗?"

"当然,理查。"

"黑兹尔在哪儿?我怎样才能联系上她?能不能请你告诉她我现在在哪儿。"

"已经告诉她了。她让你等一等。"

"谢谢你,蒂娜。"休伯特和我都坐了下来,一言不发,互相不搭理。密涅娃已经溜走了,格拉海德则假装这里只有他一个人。但没过多久,他的这个假象就维持不下去了——我亲爱的妻子一头猛冲进来。幸好那堵墙开着,不然非撞上不可。

"拉撒路,你这个该下地狱的!你跑来横插一手是什么意思?"

24

"乐观主义者宣称,在所有可能存在的世界中,我们所居住的世界乃是最美好的一个;悲观主义者则唯恐前者所说正是事实。"

——詹姆斯·布朗奇·卡贝尔[1](1879-1958)

"听着,黑兹尔——"

"听你个大头鬼!回答我!你在干什么?竟敢在我的地盘胡搞瞎搞。我告诉过你,让你别插手,我警告过你。我说过这次谈判必须慎而重之。可我刚一转身……我还特意把他留在密涅娃和格拉海德怀里,以为总能放心了……可我刚出去办点事,发生了什么?你!一头闯进来,跟平时一样手法拙劣,我精心准备的一切都被你毁了。"

"听着,赛蒂——"

"去你妈的!拉撒路,你到底是怎么回事,不撒谎、不骗人就过不了日子?你怎么就不能做个老实人呢?老想插手别人的事,你这种瘾头是打哪儿来的?绝不是来自莫琳,这点可以断定。回答我,该死的!不然我撕下你的脑袋,把那玩意儿塞进你的喉管!"

---

[1]詹姆斯·布朗奇·卡贝尔(1879-1958),美国作家。

"格温,我只想帮你清理——"

我亲爱的妻子打断了他的话。她使用的词汇如此色彩缤纷,如此富于想象力,如此下流,洪水般喷涌而出。在此我不能转录她的话,因为我的记忆还有缺陷,无法做到忠实无误。说这些话时,她的语音尖利高亢,让我不禁联想起异教僧侣在活人献祭仪式上的尖声祷告。而在这里,被献祭的活人当然就是休伯特医生。

黑兹尔的斥骂接近收尾的时候,三个女人从那堵打开的墙壁中走了进来。(之前有更多的男人探头朝里张望,又立即缩回了脑袋。我猜他们不敢在休伯特医生被骂个狗血淋头时出现在现场)。这三个女人都是大美人,但美貌各不相同。

其中之一是个金发美女,个子跟我一样高,或者比我还高,活脱脱一位北欧女神,相似度让人难以置信。她听着黑兹尔的斥责,难过地摇了摇头,缓步走进花园不见了。另一个女人满头红发,我一开始还误以为是莱芝或者萝尔,接着才发现她……不能说老些,只是更加成熟。她一脸肃穆,毫无笑意。

我再次打量她,明白是怎么回事了:她一定是莱芝或者萝尔的大姐,而休伯特医生是她们的父亲(或者大哥?)。难怪我不断听人提起"拉撒路"这个名字,只是从未谋面——不,我见过一次,在爱荷华。

第三位是个小个子中国美人,瓷器般精致的中国美人,不是夏那一类的。身高一米五多一点,大概只有四十公斤,拥有一种奈费尔提蒂①般不受岁月影响的美丽。我亲爱的妻子顿了顿,停下来喘口气,这位小精灵美女响亮地吹了声口哨,鼓掌叫好:"太棒了,黑兹尔! 支持你。"

休伯特–拉撒路说:"希尔达,你就别给她鼓劲了。"

---

①古埃及王后。

"为什么不？你准是被抓了个现行,手还在糖罐子里就被人逮住了。不然黑兹尔不会这么大发雷霆。肯定是这么回事。我了解她,也了解你。要不咱们打个赌?"

"我什么也没干。只是把早已做好的部署付诸实施而已,正好这件事黑兹尔需要人帮一把。"

小个子女人双手捂着眼睛,说:"又来这套了。老天啊,原谅他吧。"

红头发女人温和地说:"伍德罗,你到底做了什么?"

"我真的什么都没做啊。"

"伍德罗。"

"告诉你,我真的没干什么,值得她这么辱骂我。我正和坎贝尔上校客客气气讨论问题,她就——"他不作声了。

"说呀,伍德罗。"

"我们有了一点分歧。"

计算机说话了:"莫琳,想知道他们怎么有了分歧吗?需不需要我回放这段所谓的'客客气气的讨论'?"

拉撒路说:"雅典娜,不准回放。我们的讨论是私人性质的。"

我当即反驳:"我不这么认为。她完全可以回放我说的话。"

"不行,雅典娜,这是命令。"

计算机回答道:"首先,我为艾拉工作,不是为你。这还是你自己安排的,在我最初被激活的时候。要不,这个问题我请艾拉来裁决?或者我只回放对话的一部分,我的新郎所说的那部分?"

拉撒路-休伯特大吃一惊,"你的什么?"

"想咬文嚼字的话,那就'未婚夫'好了。但等到明天,等我披上我那美得惊人的肉身时,坎贝尔上校就会站在你面前,和我交换誓词,共组家庭。所以你瞧,拉撒路,你想欺负的人是我的夫婿,也是黑兹尔的新婚丈夫。我们可不能由着你这么做。绝对不能。你还是退让一步、赔礼道歉的好……靠大吼大叫是没法儿脱身的。你这次算是被人抓住把柄了，你自己也知道。你说的话，不光我听见了，黑兹尔也听见了，一字一句，完完整整地听见了。"

拉撒路恼羞成怒，"雅典娜，你居然回放私人对话？"

"你事先没有注明你们的对话是私密性质。而黑兹尔却提出了针对理查的监控请求。我做的一切都是照规矩办的，你别想事后又翻出一条规矩来指责我。拉撒路，听听你唯一一个朋友给你的建议吧；这个朋友是你无法欺骗的，尽管你一身坏毛病，她还是爱你的。这个朋友就是我。我的建议就是：割肉止损吧，伙计，再来点甜言蜜语蒙混过关。爬个百来米，理查或许会放你一马。他这个人其实挺好相处的，顺着毛摸摸，他就会喵喵叫了，跟那只猫一样。"（"像素"现在在我膝盖上，享受着我的抚摸。它是沿着我那条旧腿一路爬上来的，爬的时候，爪尖像钉爪一样抓进肉里。我流了些血，不算太多，用不着输血。）"不信的话，问问密涅娃，问问格拉海德，问问格雷琴或者夏，莱芝或者萝尔，问谁都行。"

（我决定了。一定得问问蒂娜——私下里，打听我记忆缺失的那段时间里发生过什么。嗯，这么做明智吗？）

拉撒路说话了："我没有冒犯的意思，上校。如果我态度不好，请原谅我。"

"好说。"

"握个手？"

"行。"我伸出手，他握住了。他的手劲很大，但并没有较量一把的意思。他直视着我的眼睛，目光热情友好。真的很难不喜欢这个混蛋——当他希望你喜欢他的时候。

我妻子开口道："捂紧钱包，亲爱的。还有，我还没打算轻轻放过这家伙呢,非把他从地板上拖出去不可。"

"真的? 有这个必要吗?"

"大有必要。你刚到这儿,亲爱的,还不了解情况。拉撒路有本事不脱掉你的鞋就偷走你的袜子,再反手把它们卖回给你,还让你觉得自个儿赚了——然后趁你坐下穿袜子时,他会偷走你的鞋。最后你还会感谢他。"

拉撒路说:"喂,黑兹尔——"

"闭嘴。我的朋友、我的家人,拉撒路试图用理查的移植手术让他产生愧疚感,以迫使理查在不了解情况的前提下签约,参加银河大魔王行动。拉撒路还暗示理查是个想赖账的无赖之徒。"

"我没那个意思。"

"你给我闭嘴。你正是那个意思。朋友们,我的家人,我的新丈夫来自一种高度重视负债的文化,他那个地方有一句家喻户晓的话:'世上没有免费的午餐'。在月球——我指的是理查那条时间线上的月球,不是我们这个——哪怕一个恨你入骨的人,他都宁可死去,也不愿逃避欠你的债务。拉撒路知道这个,所以他直奔最敏感的这一点,发力猛戳。拉撒路拥有的是两千多年的生活经验,对各种文化及人类行为了如指掌。而他的对手呢,只有远远不足一世纪的人生,而且这份经验仅限于他那条时间线和他那个太阳系。拉撒路心里有数,这不是一场公平的战斗。太不公平了! 这就像让小奶猫对抗大野猫。"

我坐在拉撒路身旁。自从他装模作样检查我的脚以后,我一直坐在那儿。我低着脑袋,假装跟那只小猫玩,其实是为了不看拉撒路——还有其他人。黑兹尔坚持当众说出这一切,我觉得很不自在、很尴尬。

这么一来,我的目光落到了我的脚上,还有他的。我提过拉撒路没穿鞋子光着脚丫吗？之前我并没在意。在第三地球，你很快就会明白一点：这里不存在任何带有制约意味的着装习俗。当然，这并不是说这里没有服装的概念。（布恩多克每年销售的服装数量远远高于任何同等规模的地球城市，也就是百万人口级别。一部分原因是这里的衣服通常只穿一次，然后便回收，再利用。）

我的意思是，无论光脚还是光身子，最多能吸引我五分钟的注意力。拉撒路就只围了一条腰布（也可以称为裙子，或者苏格兰短裙）。至于他的脚，在目光向下之前，我压根儿没留意。

黑兹尔继续道："利用他的巨大优势，拉撒路凶狠地攻击理查的弱点：他对负债的难以抑制的憎恶。最后，理查要求截去他的那只新脚。他尽了最大的努力，以保护自己的荣誉。他是这么对拉撒路说的：'剁了它，把它送回仓库。'"

拉撒路说："哦，得了吧！他不是当真的，我也没把这话当真。一种说法罢了，表明他被我惹火了。他生气是应该的，我犯了个错误。我承认。"

"你确实犯了个错误！"我打断他的话，"一个巨大的错误。我那句话并不仅仅是个说法。我希望截掉那只脚。我要求你把你的脚拿回去。你的脚，先生！往这儿看，你们大家都看看，再看看那儿！看我的右脚，再看他的右脚。"

无论是谁，只要望一眼就会明白我的意思。四只结实的脚——其中三只显然来自同样的基因：拉撒路的两只脚，还有我那只新脚。第四只，也就是我生下来就有的那只，跟其他三只仅仅是大小一样，而肤色、质地、毛发以及其他所有细节统统不一致。

拉撒路拿移植费用讹诈我时，我只是觉得受了冒犯。但现在我才知道，拉撒路自己就是那个匿名的捐赠者。因为这只脚，我在懵然不觉间成了他的施舍对象。这只脚的每块皮肉都证明我接受了他的施舍。这已经不仅仅是冒犯了，这是侮辱，而且是难以容忍的侮辱！

我怒视着拉撒路，"医生，你背着我动手脚，在完全未经我同意的情况下让我负上无法承受的债务。我无法容忍这种行为！"我愤怒得全身颤抖。

"理查，理查！求求你！"黑兹尔几乎快哭出来了。

我也一样。那位年长的红发女士急忙过来，俯下身，像母亲一样，把我的头搂在她胸前，一边抚慰着我，一边说："不，理查，不！你不能这么想。"

我们那天很晚才离开。我们留下来吃了晚饭，没有怒气冲冲甩门而去。

黑兹尔和莫琳（就是那位和蔼的、安慰我的年长女士）尽力说服了我，让我不用理会手术费、住院费，因为黑兹尔在本地银行的存款足够支付所有费用——蒂娜证实了这一点。如果我不愿接受此前有关医疗费用的条件，这些钱我们完全可以自行支付。（我倒是想让我妻子干脆放弃，就依原来的条件算了。但我不愿过分逼迫她。该死的，"没有免费的午餐"这句话没错，但"叫花子不能太过挑剔"这句话同样没错。而现在，我正是个叫花子，没资格谈条件。）

至于那只脚，本地习惯称之为"零件"，包括手、脚、心脏和肾脏等等。它们不能买卖，手术费用中涉及它的只有一笔服务及中介费。

格拉海德证实了这一点，"这么做是为了避免产生黑市交易。有些行星确实存在这种黑市，不信的话我可以显示给你看。在那种地方，一个匹配的肾就意味着一桩谋杀案。这里不是那样，这条规矩还是拉撒路自己在一个多世纪以前制定的。其他一切都可以买卖，但我们不买卖人口，也不买卖人体的部件。"

格拉海德对我笑道："之所以让你不用有心理负担，这里还有一个理由。大家都知道，我们一伙人把那只脚钉在你的残肢上时，你一点辙都没有；另一件事大家同样知道，那就是你没法儿弄掉它……除非你自己拿把折刀乱鼓捣一气。反正我是不会给你截肢的。你在第三地球也找不到任何一个外科医生帮你。这是行规，你知道，也是同行之间的礼貌。"

他又找补了一句："可如果你真的决定自己剁掉它，请一定邀请我观礼；我真的想瞧瞧。"这话他说得一本正经。莫琳狠狠瞪着他。我不知道他是不是在开玩笑。

气氛虽然缓和了，但黑兹尔的原定方案还是需要做出重大调整。拉撒路说他做的无非是将事先说好的安排付诸实施，这话其实没错。但在他们制定的方案中，出面说服我的是黑兹尔，而不是拉撒路。

这件事黑兹尔办得到，拉撒路却办不到。拉撒路永远别想让我同意这个计划，因为我觉得这整件事过于荒诞无稽。但尽管如此，只要黑兹尔真的要我做什么，我能顶住她不答应的机会，嗯，相当于金克斯·亨德森能拒绝宝贝女儿格雷琴的恳求的机会。

可拉撒路看不到这一点。

我觉得拉撒路的毛病在于，他总想在每个池塘都充当最大的那只青蛙。如果是婚礼，他想当新郎；如果是葬礼，他想当尸体……与此同时还假装自己没啥野心，只是个头上挂着草茎、脚趾缝里夹着牛粪的乡下小伙子。

如果你说我不是拉撒路·朗的忠实粉丝，我不会反驳你。

事先拟定的计划基本上就是拉撒路说的那样。黑兹尔原本希望我和她一样加入时间部队，还打算安排我接受回春术：身体系统恢复到生理年龄十八岁，至于外貌，我说了算。回春这段时间里，我还要学习星际语,至少学习几条时间线上的多重宇宙史。回春结束之后还会让我接受好几种军事训练,让我成为行走世间的死亡天使,无论我手里有没有武器。

等到她认为我准备就绪,她就会和我一起执行银河大魔王计划之亚当·塞勒涅部分。

如果任务完成后还能活下来,我们会一起退役,离开时间部队,带着一笔丰厚的退休金,在我们选择的某颗行星逍遥度日,直至生命尽头。

我们也可以选择继续留在时间部队,五十年一个役期,然后再次接受回春术,不断轮回,最终也许会成为时间之王。这是世人眼中至高无上的奖励,比小猫咪更好玩,比过山车更刺激,比十七岁坠入情网更让人心旷神怡。

无论活下去还是死亡,我们都会一起面对,直至我们中的一个去往那条隧道的另一头,等待着另一个的到来。

但是,拉撒路一头闯了进来,想拧着我的胳膊(或者说我的脚)逼着我接受。于是,这个计划就此告吹。

我妻子原本的打算是循序渐进:先在第三地球这个天堂般的地方住一段时间,让我熟悉诸如多重宇宙和时间旅行等理论。她不会硬逼我参军,但她、格雷琴、埃兹拉和其他人(比如乔克叔叔)都是时间部队的人,估计我一定会受影响,到时候我自己就会主动要求加入。

那只脚的医疗费根本不应该成为问题。但这需要三个前提:一、黑兹尔能有时间说服我,让我相信帮助她完成"亚当·塞勒涅"计划足以抵销医疗费。在这个过程中,那只脚会帮上很大的忙,相当于它自己支付了自己的费用。二、拉撒路不能用这个来胁迫我。三、拉撒路离我远远的(他本来就应该这么做),这样一来,无论他是光脚还是穿鞋，我都不会有任何机会发现他就是那个匿名的捐赠者。

你也许会说，只要黑兹尔没打算操纵我做这做那，所有这些都不会发生。问题是，操纵自己的丈夫是妻子的绝对权力。这是牢不可破、亘古不变的传统，从夏娃和苹果事件开始，一直传承至今。我绝不会对这一神圣传统提出任何质疑。

但黑兹尔并未死心，只是改变了战术。她决定带我去时间部队司令部，让那儿的大官和技术专家回答我的问题。"亲爱的，"她对我说，"你知道我想救出亚当·塞勒涅，我爸爸曼尼也是。可他和我都是出于个人感情才想这么做。我们不能以个人感情为理由，让你冒生命危险。"

"啊，此言大谬，我的爱人！为了你，我可以横渡达达尼尔海峡①。当然，必须是在风平浪静的日子，旁边还得有一艘船陪着。再加上一式三份的合同，说明广告收入的问题。"

"严肃点，亲爱的。我从来没打算拿这一行动对多重宇宙的伟大意义之类的东西说服你……连我自己都不是特别明白这种意义。我的数学不够好，又不是圈子里的人。我指的是衔尾蛇圈，它是个委员会，所有对宇宙产生重大影响的活动都由它负责。

"可拉撒路冒冒失失一头闯进来，硬逼着你干，结果把一切都弄砸了。所以我觉得应该让你明白，为什么必须进行这次救援行动，为什么需要你加入。我们去司令部吧，说服你的工作就交给他们好了。反正我是不干了，都交给委员会成员，就是那些操纵时间的大人物。我已经告诉拉撒路了，他也是圈子里的人，是委员之一。"

"宝贝，我更愿意听你说。至于拉撒路，就算他想拿十克朗的票子跟我换两克朗，我都不会听他的。"

"不，他制造的麻烦他自个儿解决。可他在圈子里也只有一票的

①在希腊神话中，利安得常常横渡达达尼尔海峡与爱人相见，后来不幸溺死在海峡中。

权力,尽管他是长者。当然,随便在哪儿,他都是长者。"

这句话吸引了我的注意力,"你刚才说拉撒路有两千岁了——"

"不止那个数。两千四百多岁。"

"你怎么说都行。但究竟是谁说他已经两千多岁了?这些话的源头是哪儿?他的长相比我还年轻。"

"他接受了好几次回春术。"

"可到底是谁声称他有那么老?原谅我,我的爱,但这件事不能由你证实。就算我们承认你确实是你自己所说的那个岁数,他还是比你大十倍——如果他真有那么老的话。还是那句话,这个说法是谁提出来的?"

"嗯……你说得对,不是我。但我没有理由怀疑。我觉得你应该跟贾斯廷·富特谈谈。"黑兹尔四下看了看。我们现在在房间附带的漂亮花园里,前一晚我就睡在这套房中。(我后来才知道,这是她的房间。或者说她需要的时候,这套房子是她的。这种事没法儿准确描述。时间线不同,风俗习惯也不同。)花园里还有拉撒路·朗的家人、宾客、朋友和亲戚。大家都没说话,正懒洋洋地吃着美味小吃打发时间。其中有个神态像老鼠的小个子,在任何组织中,这种模样的人都会被挑出来掌管财务。黑兹尔对他喊道:"贾斯廷!这边来,亲爱的。耽搁你一会儿。"

他朝我们走来,一路上一会儿撞上某个孩子,一会儿绊上某条狗。走到跟前,他和其他人一样,全身心投入地亲吻我太太。他说:"你这只到处乱钻的小老鼠,出门太久了。"

"有事呗,亲爱的。贾斯廷,这是我的好丈夫理查。"

"我们的家就是你的家。"他吻了我。唔,我只好勇敢面对。这种事实在是太多了。这些人总是亲来亲去,活像早期基督教徒。好在这个吻是老阿姨式的,规规矩矩,干巴巴的。

"谢谢,先生。"

"请放心,强迫客人做他不愿做的事,这不是我们的风俗。拉撒路是个无法无天的人,他的行为不代表我们。"贾斯廷·富特对我笑道,接着将注意力转向我妻子,"黑兹尔,你对拉撒路的批评实在太精彩了。允许我从雅典娜那儿要一份拷贝吗?我想把它存入档案。"

"这是干什么?我痛骂了他一顿,骂完就完了。"

"这一事件具有历史意义!从来没有人像你这样痛快淋漓地斥责过那位长者,连伊师塔都没有,档案里只记载了对他的种种不满。大多数人都觉得很难当面驳斥他,哪怕是在对他极其不满的时候。这次事件会吸引未来的学者,就连拉撒路自己都会从中受益,如果他愿意看看的话。那个人习惯了随心所欲;时不时提醒他一声,让他知道他不是上帝——这对他有好处。"贾斯廷笑着说,"对我们其他人而言,这简直是大快人心。除此之外,亲爱的黑兹尔,你的演说还是精彩的文学作品,是独一无二的。我非常希望将它纳入档案。"

"嗯……胡说八道,亲爱的。你问拉撒路好了。我说的那些全是瞎扯,要入档的话,必须征得他的同意。"

"那就成了。我知道怎么利用他那种根深蒂固的骄傲感:主动提出审查资料,不把某些内容放进档案。再稍稍暗示一下,说我不愿让他觉得委屈。他准会大吼大叫,坚持要把所有内容全部收入档案,不加编辑,不加删改。"

"那样的话——只要他没意见,我就没意见。"

"亲爱的,其中那些比较粗俗的表达方式,能告诉我你是从哪里学到的吗?"

"不能告诉你。贾斯廷,理查问了我一个问题,我没法回答他:

我们是怎么知道那位长者已经有两千多岁了？对我来说，这就相当于问我'你怎么知道太阳明天仍会升起'。反正我就是知道呗。"

"不，应该说相当于'你怎么知道你出生之前很久太阳就曾升起来过？'，回答是你其实不知道。唔，这个问题真是蛮有意思的。"

贾斯廷眨巴着眼睛，说："我相信，形成这个难题的部分原因是，在你过去那个宇宙里，霍华德家族的奇迹并不存在。"

"什么奇迹？我从没听说过。"

"所谓霍华德家族，指的是一群寿命超长的人。但在这之前，我先得做个铺垫：衔尾蛇圈的委员们用数字指代各个宇宙……但对我们地球人而言，还有一种更有意义的指代方式，即第一个登上月球的人的名字。在你的世界里，这个人叫什么名字？"

"啊？一个名叫尼尔·阿姆斯特朗的伙计，驾驶登月舱的是巴兹·奥尔德林上校。"

"正确。如果我没记错的话，登月是美国航空航天局搞的项目，而美国航空航天局是美国政府所属的一个部门。但在这个宇宙中，在我和拉撒路·朗所在的那个地球，第一次登月是由私人企业出资，而不是政府。主持者是一个金融家，名叫D.D.哈里曼。第一个踏上月球的人就是他的员工，莱斯利·勒克罗克斯。而在另一个宇宙里，登月是个军事项目，属于美国空军。还有一个宇宙——我就不多举例了。在每一个宇宙，迈向太空的第一步都是重大关键，影响着后继的所有事件。现在再说那位长者。在我的宇宙，他是第一批宇航员之一。我曾长期负责霍华德家族的档案，那些档案表明，在超过二十四个世纪中，拉撒路·朗一直是一名宇航员，而且是真正执行宇航任务的宇航员。这种证据能让你信服吗？"

"不能。"

贾斯廷·富特点点头，"很明智。听到与常识相悖的某种定论时，明智的人不会——也不该——轻信，除非存在压倒一切的证据。而你还没有获得这种证据，只是道听途说——来自权威渠道，确凿无疑，但仍是道听途说。但我的情况不同，我从小就知道这些事。我是霍华德家族中第四十五个取名'贾斯廷·富特'的人。第一位贾斯廷·富特生活在二十世纪初期的佐治亚州，是这个家族的财产托管人。那时候，拉撒路·朗还是个婴儿，莫琳也只是个年轻女人——"

我已经听不见他在说什么了。那位曾经安慰过我的可亲女士居然有个二十四世纪高龄的儿子，而她自己却仅有一百五十岁——相比之下，她简直是个孩子。"睡醒下床不一定能碰上好事"，这句老生常谈是多么正确啊。在爱荷华州，我年轻的时候，它是真理；在两千多年后的第三地球（如果真是这么回事的话！），它仍旧是真理。唉，跟密涅娃和格拉海德躺在床上的时光是多么美好——密涅娃枕着我一边肩膀，格拉海德枕着另一边，"像素"待在我胸口。唯一的不适是来自膀胱的压力。

拉撒路的岁数问题还没解决，又来了莫琳的岁数问题，"贾斯廷，我还有些问题没弄明白。你说这颗星球在时间、空间两方面都离我的故乡无比遥远，时间相差两千年，空间距离七千光年。"

"这话不是我说的，我不是天体物理学家。但这个说法跟我学到的一致。"

"可就在这里，就在今天，我听到的是标准的英语，口音也与我来自的时代与地点的英语完全一致。不只是一致，它还带着北美中西部的玉米碴子味儿，那种粗得跟生了锈的锯子似的口音，难听到极点，绝对不会听错。跟我说说这是为什么。"

"哦，乍一听是很奇怪，但一点也不神秘。我们说这种英语，是出于对你的礼貌。"

"对我？"

"是的。雅典娜可以为你提供双向即时翻译,这场聚会完全可以用星际语举办。幸运的是,伊师塔多年以前就决定将英语作为诊所和医院的工作语言。这个决定源自那位长者最后一次接受回春术时的语言环境。至于口音和习语,口音来自那位长者本人,他妈妈的口音也强化了这一点。最后,雅典娜也使用这种口音和习语,不肯说任何其他类型的英语——这事于是就这么定了。密涅娃也跟雅典娜一样,因为她学英语的时候还是一台计算机。不过,并不是我们每个人都能同样熟练地使用英语。你跟塔玛娜很熟,对吗?"

"我希望能够更熟一点。"

"她很可能是这个星球上最可爱、最受爱戴的人。但她没什么语言天赋,她两百岁以后才学会英语,我估计她一辈子都只能操一口蹩脚英语了……哪怕她每天都说。在一颗远离故乡地球的恒星所属的行星上,一场家庭聚会使用的居然是一种早已死去的语言——以上就是原因所在。我解释清楚了吗?"

"这个……解释倒是解释了,但我仍然觉得不够圆满。呃,贾斯廷,我有一种感觉:无论我提出什么疑问,都会得到解答……只是不足以让我彻底信服。"

"这很自然。为什么不留待将来呢?过一段时间,不用绞尽脑汁,你会自然而然地接受现在很难理解的事实。"

于是我们换了个话题。黑兹尔说:"亲爱的,我还没告诉你我为什么出门,为什么回来晚了。贾斯廷,你碰上过滞留在远程传输下游端口的事吗?"

"次数太多了。但愿有谁能另外提供一套设备,搞点竞争。要不是我这个人实在太懒,我真想牵头筹款。"

"今天早些时候,我出门给理查买东西——给你买鞋,亲爱的,但你得等到格拉海德同意以后才能穿。还有几身衣服。你的那几套在来福士混战中丢掉了。没有同样颜色的,我只好买了鲜红色和翠绿色。"

"挑得不错。"

"对,我觉得跟你很配。本来买完东西很快就能回来,赶在你醒来之前到家。唉,贾斯廷,传输端口那儿排起了长龙,我只好唉声叹气等着轮到我。没想到冒出个插队的。一个塞康都斯来的臭烘烘的游客插进了队伍,就在我前头六个人的地方。"

"这个混蛋!"

"他连半点好处也没捞着。那个粗坯被人开枪打死了。"

我瞪着她,"黑兹尔!"

"你以为是我吗?不,不,亲爱的。我承认当时我很想开枪打死他。但在我看来,不按规定排队算不上什么大罪过,最多打断他一只胳膊。耽误我的不是这个。枪击之后,现场马上组织了法庭,我差点儿成了陪审员。唯一的脱身办法是承认我是个目击者。我还以为当目击证人会节省点时间呢。没那份好运气,审判拖了将近半个钟头。"

"他们把开枪的人吊死了?"贾斯廷问道。

"不。判决是'为了公众利益杀人',法庭把她释放了。我这才回了家。可惜回来得太晚,该死的拉撒路已经跟理查干上了,惹得他不痛快,毁了我的计划。所以我让拉撒路也尝了尝不痛快的滋味。过程你也知道。"

"我们都知道。那位去世的游客是一个人吗?有没有同伴?"

"我不知道,也不关心。我觉得杀掉他有些过分了。不过话说回来,我这个人心肠太软,一直是这样。从前,如果有谁排队时硬挤到我前头,我总是息事宁人,给他点小残疾就算完事。当然,插队这种事谁都不应该视而不见,这是变相鼓励粗鲁行径。理查,我给你买了鞋,因为我知道你这只新脚塞不进你来时穿的那只旧鞋。"

"是这么回事。"(自从截肢以后,我那只假脚上的鞋子必须订制。那种鞋不是为有血有肉的脚制作的。)

"我没去鞋店。我找的是个翻模制造商,他们有一台整体缩放仪。我让他们以你的左脚鞋子为模型,通过空间翻转制造镜像,合成了一只适配的右脚鞋子。它跟你的左脚鞋子一模一样,只是个右撇子。脚也能用'右撇子'这个词吗? 反正是右边。"

"太谢谢你了!"

"但愿它合脚。要不是那个混蛋插队的自寻死路,死在我跟前,我本来会准时回家的。"

我眨巴着眼睛,"呃,这又是一件让我大吃一惊的事。这地方到底是个什么规矩? 无政府主义?"

黑兹尔耸了耸肩。

贾斯廷·富特沉吟着说:"不,我不会用'无政府主义'这个词。这里没有无政府主义那么完善的组织结构。①"

晚餐之后,我们大伙儿准备离开。我们要乘坐的是一艘四座飞船,可这一伙的人数却相当不少:黑兹尔、我、一个名叫泽布的年轻巨人、小个子美女希尔达、拉撒路、雅可布·巴罗斯博士、朱巴尔·哈肖博士,加上另一个红头发——嗯,更准确的说法应该是金红色——名叫蒂提,再加上另一个姑娘,酷似蒂提的双胞胎,却偏偏不是。这姑娘的名字是伊丽莎白,大家都叫她莉比。我看着最后这两位,悄声对黑兹尔说:"又是拉撒路的后代? 要不就是你的?"

"我觉得不是,我是说不是拉撒路的。她们不是我的后代,这我当然知道,我还不至于那么随便。其中之一来自另一个宇宙,另外那个比我大一千岁。呃,吃饭的时候,你注意到有个小姑娘在喷泉

---

① 开玩笑的说法,指这里比无政府主义状态更加自由散漫。

那儿玩水吗？也是个红头发。"

"注意到了。小姑娘挺甜的。"

"她——"我们开始登机，黑兹尔说，"以后再问我吧。"说完便爬进飞船。我正准备跟上，那个年轻巨人紧紧抓住我的胳膊。我只得停步，因为此人比我重了大概四十公斤。"咱们以前没见过。我叫泽布·卡特。"

"我叫理查·埃默斯·坎贝尔，很高兴认识你，泽布。"

"这位是我妈妈，希尔达·梅。"他指着那位小个子中国美人说。

没等我琢磨他这句话是多么不可能，希尔达说话了："我是他的继岳母，以前当过他妻子，有段时间还做过他的情人，理查。泽布老是变换角色，但他这个人挺好的。你是黑兹尔的男人，在这个城市，所有大门都会为你敞开。"她伸手搭在我肩头，踮起脚尖吻了吻我。这个吻去得很快，但很温暖，一点也不干巴，让我不由得动了别样心思。"所以无论你想要什么，尽管开口，泽布都会给你弄来。"看样子，这个家庭总共有五口人（或者说家庭分枝。这里的所有人都属于拉撒路那一大家子，其中的支脉我还没弄明白）：泽布和他的妻子蒂提，就是那第一个金红头发，我只短暂地见过一面；还有她的父亲雅可布·巴罗斯，娶希尔达为妻，但希尔达并不是蒂提的亲生母亲。至于这一家的第五位成员，她叫格伊。泽布刚才是这么说的："当然还有格伊。你知道我说的是谁。"

我问泽布："是谁？"

"反正不是我，也不是宠物。"

一个性感的女低音道："我是格伊。嗨，理查，你还在我身子里待过一次呢，但我想你不记得了。"

看样子，忘川的副作用真是不小啊。跟一位声音如此诱人的女性结下情缘（听她的话，就是这个意思），我居然不记得了……没办法，只好恳求法庭宽大为怀，饶恕我这个老废物吧。

"请原谅，可我没看见她呀，没看见那位名叫格伊的女士。"

"她才不是什么女士呢，一个放荡家伙罢了。"

"泽布，说这话你会后悔的。他的意思是我不是个女人，理查。我是这艘你正要爬进来的飞船。你以前也进来过，可那次你受了伤，又病得很重，不记得我是很自然的，我不怨你。"

"啊，我记得你！"

"真的？太好了。我的全名叫千面格伊，欢迎上船。"

我爬进飞船，爬向座椅后面那扇货舱门。希尔达拽住我，"别去后头。你妻子正跟两个男人在里头，让那姑娘找点乐子吧。"

"还有莉比，她也在那儿。"蒂提道，"别逗他了，姊姊。坐下吧，理查。"我在她们俩中间坐好，这个位置真不错，只是我很想瞧瞧那个空间折叠所形成的浴室。也不知那个浴室是不是真的存在过，或许它只是我处于忘川状态时做过的一个梦。

希尔达像只猫似的偎在我身上，"拉撒路给你留下了一个很恶劣的第一印象，理查。我不希望你一直这么看他。"

我对她承认，如果按十分制计算，我会给他三分，负的。

"我也不希望总是这么看他。蒂提，你给他打多少分？"

"把时间放长点的话，我给拉撒路的平均分接近九分，理查。你会看到的。"

"理查，"希尔达接着说，"我说过他不少坏话，其实我并没把他想得那么坏。我跟他生过一个孩子……我只跟我尊重的男人生孩子。拉撒路确实有些小毛病，时不时需要教训他一顿。但不管怎么说，我爱他。"

"我也是。"蒂提赞同地说，"我跟拉撒路生过一个女孩，也就是说我爱他、尊重他，不然不会有这种事。我说得对吗，泽布？"

"我怎么知道？'哦爱情，不羁的爱情！'当家的、领导，我们走不走？告诉格伊一声。"

"报告飞行准备情况。"

"右舷舱门关闭，非相关性驱动器准备就绪，左舷舱门关闭，安全带系牢，所有系统运行正常。"

"通过'阿尔法''贝塔'两个核查点前往时间部队司令部，飞行员，可以起飞。"

"遵命船长，千面格伊明白。第一核查点'阿尔法'，执行。"

嗖。拉撒路·朗宅邸旁边阳光普照的绿色草坪不见了，取而代之的是黑暗和星辰。我们进入了失重状态。

"核查点'阿尔法'可能到了。"泽布说，"格伊，你能看见THQ吗？"

"机首处就是'阿尔法'核查点。"飞船回答，"时间部队司令部在前头。泽布，你需要配眼镜了。"

"核查点'贝塔'，执行。"天空再次一闪。这一次我看见了。不是行星，是个太空生态区，距离我们不太远，在太空中延伸大约一千公里。那上面还有个奇怪的东西，我猜都猜不出是什么。

泽布说："时间部队司令部，执——格伊快闪开！"

就在我们前方，一颗新星爆炸了。

25

薛定谔之猫

"老天爷!"飞船呻吟着,"这一家伙差点儿烧了我的尾巴!希尔达,咱们回家吧,回家吧!"爆炸的新星离我们已经很远了,但炽烈的白光犹在,看上去就像从冥王星上看到的太阳。

"机长,你怎么说?"泽布问道。

"同意。"希尔达的声音很镇定,可她死死揪着我,身体直哆嗦。

"格伊、莫琳,执行!"我们重回地面,回到了拉撒路·朗那座古罗马风格的宅邸和朗氏族。

"飞行员,通知飞船各附属部分,让所有人都下船。我们一时半会儿哪里都不去。理查,雅可布一过去,你就往右边挪挪,让其他人能爬出去。"

巴罗斯博士让开了路,我也赶紧挪开。拉撒路·朗的声音在我身后吼道:"希尔达!为什么下令让大家下飞船?我们怎么没在司令部?"

他的嗓门让我想起了刚当兵时遇上的那个训练军士。好像已经是一万年前的事了。

"掉了个头,抱歉,伍迪①。没办法,只好先回来。"

"废话少说。我们怎么还没上路？为什么要我们下船？"

"留神你的血压,拉撒路。格伊要我分成三次跃迁,别像平常那样直接跃到THQ;刚才的事证明她不是疑神疑鬼、胆小怕事。如果按平时的路线走,我们这会儿已经成了黑暗太空里的鬼火了。"

"我的皮肤痒得很。"格伊担心地说,"用盖革计测一下的话,准会响个不停,跟雹子落在铁皮屋顶似的。"

"等一会儿泽布就给你做检查,亲爱的。"希尔达安慰她,又对拉撒路说,"我想格伊应该没受伤,我们大家也都没事儿。泽布对坏消息总是那么敏感,这一次也是。他当场就让我们跃迁出去了,几乎抢在光子冲击波到达之前。但我很遗憾地报告你,先生,司令部不复存在了。愿它安息。"

拉撒路固执地说:"希尔达,你开什么玩笑？"

"朗上尉,如果你用这种语气说话,我希望你称我为'海军准将'。"

"对不起,到底出了什么事？"

泽布说:"拉撒路,先让他们下飞船。我再和你飞回去,让你亲眼看看。就你和我。"

"一点不错,就你们俩。"飞船插嘴道,"我是不会去的！绝对不去！我没有执行战斗任务的义务。我不会让你们关上我的门,不关门你们就没法儿密封,你们也就开不走我。我罢工了！"

"这是哗变。"拉撒路说,"把她融了,变成废铁。"

飞船尖叫起来,接着激烈地说:"泽布,你听见他说什么了吗？听见了吗？希尔达,你听见他的话了吗？拉撒路,我不属于你,从来不属于你！告诉他,希尔达！你敢碰我一指头,我马上裂变,炸掉你的

---

① 伍德罗的昵称。长寿的拉撒路用过许多个名字,如休伯特、伍德罗等。

手,外加整个布恩多克,让它跟我一块儿完蛋。"

"从数学上说,这是不可能的。"拉撒路说。

"拉撒路,"希尔达说,"说到格伊的时候,别急着说什么'不可能'。再说你今天吃瘪还没够吗?要是你让格伊发火,她会告诉朵拉,朵拉会告诉蒂娜,蒂娜会告诉密涅娃,密涅娃又会告诉伊师塔、莫琳和塔玛娜——到那时,你能找到一口吃的都算你运气,而且你没地方睡觉,哪儿都去不了。"

"我是妻管严。格伊,我道歉。晚上我给你读两章童话故事,你能原谅我吗?"

"三章。"

"成交。请让蒂娜通知筹划银河大魔王行动的数学家,让他们尽快赶到我在朵拉的舱室,跟我会面。通知其他涉及大魔王行动的人,同样请他们登上朵拉,在那儿吃在那儿睡。我还不知道我们什么时候动身,可能是一周以后,也可能随时出发,连提前十分钟通知大家的机会都没有。现在是战时状态,红色警报。"

"朵拉已经收到,正在转发通知。布恩多克怎么办?"

"你什么意思,'布恩多克怎么办'?"

"想让全城撤离吗?"

"格伊,真没想到你居然关心这个。"拉撒路的声音听上去很诧异。

"我?关心住在地面的人?"飞船哼了一声,"我只是转发艾拉的话。"

"哦。有那么一会儿,我还以为你有了人类的同情心呢。"

"老天,千万别!"

"我总算放心了。在这个剧变的世界,唯有你的自我中心和自私自利恒久不变,永远靠得住。"

"别恭维我了，那三章童话你赖不掉。"

"不会，格伊，我已经保证过了。请告诉艾拉，就我目前所知，布恩多克跟这个世界的其他任何地方一样安全……这个当然说明不了什么。但在我看来，任何撤离这个蚂蚁窝的企图都会导致大量生命损失，财产的损失就更大了。唔，也许真该用这个办法敲打敲打他们的懒骨头。我觉得现在的布恩多克又肥又蠢，漫不经心。他收到我的话了吗？"

"艾拉回答，'去你的。'"

"收到，我想对你说的也是这话。真要出事的话，布恩多克准能炖成一锅好汤。坎贝尔上校，我很抱歉出了这种事。你愿意跟我回去看看吗？你或许有兴趣观察我们怎么紧急行动、操纵时间。黑兹尔，你没意见吧？不会觉得我又插手你的事吧？"

"没意见，拉撒路。还有，这已经不再是我的事了，现在是你和圈子里其他委员的事。"

"你可真是个难缠的女人，赛蒂。"

"还能是别的什么吗，拉撒路？月球是个严厉的老师，我是她教出来的。我能一块儿去吗？"

"正等着你呢。你仍是大魔王行动的成员，不是吗？"

我们走了五十米，穿过草坪。那边停着一架飞碟，比任何UFO粉丝号称见过的更大、更漂亮。别人告诉我这就是"朵拉"。这个名字既指飞船又指控制飞船的计算机。朵拉是那位长者的私人游艇，也是希尔达的旗舰，还是一艘海盗船。她由莱芝或萝尔指挥，船员为卡斯托尔和波吕克斯，他们是前者的丈夫，或者奴隶，或者兼具两种身份。

"兼具两种身份。"黑兹尔后来告诉我，"跟卡斯和波尔结婚以后不久，莱芝和萝尔在红狗扑克里赢了他们。按照赌约，他们得给老婆当六十年奴工。莱芝和萝尔之间有心灵感应,打牌时作弊。我那两个孙子聪明极了,又跟哈佛毕业生一样自高自大,打牌时总要作弊。他们的岁数还不够追女孩子时,我就想让他们戒了这个坏习惯。我的办法是在牌上做记号。没用,他们识破了记号。可遇上莱芝和萝尔,他们的好运气就结束了。那两个姑娘比他们更聪明、更会骗人。"

黑兹尔难过地摇着头,"这世上真是人心险恶啊。我教出来的年轻人,一看见红狗里出了一手三个'A'加一个孤王,本该马上起疑心……卡斯还是太贪心了,居然加注。钱不够,又押上了打工的契约。

"之后,过了还不到一天,波尔也上了当。那个骗局比卡斯那个更明显。他蛮有把握,以为自己知道下一张牌是什么。他在那张牌上发现了一小点咖啡渍。结果有咖啡渍的不光是那张'十','八'上也有。波尔手里只有九点,不够大。唉,这样也好,让小伙子们打扫飞船外加给老婆洗头修脚,总比由着他们把莱芝和萝尔在伊斯坎德尔的奴隶市场上卖掉强。我一直怀疑,如果他们赢了牌,说不定真会那么做。"

朵拉的内部比外面更大。她有无数客厅,需要多少就有多少。从前的它尽管奢华,但仍是一艘传统的超光子飞船。但后来它接受了改装(这里的"它"仅指飞船,不包括计算机朵拉),装上了巴罗斯非相关性驱动器。千面格伊就是靠这种魔法才能在星际神出鬼没地飘来飘去。巴罗斯方程式稍稍一动,格伊就能制造空间弯曲。改装之后,朵拉的载客载货空间立即大不一样,可以将无穷无尽的舱室折叠压缩起来,需要的时候再展开。

(但格伊在她的左舷隐藏的那两间十九世纪浴室不是借助这个魔法。到底是不是?唔,我觉得不是,得打听打听。)

　　游艇艇侧敞开,放下一道斜坡跳板。我挽着妻子,跟在拉撒路身后登上飞船。他刚上飞船,音乐立即响起:《用不着这样》。取自乔治·格什温不朽的音乐剧《波吉和贝丝》,唱的是一个老得跟玛士撒拉①一样的男人怎么想方设法让一个女人跟他上床。

　　"朵拉!"

　　一个年轻姑娘的声音甜甜地回答道:"在洗澡呢。等会儿再给我打电话。"

　　"朵拉,关掉那首蠢歌!"

　　"我先得查查今天轮到谁当船长,先生。"

　　"该死的,查去吧! 先把噪音停了。"

　　另一个嗓门取代了飞船的声音:"这里是萝尔船长。老伙计,你有事吗?"

　　"对,有事。把那个噪音给我关掉!"

　　"伙计,如果你指的是那首专门播放、向你致敬的经典曲目,我得说你的品位仍旧跟过去一样低俗。我无法关掉它,因为希尔达准将制定了一条新制度。未经她的许可,我无法调换曲目。"

　　"我真是被女人管得死死的。"拉撒路气得烟发火炽,"连进自己的船都要受气。一搞定这次银河大魔王行动,我马上去买一艘巴罗斯单身汉小飞船,给它装上明斯基大脑,出门度个长假。而且船上一个女人都没有。"

　　"拉撒路,说得这么恐怖,你这是干吗呀?"声音来自我们身后,我立即听出了希尔达温暖的女低音。

　　拉撒路四下一望,"啊,你来了! 希尔达,能否拜托你关掉这个可恶的噪音。"

　　"拉撒路,你自己可以关呀。"

_____

　　①《圣经》中的高寿者。

"我试过了。她们专门气我,以此为乐。她们三个全是。还有你,你也是。"

"你可以自己关,朝门里走三步就行。如果你想换一首表达敬意的曲子,尽管说。朵拉和我想给家里所有人分别配上合适的音乐,另外还有一首向其他客人致敬的曲子。"

"荒唐。"

"可朵拉很喜欢,我也是。这么做才优雅,就像用叉子吃饭,不用手指头。"

"没叉子之前就有手指头。"

"没人类之前就有扁虫,但这并不意味着扁虫比人强。向前走三步,伍迪,让格什温歇歇。"

拉撒路咕哝着迈了三步,格什温的音乐停止了。黑兹尔和我随即上前——音乐再起,铜管乐加军鼓,雄赳赳的军乐。我上次是什么时候听到这首曲子的?失去脚的那个黑暗日子……失去我的部队……还有我的荣誉。

"《坎贝尔的部队来了》——"

这一惊非同小可,我好像被注射了一针大剂量肾上腺素。在那遥远的往昔,战斗之前的激昂军歌总是会产生这种效果。我几乎无法自制,尽了最大努力才没有失态。我只希望没人对我说话,好让我有机会控制住自己的声音。

黑兹尔捏了捏我的胳膊,但我善解人意的妻子保持着沉默。我猜她能读懂我的情绪变化——她总是知道我需要什么。我大步向前,脊背挺得笔直,几乎没用手杖支撑身体,也看不见飞船内部的情况。然后,管乐终止,我终于可以重新呼吸了。

希尔达跟在我们后面。我想她是有意不跟我们并行,免得致敬的乐曲混在一块儿。给她演奏的是一曲轻松欢快的小调,我不知道是什么曲子。它仿佛是用银铃奏出，也可能是钢片琴。黑兹尔告诉我它的名字叫《红衫泪痕》。

拉撒路的舱室极尽奢华。我不禁心想：不知"海军准将"希尔达的司令舱会奢侈到何种程度。黑兹尔在客厅坐下，自然得仿佛这是她的地盘。但我没在这个房间停留。一堵舱壁忽地闪开，拉撒路领着我走了过去。那边是一个大会议室，而且是营业范围遍及星系的大公司才有的那种类型：巨型会议桌，每个位置配备扶手软椅、拍纸簿、笔、冰水、带打印机的终端、屏幕、键盘、麦克风，还有屏蔽声音的隔音场。我必须指出，这一大堆东西根本没用；有了朵拉，所有这些都用不着。她可以担任所有与会者的秘书，工作无可挑剔，同时还能充当侍者，提供饮料和点心。

（我始终无法摆脱一种感觉：某个看不见的地方真的存在着一个名叫朵拉的女孩。但没有哪个凡间的女孩能像朵拉一样，同时处理那么多项工作。）

"坐哪儿都行，"拉撒路说，"这里不存在级别。有什么问题、建议，随便说。说了傻话也没关系，你不是第一个在这间屋子里说傻话的人。见过莉比吗？"

"没有正式引见过。"这是另一个金红头发，不是蒂提的那个。

"我来介绍。伊丽莎白·安德鲁·杰克逊·莉比·朗博士……理查·科林斯·埃默斯·坎贝尔上校。"

"认识你是我的荣幸，朗博士。"

她吻了我。我早料到会是这样。虽说还不到两天，但我已经知道，想逃避善意的亲吻，唯一的办法是掉头就跑。更好的应对是放轻松，享受它。我就是这么做的。伊丽莎白·朗博士的形象赏心悦目，又没怎么穿衣服，闻起来很美好，尝起来也是……她紧贴着我，贴的时间比正常情况长了三秒钟。她拍拍我的脸，说："黑兹尔的品位不错。我很高兴她把你带进了这个家。"

我像个乡下人一样红了脸。好在没人留意——反正我是这么想的。拉撒路接着说:"莉比现在是我太太,二十一世纪的时候还曾是我的合作伙伴,在佐治亚州。那会儿我们很是疯了一阵子。当时她是个男人,还是地球武装部队的退役军官。不管那时还是现在,男人还是女人,她都是活人之中最了不起的数学家。"

伊丽莎白转身摩挲着他的手臂,"胡说,拉撒路。要说数学,雅可布比我强得多。我永远别想有他那种几何能力;他能想象大量维度,绝不会弄混,而我——"

希尔达的丈夫雅可布·巴罗斯是跟在我们后面进来的,"别说瞎话,莉比,我一听见假谦虚的话就想吐。"

"那就吐吧,亲爱的,别吐在地毯上就好。雅可布,我说了不算,你说了不算,拉撒路说了也不算。我们是什么人就是什么人,每个人都是。还有工作要做呢!拉撒路,到底出了什么事?"

"等蒂提和小伙子们来了再说,免得讨论两次。简在哪儿?"

"来了,伍迪叔叔。"一个裸体姑娘走进会议室。长相嘛,还是那样。关于这一大家人,相貌酷似之类的话我就不再多说了。就是那个模样,不管是不是红头发,穿没穿衣服。在第三地球,不管什么气候、场合,穿不穿衣服都随便。公众场合一般都穿,在家里有时穿,有时不穿。在拉撒路·朗的这个大家族中,男性大都穿点什么,女性一般不怎么穿。但总的来说没什么规律,就算有我也弄不清。

红头发在第三地球很常见,在朗家族更多,这是来自拉撒路的"头羊效应"(借用育种人士的说法)。但拉撒路并非红发的唯一来源,家族里还有两个各自独立的红发源头,和拉撒路没有血缘关系,那两人之间也不存在血缘关系:伊丽莎白·安德鲁·杰克逊·莉比·朗和蒂亚·托丽丝(蒂提)·巴罗斯·卡特·朗。当时我不知道,其实还存在第三个红发源头。

人们已经注意到，红头发的出现相对比较集中，如罗马、黎巴嫩、爱尔兰南部、苏格兰……在著名的历史人物中，红发者明显较多：从耶稣到杰弗逊，从巴巴罗萨到亨利八世。

朗家族中的相似性究竟是怎么来的？这个问题恐怕只有家族的遗传学家伊师塔医生有些头绪。伊师塔自己一点儿也不像她的女儿莱芝。这不奇怪，因为从基因角度看，她和她的亲生女儿毫无关系。莱芝的基因母亲是莫琳。

上面这些都是我一段时间之后了解到的。这个方面我只在这里提一下，此后不再赘述。

数学家小组的成员为莉比·朗、雅可布·巴罗斯、简·莉比·巴罗斯·朗、密涅娃·朗、毕达哥拉斯·莉比·卡特·朗（毕达）、阿基米德·卡特·莉比·朗（阿基）、马克斯韦尔·巴罗斯-巴罗斯·朗。这些人的生育全都经过家族遗传学家的审核，最大限度强化了数学天赋，不存在任何会造成基因退行的先天因素。

这群天才埋头工作的景象看得人陶醉不已，有点像观摩一场象棋比赛，但又不完全相同。拉撒路把千面格伊的声音接入朵拉的线路，让她为大家提供事发时的场景，包括她所记录的音像材料。接着又让泽布叙述经过，然后是希尔达，让她评估泽布对新星爆炸的预警时间。

希尔达说："警告和爆炸隔得很近，介于一哆嗦和一眨眼之间。我最多只能描述到这个程度。"

雅可布博士则拒绝发表看法，"我当时没看见。跟平时一样，我正根据口述命令操作微调控制台。我接收到的倒数第二个命令是紧急撤离，微调控制台于是中止了运行。接下来我们就回家了，我没有设定微调参数，所以我的记录里这一段是空白。抱歉。"

蒂提的叙述几乎同样简略，"紧急撤离命令发布于爆炸之前一毫秒。"即使大家逼问，她也拒绝声称"这二者几乎紧挨着"。巴罗斯强迫她承认这一点，蒂提只对他吐舌头做鬼脸。

名叫毕达的那个年轻小伙子(几乎还是个未成年人)说："我的意见是'数据不足'。我们需要在事发地点安置一批隐形侦察机，查明究竟发生了什么，之后我们才能决定怎么设定时钟、如何安排救援。"

简·莉比问道："紧急撤离命令下达后，已经能看见新星爆炸了吗？还是在格伊完成位移之后，在新视点才看见？这二者与'贝塔'核查点的计时吻合吗？我还想提出一个疑问：非相关性传输是否真的即时完成、耗时为零。这是经过证明的吗？或者仅有不完整的证明，加上经验？"

蒂提说："简，你到底想说什么，亲爱的？"

这两人一个在我左边，一个在我右边，她们的对话却径直跳过了我，显然没指望我能提出什么看法，尽管我是事件的目击者。

"咱们现在是在设定救援THQ的最佳时间点，是这样吧？"

"真的需要这么做吗？为什么不干脆提前撤离？判定事发时间，然后提前几小时开始撤离。这样大家还能早点回家。"

"蒂提，这样一来，你就会造成一个悖论，最后搅得你连自己的脑袋和屁股都分不清了。"巴罗斯评价道，"再说这种做法实在太粗鲁，太不优雅了。"

"我亲爱的傻女儿，好好想想怎么从这个时间陷阱里跳出去。"

"很简单。我刚才只说到怎么避开风险，剩下的部分就平安无事了。我们提前完成救援，让手头多出来三十分钟，然后随便进入一个宇宙，哪个方便就进入哪个。在里面找个没人的空间，比如我们经常使用的那条围绕火星的轨道，然后掉头进入这个宇宙，时空点就选在现在、这里，我们出发营救的一分钟之后。"

"笨办法,但有效。"

"我喜欢采用最简单的办法。"

"我也一样。不过,这种需要多长时间就花多长时间的做法,难道大家都没看出毛病?"

"当然看出来了!"

"说吧,阿基。"

"因为这里头有陷阱,其可能性高达千分之九百九十七以上。陷阱的性质我无法断定,要视情况而定。我们的对手会是谁?太空怪兽?银河大魔王?博斯康①?或者是另一伙打算改变历史的家伙,无论他们跟我们签没签条约?我们甚至可能跟一个想自己搞创作、创造历史的'作家'干起来。别笑!时间的设定必须以我们要采用的战术为基础,而战术的制定要看我们的对手是谁。所以我们现在只能等着,等到隔壁的天才们告诉我们这回跟谁打,然后才能制订相应的计划。"

"不行。"莉比·朗说。

"怎么了,妈妈?"小伙子问。

"我们必须考虑到所有可能出现的情况,亲爱的,然后一举解决。制订不同的计划,等隔壁那些编制场景的人确定之后,他们给我们什么场景,我们就采用与之相应的计划。"

"不,莉比。你这种做法仍旧是赌博。赌的是那些天才猜对了,赌注是几百条命。"拉撒路表示反对,"但他们有可能猜错。我们要坐在这间屋子里,想出一条万全之策。需要想十年,我们就坐十年。女士们、先生们,那些人是我们的同志,他们不是消耗品。该死的,想出正确答案!"

我傻乎乎地坐在那儿,脑子里终于接受了一件事:这些人真的

---

①科幻史上著名作家E.E.史密斯笔下一群邪恶分子的统称。

是在讨论如何拯救一个我一小时前亲眼看见化为飞烟的太空生态区,包括其中的人、记录和物资,想抢在它被炸毁之前把它移出那个空间。我听着他们讨论怎么着手,怎么设定时间。但他们最终还是否决了拯救方案。那个生态区的建成耗资何止亿万,那是不知多少亿克朗……可他们竟然拒绝救它。不,不! 无论对手是灭世怪兽还是银河大魔王(我吐!),或者别的什么——必须让他认为自己成功了。绝不能让他怀疑这一网落空了,鸟儿飞走了。

左腿传来一阵熟悉的刺痛:"像素"大人又在攀岩了,再一次将钉爪扎进我的皮肉。我伸手把它抱上桌子,"'像素',你是怎么进来的?"

"喵!"

"你竟然到了这儿。从屋里进花园,穿过花园,穿过房屋西翼——要不就是绕过去的? 又穿过草坪,向上爬进一艘封闭的太空飞船——难道那条坡道没收起来? 可能吧。你是怎么找到我的?"

"喵。"

"它是薛定谔之猫。"简·莉比说。

"薛定谔最好赶快过来抱走它,免得它迷路,或者受伤。"

"不,不,'像素'并不属于薛定谔。它还没决定人选呢。或许它挑中了你?"

"我不这么想。呃,或许吧。"

"我觉得是这么回事。我中午看见它爬到你膝盖上,现在又走了这么长的路来找你。我觉得你中选了。你喜欢猫吗?"

"啊,喜欢! 但愿黑兹尔同意我留着它。"

"她会同意的,她也喜欢猫。"

"但愿吧。""像素"坐在我的拍纸簿上,洗着它的毛脸,洗耳背的动作尤其值得称道。"'像素',你选中我了?"

它停下洗脸的动作,顿了很久,郑重地说:"喵!"

"好,就这么定了。薪资待遇和津贴按新兵标准,加上医疗福利。每两周的周三下午休假,前提是表现良好。简·莉比,这个薛定谔是怎么回事? 他是怎么来这儿的? 告诉他'像素'有主了。"

"薛定谔不在第三地球,他二十几个世纪之前就死了。德国古代有一批大学问家,搞的研究全错了,但他们犯的错误都是天才的错误,才华横溢。薛定谔就是那批人中的一个。他、爱因斯坦、海森堡,还有——那些人好像就是你那个宇宙的? 我只知道这些人不是每个宇宙都有。平行宇宙真不是我的强项。"她抱歉地笑了笑,"可能只有摆弄数字我还在行。哦,我做菜的手艺也不错。"

"会搓背吗?"

"我是布恩多克搓背第一高手!"

"你在浪费时间,简。"蒂提插嘴道,"黑兹尔把他看得死死的。"

"可是,蒂提婶婶,我没打算跟他上床呀。"

"没有? 那就别浪费他的时间了。走开,把他交给我。理查,你对已婚女人下不了手吗? 我们可都是已婚女人。"

"呃——我援引第五修正案①。"

"我懂你的意思,可他们在布恩多克从没听过什么第五修正案。刚才说的那些德国数学家——他们到底是不是你那个世界的?"

"来看看咱们说的是不是同一批人。爱尔温·薛定谔、阿尔伯特·爱因斯坦、沃尔纳·海森堡……"

"就是这帮人。他们喜欢搞一种所谓的'假想实验',好像用这种办法真能弄清什么东西似的。神学家! 简·莉比正要告诉你的那个'薛定谔之猫'就是这种假想实验,据说能用这个把握现实。简?"

---

①意思是拒绝回答这个问题。

"说起来挺傻的。把一只猫关进盒子里，再释放一种半衰期正好一个小时的同位素，看它会不会被杀死。过一个小时，那只猫是活着还是死了？薛定谔提出，按照那个时代还被当成科学的统计学意义上的可能性，那只猫既不是活着，也没有死掉。这种状态将一直持续到某个人打开那只盒子。在此之前，那只猫只是作为无数可能性存在着。"简耸了耸肩，展示出妙不可言的动态曲线。

"喵？"

"就没人想过问问那只猫吗？"

"简直是亵渎。"蒂提说，"理查，这可是'科学'啊，德国哲学风格的科学。无论什么问题都不能用如此粗俗的方式解决。还是说说'像素'吧。之所以叫它'薛定谔之猫'，是因为它能穿墙而行。"

"它是怎么做到的？"

简·莉比回答："这是不可能的，但它只是一只小猫，不知道这种事不可能做到，于是它就这么做了。所以我们从不知道它会在哪儿冒出来。我觉得这段时间它在找你。你说呢，朵拉？"

"反正是在找什么。你怎么看，简？"这就是飞船的回答。

"你注意到这只小猫是怎么上船的吗？"

"什么都逃不过我的眼睛。它才不耐烦走通道呢，直接从我的皮肤走进来了。弄得我好痒。它是饿了吗？"

"有可能。"

"我给它弄点吃的。它能吃固体食物吗？会不会还太小？"

"别太大块。婴儿食品吧。"

"明白了。"

"女士们，"我说，"简·莉比刚才说那些德国物理学家错得才华横溢。你肯定没把阿尔伯特·爱因斯坦算进去吧？"

"当然算进去了！"蒂提强调地说。

"我太吃惊了。在我那个世界，爱因斯坦可是头上顶着光环的人物啊。"

"在我的世界，人们焚烧他的模拟像。阿尔伯特·爱因斯坦是个和平主义者，但不是真正的和平主义者。只要涉及他自己，和平主义的原则马上扔到九霄云外，转而运用自己的政治影响力推动科研项目，最终制造出了人类第一颗屠杀整座城市的炸弹。他的理论推测本来就没有多少，大多数还是错的。但他仍旧是个名人，作为最终成为杀人者的和平主义者得享大名。我唾弃他！"

26

"成功就是爬到食物链的顶端。"

——J.哈肖[1]（1906-　）

就在这时，给"像素"的婴儿食品出现了，盛在钻出桌面的一个碟子里。但我不敢保证它真是这么来的，反正它出现了。喂小猫给了我一点思考时间。蒂提的语气之强烈，让我吃惊不小。那批德国物理学家工作、生活于二十世纪上半叶，就我而言还不算太久远。但如果第三地球这些人告诉我的话是真的——实在不太可能啊！——那么，对他们来说，那些人已经是很久以前的历史人物了。"二十几个世纪之前"——简·莉比就是这么说的。

好脾气的蒂提怎么会对早已死去的这些德国学者产生如此强烈的憎恨？发生在两千多年前，却还能让现在的人产生强烈的感情——这种事我只知道一件……而且这件事还并不是真事儿[2]。

我开始在脑子里开列一张清单，列出所有不像真事的事：大家声称的拉撒路的岁数，人人一口咬定我罹患过多种绝症——还有发生

---

①即本书提到的哈肖博士，《时间足够你爱》中的重要角色。

②估计是指耶稣的事迹。

在月球的几桩怪事。最不像真事的就是第三地球本身。它真的是从时空两方面都远离地球的一颗奇特行星吗？或者仅仅是经过着意装扮的一个小村庄，位于南太平洋的某个小岛？这座名叫布恩多克的城市我还没有见过，他们说这里有一百万人左右，可我见过的加在一起也就只有五十来个。其他布恩多克人会不会仅仅存在于这五十来人的言谈之中，只是后者的即兴创造，好让这个着意装扮出来的地方显得更加真实？

（小心，理查！你又开始犯疑心病了。）我的脑子会不会被忘川这东西搞糊涂了？

"蒂提，你好像对爱因斯坦博士意见挺大呀。"

"我有正当理由！"

"可他是个古代人，按简·莉比的话，'二十几个世纪之前'。"

"对她来说是很久以前。对我不是！"

巴罗斯博士说话了，"坎贝尔上校，我想你可能把我们当成了土生土长的第三地球人。我们不是。我们是来自二十世纪的难民，和你一样。这里的'我们'指的是我自己、希尔达和泽布，还有我的女儿——蒂提，不是简·莉比，简是这里出生的。"

"你偷偷溜回去过。"蒂提对他说。

"挨了个边而已，算不上真的溜回去。"简·莉比更正道。

"可毕竟上垒了，触到了故乡的土地。就凭这个，你就可以不认他这个老爸。"

"我才不干呢。当老爸嘛，他还算够格。"

我没打算理清这番对话的头绪。我已经渐渐得出了结论：按照爱荷华州的标准，所有第三地球人都是确切无疑的疯子。"巴罗斯博士，我不是来自二十世纪。我是2133年出生的，在爱荷华州。"

"从现在到那时隔得太久了，差不多算一回事。我估计咱们不是同一条时间线,各处于不同的宇宙。但你和我的口音、词汇基本上一样。就凭这口英语,咱们俩各自的世界肯定很接近,是相当近的分支。在你那个世界,第一个登月的人是谁? 哪一年?"

"尼尔·阿姆斯特朗,1969年。"

"啊,原来是那个世界。你们可真是闹过不少乱子啊! 当然我那个也不省心。在我们那个世界,第一次登月是1952年,平克·科拉,登月舱指挥官是巴洛克斯·欧迈利。"巴罗斯博士转头看看,"怎么了,拉撒路,你又怎么了? 这么不自在。被跳蚤还是马蜂蜇了?"

"如果你和你的女儿们不想工作,我建议你们另找地方聊天。隔壁去吧,编故事的、写历史的那伙人对不着边际的唠叨没意见。坎贝尔上校,你也一样,另找个地方喂猫去,比这儿便利些。建议你去我舱室右手边那间清洗间。"

蒂提说:"去你的,拉撒路! 你真是个坏脾气老头子。只要数学家们开始工作,他们根本不受外界干扰。瞧那边的莉比,你可以在她身边放爆竹,她连眼皮都不会眨一下。"蒂提站起身来,"伍迪老伙计,你得再接受一次回春手术。越来越老,脾气也越来越大。咱们走,简。"

巴罗斯博士起身一躬,"告辞。"转身就走,看都没看拉撒路一眼。现场气氛相当紧张:两头老公牛快打起来了,得让这两位拉开距离。

或者说三位,我也应该算一个。没道理因为猫的事把我轰出去。一天之内,我第三次对拉撒路满腔怒气。猫又不是我带上飞船的,提出喂猫、提供猫食的也不是我,而是他自己的计算机。

我站起身来,一手抱着"像素",另一只手端起它的碟子,却拿我的手杖没办法。看来只好挂在哪只胳膊上了。简·莉比看出了我的窘况,接过猫咪搂在怀里。我拄着拐杖跟上,手里还端着盛婴儿食品的碟子。我也没看拉撒路一眼。

穿过客厅的时候,我们这一行又多了两个:黑兹尔和希尔达。黑兹尔朝我挥手,拍拍她身边的座位,我摇摇头,继续向前走。于是她站起来和我们同行,希尔达也跟着过来。我们没打扰客厅里的其他人;哈肖博士正在高谈阔论,几乎没人注意到我们。

在第三地球的日常生活中,有一个方面非常宜人,极尽奢华,那就是这里的清洗间。"清洗间"这么一个寻常名词已经无法形容它们了。这里我不打算涉及那些我不知道用处的陈设和布置,仅仅从功能方面对第三地球富裕人士的清洗间作一番描述(我敢说,拉撒路肯定是这里最富有的人)。

首先,想象你最喜欢的酒吧。

再给它增加一套芬兰桑拿浴设备。

再来一套日式洗浴设备。

喜欢大浴缸吗?带冲浪装置的?

加上喷泉。

喜欢多人共浴吗?

再加上存货充分的小吃柜,各式冷热点心一应俱全,就在伸手可及的地方。

喜欢音乐吗?3D影像呢?带感应的娱乐设施?书籍、杂志和磁带呢?

健身设备、按摩、日光浴、香蒸。

还有温暖舒适的软和地方,让你可以蜷起来打个盹儿;可以是一个人;也可以和同伴一起。

以上所有东西加起来,调配得当,放进一间又大又漂亮、照明充分的房间。但这仍旧不足以描述拉撒路·朗舱室中的那个清洗间,因为上面的清单中缺少最重要的一项:朵拉。

也许世上存在着某种稀罕之物，那艘飞船的计算机无法转眼间为你提供。不过我在那儿待的时间不够长，还没有发现这种东西。

我没有当即品味这些奢华享受，我对那只猫咪还有应尽义务没有完成呢。我在一张中等大小、可供四个朋友共坐小饮的圆桌边坐下，把猫咪的碟子放在桌上，正准备伸手抱猫，简已经坐了下来，把"像素"放在碟子旁边了。巴罗斯也在桌边坐下。

猫咪嗅了嗅那碟食物。几分钟前它还吃个没够，这时却张牙舞爪，向简表明该种食物不适合猫族食用，并对她拿出这种东西的行径表示了极大的愤慨。简说："朵拉，我觉得它渴了。"

"想喝什么尽管说。但请记住，管理层不允许我向未成年人提供酒精饮料，除非意在勾搭。"

"别瞎说了，朵拉，坎贝尔上校说不定真会相信。给小家伙清水和全脂牛奶，各来一份。温度就按体温好了，小猫的体温是——"

"三十八点八度。就来。"

几米之外泡在池子里的希尔达说话了（不，不是池子，只是个大号澡盆），"简，过来一块儿泡吧。蒂提有些超级棒的八卦要跟咱们说。"

"这个——"这姑娘有些舍不得走，"坎贝尔上校，你照顾'像素'好吗？它喜欢从手指头上舔着喝，只有这样才能让它多喝点水。"

"照你说的办。"这猫咪真的喜欢这样喝水……只不过，喂它十毫升，非把我耗成老头子不可。猫咪倒是一点也不着急。黑兹尔从澡盆出来，浑身湿漉漉的。我小心地吻了吻她，"把椅子都弄湿了。"

"再湿也坏不了。拉撒路是怎么回事，怎么又发飙了？"

"那个混蛋！"

"对他来说，'混蛋'只是如实描述。出什么事了？"

"嗯——我的反应有点过头了。你还是问巴罗斯博士吧。"

"雅可布?"

"理查的反应不算过头。拉撒路发了一股邪火,跟我们四个过不去。其实数学家这个部门根本不归他管,他从来不是真正意义上的数学家,没资格管理这个部门。在我们部门,大家都知道别人的习惯,从来不会干涉其他人的工作。可拉撒路居然把我一脚踢出来了,还有蒂提,还有简·莉比。原因是我们说了一会儿与工作无关的闲话。他不知道我跟两个女儿采用的是一种两级思维模式,要不就是不在乎。黑兹尔,我没发作,真的没有。就凭这种自控能力,你应该为我骄傲才是。"

"我一直为你骄傲,雅可布。换了我,肯定当场发作了。跟拉撒路打交道时,你应该听温斯斯顿·丘吉尔爵士的:狠踩他的脚趾头,直到他道歉为止。别跟拉撒路客气,他不会领情的。他把理查怎么了?"

"让他别在会议桌上喂猫。荒唐!好像那只小猫会尿一泡,弄坏他那张漂亮桌子似的。"

黑兹尔摇着头,一脸狠巴巴的神情。这种神情其实不适合她。"拉撒路向来是个粗人,可自从这次大魔王行动以来,那个人越来越难伺候了。雅可布,是不是你的部门的预测很不乐观?"

"不大好。但真正的困难是看不清远景。我知道这话不合逻辑。一座城市被毁灭,这种悲剧不是看不清,而是太清晰了,清晰得让人痛苦。我的意思是,在改变历史时,我们所做的其实不是让那座城市免遭毁灭,仅仅是打开了另外一条时间线;而我们现在需要的方案是赶在那座城市被毁之前改变历史。"他看着我,"正是因为这个,拯救亚当·塞勒涅才至关重要。"

我愣在那儿,像个傻瓜——这个角色我是越来越得心应手了,"咱们不是在说拉撒路发火的事吗? 你们的意思是,这么做了,他的脾气就会好起来?"

"间接说来,会起到这个作用。我们用主控计算机监控、操纵其他大型计算机,用这种方式创建各种行动方案。我们所知的最大的主控计算机就在这颗行星,就是雅典娜,或者叫蒂娜,以及她在塞康都斯的双胞胎姊妹。但我们现在这个项目实在太大了。与之相比,蒂娜平时的工作简直不算什么。第三地球的公共设施几乎是全自动的,蒂娜只在出现问题时才插手,解决麻烦。而'福尔摩斯四号'——或者叫他亚当·塞勒涅,或是迈克——却是另一种类型的计算机。机缘巧合之下,他不断成长、持续成长,没有人限制他、控制他的规模。后来又经受了一场独一无二的巨大挑战:发动月球革命。在那个过程中,他的自编程能力急速成长。上校,没有哪个人或哪个人类团体能编制出那样的程序,足以控制月球革命的一切细节。我的大女儿蒂提就是第一流的编程专家,她说人类的大脑不可能编出那种程序;就算是计算机,也只有处于'福尔摩斯四号'当年那种情形才编得出来——面对最紧迫的需求,不是成功,就是死亡。我们现在需要亚当·塞勒涅,或者说亚当的精髓:由他编写、让他成其为他的那些程序。为什么?因为我们自己做不到。"

黑兹尔望望池子的方向,"我敢说蒂提编得出那样的程序,只要她下决心去做。"

"我替我的女儿谢谢你,亲爱的。但她不是个假谦虚的人。如果蒂提觉得她能做到,哪怕只有一点点机会,她早就动手开工了。事实却是,她的能力有限。光是把计算机记忆库里的资料综合起来,这项工作已经让她够吃力的了。"

"雅可布,有些话我真不想说——"黑兹尔迟疑着说,"也许我不该说。"

"那就别说。"

"可这些话压在我胸口,不说受不了。曼尼爸爸对这个项目不大乐观——即使我们成功提取了构成亚当·塞勒涅精髓的所有记忆库数据和程序。他觉得他那位老朋友在最后一次战斗中受伤太重。那件事我到现在还记得，真是太可怕了。迈克受重伤以后，他好像得了计算机的紧张症，蜷在他自己的外壳里，再也没有醒来。革命之后，爸爸可以自由出入监守长官大楼；他努力了好几年，想重新唤醒迈克。他觉得把记忆库和程序抢救回来也没用。哦，他想营救迈克，热心极了，因为他爱迈克。但他没抱什么希望。"

"等你再见到曼尼尔，告诉他别那么丧气。蒂提已经想出办法了。"

"真的？啊，但愿是真的！"

"蒂提会为蒂娜提供大量目前处于闲置状态的功能，用于记忆和符号系统，也就是思维。然后，她会把迈克弄到蒂娜的床上。要是连这一招都没法儿让迈克活过来，那就真没办法了。"

我的爱人吃了一惊，接着咯咯笑了，"对呀，这一招应该管用。"

她回池子去了。接下来，我从雅可布·巴罗斯那儿弄清了他女儿蒂提为什么如此憎恶原子弹之父：她——还有她的一家四口——目睹了自己的家乡被一颗原子弹彻底毁灭。雅可布没说，但我猜是一颗裂变弹。

"上校，在报纸上读到、在新闻里听到是一回事，可亲眼看见你的家乡笼罩在蘑菇云下，这就完全是另一回事了。

"我们被逐出了故乡，永远无法回去，连我们存在的痕迹都被彻底抹掉了。在我们那条时间线，再也没有任何东西能证明我们四个——我、希尔达、蒂提、泽布——存在过。我们居住的房子不在了，从来不曾存在过；那块地面被抹得平平的，连条疤痕都没有。"雅可布看上去像奥德修斯[①]一样孤独，他接着道，"拉撒路还从时间部队派了一

①《奥德赛》中的主人公。

个特工回去——朵拉,我能和伊丽莎白说句话吗?"

"请讲。"

"莉比,毕达不是要了一批隐形机吗?还是阿基要的?让它们找出对手首次观测THQ的时间点,再从那个点回溯三年,执行撤离任务。"

"会形成悖谬的,雅可布。"

"对。反复重放这三年,一点一点撤人,撤空了再放手。请核实。"

"任务已核实,亲爱的。还有事吗?"

"没有了。挂机。"

巴罗斯这才接着对我说:"——派了个特工去我们那条时间线找我们。设定了五十年的范围,从我出生到我们逃命那一晚。我们根本不存在,我们根本没出生过。泽布和我都有服役经历,也上过大学,可部队记录里没有我们的名字,学校档案里也没有。有我父母的档案……可他们从来没生过我。上校,在二十世纪的北美合众国,每个公民都有几十项、几百项记录,可没有任何一项中有我们的名字,能证明我们曾经在那里生活过。"

巴罗斯叹道:"那一晚,千面格伊不仅仅救了我们的命,她还挽救了我们的存在。她那次撤离行动完成得太快了,连那头野兽都找不到我们——什么事,亲爱的?"

简·莉比站在我们身旁,身上的水直往下淌,眼睛睁得很大,"爸爸?"

"说吧,亲爱的。"

"毕达要的那些隐形机,我们应该让它们回溯得更久一点。嗯,十年,或者更久一些,在这个区间寻找大魔王或者别的什么人开始观测THQ的时间点。找到以后,让它们从那个点再退回来一点,开始撤离。不断重复，不断撤离。我们的对手肯定不会想到我们给他们来了个釜底抽薪。我跟蒂提谈过，她觉得能行。你怎么看?"

"我看行。我在线上找到你妈妈，咱们一起商量。朵拉，再让伊丽莎白上线。"无论从表情还是举止都看不出他刚向莉比·朗提出过相似的计划(至少我觉得这两个计划是一回事)。

"伊丽莎白吗? 咱们的乒乓球冠军想了个主意。简·莉比提出把隐形侦察机布置到负十年，找到对方首次观测的时间点，再回溯，呃，三年吧，然后撤人。不断回放，不断撤人。蒂提和我都觉得这个办法行得通。请向指挥组提交这个方案，说明简是发起人，蒂提和我赞同。"

"还有我，我也赞同。"

"你的孩子们真够聪明的，我的好太太。"

"诀窍是找到聪明爸爸，先生，还必须是满怀爱心的爸爸。这种人才能培育出优秀的下一代，对当妻子的也好。挂机?"

"挂机。"巴罗斯对等待的姑娘说，"爸爸妈妈都为你骄傲，简。几分钟后，数学部肯定全体赞成。你实现了拉撒路提出的目标——这个目标非常有道理:无论干坏事的是什么人，我们都能消除他所造成的破坏，哪怕仍旧不知道是谁干的。你提供了解决方案，而且不止于此。你发现没有，你的办法同时还能确定作恶者，只要有一点点运气就行?"

简·莉比兴奋得好像刚刚赢得了诺贝尔奖，"我发现了。但咱们现在要做的只是安全撤离，其他的只算妙手偶得好了。"

"'妙手偶得'，这是'聪明'的另一种说法。想吃晚饭吗? 还是想再泡泡? 要不边吃边泡? 把坎贝尔上校连人带衣服扔进去怎么样? 我想蒂提和希尔达准会帮忙，黑兹尔说不定也会搭把手。"

"等等!"我表示反对。

"真没种!"

"上校,我们不会的!爸爸只是开玩笑。"

"我才不是呢。"

"先扔你爸爸,练练手。只要他没伤着,我马上投降。"

"喵!"

"你别多嘴!"

"简,好孩子。"

"什么事,爸爸?"

"问问草莓牛奶和热狗还有多少份。你问的时候我去把衣服挂在衣橱里。如果上校是个聪明人,他也该这么做。上校,这儿的人闹腾起来厉害得很,尤其是这里这几个:希尔达、蒂提、黑兹尔和简。她们凑一块儿,效果简直是爆炸性的。猫咪由谁看着?"

一个小时后,朵拉(以一束蓝光的形象出现)领着我们前往客厅。黑兹尔抱着猫,端着猫咪的一只碟子;我拿着衣服、另一只碟子、我的手杖和她的手袋。我精神愉悦,身体疲乏,巴不得马上跟妻子上床。我已经太长时间没和她同床共寝了。从我的角度看是两个晚上;对老夫老妻来说不算太久,可我们是在度蜜月啊,两晚实在太久了。这个故事告诉我们:

不要在蜜月被人打成半残。

而从她的角度,应该是……一个月?"亲爱的姑娘,咱们分开多久了?那个该死的忘川把我的时间观念弄得稀里糊涂。"

黑兹尔迟疑了一下,"按照第三地球的时间,三十七天。但你的感受应该只有一个晚上。嗯,两晚上吧……昨晚我上床时,你已经开始打呼噜了。真对不起,你恨我吧,但别恨得太厉害。咱们的小窝到了。"

("小窝"!比我在天条的豪华套间大多了,也豪华得多……床也更大、更舒适。）"宝贝，我们在拉撒路的泰姬玛哈寝宫洗过澡了，全身上下干干净净。现在我又不用费劲卸下假肢，所以已经万事俱备了。如果你还有什么事，赶紧做去，快！我等不及了。"

"我没什么事，但咱们还得照料'像素'呢。"

"把它的饭碟放进清洗间，再把它关进去，等会儿放出来。"

我们照此办理，然后上床。之后的滋味美妙极了，具体细节嘛，不关你们的事。

很久以后，黑兹尔说："我们有伴了。"

"是啊，拥有彼此。"

"我是说，这儿不止咱们俩。"

"我早就发现了。它刚才爬到我肩胛骨那儿，可我那会儿忙得很，它又没多大分量，所以我没管它。你抓住它，别让它滚下去被我压死，我来让咱们俩分开。"

"好的，不过分开倒不着急。理查，你真是个好孩子。'像素'和我已经决定了：我们要留下你。"

"试试看能不能轰走我！你休想。亲爱的，你刚才说了句挺奇怪的话，你说'按第三地球的时间，三十七天'。"

她抬头看着我，"对我来说，时间更长些。"

"我猜到了。多长？"

"大约两年，地球标准时间。"

"该死的！"

"可是亲爱的，你生病的时候，我真的每天都来看你来着。每天早上到医院，一共三十七次，一次不拉。你每次都认出了我，还对我笑，很高兴看见我。当然，你处在忘川状态，每次都是刚认出我就忘了我。每一次我都是晚上离开，一去就是三个星期。这种安排我倒是没什么，但千面格伊飞得很辛苦，她和机组乘员，或者是双胞胎，或者是希尔达那组。让我起来，亲爱的，猫我抱稳当了。"

我们调整了姿势，躺得更舒服一点。"你那时在干什么呢，跑来跑去的？"

"给时间部队跑外勤，做历史研究。"

"看样子我还是没弄清这个时间部队到底是干什么的。你就不能等等吗？这样咱们俩可以一起做事。难道是因为我还没把时间的事弄清楚？"

"这项任务是我主动要求的，理查。我一直在努力，想查清你和我营救亚当·塞勒涅之后发生了什么事。"

"查清了吗？"

"没有，什么都查不出来。那个事件之后，我们只找到了两条时间线。那件事是个岔路口，你和我同时创造了两个未来。那两条时间线我都追踪了，向下追查了四个世纪，地点包括月球、地球、几个殖民星球和太空生态区。调查的结果是，我们成功了，或者失败了……还有一种情形：今后的历史里根本没有我们的影子。最后这种出现得最多，大多数历史学家根本不相信亚当·塞勒涅只是一台计算机。"

"这个……也就是说，之后的情形比之前差不到哪儿去，对吗？"

"对，但我还是得看看。而且想在你醒来之前调查清楚。我是说脱离忘川状态。"

"你知道，小女人，我觉得你这个人相当不错。对你的丈夫好，对猫好，对其他人也……呃，不该说这个，跟我没关系。"

"说，亲爱的，不然我胳肢你。"

"别威胁我，小心我揍你。"

"提醒你，风险自负——我会咬人的哦。听着，理查，咱俩好不容易才单独在一起，我一直等着你问这个问题。你想知道女色鬼黑兹尔在这难熬的两年是不是保持着贞洁,更准确地说,你不相信她能保持贞洁,只是过于礼貌,不肯直截了当说出来。"

"哎,去你的! 听着,我的爱,我是个月球佬,秉承月球价值观:爱与性由女士们主宰,我们男的唯有接受她们的决定。只有这种安排才能保障大家的幸福。如果你想吹嘘一番如何守贞持节,吹吧;不想吹,咱们就换个话题。反正无论如何,你都别想指责我犯了只有地球佬才会犯的罪孽。"

"理查,你可真是通情达理呀。真是气死我了!"

"真想让我考察你?"

"这才正常嘛。"

"请三次确认。"

"确认确认确认。凡是我连说三遍的话,都是真话。"

"难说,你老是作弊。好,闲话少说,开始。你是朗的家庭成员,对不对?"

她一下子郑重起来,"怎么会说起这个?"

"我也不知道。真的。这只是小事一桩,脑子里随时随地都塞着不少的那种小事,没什么意思,我也不在意。可今晚跟雅可布说话时,我发现我再自然不过地把你当成了朗那一大家子中的一员。我想错了吗?"

她叹了口气,"不,你没想错。可我本来没打算现在就跟你说这个。你瞧,我这会儿算是从那个家放个假,眼下不是它的一员。喂,这可不是我原本打算向你坦白的事啊。"

"那个事等会儿再说。雅可布当过你的丈夫,对吧?"

"对。不过你别忘了,我休假了,离开那个家了。"

"你的假期持续到什么时候?"

"直到死亡把我俩分开的时候。在天条时我这么向你保证过。

理查,今后的历史显示,在那个引发时间线分岔的大事发生期间,你和我是一对儿……知道这个以后,我向那个家族提出离婚,离家放个大假。这个假期很可能意味着一去不回头——这个他们知道,我也知道。理查,我每晚都回来。我是说第三地球的每晚,三十七次……可我一次也没跟那个家的人睡过。我——一般只和夏、乔埃-莫睡。他们对我很好。"她又补充道,"但没和姓朗的睡过一次,谁都没睡过,无论男女。我是你忠实的妻子——按我自己所定义的忠实。"

"我不认为剥夺你的床第之乐有什么意义。这么说你也是拉撒路·朗的老婆之一啰。休假了,但仍旧是他老婆。那个狗脾气的老混蛋!啊,他会不会是嫉妒我?哈,对呀,完全有可能。准是这么回事!他不是月球佬,没有'女士决定'的观念。在他成长起来的那种文明中,嫉妒是最常见的心理疾患。当然是这样!嘿,那个老杂种!"

"不是这样,理查。"

"除非我瞎了眼。"

"理查,拉撒路早就没有嫉妒心理了,多少代之前就从脑子里清出去了……我跟他结婚十三年,我了解他。他不是嫉妒,是担心:担心我,也担心你。他知道这次任务有多危险。他担心所有人的家庭,担心整个第三地球。因为他知道多重宇宙中隐藏着多少危险。保障大家的安全,这就是他的目的。他的整个生命和全部财富都用于这个目的。"

"唉……在这个问题上,我真希望他别那么圣洁,能有点俗人的嫉妒心。"

"我也是。来,接着猫,我得起来撒尿。之后呢,我倾向于再睡会儿。"

"我也是,先撒尿,后睡觉。哎呀呀,下床溜达到厕所,这种感觉真好。比蹦着去强太多了。"

我们关了灯,相拥而眠。她的头枕在我肩上,那只猫不知溜到床上那个旮旯去了。我们都快睡着了,可她嘟囔道:"理查。忘了一个……埃兹拉——"

"忘了什么?"

"他的腿……第一次拄着拐杖用上那双腿的时候。三天前吧……对我大概是三个月前。夏和我祝贺他……跟他睡了。"

"这才叫庆贺嘛。"

"带他上床,累得他散了架。"

"你们这些姑娘够厉害。还有什么要告诉我的?"

她好像睡着了,却又嘟哝了一声,几乎难以分辨,"怀娥明。"

"什么,亲爱的?"

"怀娥明,我女儿。在喷泉玩水的那个小女孩……记得吗?"

"哦,记得!是你的?哎呀,太好了!"

"明天就会……见到她了。给她取了……怀娥姆姆的名字。拉撒路——"

"她是拉撒路的?"

"应该是吧。伊师塔说的。从次数上……应该是他的。"

我努力回忆那孩子的脸。像个小精灵,一头明亮的红发,"样子更像你。"

黑兹尔没有回答,她的呼吸变得缓慢悠长。

猫爪子踏上我的胸口,脸上也被弄得痒酥酥的。"喵?"

"别闹,宝贝,妈妈睡着了。"

猫咪趴下来,同样睡着了。而我的这一天也就此结束,模式跟这一天开始时一样:一只小猫睡在我胸口。

好忙碌的一天啊。

27

"只用于回忆过去的记忆是糟糕的记忆。"

——刘易斯·卡罗尔[1](1832–1898)

"格温多琳,我的爱。"黑兹尔一愣,停下不动了,手里还握着洁牙器。

"什么事,理查?"

"这是咱们的头一个纪念日,一定得庆祝庆祝。"

"我很乐意庆祝庆祝,只是弄不清你这个纪念日是怎么算的。这会儿就庆祝? 早饭来顿大餐还是上床庆祝?"

"两样都要,加一个特别项目。先吃饭,再说其他的。至于我的算法,听好了:今天是我们结婚整整一星期的纪念日。不用你说,我知道,在你看来是两年——"

"我没这么看! 那些时间不算,相当于白糟蹋了,不能算。"

"按我这边看呢,我到这里已经三十七、三十八、三十九天了,差不多就是这么长。但对我来说,并没有三十九天。格温·黑兹尔,忘川状态下的日子不能算进去,我把它们刨掉了。说起来,连我自己都

---

①刘易斯·卡罗尔(1832–1898),英国作家,《爱丽丝漫游奇境》的作者。

不相信那些天真的存在过。要不是我现在有了两只脚——"

"你不乐意？"

"啊，不！只不过，剪脚趾甲的工作量翻番了——"

"喵！"

"你懂什么？你又没有趾甲，只有爪子。你晚上还搔我呢，没错，你就是搔了——别摆出一副什么都没做过的好人样子。我们去哈利法克斯看芭蕾是星期一晚上，6月13日，2188年——我不知道第三地球是哪一年。那天的泰坦尼娅由卢安娜·保琳出演。"

"没错，她真是太美了。"

"她'那时'真是太美了！用过去时态，亲爱的。如果别人跟我说的是实话，她那本不属于人间的美貌早已归于尘土，两千多年前就长眠地下了。愿她安息！看了芭蕾以后，咱俩去了'彩虹尽头'，享用一顿比较晚的晚餐。可一个陌生人不请自来，又品位低劣，居然死在咱那张桌上。就是你强奸我的那张桌子。"

"才不是在桌子上呢！"

"对，不是，是在我的单身公寓。"

"而且不是强奸。"

"这个问题已经不值得争辩了，因为第二天中午之前，你挽救了我那被玷辱的名节——咱们结婚了，我的爱。格温多琳女士和理查·埃默斯博士于2188年7月①的第一个星期二宣布结为夫妻。记住这个日子。"

"我才不会忘呢！"

"我也一样。当天晚上，我们便匆匆离开，还有一大群当局的打手追着脚脖子咬我们。那天晚上，我们是在枯骨增压区过的夜，对吗？"

---

①上文为6月，应是作者的疏忽。

"迄今为止,一点没错。"

"第二天,也就是星期三,结婚的第二天,格雷琴开车送我们去了好运龙增压区。那天晚上咱们在陈博士开的那家旅馆睡的觉。婚后第三天,星期四,坐莉莉贝大婶的巴士去月球香港,路上不太顺利,遇上了一伙过分热情的土改积极分子。之后那段路是你开的车,深更半夜才到夏的旅馆睡觉。时间太晚了,简直不值得上床,但咱们还是上了床。就这样到了星期五,7月4日,独立日①。我说得对不对?"

"核实无误。"

"星期五一大早,我们被闹醒了——我被闹醒了,你早就起来了。我们得知市政当局不喜欢我。但你和大婶为我担保作证,我们慌里慌张离开香港赶往月城。走得太急,我连假发都没来得及戴好。"

"你本来就没戴假发。"

"现在不戴了,但我说没戴假发也没错。同一个星期五,大约十四点,我们到达了月城。咱们之间起了点小冲突——"

"理查! 不用这么挖我过去犯的错吧。"

"——矛盾很快澄清,因为我认识到了自己的错误,请求你原谅我。那天晚上我们在来福士过夜,上床时仍旧是7月4日星期五。那天开始时,我们身处另一个地方,在来福士西边很多公里之外,中间还有自由战士玩枪使炮。你跟得上我吗?"

"跟得上。可在我记忆中,那一天感觉长得多。"

"蜜月怎么都不嫌长,更何况咱们的日子还那么忙碌。第二天是星期六,结婚第五天,我们雇了埃兹拉,去了行政管理中心……回来时在来福士门口碰上了劫道的,于是扔下一堆尸体离开了那个地方。这个过程得到了千面格伊和时间部队的大力协助。这期间还在

---

① 以上日期有误,应是作者的疏忽。

我纯洁的青少年时代生活过的地方短暂停留,满是高高的玉米的故乡。接着,眨巴眼的工夫,我们到了第三地球。亲爱的,从那以后,我这个行星地表生物的日历就没用了。离开月城是婚后第五天星期六,几分钟后到达第三地球。为便于计算起见,我将我们抵达第三地球的日子视同为2188年7月5日星期六。别管第三地球的人怎么称呼那一天,按那种算法我只会越算越糊涂。你跟得上我的话吗?"

"嗯……还好吧。"

"谢谢。我是第二天早上醒过来的,也就是7月6日星期天,醒来时有了两只脚。我承认,按第三地球的日历,期间已经经过了三十七天。你说从你的角度看大约过了两年,这真是难以置信,我宁可相信独角兽和处女的存在。对格雷琴来说,这段时间是五年或者六年。这个我只好接受,因为她显然已经十八九岁了,还怀上了。我不得不相信。但从我的角度看,这只是一个晚上,星期六到星期天。

"在那个'星期天'的晚上,我睡了夏、格雷琴、密涅娃、格拉海德、'像素',可能还有汤姆、迪克、哈利和他们的女朋友希拉、艾格尼丝、梅布尔、贝姬。①"

"这些人是谁呀?我是说那些女孩。那几个小伙子我倒是知道,太熟了②。"

"哈哈,真是个呆萌小傻瓜。太年轻,什么都不懂。这么忙碌,我居然睡得还挺好,真是咄咄怪事。之后就到了昨天,按我的严谨算法,就是7月7日星期一。昨晚咱们接着过咱们的蜜月,把失去的日子找补回来……谢谢你的表现,我的女士。"

"不客气,先生,有福同享嘛。我现在明白你是怎么计算日子的了:你的标准是地球日历加你的生物钟。穿梭时空的人都以这个为

①"像素"之后的人物是随口打趣,所以格温有下面的问题。

②格温把丈夫的胡说八道当了真,以为他说的是她从前认识的某些男人,所以下面被丈夫笑话。

基准。好,今天是 7 月 8 日,星期二,结婚一周纪念日。纪念日快乐,亲爱的!"

我们住了嘴,开始交换唾液。黑兹尔哭了,我的眼睛也有些发酸。

早餐棒极了。我只能说这么一句话,因为黑兹尔招待我的是第三地球风格的大餐。菜单是她跟朵拉商定,还对我用了隔音场。虽说对菜式全无了解,但爱荷华有个农民的墓志铭上说得好:给我什么,我接着就是。"像素"也持同样的态度。为它提供的特餐中有些部分我觉得活像一堆垃圾,但对它来说显然是仙家美味,它的表现也充分证明了这一点。

我们喝完了第二杯——呃,反正不是咖啡,正准备溜达去朗的大宅(这就是我的"特别项目":见我的新女儿——怀娥明·朗)……就在这时,朵拉说话了:

"通知,请注意。涉及范围:时间线、日期、时间与方位。性质为正式通知。请校准各自的计时器。"黑兹尔吃了一惊,赶紧在手袋里掏着,扯出来一件我之前没见过的东西。就算它是计时器好了。"我们目前正处于环绕地球的定常轨道中,位于太阳系内,第三时间线,代码名'尼尔·阿姆斯特朗'。日期是 7 月 1 日,星期二——"

"上帝啊,咱们又回到起始点了! 这是我们结婚那天!"

"别说话,亲爱的! 请安静!"

"——佐治亚州。重复:第三时间线,太阳系,2177 年 7 月 1 日,佐治亚州。计时开始之时,时间将调校为地球东五区。计时开始! 即将对可以接收声控校时的设备发送音频信号——"

音频开始时很低,渐渐升高,最后高得让我耳朵疼。朵拉补充道:"下一次校时与声控校时将于五分钟后开始,以飞船时间或地球东五区时间为标准。用地球的说法,我们进入该时间线的时间是'白天'。黑兹尔,亲爱的,跟你单独说几句。"

"说吧,朵拉。"

"理查的鞋——"(砰,鞋子凭空出现,落在床上。)"——还有他的两身衣服——"(啪。)"——内衣和袜子打包在里面了。需要加几身连身裤吗?你们睡觉时我量了理查的身材。连身裤不用洗,用的是武仙座的料子,不沾灰,也不会磨损。"

"好的,朵拉,谢谢你,亲爱的。你想得真周到。除了城里穿的衣服,我还什么都没来得及给他买呢。"

"我注意到了。"(扑通,又是一个包裹。)朵拉接着说道,"我们整晚都在装货、卸货。我们这艘船是最后一批,0900出发的。我把你们纪念日早餐的事告诉了莱芝,所以她没让拉撒路打扰你们。这里有来自拉撒路的信息:能不能劳驾你们二位起来活动活动,去THQ报到?信息完。本信息实时发自舰桥。"

"黑兹尔吗?这里是莱芝舰长。你们俩能不能1000点离船?我跟我那个不通人情的哥哥说了,你们不可能在十点之前离船。"

黑兹尔叹道:"好的。我们马上去折叠车。"

"好。纪念日快乐!本祝福来自我、萝尔和朵拉。愿你们年年有今日!有你们在这艘船上,我深感荣幸。"

赶到折叠车时,离十点只有两分钟了。我扛着包裹抱着猫,还得适应我的新鞋——更正一下:一只新、一只旧。我发现所谓的"折叠车"指的原来是千面格伊。我们走过一小段通道,直接进了她的右舷舱门。我这次还是没能找到那些经过空间折叠的浴室。波尔伸手扶我们进去。

"嗨,奶奶! 早上好,先生。"

我说了句"早安",黑兹尔一边走一边吻了她的两个孙子——一秒钟都不能浪费了。我们终于坐定,系好安全带。卡斯喊道:"报告安全带情况。"

"乘客安全带固定就位。"黑兹尔报告。

"舰桥,发射准备完毕。"

莱芝回答:"可以发射。"

我们立即身在太空,进入了失重状态。"像素"挣扎起来,我用两只手抱住它。估计它被失重吓住了……可话又说回来,它知道什么是失重? 它本来就没什么分量。

地球在我们右面,应该处于满月状态,但在这么近的距离上,我们无从判断。我们位于北美中部上方。定位如此准确,表明莱芝是个技艺高超的飞行员。如果我们刚才遵循惯例,处在二十四小时轨道上,也就是与地球的赤道同轴旋转,我们这会儿就会在赤道上方,加拉帕戈斯群岛之上。我估计她选择了一条四十度角倾斜轨道,再按照飞船时间(1000点)选择了相应的地球时区。我在脑子里记了一笔:要是还能回到飞船,一定去查查飞行记录,看我猜得对不对。

(飞行员总想揣测其他飞行员的做法。这是职业病,抱歉。)

瞬间飞越三万六千公里,接着,我们猛地插入大气层。格伊张开了翅膀。卡斯压低机首,然后改平机身。我们再一次有了重量,一个标准重力。"像素"却再一次对重力变化表示了不满,甚至比上次更加强烈。黑兹尔伸手过来抱起"像素",抚摸着它,它这才安静下来。我想它觉得在她怀里更安全些。

张开翅膀进入超音速飞行状态以后,格伊基本上成了一个升力体,展开的翅膀让她拥有了大片升力区,可以优雅地滑翔。我们现在的高度是一千米左右,下面是田野,身边是夏日晴空,只有些许积云。美妙啊! 真是让人觉得青春再现的好日子——

卡斯说:"用了这种位移方式,希望你别见怪。要是让格伊决定,她会一次跃迁直接停在地表。她怕防空火力。"

"我才不怕呢,只是做事谨慎。"

"你确实谨慎。她倒也有理由小心谨慎。飞行员通告上说,这颗行星,在这条时间线的这一年,降落时一定要小心防空武器。所有城市都存在这种可能,连大些的镇子都是。所以格伊来了个瞬时移动,位移到防空雷达的探测范围之下——"

"雷达还是测得到。"飞行器说。

"空管雷达或许看得见咱们,但显示的只会是一架亚音速私人飞机。再说我们现在的位置没有空管雷达。"

"太乐观了吧。"飞行器冷言冷语。

"别怨天尤人的了。你发现降落地点了吗?"

"早就发现了。要是你别叽里呱啦说个不住,发出降落指令,我已经落地了。"

"可以降落,格伊。"

我说:"黑兹尔,我原本以为这会儿能和我的新女儿见面呢。我是说怀娥明。"

"别急,亲爱的。这么一会儿工夫,她甚至不会知道咱们出门了。对还不懂事的小孩子就得这样。"

"她不会知道,可我知道。真失望!好吧,降落吧。"

外面的风景闪了一下,我们已经在地面了。卡斯说:"请检查随身行李,以免遗失物品。"我们下了飞行器,又站开了一点。千面格伊随即消失。我迈步走过她刚才占据的空间,前面两百米处就是乔克叔叔的家。

"黑兹尔,朵拉刚才说今天是哪一天来着?"

"2177年7月1号,星期二。"

"跟我记得的一样。可琢磨一会儿之后,我又觉得自己肯定听岔了。现在才知道她说的是实话。七十七年,回到了十一年前的过去。甜心，看见那座破烂谷仓吗？它所在的位置就是我们上周末降落的地点，三天之前。你就是从那儿推着埃兹拉的轮椅朝宅子走。亲爱的，我们现在看见的这座谷仓多年以前就拆掉了，立在那儿的是它的鬼魂。这种感觉真不好。"

"别瞎想了，理查。进行时间跳跃时，这种事再常见不过了。你是头一次回到过去，有这种感觉很正常。"

"可2177年我明明已经活过了呀！我真不喜欢这种悖谬。"

"理查，别把这儿当成你家，把它当成别的地方、别的时间好了。别人谁也不会注意到这种悖谬，所以你也别理会。被人发现你的存在本身就是悖谬——只要别去你自己生活过的时代，无论去哪个时代，发生这种事的可能性都是零……就算去的时代离你的很近，这种事也只有百万分之一的可能性。你年纪轻轻就离开了这里，对吧？"

"离家时我十七岁，2150年。"

"那不就完了？没人会认出你的。"

"乔克叔叔会认出我。我回家看过他几次，当然不是最近，除非你算上三天前的那一趟。"

"三天前那件事，他不会记得的。"

"啊？不会？他已经一百一十六岁了，或者说，从现在起再过十一年，他就一百一十六岁了。这不假，可他还没老到呆傻的程度。"

"你说得对，他既不呆也不傻。还有一件事，你现在多半已经猜到了：乔克叔叔很熟悉时间跳跃的事。事实上，他是第三时间线北美站的主要负责人。昨晚THQ的撤离就是撤到这一站，别跟我说你还不知道这个。"

"黑兹尔，我真的什么都不知道。二十分钟前，我还坐在咱们的客厅里——我猜那时候朵拉还停在第三地球的地面——当时我想的只是要不要再来一杯，或者带你回床上去。从那时起，我过得稀里糊涂,一直拼命想弄出个头绪来。我得说,没成功。我只是个老丘八,一个与人无害的写手。从来没经历过现在这种冒险。唉,别说了,走吧,我带你见见我的西西婶婶。"

格伊降落的地点是乔克叔叔宅子旁边那条路的对面。我们走过那条路,我带着行李、拎着手杖,黑兹尔拿着手袋、抱着猫。几年以前,乔克叔叔在他的农场周边扎了一圈结结实实的防护栏,比那个年头爱荷华州常见的那种结实得多。我离家当兵的2150年,防护栏还没竖起来;后来有一次回来时,它已经就位了,那是……2161年?差不多就是那时候。

防护栏用的是粗大的钢格栅,两米高,顶上还有一道六圈的带刺铁丝滚网。我觉得铁丝网是后加的,我不记得从前有它。

铁丝滚网里还有配了陶瓷绝缘器的铜电线,每隔二十米就有个标识,上书"危险!!!12号主电闸未打开前请勿触碰护栏"。

大门处还有另一块更大的牌子:生化生态研究机构地区办公室,内有放射性物质。

黑兹尔若有所思地说:"理查,看样子乔克叔叔这一年没住这儿。要不就是格伊弄错了,不是这座宅子。我得打个求助电话。"

"宅子没错,乔克叔叔这一年就是住这儿。当然前提是现在确实是2177年,对此我仍旧有所怀疑。这些标识一看就是乔克叔叔干的好事,他对隐私总是看得很重。有一年他甚至挖了条护城河,里面养着食人鱼。"

我在大门右边发现了一个按钮,于是按了按。一个粗哑的嗓门响了起来(装腔作势,准是个演员):"退后半米,出示你的身份证件。抬起脸,再转九十度显示侧面像。本建筑戒备森严,配备了猛犬、毒气和狙击手。"

"乔克·坎贝尔在家吗?"

"说明你的身份。"

"我是他侄子科林·坎贝尔。告诉他,姑娘的父亲发现了他干的好事!"

粗哑嗓门换成了一个我熟悉的声音:"小子,你又惹上麻烦了?"

"没有,乔克叔叔,只是想进去。我还以为你知道我会来呢。"

"有人跟你一块儿吗?"

"有,我太太。"

"她的小名叫什么?"

"去你的吧。"

"别惹我。说出她的小名。"

"我不跟你玩这套把戏。我们走了。下次你见到拉撒路·朗时——或者叫休伯特医生,告诉他我对小孩子的把戏腻味了,不肯玩。再见,叔叔。"

"等等!别动,我瞄着你呢。"我没搭理,转身对黑兹尔说,"咱们走,亲爱的。沿着这条路一直走就能到镇子,只是远得很,但咱们可以搭顺风车。这儿的人很和善。"

"我可以给家里打个求助电话,我在来福士时就打过。"她打开手袋。

"是吗?可我觉得,不管你打给哪儿,打给什么时代、哪条时间线,你的电话都会被转回这里,这幢宅子。如果不是这样,那我对你们那一套可就真的一无所知了。还是迈开步子走吧,轮到我抱这只猛兽猫咪了。"

"好吧。"

我们没能进入乔克叔叔家,或者说THQ的这个分支,可黑兹尔好像一点儿也不发愁。至于我,我高高兴兴、轻松愉快。我有美丽可爱的新婚妻子,不再是个瘸子,我觉得自己比实际岁数年轻了一大截。也不知我的实际岁数到底是多大。天气好极了，只有爱荷华才有这种如在天堂的天气。哦，再过几个钟头，这儿会变得很热（大热天才能长出好玉米），但现在不过十点一刻，温度只是让人觉得暖洋洋的。等到真正热起来的时候，我和我的妻子加猫咪已经进了房间，也许是下一家农场的房间。我想想……是坦戈伊家吗？可现在是2177年，那个老头说不定已经把农场卖了。没关系！

没有本地货币，我不在乎；没有任何可用的资源，我也不在乎。爱荷华的美丽夏日就是这样，它让人无忧无虑。我可以打工，哪怕只能找到份施肥的工作也没关系。晚上和周末我还可以另外找份档次相当于施肥的零工：现在是2177年，埃弗林·芬格哈特还没退休，我大可以另起些笔名，把我的那些俗滥故事再卖给他一回。还是那些老故事，只消把章节序号变一下就行。

章节序号变一变，情节作点改动，稍加粉饰，前后文掉个个儿，成了！这就是文学之路的诀窍。当编辑的总是声称他们想要新故事，却从不购买新故事；他们要买的其实是"新瓶装旧酒"。因为付费顾客想要的是娱乐，而不是出乎意料，也不是受教育、受惊吓。

如果人们当真追新求异，棒球两百年前就消失了……可它却仍旧那么受欢迎。一场棒球比赛中能发生什么新鲜事？哪一件不是每个人早已见过无数次的？可大家就是喜欢看！嘿，我这会儿就想看一场棒球赛，再来点热狗、啤酒。

"黑兹尔，你喜欢棒球吗？"

"从来没看过，所以不知道喜欢还是不喜欢。抗衰老药物出现以后，我来到地球读法律，却一直没机会看棒球，连在电视里看都没机会。法律学校的功课太紧张，忙死我了！很久以前的事了，那时我还叫'赛蒂·利普西茨'呢。"

"为什么？你说过你不喜欢那个名字。"

"真想知道？对'为什么'的回答永远是'钱'。"

"不说算了。想让我知道的时候，你自然会告诉我的。"

"坏蛋。那时斯利姆·莱姆基勒①刚死不久，我——天哪，什么东西这么吵？"

"这叫汽车。"我四下张望，寻找声音的来源。

爱荷华人最牛逼的事就是拥有和驾驶一辆二十世纪"汽车"的复制品。这种风尚大约始于2150年，或者更早一点。参军那年，我平生第一次见到了这种玩意儿。当然不可能是真正的汽车，行驶时燃烧石油的那种——就连南非人民共和国都立法禁止向大气中排放毒气。这类复制汽车的驱动设备已经密封隐藏，所谓"一升排量引擎"的声音仅仅来自录音磁带。但听上去，复制汽车的声音和真正的"汽车"区别不大。

开来的这一辆简直是所有复制汽车中最炫的。一辆福特T型旅行车，1914年款——高贵得活像维多利亚女王。这辆车属于乔克叔叔……一听到那种仿佛来自地狱的轰鸣，我就猜到了。

我对黑兹尔说："来，抱着'像素'，摸摸它。它绝对没听过这种声音。慢慢去路边，这种东西开起来很不稳定。"我们继续沿着路走，复制汽车驶到我们身旁，停下。

"要搭便车吗，伙计们？"乔克叔叔问。到了近处，那种声音更加恐怖。

我转过身，朝他露出笑脸，动着嘴巴，却一个字也不说。

"你说什么？"

乔克叔叔伸手关掉音源，我这才说道："谢谢，乔克叔叔。这动静把我们的猫吓着了，真谢谢你关掉了它。你刚才说什么？引擎声太大，我没听清。"

---

①《严厉的月亮》中的人物。

"我问你们想不想搭个便车。"

"哎呀,真谢谢你。你去格林内尔镇上吗?"

"我是想送你们回家。你干吗走了?"

"你知道为什么。是谁让你来追我们?休伯特医生、拉撒路·朗,或者他本周选用的其他名字?如果是他,他为什么让你来接我们?"

"还是先给我作个介绍吧,侄儿。请原谅我不能下车,女士。这东西太不好控制了。"

"乔克·坎贝尔,你个老山羊。别假模假样装得不认识我!不然我阉了你。你最好相信我的话!"

乔克叔叔吓了一大跳,不知所措。这还是我记忆中的头一回。"你说什么,女士?"

黑兹尔看见了他的表情,赶紧说:"我们的时间没对上?真对不起。我是赛蒂·利普西茨少校,属于时间部队,受命执行大魔王行动。我和你第一次见面是在布恩多克,十年前,我是说我的年份,我的主观时间。你还请我到这儿做客,我也来了,我记得是2186年。时间对上了吗?"

"对上了,显然是时间差异问题,少校。很高兴见到你。更高兴的是得知我还会见到你,我期待着那一天的到来。"

黑兹尔回答:"我们那一天过得很愉快,我向你保证。而现在,我嫁给了你侄子……可我刚才说得没有错,你确实是头老山羊。从你的玩具车上下来,使劲儿亲亲我。"

我叔叔马上下车。黑兹尔把"像素"递给我。全靠这个,它才得以活命,没被挤死。过了好一会儿,老山羊才说:"不,我以前肯定没见过你;这个亲法,我不可能忘记。"

黑兹尔回答:"见过,我们以前见过,我是不会忘记的。上帝,再见到你真是太好了。乔克,你一点儿也没变。你上一次做回春手术是什么时候?"

"五个我的年份前,我现在正是好年头。只是我没让他们把我的脸弄年轻点。你呢,上次是什么时候?"

"我的五个主观年前,大概吧。本来不是时候,可我打算嫁给你侄儿,需要做点美容。我做了全套。幸好做了——你侄儿跟你一样,也是只好色的山羊。"

"这个我再清楚没有了。他当兵入伍就是因为人家逼得太紧,把他逼得没路走了。"(彻头彻尾的谎言!)"你的名字真的叫赛蒂?拉撒路给我验证的名字不是这个呀。"

"我想用哪个名字是我自己的事,我跟拉撒路一样有这个权力。哎呀,我真高兴他们昨晚把THQ转移到你这儿了!再亲亲我。"

他这么做了。终于,我温和地说:"在公共地面上别这么干,伙计们,特别是这种保守的乡下地方。这里可不是布恩多克。"

"管好你自己的事吧,侄儿。赛蒂,司令部不是昨晚转移过来的,是三年前。"

28

"大多数人永远是错的。"

——拉撒路·朗(1912-　　)

我们掉头向宅子驶去。黑兹尔和乔克叔叔在前座,"像素"和我跟行李一块儿待在后座。为了照顾"像素",复制汽车关了音响,开起来安静得像个幽灵。(幽灵行动时真的无声无息吗? 这种传说最初是怎么来的?)听见乔克叔叔的声音后,宅子的大门敞开,没有射出致人死命的武器。也不知这种武器到底是否存在。以我对乔克叔叔的了解,恐怕真的有——但不是牌子上广而告之的那些。

提尔婶婶和西西婶婶在门廊迎接我们。乔克叔叔进屋后,两位婶婶用农村人的热情劲儿热烈欢迎我的妻子加入这个家庭。之后,我把猫咪递给黑兹尔,接受了婶婶们的亲吻。其热烈程度不亚于叔叔亲吻黑兹尔,只是我和婶婶之间没有搅得大家稀里糊涂的时间差异的问题。天哪,回家真好! 不考虑叛逆的青春期的话,我一生中最美好的回忆全都跟这座老宅联系在一起。

现在,也就是2177年的西西婶婶比我上次见她时显得更成熟些。上次见她是什么时候? 2183年? 这是一条线索,认真分析之后，我总算明白了提尔婶婶为什么看上去总是那个年纪，一点也没变。时不时去趟布恩多克真是妙用无穷啊。

也就是说，这一家三口——不对，是一家四口，还有一位贝尔登婶婶——都参了军，服役五十年，而青春不老之泉就是从军回报之一。是这样吗？

乔克叔叔的新陈代谢年龄只有三十岁，但面貌、脖颈和双手仍旧维持着老年人的形象，以免伪装暴露。是这样吗？（不关你的事，理查！）

"贝尔登婶婶呢？"

"她去得梅因了，整个白天都不回来。"提尔婶婶回答，"她会回家吃晚饭。理查，我还以为你在火星呢。"

我研究了一番脑子里的日历，"回头想想，我确实在火星。"

提尔婶婶盯着我，眼神锐利，"你在做时间跳跃？"

乔克叔叔正好赶到，"住嘴！这类话题是禁止的。你们都知道这个，大家都要严守条令。"

我立即说："我用不着遵守条令，不管是哪儿的条令。对，提尔婶婶，我是在做时间跳跃，从2188年过来的。"

乔克叔叔瞪着我。我十岁、十二岁时，常常被那种眼神吓得心惊胆战。"理查·科林，这是怎么回事？休伯特医生告诉我你受命来时间部队司令部报到。我刚刚进屋给他打电话说你已经到了。从没有哪个未经宣誓、不受条令约束的人进过司令部；就算有这种人，他进去以后也别想再出来。你早些时候还说你没惹上麻烦！还是别撒谎了，给我老实交代。只要有办法，我一定会帮你的。血浓于水嘛。说吧。"

"反正就我所知，我没惹上麻烦，叔叔。但休伯特医生总想把麻烦事塞给我。你说我进了时间司令部就别想再活着出来，你是当真的吗？我没宣誓入伍，也不受条令约束。如果真是你说的那样，那我还是别进去报到了。提尔婶婶，我们单纯在这儿住一晚行吗？会不会让你为难？或者让乔克叔叔为难？"

提尔婶婶没和乔克叔叔商量，连眼神交流都没有，径直回答："你当然得在这儿住，理查，你和你可爱的妻子。欢迎你们今晚住这儿，想住多久就住多久，而且随时欢迎你们再来。这是你的家，永远都是你的家。"我叔叔耸了耸肩，什么都没说。

"谢谢。这些行李放哪儿？我的房间吗？我还得安顿这只凶猛的猫科动物。杂物间能找到沙盒什么的吗？'像素'已经吃过早饭了，但还可以再来点牛奶。"

西西婶婶走过来，"提尔，这只猫交给我好了。真可爱！"她伸手抱猫，黑兹尔把"像素"递给了她。

提尔婶婶说："理查，你的房间住了一位客人，戴维斯先生。嗯，让我想想，现在是七月，三楼朝北那间应该最适合你和黑兹尔——"

"'黑兹尔'！"乔克叔叔打断了她的话，"这就是休伯特医生给我的验证词。赛蒂少校，黑兹尔是你的名字之一吗？"

"对，黑兹尔·戴维斯·斯通。现在是黑兹尔·斯通·坎贝尔。"

"'黑兹尔·戴维斯·斯通'。"提尔婶婶插嘴道，"你是戴维斯先生的小女儿？"

我的妻子猛地激动起来，"这要看是哪个戴维斯先生。很久以前我叫黑兹尔·戴维斯。你说的戴维斯先生是曼尼尔·戴维斯吗？曼尼尔·加西亚·奥凯利·戴维斯？"

"是呀。"

"我爸爸！他在这儿？"

"他会回来吃晚餐，我希望。可我也说不准——他有他的工作。"

"我知道。我加入时间部队已经四十六个主观年了，爸爸差不多也是这么长，我想。你知道时间部队是怎么回事，我们基本上见不着。哦，上帝啊！理查，我要哭了。快让我别哭！"

"我吗？女士，我不认识你，只是在这儿等公交的路人一个。不过你可以用我的手帕。"我把手帕递给她。

她接过手帕拭着眼睛，"你真气人。提尔婶婶，他小时候你真该多打他几次屁股。"

"跟我这个婶婶说，你是找错人了，亲爱的。揍他的是艾比盖尔婶婶，现在已经与主同在了。"

"艾比婶婶可凶了。"我说，"拿鞭子抽我，还乐在其中。"

"她该换成根大棒子才对。提尔婶婶，我真想马上见到曼尼爸爸，我们太久没见了。"

"黑兹尔，你见过他——就在那儿。"我朝那座旧谷仓前一指，"仅仅三天前。"我又迟疑着说，"要不，应该是三十七天？或者三十九天？"

"不，不，理查！都不对。应该按我的时间算，我的主观时间。照这种算法，我跟爸爸已经两年没见面了。"黑兹尔对其他人解释道，"这些事理查还不习惯。他刚入伍，按他的主观时间，上周才入伍。"

"可我没有入伍啊。"我反驳道，"所以我们才会到这儿来。"

"等着瞧吧，亲爱的。乔克叔叔，这倒是提醒我了——我想跟你说件事，这件事呢，又有点违反条令。我倒不觉得怎么样，我是月球佬，从不遵守我不喜欢的规定。可你真的那么严守条令、坚决不听'剧透'吗？"

"这个嘛——"乔克叔叔慢吞吞地说。提尔婶婶窃笑不已。乔克叔叔转身喝问："女人，你笑什么笑？"

"你说我吗？我没笑啊。"

"呃，赛蒂少校，我的职责要求我严格遵照条令办事。你的那件事，我应该知道吗？"

"我的看法，是的。"

"这是你代表官方的看法吗？"

"嗯，这么说的话……"

"算了算了。也许你最好还是告诉我，再由我来判断好了。"

"遵命，先生。十一年后，2188年7月5日星期六，THQ会转移到第五时间线的新港，你会一同前往，带着你的家产。"

乔克叔叔点点头，"条令禁止透露的正是这类信息。有了这种信息，人们会做出相应的反应，影响、改变原本的现实，导致差异，甚至恐慌。但我不一样，我可以镇定地接受此类信息，并且善加运用。呃……我能问问为什么要转移吗？我应该不大可能一起转移，家产就更不可能了。这是个真正的农场，能最好地起到伪装作用。"

我打断了他的话，"叔叔，我不受任何愚蠢条令的约束，想说什么就能说什么。情况是这样：西岸那些头脑发热的蠢货终于把言论付诸实施了，他们脱离了。"

乔克叔叔眉头一挑，"不会吧——真的吗？我还以为他们永远不会迈出这一步呢。"

"他们真这么干了。2188年5月1日。等到7月5日，就是黑兹尔和我来到这里的那一天，洛杉矶人占领了得梅因。这附近到处落炸弹。今天你说你不会走，但我知道，到那时你会走的。当时我在场。我是说，我会在场。你可以问休伯特医生－拉撒路·朗，他那时的看法是这里变得太危险，不能待了。问他好了。"

"坎贝尔上校！"

我听出了是谁的声音。我转过身，"嗨，拉撒路。"

"这种话是严格禁止的,懂吗?"

我深吸一口气,这才对黑兹尔道:"这个人就这样了,永远别想改。"接着对拉撒路说,"医生,自从我们第一次见面,你就一直想让我在你面前立正敬礼。这一套行不通。我这些话,你那个脑子能听明白吗?"

拉撒路·朗一定在某个地方、某个时候接受过控制情绪的正规训练。我能看出他正在运用这种训练克制怒火。严格的训练让他挺过了三秒钟,接着,他说话了,声音很轻、很低:

"让我对你解释一下吧。这类话对你的谈话对象十分危险。我是说,运用得自时间跳跃的知识发布预言。你从你自己的过去得知了某种信息,又把这种信息告知相关者,让他知晓他的未来。这种事是对他的伤害,这是经过反复证明的事实。

"至于为什么会产生这种效果,我建议你向负责时间问题的数学家请教,比如雅可布·巴罗斯博士,或者伊丽莎白·朗博士,或者时间部队数学部的随便哪个人。你还可以向历史学家小组求证,看看这种事所造成的破坏。这种案例还可以在司令部档案中查询,档案代号'卡桑德拉',之后再看看档案代号'占卜者'。"

朗转身对乔克叔叔道:"乔克,出了这种事,我很抱歉。但愿发生在2188年的事不会影响你现在的生活。我本来不打算在你的侄儿受训服从时间部队的严格纪律之前把他带到这里来——照我的想法,以后也不会带他来。我们确实需要他,但我们原本打算让他在布恩多克入伍,这样就不用带他来司令部了。可他拒绝应征。你能劝他改变主意吗?"

"我不知道我对他还有多少影响力。你怎么说,小子?想听听时间部队的职业规划有多棒吗?可以说,你就是时间部队养大的——这是事实。我加入的时候,本地司法官正打算拍卖这座农场,把它从我们这儿一把夺走。你那时还是个小孩子,可你应该还记得咱们有一段日子只能吃玉米面包,其他啥都没有。那之后,日子越过越好,再也没坏过——还记得吧?那时你大概六岁左右。"

我仔细想了很久,"对,我记得。好像记得。叔叔,我并不反对加入时间部队。你在这支部队里,我妻子也在,我的几个朋友也是。可拉撒路一直想骗我进去。我得知道他们想让我做的是什么,为什么要这么做。他们说想让我执行一项任务,能活着回来的可能性只有一半。这种情况下,退休待遇之类的就没什么谈头了,没意义。我可不想把这条命随随便便交给司令部里哪个坐在椅子里从不动弹的家伙。我得知道这项任务有意义,只有在这种情况下,我才愿意冒生命危险。"

"拉撒路,你想交给我孩子的到底是什么任务?"

"银河大魔王计划中的'亚当·塞勒涅'任务。"

"没听说过。"

"知道了也必须忘掉。因为你没有加入这次行动,这次行动也没有安排在这个年份。"

"这样的话,我怎么劝说我侄儿?至少给我简要介绍一下吧。"

黑兹尔说话了,"拉撒路,你这一套还是收起来吧!"

"少校,我正和THQ站点负责人讨论工作。"

"去你的!你玩的还是老把戏,想哄骗理查在一无所知的情况下冒生命危险。当初我同意你的方案,因为那时我还不了解理查。现在我了解他了——而且尊重他。我为我以前的做法感到羞愧。但我毕竟作过努力,想让他加入……只差一点就成功了,可你硬生生闯进来。结果不出所料,你把一切搅了个乱七八糟。我告诉过你,高层圈子应该努力说服他。我告诉过你!可现在呢,你想方设法让理查最亲近的亲戚——几乎就是他的父亲——来替你向他施压。你真不要脸！带理查去圈子里，让他们解释……要不就放他回家去！别磨磨叽叽的，做啊！"

叔叔宅子里的那个小间，我以前一直以为是个壁橱，结果发现它里面竟然像一架电梯。拉撒路·朗和我一起进去，他关上房门，我这才注意到，一般电梯布置楼层数字、按钮的地方，这架电梯里只有一块显示板，上面是发光的符号。我起初以为是黄道密图，后来又觉得不像：没有蝙蝠图案、没有黑蜘蛛，更没有剑龙标识。

显示板上是一条蛇，正在吞吃自己的尾巴。衔尾蛇。好一个恶心图案。拉撒路伸出手，放在上面。

这个壁橱，或者电梯间，或者小房间——变了。具体怎么变的，我没把握。总之它闪烁了一下，接着就变了个模样。"这边走。"拉撒路说，推开出现在房门远端的另一扇门。

门后是一条长长的走廊，一直向前延伸。从长度看，它怎么也不可能放进我叔叔的宅子。从长廊上的窗户望出去，外面也完全不是农场风光。地形地貌很像爱荷华州，这倒不假，但却是未经开垦的爱荷华土地，绝对不是农场。

我们踏进走廊，才踏进去，忽地便到了走廊尽头。"那边。"拉撒路一指前头。

石墙上出现了一道拱门。拱门另一边阴沉沉的。我转头想跟拉撒路说话，那人竟然消失不见了。

我暗自咬牙：拉撒路，早告诉你别跟我玩花样……我要掉头回去，走过那条长长的走廊，回到乔克叔叔家，找到黑兹尔，然后开路。我受够了，再也受不了他这些把戏了。

身后没有走廊。

我下定决心，再见到拉撒路时，一定要在他脑袋上来一下狠的。我走上唯一一条路，走过拱门。那边仍是一片昏暗，但前面一点的地方总是亮着一盏灯。过了不多久,大约五分钟或者更短些,前面变成了一个宜人的小客厅,亮堂堂的(也不知道亮光来自哪里)。一个毫无起伏的刺耳声音道:"请坐下,等候召见。"

我在一把椅子上坐定,放好手杖。旁边一张小桌上放着几本杂志、一份报纸。我每样都翻了翻,想找出点儿跟现在年代不符的事,却一件也没发现。标点符号全是我记忆中的七十年代的老样子,报刊的日期都是2177年7月,或者更早些。报纸是《格林内尔先驱报》,发行日期为2177年6月27日,星期五。

《先驱报》算不上让人兴奋的读物。叔叔订阅的是《得梅因日报》,每天打印出来,当然还少不了《堪萨斯星报》。我们那份本地报纸上只有些校园消息、本地通告,还有那种尽可能让本地人名多多露脸的所谓"新闻"和"社区信息"。

我正想放下报纸,一则广告吸引了我的注意力:7月20日星期天,得梅因市立歌剧院将上演《仲夏夜之梦》,仅演一晚。最有轰动效应的是:泰坦尼娅一角将由卢安娜·保琳出演。

我读了两遍……然后决定要带黑兹尔去看,作为我们纪念日的特别项目。我是在天条生态区的首日(尼尔·阿姆斯特朗日)舞会上结识格温多琳·诺瓦克的,时间也是7月20日,离现在正好一年(别理会时间跳跃那一套了)。眼前这场芭蕾可以让我们重温结婚那天的幸福(当然,这一次不会有哪个笨蛋破坏我们的聚会,死在我们的餐桌边)。

看过失重环境中的《仲夏夜之梦》以后,回头再看地球重力下的同一剧目,会不会觉得失望? 不,没有关系,这本来就是一趟怀旧之旅。再说卢安娜·保琳的名气本来就是在地球重力环境中打响的(将会打响,理应打响……)。两相对比,肯定非常有意思。我们还可以去后台见她,告诉她我们在三分之一个标准重力的天条生态区欣赏过她的演出,同样是饰演泰坦尼娅。哦,得了吧,天条的出现还得再等三年呢! 我开始明白为什么条令禁止大家乱说话了。

总而言之,在尼尔·阿姆斯特朗日,我将为我美丽的新娘献上这么一份动人的纪念之旅。

我正看着报纸,墙上的一幅抽象图案变成了亮闪闪的字母,拼出一句话:恰逢其时的干预能拯救九十亿条性命。

就在我眼前,它又变成了另一句:神兵天降能够纠正谬误。

接着:早起的虫儿是找死。

另一句接踵而至:别用力太猛,结果会让你后悔的。

我正在琢磨最后一句的意思,它却蓦地变成了"你干吗盯着一堵光秃秃的墙壁看个不停?"——眼前的墙壁还真的变得光秃秃的。然后,图案出现了。衔尾蛇。那个让人恶心的圈子里还有字母,互相追逐着,最后形成一句话:从混沌中创造秩序。下面还有一行字:衔尾蛇圈。

图案消失,取而代之的是另一座拱门。那个刺耳的声音再次响起:"请进。"

我抓起手杖,穿过拱门,被倏地位移到一个很大的圆形房间中央。真是服务周到得过了头。

四周是一圈约一米高的台阶,上面坐着十来个人。这种布置就像个圆形剧场,主角是站在中央的我……这里的"主角"不是个好词儿,被牢牢钉在显微镜下的昆虫也是这类主角。那个刺耳的声音说:"说出你的全名。"

"理查·科林·埃默斯·坎贝尔。这算什么? 讯问吗?"

"从某种意义上说,是的。"

"你们现在就可以休庭了。我不跟你们玩。如果有谁该接受讯问,那应该是你们才对。因为我不想从你们那儿获取什么,而你们好像想从我这儿获取什么。应该是你们来说服我,而不是相反。记住这一点。"

我缓缓转身,打量我的这些"法官"。我发现了一张友善的脸,希尔达·巴罗斯。这个发现让我感觉好多了。她向我抛了个飞吻,我回了她一个。但我还是觉得非常诧异。如果是在一个致力于优雅和美丽的团体中发现她,我一点也不会觉得奇怪……但她不应该出现在眼下这批人中间。就我所知,这个圈子集合的乃是所有历史、所有宇宙中最有权势的人物。

我又认出了另一张脸:拉撒路。他朝我点点头,我也点了点头。他说:"请不要急躁,上校,应该遵循规章制度。"

我说:"既然没被废除,说明这些规章制度有它们的用处。我站着,你们却全都坐着,说明这种规章制度的目的在于确立你们的主宰地位。所以,让你们的制度见鬼去吧!十秒钟内,如果我还没有一把椅子,我就离开这里。我看你那把就不错。"

那个发出刺耳声音却看不见的机器人将一把软椅送到我的身后,速度之快,让我没有任何离开此地的借口。我坐了下来,手杖横放膝头。"舒服了吗?"拉撒路问道。

"是的,谢谢你。"

"那就好。下一项仍旧是规章制度所规定的:成员介绍。我想这一项你不会反对吧。"

刺耳的声音再次响起,报出成员的姓名。正是这些"委员"所组成的衔尾蛇圈控制着无所不能的时间部队。每次报出一个名字,我的椅子都自动面向那位委员,但我却察觉不到一丝转动。

"莫比亚斯·托罗斯先生,代表巴索姆,第一时间线,代号'约翰·卡特'。"

"巴索姆"?不可能!可我还是不由自主起身鞠躬,对方回以一个温和的微笑,加上一个祈福的手势。他非常老,皮包骨头,还佩着一把剑,但我相信他已经多少世代没动过那把剑了。他穿着一身很像佛教僧侣袈裟的袍服,褐红色皮肤,比北美所谓的"红皮肤"更红。一句话,他正是有关巴索姆的传说中所描述的那般模样。当然,简单化个装也能产生这种效果,再加上几米布料、一把道具宝剑就行。

那我为什么要站起来?因为艾比婶婶用鞭子教会了我一定要尊重长辈?才不是呢!一看见他,我就知道这绝非假货,他正是那个人。这个判断很不科学,但这丝毫不影响它的正确。

"智慧之星夫人,九十个宇宙的仲裁者,诸多时间线的混合体,代号'克拉诺'。"

智慧之星夫人对我微笑,害得我几乎坐不稳当了。智慧方面我无从评判,但我坚信:任何有高血压、心血管病史的男性都不应该靠近她。她的个子跟我一样高,甚至比我更高,体重也超过了我——全是肌肉,没有一丝累赘,除了她的乳房和那一层勾勒出女性身体线条的薄纱。以爱荷华的标准,她穿得太少,以布恩多克的标准则太多了一点。

她也许不是她所掌管的众多宇宙中最美的女人,但她肯定是最性感的,那种含而不露、女童子军式的性感。单单从她所在的房间走过,就足以让一个男孩变成男人。

"伍德罗·威尔逊·史密斯,霍华德家族的长者,第二时间线,代号'莱斯利·勒克罗克斯'。"拉撒路和我彼此点头致意。

"朱巴尔·哈肖博士,第三时间线,代号'尼尔·阿姆斯特朗'。"

哈肖博士笑着抬手致意,像敬了个礼。我也用同样的方式和他打招呼。我在心里暗记一笔:如果有机会,比如回到布恩多克以后,一定得揪住他不放,好好问问他"来自火星的人"[1]的事——哪些是真

①指《异乡异客》的主人公。

的,哪些是传奇故事?

"希尔达·迈克·巴罗斯博士,第四时间线,代号'巴洛克斯·欧迈利'。"希尔达和我笑脸相对。

"特德·史密斯中校,第五时间线,代号'杜克森'。"史密斯中校一副运动员身板,方方的下巴,冰蓝色眼睛。他穿着一身没有任何勋章饰件的灰军装,枪套里插着手枪,戴着一对镶珠嵌宝的手镯。

"约翰·斯特林船长,第六时间线,代号'尼尔·阿姆斯特朗平行时间线'。"我望着我少年时代的英雄,心里有些怀疑我是不是睡着了,眼前的一切只是个栩栩如生的梦。黑兹尔曾经反复告诉我,她的太空歌剧的主人公是个真人,不是虚构……可就算一而再再而三听到那个行动代号,"银河大魔王计划",我仍旧不相信斯特林船长真的存在。而现在,他就在那里,大魔王的死对头就在我眼前。

真的是他吗?证据呢?

"空军元帅塞缪尔·波克斯,第七时间线,代号'费尔-艾克'。"波克斯元帅身高超过两米,体重至少一百一十公斤,全是肌肉,加上一层可以媲美犀牛的皮肤。他一身漆黑的军装,一脸凶相,给人一种黑豹般的美感。那双属于丛林的眼睛怒视着我。

拉撒路宣布:"达到法定人数,圈子封闭。由希尔达·巴罗斯博士代表圈子发言。"

希尔达对我笑笑,说:"坎贝尔上校,我被授权向你说明我们的目的,以及我们将采取的部分措施,让你得以了解我们希望你从事的任务的意义所在,为什么必须完成。你可以随时打断我的话,可以反驳,也可以要求我提供更多细节。我们的计划是讨论到午饭时间,但也可以讨论十年,甚至更久,需要多久就多久。"

波克斯元帅打断她的话:"巴罗斯夫人,愿意和他讨论多久是你的事。我只待三十分钟。"

希尔达说："塞缪尔，这话你应该对主席说。要走也行，等你发了言以后。着急的话，你现在就发言吧。首先，请说明你的工作、负责领域。"

"为什么非得宠着这个人？要求我向一个新兵解释我是干什么的，这种事我从来没见过。太荒唐了。"

"我不得不坚持请你这么做。"

空军元帅一声不吭，在椅子上向后一靠。拉撒路说："塞缪尔，我知道没有这种先例，但所有委员——包括今天不在场的三位——都一致认定：'亚当·塞勒涅'任务对银河大魔王行动至关重要，银河大魔王行动又对博斯康战役至关重要，而博斯康对我们的远景方案又至关重要……坎贝尔则是'亚当·塞勒涅'任务中不可缺少的核心环节。在这个问题上，圈子已经达成一致，没有反对意见。我们需要坎贝尔效力，发自内心、竭尽全力。所以我们必须说服他。你不是非得第一个发言……但如果你打算三十分钟后离开，你最好先讲。"

"如果我不愿说呢？"

"那是你的问题。你和大家一样，随时有权辞职，退出圈子；而圈子也有权结果了你。"

"你威胁我？"

"不是威胁。"拉撒路看了手腕一眼，"在圈子已经做出一致决定的情况下，你仍旧耽搁了四分钟。如果你打算服从大家的决策，请抓紧。你的时间不多了。"

"哦，好吧。坎贝尔，我是时间部队武装力量司令……"

"更正一下。"拉撒路·朗打断了他，"波克斯是参谋长……"

"这是一回事！"

"不是一回事。建立这个制度的时候，我是有意这么做的。坎贝尔上校,时间部队有时会直接出手,干涉历史上发生的战役。多重历史上发生的战役。时间部队中的历史学家委员会致力于寻找历史的转折点,在这些转折点上,更明智地使用武装力量,改变历史的进程。以我们有限的智慧,我们认为这些经过改变的历史更有益于人类这一种族。补充一句,这一政策影响了'亚当·塞勒涅'任务,也会被后者所影响。如果圈子决定采纳历史学家的意见,时间部队就会实施军事行动,由圈子挑选一位司令官负责指挥。"

拉撒路转身直视波克斯,"空军元帅波克斯是一位优秀的军事指挥员,也许是所有历史上最优秀的。圈子经常选拔他担任司令官。但司令一职只与特定的某一次行动相对应,并由圈子指派人选。行动结束,司令解职。这一政策的目的是防止军事指挥官掌握绝对权力。我还必须补充,在圈子中,参谋长只是观察员,不是委员,也没有投票权。塞缪尔,你还有什么要补充的吗?"

"我的话都被你说完了。"

"那是因为你在拖延时间。如果我的话有什么不足之处,欢迎补充、更正和进一步说明。"

"哦,没有。演说方面,凭你的本事,可以给别人上课。"

"你仍然想离开吗?"

"你的意思是让我走?"

"不是。"

"那我就多待一阵子。我想看看你们拿这个小丑怎么办。为什么不干脆征召他入伍,再派他执行'亚当·塞勒涅'任务?一看就知道,这人是个犯罪分子。瞧他的颅骨,还有他对上级的态度。在我的故乡星球,我们从来不搞志愿参军那一套。志愿者全都吊儿郎当不可靠……我们也没有犯罪分子,因为只要发现这种苗头,立即征召。犯罪分子能成为最好的战士——前提是早早弄进军队,用钢铁纪律管束他们,让他们对自己的班长怕得要死,比怕敌人还怕。"

"够了,塞缪尔。未经邀请,请勿发表意见。"

"我还以为你最支持言论自由呢。"

"我支持言论自由,但世上没有免费的午餐。想发表演说,你可以自己出钱租一间会议厅,而这一间是圈子付费。希尔达,请你讲话。"

"好的。理查,我们的数学家和历史学家所建议的大多数干涉项目都不涉及大规模暴力,而是采用最不易察觉的手段,由单个外勤特工执行……你的妻子黑兹尔就是这样的外勤特工。干这种偷鸡摸狗的勾当时,她跟狐狸一样狡猾。'亚当·塞勒涅'任务的内容你已经知道了,至于为什么要这么做,我相信你还不清楚。改变历史会造成后果,但究竟会造成什么后果呢? 我们的分析手段还无法充分预言。大到在一场关键战役中让某一方掘壕固守,小到某个晚上给某个高中生提供一个避孕套,免得拿破仑或者希特勒之类的人物呱呱坠地——我们希望能最大限度地预见到后果如何,但目前还无法做到。一般的做法是这样,径直下手,再派遣一个外勤特工前往由此产生的新的时间线,向我们汇报所发生的改变。"

"希尔达,"拉撒路说,"我能提供一个糟糕到极点的例子吗?"

"当然,伍迪,只是请讲快一点,我还打算午饭前说完呢。"

"坎贝尔上校,我的那个世界和你的一模一样,直到1939年。当然,和大多数时间线一样,真正的不同产生于太空时代初期。你我的世界都有滑向宗教偏执狂的倾向。在我那个世界,宗教狂热的高峰是由一个名叫内米亚·斯卡德尔的电视福音传教士造成的。他鼓吹的那一套并不新鲜,硫黄烈火之类,但宗教狂热的高峰正好赶上失业高峰、公债居高不下、通货膨胀。各种因素汇合起来,造就了一个我那个世界前所未有的宗教极权政府。

"圈子安排了一次行动,干掉内米亚·斯卡德尔。不是笨手笨脚的刺杀,而是希尔达刚才提到的那种:一个高中小伙子,本来没有避孕套,我们的外勤特工给了他一个,日后将成为内米亚·斯卡德尔的小杂种于是没有出生。我所在的第二时间线就此分岔。第十一时间线出现了,跟第二时间线一模一样,只是没有内米亚·斯卡德尔先知。肯定是个更美好的世界,对吗?

"错了。在我的时间线,第三次世界大战——核大战,有时也叫别的名字——重创了欧洲,但没有扩散到欧洲之外。那位先知统治之下的北美决定不介入国际事务。而在第十一时间线,那场战争开始的时间提前了一点,在中东爆发,一夜之间便扩散到了全世界。一百年后,在从前地球的绿色山丘之间,仍然无法找到任何高于蟑螂的生命形式。你接着讲吧,希尔达。"

"给我这么好的例子,真是谢谢死你了!那颗夜色中仍旧散发着辐射光的星球再有力不过地表明,我们需要更好的预测手段。我们希望能用亚当·塞勒涅——主控计算机'福尔摩斯四号',又名'迈克'——将第三地球以及其他一些行星上最强大的计算机联结起来,统合成为一个巨型逻辑线路,能够准确预计微调历史所引发的变化。亚当·塞勒涅的程序和记忆库让他成为独一无二的、能胜任这一工作的计算机。这样一来,我们就不会犯下这样的错误:拿掉内米亚·斯卡德尔,换来一颗被彻底摧毁的行星;前者可以忍受,后者无法接受。拉撒路,我该不该说一下超级侦测镜的事?"

"你这不已经说了吗,接着说好了。"

"理查,其实我根本没资格说这个。我只是个头脑简单的家庭主妇——"大厅里一片嘘声。起头的是拉撒路,但大家显然和他持同样的看法。

"——没有任何技术背景,但我知道工程的进步有赖于精密的仪器,而从二十世纪以来,精密仪器全都以电子科技为基础。我的第一任丈夫雅可布·巴罗斯和莉比·朗博士、蒂提·卡特博士弄出了一个十分神奇的玩意儿,它是雅可布的时空扭曲理论、电视和普通侦测望远镜的综合体。有了它,你不仅可以在出门时看到你太太在干什么,还能看到她十年之后在干什么,或者五百年后。

"或许,它还可以让衔尾蛇圈提前获知干预结果,以免为时过晚,无法补救。如果加上'福尔摩斯四号'的独特能力,这种可能性更是大大增加了。当然只是可能,目前还无法确定。但有一点是确定无疑的:'迈克·福尔摩斯四号'能够极大地强化衔尾蛇圈的能力,哪怕超级侦测镜从未面世。

"我们所做的努力是为了让一切变得更好,让每个人过上更体面、更幸福的生活。迈克有助于我们达成目标。我希望你能认识到,'亚当·塞勒涅'任务值得去做。有问题吗?"

"我有一个问题,希尔达。"

"请讲,朱巴尔。"

"我们的朋友理查接受过有关虚构世界的培训吗?"

"我提过,但仅有一次。说的是我、泽布、蒂提和雅可布被逐出我们的故乡星球,连曾经存在过的痕迹都没有留下的事。我想黑兹尔可能说得更详细些。理查?"

"我想不起来,就算说过,我也完全没听明白。还有,请原谅我这么说,但我觉得你那个故事很难让人相信。"

"当然是这样,亲爱的,连我自己都不相信,除了半夜三更的时候,呵呵。朱巴尔,这个问题还是你来讲吧。"

哈肖博士回答:"好的。虚构世界是个很难把握的概念,有时候又叫'多重人格唯我论'——这个名词本身就是矛盾的,不合逻辑。但有时候,不合逻辑也有其用处,因为这个概念排斥逻辑。许多世纪以来,对宇宙或多重宇宙的解释权牢牢掌握在宗教手中。已知的各种宗教在细节上大相径庭,但从本质上说,它们其实都一样:在天上(或者地底,或者火山里,总之是个去不了够不着的地方),有个穿袍子的老头子,他无所不知、威力无穷,创造了一切,操纵着赏罚大权……而且可以被贿赂。

"在有的宗教中,这位全能者是个女性。这种情形不常见,因为人类的男性通常更大、更壮,也更好斗。上帝是大伙儿用老爹的形象当模子创造的。

"对全能上帝这一概念的批评是:其实它什么都没解释,只是把所有解释工作推卸给上一级。到了十九世纪,持无神论、定期洗澡的实证主义者开始在他们那一小撮人中间反对全能上帝的概念。

"实证主义是个短命的潮流,因为它同样什么都没解释。全能上帝的信奉者眼睛朝上望,实证主义者却朝脚下看。区别仅此而已。逻辑实证论者以十九世纪的物理科学为基础,而那个时代的物理学家们真诚相信,而且全面论证了宇宙乃是钟表一般的机械构成。

"二十世纪的物理学家很快便抛弃了这种观念。量子力学和'薛定谔的猫'让1890年的钟表世界观成为过去,取而代之的是无数的可能性——任何事情都可能发生。不用说,知识阶层好几十年都没注意到这种新观念。毕竟知识分子都是受过高等教育的人士,头脑最清醒的时候都不会做算术,还对自己的这种无知沾沾自喜。总之,随着实证论的消亡,上帝和上帝创世论卷土重来,势头比以前更猛了。

"到了二十世纪晚期——下面说到你了,希尔达,有什么说错的地方请你指正——希尔达和她的家人被一个邪恶者逐出地球,他们称之为'野兽'。他们乘坐的交通工具你见过,就是千面格伊。在寻找安全落脚点的旅途上,他们见识了许多维度、许多宇宙……希尔达据此做出了所有时代中最伟大的哲学发现。"

"我敢打赌,随便遇上哪个女孩子,你都会用这一套讨人家的欢心!"

"安静,亲爱的。除了许多世俗地方,他们还到达了奥兹国①——"

我猛地惊醒——昨晚没怎么睡,哈肖博士的长篇大论又实在让人犯困,"你刚才说'奥兹'?"

"我再说三遍:奥兹奥兹奥兹。是的,他们来到了由L.弗兰克·鲍姆想象出来的那个童话世界。除此之外,还有由可敬的道奇森先生创造、以取悦爱丽丝的奇境,以及其他虚构小说中的世界。希尔达发现了我们由于身处其中所以谁都没能发现的东西:虚构世界。这些世界是我们人类自己创造的,然后,我们自己又改变了它们。具有伟大想象力的作家可以创造出无比真实而且长期存续的世界,比如荷马,比如鲍姆,比如人猿泰山的创造者……而无足轻重、缺乏想象力的骗子作家却造不出什么新东西,他们笔下乏味的梦境很快便被人遗忘。以上这些全是事实,理查,不是宗教信仰,而是经过验证的事实。这一事实为衔尾蛇圈所从事的工作奠定了基础。希尔达?"

"马上就到午饭时间了。理查,你想说什么吗?"

"我要说的话,你不会喜欢的。"

拉撒路说:"尽管说吧。"

"我不仅不愿为这些夸夸其谈的空话冒生命危险,我还要尽一切努力让黑兹尔别这么做。如果你们真的想要、真的需要那台过时的月球计算机的程序和记忆库,你们至少有两个更好的获取办法。"

"接着说。"

"最简单的办法就是砸钱。搞一个幌子,学术方面的,找渠道给伽利略大学一笔经费,然后正大光明地走进计算机室,想拿什么就拿

———
①童话小说《绿野仙踪》中虚构的国度。

428

什么。另一个办法是调动武力夺过来。用真正的武力,而不是派一对儿老头老太太干间谍勾当。总而言之,你们这些满宇宙做好事的大善人没有说服我。"

"你的资质证明拿出来瞧瞧!"

是那个大个子黑人塞缪尔,空军元帅。"什么资质证明?"

"表明你有本事解决我们谁都没法解决的难题的资质证明,拿出来啊。你不过是个没种的懦夫,不敢履行你的职责而已。"

"是吗?谁任命你当上帝来着?听着,小子,你的肤色跟我一样,我真是太高兴了。"

"什么意思?"

"因为,如果咱们俩肤色不同,我对你这么鄙视,别人准会骂我搞种族歧视。"

他拔出手枪。我的手杖偏偏在这时滑到了地板上。真该死!我伸手去够,他射出的电光击中了我的左腹。

与此同时,他遭到了来自三个方向的攻击。两记命中胸部,一记命中头部。射击的三人是约翰·斯特林、拉撒路和史密斯中校。三个都是一流枪手,其实只消一个人出手就足够了。

我还没觉得疼。但我知道腹部这一下伤得很重。要人命的重——如果不赶快抢救的话。

塞缪尔·波克斯身上发生了一件怪事:他倾身向前,从椅子里栽向地面——他死翘翘了,跟查理国王①一样死翘翘——可他的身体开始消失。不是渐渐淡出,而是一部分一部分地被擦除:先是中段,然后是脸,好像有人拿黑板擦擦黑板似的;接着,他彻底没有了,连血迹都没有;就连他的椅子都消失了。还有,我腹部的伤口不见了。

---

①英国革命时期被斩首。

29

"也许有一天,狮子和羔羊会和平共处。但无论如何,我的赌注永远押在狮子上。"

——乔西·比灵斯(1818-1885)

"真想让我相信,"我抗议道,"你们干脆让我从石头里拔把剑出来得了①。这个计划完全是犯傻嘛。"

我们围坐在宅子东边果园的一张野餐桌旁,我、曼尼·戴维斯、约翰·斯特林船长、乔克叔叔、朱巴尔·哈肖。还有一个秃头老家伙——鲁弗教授——智慧之星夫人的助手、孙子(这不可能! 不过,用我自己这双布满血丝的眼睛目睹伊师塔医生的诸多魔法之后,我已经不太像一星期前那么敢于使用"不可能"这个词了)。

"像素"也和我们在一起。但它早早吃完午餐就去草丛里抓蝴蝶玩了。它跟那只蝴蝶可谓棋逢对手将遇良材,目前蝴蝶领先几分。

天空晴朗,万里无云,午后的温度准会升到三十八到四十度。我的姊姊们本来打算在空调厨房吃午饭,但园子里有微风吹拂,树林中凉爽宜人。真是个好天啊,最宜野餐。此情此景,让我想起了

①指亚瑟王拔出石中剑,由此相信自己的天命的传说。

我们跟亨德里克·舒尔茨神父在麦大叔农场的聚谈。不过是一个星期之前的事,同时又是十一年后的事。

可黑兹尔没跟我在一起。

对此我有些不满,但努力没表现出来。圈子午餐休会时,我收到了一条来自提尔婶婶的信息。"黑兹尔跟拉撒路几分钟前离开了。"她告诉我,"她要我转告你,她不回来吃午饭了,估计今天下午跟你见面……还说晚饭肯定回来吃。"

这几句话说得够含糊的!我还得跟黑兹尔讨论圈子闭门会议期间出的事呢。该死的,没跟妻子商量,我什么都决定不了。

女人跟猫一样,想干什么就干什么,男人拿她们没办法。

"我卖你一把石中剑好了。"鲁弗教授说,"便宜。跟新的一样,只用过一次,亚瑟王用的。从长期效果看,那把剑对他没什么好处,我也不敢保证它帮上你的忙……但这个我不关心,我只要赚点钱就行。"

乔克叔叔说:"鲁弗,如果让你承办你自己的葬礼,你肯定都会收门票。"

"删掉'如果'。我已经做过了。赚的钱不少,买了顶假发,我想买那个已经很久了……那么多人想亲眼确认我死掉,来的人很多。"

"你骗了他们。"

"我没有。门票上并未声明我死了,只是邀请'持票者'参加我的葬礼。再说葬礼办得非常好,我从没见过比它更好的……尤其是高潮部分,我从棺材里坐起来,高唱《杰西·詹姆斯之死》中的清唱部分,所有角色全由我包办。没人找我退款。有些家伙没等我唱到高音段落就退场了,真没礼貌。参加自己的葬礼吧,你马上就能知道谁才是你真正的朋友。"鲁弗转向我,"想要那把剑,还有石头?便宜,但得付现金。我猜你活不了多久,所以不接受你的信用卡。六十万元,小面额钞票,怎么样?面额不能超过一万。"

"教授，我并不想要一把插在石头里的剑。只是这件事实在太傻了，真像前阿姆斯特朗时代的那些浪漫传奇罗曼司。不能公开拿钱砸，不能稳稳当当地派遣足够的兵力，把失手的可能性降到零。只能由我出马，加上我太太，除了一把小刀什么都不带。这个情节太俗了，再低档的书商都会退稿，情节讲不通嘛。"

"五十五万，我负担税款。"

"理查，"朱巴尔·哈肖道，"逻辑对这个问题不适用。上千年来，无数哲学家和圣贤绞尽脑汁，想用逻辑阐释宇宙，都没有成功。希尔达的发现证明了宇宙的构成不是依照逻辑，而是异想天开。没有逻辑的梦想者的美梦和噩梦，这就是它唯一的基础。"他耸耸肩，差点儿弄洒了他的啤酒，"从前那些天才统统钻进了牛角尖，坚信宇宙间必定存在着某种一致的、符合逻辑的结构，可以通过认真的分析和综合总结出来。要不是这样，他们早就发现这个明明白白放在眼前的宇宙事实了，那就是，宇宙——多重宇宙——既没有逻辑，也没有正义。这个混沌、残酷的宇宙中，所有逻辑和正义都是我们或者类似我们的智慧种族强加给它的。"

"五十万，不能再低了。"

"既然是这样，又何必要黑兹尔和我拿自己的性命冒险呢？"我又说，"'像素'！别欺负那只虫子！"

"蝴蝶不是昆虫，"约翰·斯特林船长一本正经地说，"它们是拥有自推进系统的花朵。这是许多年前黑兹尔女士教给我的。"他伸出手，轻轻抱起"像素"，"你是怎么给它喂水来着？"

我用水和手指尖演示给他看，斯特林随即加以改进，在掌心倒了些水给猫喝。小猫先是舔，然后以猫咪特有的方式蜷起来，小舌头卷成勺子，在水洼里舀着喝。

斯特林总让我觉得有些不自在。我知道这个人物是怎么来的，或者说,自以为我知道,所以总是很难相信他真的存在,哪怕在我面对面跟他讲话的时候。问题是,如果你能亲眼看见某个人,亲耳听见他嘎吱嘎吱嚼芹菜和土豆片,你不可能否认他实实在在存在着。

可这个人又的确有点书面人物的味道。他既不微笑也不大笑,永远客客气气却又总是那么郑重。我想谢谢他打死了那个谁,救了我的命,话没说完就被斯特林堵了回去,"这是我的职责。他可以死,你不能死。"

"四十万。上校,蘸芥末的蛋还有吗?"

我把蛋递给鲁弗,"需不需要我告诉你拿一把插在石头里的剑怎么办?首先,拔出剑,然后——"

"别讽刺好吗?三十五万。"

"教授,白送都不要。我只是拿它当个说法而已。"

"买下它,至少可以有备无患嘛。以后给你的冒险经历拍电视的时候,拿着它可以搏个碰头彩呢。"

"不能公开。这是他们对我的要求之一。如果我同意干的话。"

"事前当然不公开,可事后一定会公开。这件事会被记入历史书里。曼尼,告诉他们为什么你没有公开出版你的革命回忆录。"

戴维斯先生回答道:"迈克睡了。没人找他,他就睡了。"

乔克叔叔说:"曼尼尔,你写了一本没有出版的自传?"

我妻子的继父点点头,"有必要。教授死了,怀娥明死了,迈克可能也死了。我是月球革命真实历程的唯一证人。现在的书里尽是谎言,许许多多,不在现场的人编造的谎言。"他用左手搔搔下巴。我知道那是只假手,反正别人是这么告诉我的,可我觉得那只手跟他的右手完全一样。是移植?[①]"去小行星带之前存在了迈克

---

①曼尼尔的左臂是人造臂,有几只,可以根据场合、任务换上相应的人造臂。见《严厉的月亮》。

那儿。救出迈克——或许能公开出版。"戴维斯看着我,"想听听我是怎么遇见我女儿黑兹尔的吗?"

"当然想!"我回答,斯特林也热烈赞同。

"是2075年5月13日星期一的事。在月城。斯迪亚杰大厅有个演讲会,讲怎么跟监守长官斗。不是革命,只是傻乎乎地说呀说,一群心里有火的人。前排坐着个瘦瘦的小姑娘,红头发,没胸脯。十岁,也可能十一。听得专心,一个字都不放过。使劲鼓掌。很严肃的样子。

"黄外套闯进来,监守长官的警卫。开始杀人。场面乱,没再留意那个瘦瘦的红头发。黄外套杀了我最好的朋友……就在那时,我看见她冲上去。跳到空中,团成个球,撞在黄外套的膝盖上。我用左手打碎了他的下巴——不是这一只,用的是我的二号臂——又从他身上跨过去,拖起我老婆怀娥明就跑——那时还不是我老婆。红头发小瘦子不见了,好几周都没见着她。但是,朋友们,这是大实话:还是小姑娘的黑兹尔打起来不要命,又机灵,从监守长官的那帮工贼手里救了她的曼妮爸爸和怀娥姆姆,那时她还不是我们的人呢。"

回忆让曼尼尔·戴维斯露出了微笑,"后来找到她了。戴维斯家族收养了她——当女儿,不是当老婆,她那时还是个小孩子。但遇上大事就不是孩子了!为了解放月球,每一天、每一小时、每一分钟都在努力工作,什么危险都挡不住她。2076年7月4号,黑兹尔·米德·戴维斯在独立宣言上签下了名字。署名的同志中,她最年轻,但没有谁比她更有资格!"

戴维斯先生眼里噙着泪水。我也是。

斯特林船长站起身,"戴维斯先生,听到这个故事是我的荣耀。坎贝尔先生,谢谢你的款待。坎贝尔上校,希望你决定和我们一起战斗,我们需要你。我现在必须告辞了。银河大魔王从不在午餐上浪费过多时间,所以我也必须这样。"

乔克叔叔说:"哎呀,约翰,你偶尔也该找点乐子才对。再跟我猎一次恐龙吧。在中生代玩一阵子不会影响你的工作,大魔王绝不会知道你出门了。时间旅行就有这个好处。"

"但我自己知道。不过还是谢谢你,那次打猎我玩得很开心。"他鞠了一躬,走了。

哈肖博士轻声说:"这是真正的高尚。一旦消灭了银河大魔王,他就会被抹掉。他知道这个,却并没有罢手。"

"为什么非要抹掉他?"我质问道。

"啊?上校,我知道这种事你很陌生……唔,你自己就是个作家,当过作家,对吗?"

"就我所知,现在仍是作家。十天前刚刚写完一篇长的,寄给了我的经纪人。过不了多久就得再写新的了,得养家啊!"

"那你一定明白这个:在小说中,特别是冒险小说中,为了情节的缘故,英雄和反派是相辅相成的一对儿。任何一个都少不了另一个。"

"没错,可是——咱们还是直说吧。刚刚离开的那个人确实是黑兹尔和她的儿子罗杰·斯通所创作的《银河磨难之旅》中的人物……"

"是的,黑兹尔和她的儿子创造了他。斯特林知道这个。这么说吧,先生,我们所有人都是虚构出来的,是某人编织的幻梦。但一般情况下,我们不知道这一点。而约翰·斯特林知道,他够坚强,能够面对这一事实。他知道自己扮演的角色和宿命,并且坦然接受。"

"就算这样,也不用抹掉他啊。"

哈肖博士有些摸不着头脑,"可你是个作家呀。呃……难道是文学作家,写的是无情节作品?"

"我吗?文学创作我一窍不通。我是个写故事的。我写,人家拿去打印、拍3D，甚至做成装订书。内容五花八门：罪孽、痛苦、忏悔、西部故事、太空歌剧、战争、谋杀、间谍、航海……什么都写。黑兹尔和我打算重写她的经典系列剧，跟以前一样，主角还是斯特林船长。这会儿怎么又说起'抹掉'他的话来了？"

"难道你不打算让他消灭银河大魔王吗？你会这么做的，必须这么做，因为大魔王跟博斯康同样邪恶。"

"哦，当然会！头十三周就让他干掉大魔王。早就该这么做了。"

"问题是做不到。那个系列剧断档的时候，正面英雄和反面魔头都活着，所以斯特林才会跟对手一直战斗到现在，无法取得最终胜利。"

"那好，这个问题我们会解决的。银河大魔王死定了！"

"大魔王死了，斯特林怎么办？"

我本想回答，又意识到这个问题其实并非问题，而是反问。每只好猫都需要一只好老鼠当对手。像斯特林这样的英雄人物必须有一个强大得配得上他的人当反派。如果杀死了银河大魔王，我们就必须想出一个大魔王之子，跟以前的魔王同样大胆，同样凶恶，也同样邪恶，邪恶得耳朵冒烟。

"我不知道，但我们会想出办法的。嗯，让他变老，给他找个养老的职位，去军事学院当院长，诸如此类的。没必要让这个人物死掉。养老的工作不需要立个像大魔王那么邪恶的死对头。"

"是吗？"哈肖轻声问道，"唔，这些续集，你打算自己写吗？"

"不，不。我已经半退休了。手头唯一的工作是《斯通本德一家》，一部纯搞笑的连续剧，用不着创造任何真正的坏蛋。知道虚构世界以后，我再也不会创造任何邪恶角色了……我也从没真的做过这种事。为这个我真心谢谢老天爷！其实我并不怎么相信世上有什么真正的邪恶。

"呃,再说黑兹尔不在,我不可能回答这个问题。我只是第二作者,负责标点符号,写写天气景色之类;情节部分由她负责。所以咱们还是换个话题吧。乔克叔叔,你跟斯特林船长说的猎恐龙是怎么回事? 你们之间的玩笑吗? 有次你说你把南极洲罗斯冰架锯了十平方公里下来,拖着它游泳去了新加坡,还是自由泳——跟那个玩笑一样?"

"没有全程自由泳,那是不可能的。"

"得了吧。说恐龙的事。"

"恐龙的事怎么了? 我喜欢猎恐龙,有一次带着约翰·斯特林一块儿去了。他弄到了一只好大的霸王龙。你也想试试?"

"开什么玩笑。叔叔,你知道我从不打猎。我不喜欢朝不能还击的对手开枪。"

"啊,你误会了,侄儿。我们才没杀掉那些可怜畜生呢。杀一头恐龙算什么运动? 跟射杀奶牛一样,肉还远远赶不上奶牛的。只要上了一岁,恐龙的肉硬得要命,又没味道。我还真吃过,那是多年前的事了。有人想了个点子,为第七时间线提供恐龙肉,对抗那里出现的一场饥荒——行不通,供应问题麻烦极了,而且说到底,杀死愚蠢的蜥蜴,喂养愚蠢的人,这种事不大公道啊! 那场饥荒简直是那些蠢货辛辛苦苦挣来的。我说的'猎恐龙'是用相机追猎它们,好玩极了。拿着相机追拍大家伙,这才是运动,特别是拿闪光灯照一头欲火焚身、焦躁不安的大公牛——你的奔跑速度会大大提高的,否则⋯⋯小子,快到威奇托附近有一个点,保证你能看到三角龙、好几种翼龙,还有鸭嘴兽、雷蜥,说不定还能看到一头雄性剑龙。一天时间,这些全看到。这次任务之后,咱们找个日子放一天假,去玩玩,怎么样?"

"说得倒轻巧。"

"有了我们的设备,去那儿不比去THQ或者布恩多克更远。时间、空间，这些都是假象。巴罗斯非相关性传输装置能呼的一声，把你扔进一大群正在吃喝交媾的史前动物群里，快得让你来不及说出'六千五百万年'。"

"听你邀请的话，好像认准我一定会接受'亚当·塞勒涅'任务。"

"小子，我说的那些设备，它们属于时间部队……而且贵得要命，至于多贵咱们就不多说了。制造它们是为了支持远景方案，娱乐功能只是个添头。是，我是认定你会接受那个任务。难道你不准备干？"

曼尼·戴维斯面无表情地看着我。鲁弗站起来，大声说："我得溜达回去了，星夫人那儿还有活儿等着我呢。谢谢，谢谢，再次感谢你，乔克！很高兴和你见面，上校。"他溜走了。

哈肖什么都没说。

我长长地吐出一口气，"叔叔，如果黑兹尔坚持要去，我或许会干的。但我要尽力劝阻她。你们的话没有说服我，我仍旧认为我向你们提供的两个方案才是正确的选择。要夺回构成'福尔摩斯四号'或者迈克的程序和记忆库，它们是更明智的做法，更符合逻辑。"

哈肖说："这跟逻辑没有关系，上校。"

"跟我的老命有关系，博士。我估计，到头来我还是会顺着黑兹尔的意思，只不过——"

"只不过什么，小子？"

"我讨厌没有足够的情报就开始行动！叔叔，过去一周或者十天里——蹦来蹦去的，说不准过了多久——不断有人找上我，原因全都讲不通，反正就是想杀了我。这会不会是你们说的那个银河大魔王使的坏？搅进了这件事，我才会那么多次差点儿送命，是不是这样？要不然就是我得了妄想症？"

"我不知道，给我详细说说。"于是我说了起来。没说几句，哈肖便掏出笔记本,开始记录。我努力回忆我的经历:恩里科·舒尔茨,他没头没脑提到的托利弗和沃克·伊文斯,他是怎么死的?(如果他真的死了的话。)还有比尔,天条生态区管理层采取的反常措施,那伙乘坐轮式车辆的杀手。杰弗逊·毛,来福士旅店的强盗。"就这些吗?"

"这些还不够吗? 不,还不止这些呢。莉莉贝大婶的巴士上装的是什么货? 我们怎么会受骗上当进了一辆差点儿害死我们的飞车? 迪安娜夫人和她那两个蠢货丈夫怎么会出现在那种兔子不拉屎的荒僻地方? 我要是有花不完的钱,一定大把撒给私人侦探,让他们查查这一切到底是怎么回事,究竟是谁在算计我,哪些事纯粹是我神经过敏,哪些事只是一般的巧合。"

哈肖说:"世上没有巧合这种事。在虚构世界理论中,有一点十分明确,比早期的目的论简明得多,那就是偶发事件和巧合根本不存在。"

乔克叔叔说:"朱巴尔,还是你来吧。我没有这个权限。"

"我有。"哈肖站起身,"我想这件事应该由我们俩一起做。"

我叔叔也站起来,"小子,你就在这儿等着。我们去做件事,五分钟左右就回来。"

他们走后,戴维斯也站起身,"请原谅,我得离开一会儿,换只胳膊。"

"没问题,曼尼爸爸。不,不行,'像素'! 小猫咪不准喝啤酒。"

按我的索尼计时器,他们离开了七分钟。但在他们那方面,显然不止这点时间。叔叔长出了一脸大胡子,哈肖左脸颊新添了一道粉红色的刀疤。我瞪着他们,"老天爷! 出了什么事?"

"出了很多事。还有啤酒吗?"他没抬高嗓门,"西西,给我们再拿点啤酒来。朱巴尔和我有一阵子没吃东西了。好几个小时,也说不定是几天。"

"就来。"西西婶婶的声音传来,"亲爱的,要不要进来打个盹儿?"
"待会儿再说。"

"吃完就睡,四十分钟后上菜。"

"别唠叨了。有没有番茄汤?给朱巴尔也来一份。"

"汤马上就好,还有些野餐食品。四十五分钟后你就得上床,这是提尔给你的正式命令。"

"记得提醒我揍你一顿。"

"好,亲爱的。但今天不行,你太累了。"

"好吧。"乔克叔叔转向我,"让咱们瞧瞧,先告诉你什么。坐轮式车的那伙杀手?你的朋友亨德里克·舒尔茨已经料理了,他办事非常彻底,你大可以放心。真没想到,那个人居然成了个干劲十足的外勤特工。小子,追杀你的一共是两伙人,时间之主和场景改变者。这两伙人一边对付你,一边互相掐。孩子,你的生活可真够多姿多彩的——注定了横死暴毙的命。"

"你说的是谁?时间之主、场景改变者是什么人?为什么要对付我?"

"他们自己好像不用这两个名字。时间之主和场景改变者是两个组织,做的事跟衔尾蛇圈差不多……但我们跟他们可不是好朋友。小子,你不会以为那么多个宇宙中,只有我们衔尾蛇圈才发现了真相,有能力对宇宙做手脚吧?"

"我已经什么都不知道了。"

"上校,"哈肖博士接过话头,"虚构世界有个毛病,就是我们必须对抗三种对手,还常常打输。一种是大坏蛋,比如银河大魔王;另一种是和我们类似的组织,只是意图不同——我们认为他们坏,可站在他们的角度,他们也觉得我们坏;第三种对手是最强大的,即虚构者本人,比如荷马、马克·吐温、莎士比亚、鲍姆、斯威夫特①这种级别的人物。但我列出名字的这些并没有对抗我们。他们的肉身已经死亡,留下的虚构世界不再变化,因此不会对我们造成危险。

"但那些还活着的虚构者,他们每一个都极度危险,每一个人都能漫不经心地改写他创造的虚构世界,抹掉其中的人物。"哈肖阴沉沉地笑了笑,"知道这个,我们为什么还能安安生生生活下去? 原因有二:一、只能这样,没其他办法;二、不疼。我是说被抹掉,画个叉叉从故事里一笔勾销。"

"你怎么知道不疼?"

"因为我拒绝相信任何其他说法! 你还想不想听我们的报告?"

"小子,你问过我们'为什么非得是你?'就是为了这个,朱巴尔和我才放下一顿好端端的午饭不吃,出门累个半死,还让好些人在好几条时间线上不顾危险拼命调查。全是为了'亚当·塞勒涅'任务,还有你在其中的关键角色。目前就我们所知,时间之主想绑架迈克,场景改变者想消灭他。这两个组织都想要你的命,因为你对他们的计划形成了威胁。"

"可那个时候,我听都没听说过迈克这台计算机。"

"这才是杀掉你的最佳时刻,对不对? 西西,你不仅漂亮,拥有不为人知的技巧,而且善解人意。放下吧,剩下的我们自己来。"

"你这个大骗子,哪怕你说得天花乱坠,还是得睡觉。提尔还说,刮掉那嘴胡子之前不准你上餐桌。"

"告诉那个泼妇,我宁肯饿死,也不当妻管严。"

"遵命,长官。还有,我跟她的看法一致。"

"休战吧,女人。"

"所以我自告奋勇替你刮胡子,还有理发。"

---

① 《格列弗游记》的作者。

"我接受。"

"你一起床就得理发修面。"

"走开。朱巴尔,尝过这种果冻沙拉吗?提尔这道菜做得特别好……当然,我的三位领导全都是第一流的厨师。"

"你能把这句话白纸黑字写下来吗?"

"我说过了,走开。朱巴尔,能跟三个女人一块儿过日子的人,必定是个意志坚定的男子汉。"

"我知道。我从前也这么过过,过了好多年。意志坚定,加上天使一般的好脾气,还得培养起一种对闲散生活的爱好。还是群婚制好,比如朗那一家子。综合了单身、一夫一妻和多配偶制的优点,又没有以上三种的缺陷。"

"我赞成你的意见。但我还是要跟我的三位美人一块儿过下去,只要她们还愿意跟我过。再说说恩里科·舒尔茨吧,这个人不存在。"

"是吗?"我说,"可他在我的桌布上弄出了不少可怕的血污呢。"

"说明他还有别的名字,但这个你已经猜到了。我们的推测是,他和你的朋友比尔属于同一团伙。说到比尔,他可真是个脸上带笑的坏蛋啊,又是个炉火纯青的演员。我们管那个团体叫'修改者'。其目的肯定是亚当·塞勒涅,不是沃克·伊文斯。"

"那他为什么提到了沃克·伊文斯的名字?"

"为了引起你的注意呗。我猜是这个目的。小子,我从不知道伊文斯将军这个人,直到你提起了他。那场大败仗毕竟发生在我的将来——正常情况下的将来。我看得出来,那场败仗对你产生了很大影响——会对你产生很大影响。别忘了,在你告诉我之前,我连你从安道尔契约十字军中因伤退伍的事都不知道。

"总之——'沃克·伊文斯小团体'的人几乎全死了,活着的只有你,还有一个去了小行星带,找不着了。我指的是2188年7月10日的情形,十一年之后。你要愿意,也可以选个离现在近点的日期,跟那个小团体的人谈谈。"

"我看不出这么做有什么好处。"

"我们也这么想。现在再说说沃克·伊文斯本人。这是拉撒路处理的。他还做了一点儿改变世界的活儿,目的之一是让你看看当时应该怎么做才对。他没有整体改变那场战役。处在2177年,改变2178年的一场战役,这么做会彻底改变你的生活:或者让你那一年就死掉,或者保住你的腿,让你继续留在部队。对,我知道了你的腿的事,尽管这件事还没发生。无论哪种情形,你都不会去天条,不会娶黑兹尔……我们也就不会坐在这里,谈论这一切了。改变世界是个非常敏感的活儿,小子,最好采用顺势疗法,别逆着来。

"拉撒路传给了你两条信息。他说,对那场败仗,你不用觉得内疚。真要那样,相当于卡斯特的某个下属军官觉得小大角之战应该怪在自己头上①。他还说,相比之下,卡斯特带兵打仗比伊文斯强多了。相信拉撒路的评价吧,那个人好多个世纪里都当过兵,参加过十七次战争,在军队里干过从小兵到总司令的每一个职位。

"以上是第一条信息。第二条是这样:告诉你侄儿,是的,善良的人们肯定会对此震惊不已。但这种事仍然会发生。只有那些曾经离开路灯下的街道、走进黑暗②的人才能理解怎么会发生这种事。他还说,他敢肯定,沃克·伊文斯绝不会责怪你。小子,他说的到底是什么事?"

"如果他想让你知道的话,他的信里就会告诉你。"

"有道理。伊文斯将军的口感好吗?"

"什么?"我瞪着我的叔叔——半天才勉强回答,"这个,我得说,

---

①由卡斯特指挥的美军在小大角被印第安人伏击,全军覆灭。
②意思是脱离文明世界及其规范。

不怎么样。太硬,有点干。"

"既然咱们已经把话摊开了——"

"对,操你妈!"

"——我就可以把后面发生的事告诉你了,就是拉撒路做的改变世界的事,一点微调。一个外勤特工在将军尸体下面塞了两包军用干粮。搬动尸体的时候,你们发现了干粮……不多,刚好让你们能撑住。沃克·伊文斯小团体中没有谁饿到打破禁忌的程度,所以,那件事没有发生过。"

"那我为什么还记得?"

"你记得吗?"

"咦——"

"你想起的是在尸体下面发现那两包野战口粮的事,想起了你当时是多么高兴!"

"叔叔,这简直是发疯。"

"这就是改变世界。一段时间里,你仍会保有过去的记忆。接着淡化成关于这份记忆的记忆,之后就什么都没有了。那件事没有发生,小子。你受尽折磨,还丢了条腿,但你没有吃掉你的指挥官。"

叔叔接着说:"朱巴尔,剩下还有什么要紧事?小子,别指望你的所有问题我们这儿都有答案,谁都不该有这种指望。嗯,哦,对了,你得的那些病。其实你只得了两种,其他都是吓唬你的。治好你花了三天,他们又给你安排了一个记忆控制场,移植了一条腿……还做了点儿别的。你最近是不是感觉非常好?精神活泼,精力旺盛?"

"这个……还真是。但这种状态始于我跟黑兹尔结婚,布恩多克是那之后的事。"

"看样子,结婚对你大有好处。他们给你动的手脚也一样。你到布恩多克以后,伊师塔医生大大提升了你的状态。我听说他们先送你去了回春诊所,然后才把你送回医院,让你醒过来。没想到吧小子,他们不仅给了你一条新腿,还让你年轻了三十岁。我觉得你应该告他们。"

"去你的吧。这么说来,在来福士投下的那颗热力弹也是编造的瞎话啰?"

"也许是,也许不是。这会儿还没定呢,到时候再说吧。是这么回事……"

哈肖说道:"理查,如果能完成'亚当·塞勒涅'任务,热力弹就用不着了。我们还有其他方案。所以,那颗热力弹目前处于薛定谔之猫的状态,结果如何,取决于'亚当·塞勒涅'任务;反过来也一样。我们会看到的。"

"其他方案?你已经假定我会听你们的了。"

"不。我们的假定是没有说服你。"

"呃……如果你们是这么想的,那为什么还要花那么大工夫告诉我这些事?"

叔叔用疲惫的声音说:"小子,为了满足你那些幼稚的要求,揭开未知的将来的面纱,我们已经花费了几千小时的人工。你以为我们会就此罢手,让这一切都白白浪费掉吗?坐好,给我认真听着:2188年6月以后离月城和天条生态区远远的;你背着八件谋杀案,那两个地方在通缉你。"

"八件!我杀了谁?"

"嗯,托利弗,恩里科·舒尔茨,约翰逊,奥斯瓦尔德·普罗甘,拉斯姆森——"

"拉斯姆森!"

"你认识那个人?"

"我戴过他的土耳其毡帽,总共十分钟。我见都没见过他。"

"咱们还是别在这些谋杀案上浪费时间了吧。这些案子只意味着一件事:月城和天条有人想收拾你。既然有三个时间跳跃组织在追杀你,这是意料之中的事。想让这些案子销掉不是什么难事,需要的话,一段时间之后就给你销案。你还可以往第三地球一跑了之,把这些案子统统抛在脑后。哦,还有比尔给你的那组密码。没什么内容,只是个道具,让你乖乖开门。你本来应该一声不吭被人干掉的,可你没那么做。小子,你可真是个麻烦制造者啊。"

"哎呀呀,真是太抱歉了。"

"还有什么问题吗?"

"睡你的觉去吧。"

"不急。朱巴尔,现在吗?"

"当然。"哈肖博士站起来,走了。

"小子。"

"什么事,叔叔?"

"她爱你,小子,真的爱你。老天爷才知道为什么!但这并不意味着她会告诉你实情,或者永远只为你着想。别说我没事先提醒你。"

"乔克叔叔,警告一个男人留神他老婆,这种话向来是费力不讨好。我对西西婶婶有些看法,你愿意听取我的意见吗?"

"当然不。但我岁数比你大,经验也比你多得多。咱们还是换个话题吧,你不喜欢拉撒路·朗。"

我冲他露出满脸笑容,"叔叔,别人总说他的岁数多么多么大,可我始终不怎么相信。能说服我的论据只有一个:普通的一辈子养不成他那种坏脾气。那个混蛋不断招惹我,更恶心的是,他让我欠了他的人情债。这只脚来自他的克隆体,这件事你知道吗? 除此之外,还有一份人情债。今天早上那场乱子你听说了吧,那个叫什么来着的家伙想杀我,拉撒路开枪打死了他。可斯特林船长和史密斯中校也开了枪,说不定比他更快。也可能没他快。总之,我必须谢谢他们三个人。该死的,我真希望能救他的命,哪怕一次也好,我跟他就扯平了。那个王八蛋!"

"这么说话可不好。要是艾比在,准会揍你。"

"对。我收回刚才的话。"

"有件事我得告诉你——你父母从没结婚。"

"人家骂我'杂种'已经不知多少次了,骂得有声有色。"

"我说的是事实。你妈妈是我最喜爱的小妹妹,比我小得多。漂亮的小女孩。我教她学走路,长大些又陪她玩,什么事都宠着她。所以,未婚先孕时——那时称为'出事了'——她自然来找我这个大哥哥,还有你的艾比婶婶。小子,我不是说你的父亲扔下她不管了,问题是你外公非常不喜欢他,就像——就像你不喜欢拉撒路·朗。

"我说的不是埃默斯先生。你随了他的姓,因为他后来认识并娶了温蒂,在你出生之后。我们收留了你,把你养大。结婚一年后,你妈妈来接你回去,她说这是她欠埃默斯的。可她很快就去世了,所以艾比就成了你的妈妈,各方面都是,除了没有生你。"

"叔叔,艾比婶婶是任何男孩所能期望的最好的妈妈。她用桃树枝抽我是为我好,我知道。"

"你这么说我很高兴。小子,我爱你的所有婶婶……但我再也不可能找到艾比那样的人了。我觉得黑兹尔有点像她。对了,小子,那件事,你决定了吗?"

"叔叔,我会竭尽全力反对那个计划。我怎么可能同意我的妻子冒这种危险,活着回来的可能性只有一半?我提出过更好的办法,如果他们认为我是错的,为什么没有人向我证明这一点?"

　　"我只是随便问问。数学家们正在测试另一支队伍——因为你不愿意去嘛。咱们等着瞧好了。你的生父性子倔，你的外公性子倔，难怪你也这么倔。你外公直截了当地说，他宁肯家里出个私生子，也不许拉撒路·朗进这个家门。于是家里有了你。而拉撒路离开了，根本不知道你的事。

　　"你和你生父合不来，这一点也不奇怪：你们俩实在太像了。而现在，他准备取代你的位置，去执行'亚当·塞勒涅'任务。"

30

"我们的狂欢就此收场。"

——威廉·莎士比亚(1564—1616)

死不是难事,哪怕一只小猫咪都能办到。我在月城市政综合大楼的计算机房里,倚着墙坐着。"像素"偎在我左臂弯,黑兹尔躺在我们身旁的地上。我不知道"像素"是不是死了。或许它只是睡着了。我不想打扰它、摇晃它,只为弄清它是死了还是睡着了。最好的可能:它是一只受了重伤的小猫。

我知道黑兹尔还活着,我能看到她在呼吸。但她的情况很不好。真希望那些人能快点。

对他们俩我帮不上什么忙,因为手边没有救治工具,我也不大能动弹。我少了一条腿,又没有假肢。对,还是右腿,拉撒路的腿,烧掉了,位置正好在移植线上面一点点。我没啥可抱怨的。烧灼相当于给伤口消了毒,失血也不多,而且还没开始疼。那种白炽般的疼痛还没来,还得再等会儿。

拉撒路知不知道他是我父亲?叔叔给他说过吗?

哎,这么一来,那个美妙动人的大美人儿,莫琳,不就成我奶奶了吗?

还有——或许我应该倒回去一点。我有点头晕,脑子不太清醒。

我甚至不知道这些话录上没有。我带着战场录音器,但它是个第三地球的微型机,我不熟悉这种型号。它是不是原本开着,却被我关上了? 或者原本关着,被我打开了? 我不知道"像素"是不是死了。这句话我好像说过了? 最好还是倒回去。

这是一只好队伍,最好的,火力十足,我觉得我们颇有机会来个大功告成。不用说,指挥官是黑兹尔。人员如下:

赛蒂·利普西茨少校,突击队队长

加衔上尉理查·坎贝尔,副队长

格雷琴·亨德森,初级军官

埃兹拉·戴维森中士

特德·布隆森下士,又名W.W.史密斯,又名拉撒路·朗,又名拉法耶·休伯特医生。兼任职务,军医

曼尼尔·戴维斯,平民人员,执行特别任务

入选这支突击队时,拉撒路坚持用"特德·布隆森"这个名字。估计是个老朋友之间的玩笑,没人跟我解释。

格雷琴这时已经生完了小孩(男孩),回部队服役几个月了,苗条、结实、阳光肤色、漂亮,证明实战经历的绶标佩在她美丽的胸脯上,丝毫不显得突兀。而埃兹拉中士呢,有了移植的那两条腿,一看就知道是个战士。他的绶标也证明了这一点。真是支好队伍!

为什么给我个荣誉加衔,让我成了上尉①? 黑兹尔刚让我宣誓入伍,我就提出了这个问题。答案很傻,也可以说很有道理,看你怎么想了。黑兹尔说,提及这件事的每一本历史书上都说我是副队

---

①作者可能是这样想的:普通部队的退役上校,在时间部队中被授予上尉军衔,应该被视为提拔。

长,所以才给我升了官。书里没有提到其他人的名字,但并没说只有我们俩,于是她决定加强火力,并挑选了她的人马。(做出决定的是她,挑人的也是她。不是拉撒路,也不是司令部里的某个天才。我喜欢这种做法。)

千面格伊的机组成员也是一流人手:船长希尔达、副船长兼领航员蒂提、正驾驶泽布·卡特、副驾驶雅可布·巴罗斯兼管非相关性设备;还有格伊自己,有自主意识的智能飞船,完全可以独立飞行。除了朵拉,没有任何非相关飞船能跟她媲美。只是朵拉太大,不适合这次任务。

飞船船长希尔达受突击队长指挥。我本来以为这种隶属关系会产生矛盾,可希尔达主动提出这么做,"黑兹尔,只能这样。必须让每个人都知道谁是老大。出了大麻烦的时候,咱们得立即行动,不能停下来讨论由谁指挥。"

一支好队伍。我们没有一起训练过,但我们都是职业军人。队长把一切解释得清清楚楚,用不着反复训练了,"立正,都听好:我们的目标是获取戴维斯选定的所有物品,再将它们和戴维斯送回第三地球。除此之外没有其他任务。如果没有伤亡,那最好不过;但就算我们全部战死,只要戴维斯和他挑选的物品能够抵达第三地球,我们仍旧圆满完成了任务。

"计划是这样:THQ通知时空弯曲就绪以后,希尔达在选定的切入时间点把我们送到北墙,右舷朝墙。下船次序如下:利普西茨、坎贝尔、亨德森、戴维森、布隆森、戴维斯。你们在飞船的搭乘位置是船身前后的浴室,以上述次序离船。

"目标计算机房为正方形。利普西茨负责控制东南角,亨德森西南角,坎贝尔西北角,戴维森东北角。每人沿对角线控制两堵墙,这样每堵墙都有两人负责。布隆森的任务是保卫戴维斯,没有固定位置。

"等戴维斯挑选完毕，所有盛放选中物品的箱子都要送回飞船。亨德森和戴维森负责搬运，听从戴维斯指挥，上飞船后蒂提会协助你们。船长和正副驾驶坚守自己的岗位，作好紧急起飞的准备；他们最多只能帮着传递东西。布隆森不从事搬运，重复一遍，不从事搬运，他唯一的职责就是保卫戴维斯。

"一旦戴维斯通知我任务完成，我们就以最快速度返回飞船，次序与下船时相反：戴维斯、布隆森、戴维森、亨德森、坎贝尔、利普西茨。希尔达，只要戴维斯和货物登船完毕，你可以根据现场情况随时下令起飞，谁都不用等。起飞时机由你判断。最重要的是曼尼和他的东西，不用理会扔下了谁。

"还有问题吗？"

我昏过去多久了？我的索尼计时器刚交火就完蛋了。黑兹尔挑选的这支队伍真是支——不，这个我已经说过了。我觉得说过。

我的盆栽怎么样了？

切入时间点选在7月5日星期六，就在黑兹尔上次离开计算机房的那一刻。这个时间点是另外的专家选定的。他们的理由是，如果对手（时间之主？）此刻正埋伏在来福士等着我和黑兹尔，他们就不可能同时在计算机房搜索我们，所以不能比那个时间点更早。

而当黑兹尔上次进入计算机房时，她报告说亚当·塞勒涅就在那间屋子里。

我们准时切入了那个时间点，几乎有点准过头了。黑兹尔刚冲下格伊，又蓦地止步，就在我前面不动了——等了一瞬，这才继续向前。

停下来是因为她看见了她自己的后背，正离开计算机房。

我得跟提尔婶婶说一声，说黑兹尔和我赶不上回家吃晚饭了。

头疼,眼睛也看不清。

我不知道"像素"是怎么溜上格伊的。这只小猫可真能乱钻啊![1]

朱巴尔·哈肖说过:"在这些变动不经的世界上,唯一能持续的只有人类之爱。"有这个就足够了。

"像素"微微动了动。前一阵子我有两只脚,那种感觉真好。

"理-理查?"

"什么事,亲爱的?"

"格雷琴的孩子。你是爸爸……"

"啊?"

"她告诉了我,几个月前。"

"这是怎么回事?我不明白。"

"时间悖、悖谬。"

我正想追问,可她又昏睡过去。我给她扎的绷带上渗出了血迹。手头已经没有急救包了,于是我没碰她的伤口。

这一次见不到贝尔登婶婶了,真遗憾!

我的作品的电子档在哪儿?还在我的那只假腿里吗?

嘿!那人是怎么说的?如果托利弗不死,"我们全都会送命!"明天正是他说的日子。

行动的头一个小时什么事都没有。曼尼的进展很顺利,他换了一次胳膊,开始装箱。格雷琴和埃兹拉把箱子搬到飞船边,递进去,又回到各自的岗位等待下一趟搬运。一切按部就班。之后,曼尼的装箱速度加快了,把一个个圆柱体放进箱子。是亚当·塞勒涅的记忆库吗?我不知道。

---

①书名《穿墙猫》也许由此而来,指在时间跳跃过程中,人物可以随时随地出现在任何地方,不受时空阻碍,正如这只可以穿墙而行的猫。

曼尼直起身,说:"成了! 完工!"

我听到了一声回应。"喵!"

就在这时,他们开火了。

我应声栽倒,右腿下半截不见了。我看见曼尼也倒下了,听到黑兹尔叫道:"布隆森,送他上飞船! 亨德森、戴维森——还有最后两箱!"下面的我没听清,忙着开火呢。东墙整个敞开了。我沿着斜线射击,热力枪火力全开。还有别的人在开火,好像是我们这边的。

接着,什么声音都没有了。

"理-理查?"

"我在,亲爱的。"

"——挺-挺有意思的。"

"对,亲爱的! 跟你一起经历的一切都有意思。"

"理查……亮光,还有隧道。"

"什么?"

"我会在那头……等你。"

"亲爱的,你准会活得比我长!"

"来找我,我会……"

那堵墙敞开时,我觉得我看见了我忘了名字的那个谁。难道抹掉他的那家伙又把他写进故事了? 让他来干掉我们?

……

我们的故事是谁写的? 他会让我们活下去吗?

杀死一只小猫咪,干出这种事的人是最残忍的,纯粹的残忍。无论你是谁,我憎恨你! 我鄙视你!

我挣扎着清醒过来,这才意识到我刚才昏过去了。值勤时居然昏过去了! 他们仍有可能回来,我必须振作精神。千面格伊会回来的。我想不通她怎么还没回来。切入时间点弄错了? 什么都有可能，但他们是不会扔下我们不管的。

我们救出了曼尼和他挑选的那些东西。我们赢了，去你们的吧！

得瞧瞧还剩下什么武器，有多少弹药。我自己什么都没有了。射束枪已经空了，我知道。我的手枪呢？我不记得用过啊。都没了，得去周围看看。

"亲爱的？"

"什么事，黑兹尔？"（她会问我要水喝，可我一点儿水都没有！）

"大家吃饭的时候那么做，我真抱歉。"

"你说什么？"

"我不得不杀了他，我最亲爱的。因为他的任务就是杀了你。"

我把小猫放在黑兹尔身上。它好像动了动，也可能没有。也许他们俩都死了。我努力抓住一个放计算机的架子，让自己站起来。接着又松手倒下了。尽管我曾经长时间在六分之一个重力环境中单腿蹦来蹦去，现在的我却既虚弱，又无法保持平衡——蹦不动了。再说手杖又不在身边。这可是多年来的第一次。我想，手杖应该还放在格伊前端的浴室里。

我只能爬，小心别碰到右腿。那儿已经开始疼了。我没找到仍能发射的武器。挣扎了半天，我最后还是爬回格温和"像素"身边。他们俩都没动，但我不敢肯定。

一个星期，作为蜜月不算长；要说婚后生活，更是太短太短了。

我翻着她的手袋。这件事早该做了。她一直带着它，斜挎在肩上，让它垂到臀部，哪怕走上战场也带着它。

手袋的内部比外面更大。我找到了十二条巧克力棒，找到了她那台小照相机，还有一把要人命的女士小手枪，那把宫古，压得满满的，弹夹里八发，枪膛里一发。

最后，在手袋底部，我找到了那把飞镖枪。只可能在这儿。我差点儿没发现,它的外表就像件女士用品。枪里还剩下四支飞镖。

九发子弹,四支飞镖。如果敌人回来——或者另来一伙敌人,我不在乎——我能干掉十三个。